NICOLAS D'ESTIENNE D'ORVES

Né en 1974, Nicolas d'Estiennes d'Orves est un journaliste français. Critique musical au *Figaro* et à *Classica*, il est aussi l'auteur de plusieurs nouvelles, et romans, comme *Othon ou l'Aurore immobile* (Les Belles Lettres, 2002), *Les orphelins du mal* (XO, 2007), qui a été traduit en 13 langues, et plus récemment *Les derniers jours de Paris* (XO, 2009), *Coup de fourchette* (les éditions du Moteur, 2010) et *L'enfant du premier matin* (XO, 2011). Il a aussi publié des essais, guides ou monographies: *Bulletin blanc! : Autofriction* (Rocher, 2005), *le petit NÉO de la conversation* (JC Lattès, 2009), *Jacques Offenbach* (Actes Sud, 2010), *Je pars à l'entracte* (Nil, 2011).

Retrouvez l'actualité de l'auteur sur son blog :
http:// neo-leblogdeneo.blogspot.com

LES DERNIERS JOURS DE PARIS

DU MÊME AUTEUR
CHEZ POCKET

LES ORPHELINS DU MAL
LES DERNIERS JOURS DE PARIS

NICOLAS D'ESTIENNE D'ORVES

LES DERNIERS JOURS DE PARIS

XO ÉDITIONS

Le papier de cet ouvrage est composé de fibres naturelles, renouvelables, recyclables et fabriquées à partir de bois provenant de forêts plantées et cultivées durablement pour la fabrication du papier.

ISBN : 978-2-266-20020-2

Pour Amélie, ma Parisienne de cœur.

Pour mon père, qui m'a appris
à marcher en levant le nez.

En souvenir de Nicolas B. et Pierre D.,
deux piétons de Paris.

« Chez quelques-uns d'entre nous, le besoin d'inventer un second Paris, insidieusement imbriqué dans la ville formelle, ne cessera pas de sitôt. »

André HARDELLET

« Des souvenirs personnels, en poudre, en grains, des fragments d'histoire de France, des fraises des bois... voilà ce que l'on récolte en flânant à l'aventure dans Paris. En outre, si l'on fait attention vraiment, on perçoit à chaque fois la pulsation d'un grand cœur, sous sa semelle. »

Henri CALET, *Les Grandes Largeurs*

Prologue

Tout commence un matin de printemps, le 16 mai. Dès le réveil, les Parisiens comprennent que quelque chose a changé.

L'air est saturé d'humidité. Dehors, il ne fait que 14 degrés mais on peine à respirer. Une chaleur tropicale. Les mains, les vêtements, les poignées de porte, tout est moite. Dans la rue, les trottoirs sont aussi glissants que des lits d'algues. Les lève-tôt découvrent une immense patinoire, où les voitures doivent rouler au pas. La ville est devenue poisseuse. Un parfum de mousson monte dans les immeubles. Paris sent la jungle.

Et puis la Seine. La Seine, surtout !

À huit heures, le niveau d'alerte est atteint.

À neuf heures, les égouts débordent.

À dix heures, il faut évacuer le métro.

Des employés de la RATP, épaulés par des policiers, des CRS, des pompiers, investissent les stations pour forcer les voyageurs à regagner la surface.

— Vite ! Plus vite ! ordonnent-ils.

— Mais qu'est-ce qui se passe ? demandent les usagers, terrifiés.

— On vous dit d'avancer !

Les forces de l'ordre n'hésitent pas à sortir leur matraque pour presser les récalcitrants.

— C'est une bombe, n'est-ce pas ?

— *Ils* ont décidé de détruire Paris ?

— Ça veut dire qu'on va tous mourir ?

Les policiers ne répondent pas : ils n'en savent rien.

« Surtout ne montrez pas que vous avez peur… » a ordonné le préfet de Paris, dans cette note que casernes et commissariats de la capitale ont reçue en début de matinée.

À onze heures, avec une force monstrueuse, l'eau s'engouffre dans les souterrains de Paris. Canalisations, conduites d'égouts, tuyaux, tout explose. Ce flot ne laisse rien sur son passage. Les stations les plus profondes sont noyées en moins de cinq minutes. Aux Halles, au Châtelet, à Saint-Michel, des milliers de personnes se retrouvent emprisonnées. Les policiers sont dépassés. On se barricade dans les rames, espérant que le niveau va baisser aussi vite qu'il est monté. Les wagons du RER deviennent des sous-marins de fortune. Mais l'air manque. Recroquevillés sur les strapontins, les banquettes, les survivants, suffoquant, regardent le cauchemar, de l'autre côté des vitres. Cadavres d'hommes, d'animaux, débris de métal, percutent les parois de Plexiglas.

Dix minutes plus tard, la pression fait exploser les vitres. Et ceux qui ne sont pas morts étouffés sont pulvérisés.

À la surface, les bouches de métro commencent à refouler l'eau. La Seine a maintenant envahi une zone qui s'étend de la gare Saint-Lazare au Luxembourg, du Champ-de-Mars à la Bastille. Cette immense flaque de cinquante centimètres de profondeur s'est infiltrée partout. Les piétons effarés pataugent dans un liquide saumâtre et glaireux. La ville est devenue un gigantesque embouteillage. Pris de panique, certains conducteurs ont abandonné leur véhicule au milieu de la rue. Les réflexes de survie tournent à l'absurde. Les gens se jettent dans les cours d'immeubles, les escaliers, les magasins. Les vitrines sont brisées, les porches fracassés par les fuyards. Dans les appartements, on se barricade.

Des touristes qui se sont levés tôt pour avoir le premier ascenseur se lancent à l'assaut de la tour Eiffel. Malgré l'interdiction des gardiens, une centaine de personnes commencent à escalader le monument. Les plus prudents ont forcé l'entrée de l'escalier et bondissent vers les étages en une rage désespérée. Tout plutôt que cette eau opaque, collante, qui contamine jusqu'à l'air qu'ils respirent. La tour Eiffel est une île au milieu des grands fonds. Elle est prise d'assaut.

Mais ils sont trop nombreux à avoir cette idée.

À midi, la tour grouille de monde. Le niveau atteint deux mètres et le symbole de Paris est envahi par près de quarante mille personnes.

Des hélicoptères tournent autour du monument, beuglant dans des haut-parleurs : « *Descendez ! Il faut évacuer la tour ! Vous êtes trop lourds !* » Personne ne les écoute, et l'on continue à se réfugier dans l'immense macramé de métal.

Alors c'est l'horreur…

À trois heures de l'après-midi, la Seine envahit le générateur électrique de l'École militaire. Un éclair zèbre aussitôt le Champ-de-Mars. Le cri est atroce :

ils sont maintenant cent mille, dans la tour Eiffel vacillante, à voir s'approcher d'eux ces brasilles.

Les décharges courent sur l'eau telle une armée de serpents, attirés par le métal.

— Oh mon Dieu ! gémit une vieille femme, qui avait promis à ses petits-enfants que, de là-haut, on voyait la mer.

— Mamie, on va pas mourir, dis ?

La grand-mère serre les enfants contre elle et leur enfouit le visage dans son imperméable.

— Mais non, mes amours ; tout va bien se passer…

La petite fille se dégage aussitôt.

— Que c'est beau ! dit-elle en contemplant la vue. Regarde, mamie, on dirait que la mer est en train de brûler…

Lorsque le courant gagne les premiers montants de la tour, une immense clameur s'élève vers le ciel. Les trois cents mètres d'acier prennent une teinte éblouissante. Un instant, l'odeur de chair brûlée masque le remugle des égouts.

PREMIÈRE PARTIE

LA VILLE

« *Il n'est pas* de Paris, *il ne sait pas sa ville, celui qui n'a pas fait l'expérience de ses fantômes.* »

Jacques YONNET, *Rue des Maléfices*

1.

— Cent mille personnes grillées sur la tour Eiffel, c'est grotesque ! grommela Gervaise Masson. L'édifice ne peut soutenir une charge aussi lourde ; quant à cette histoire de courant électrique : c'est tout bonnement ridicule !

Puis elle ferma rageusement le livre.

La gorge asséchée par cette longue lecture à voix haute, la sexagénaire vida un ballon de rouge.

Face à elle, Sylvain, son fils, restait impassible.

Haussant les épaules, le jeune homme reprit une goulée d'irouleguy. Manquant tremper dans le liquide, ses mèches blondes lui tombèrent devant les yeux, brillant d'une même flamme dorée.

Sylvain se demandait où sa mère voulait en venir. Voilà une demi-heure qu'elle lui lisait d'une voix fulminante des pages entières de *SOS Paris !* Dans la salle exiguë du restaurant, les autres clients avaient même fini par y prêter une attention irritée. Ce n'est pourtant pas aux gourmets de *L'Auberge basque*, attablés devant hachuas, jambons, piperades et autres spécialités basques, que s'adressait la conservatrice du Muséum d'histoire naturelle de Paris, mais à son fils. Elle attendait de lui une réaction, un commentaire face à ces délires. Mais Sylvain campait dans son silence, scrutant sa mère d'un œil rond.

En réalité, il ne savait quoi dire…

Horripilée, Gervaise prit ce mutisme pour de la nonchalance.

— Je ne te comprends pas, Sylvain. Toi qui vénères Paris, toi qui voues ta vie, ta carrière, à cette ville, ce tissu d'inepties ne te scandalise pas ?

Posant son verre, Sylvain se recula dans son siège et releva sa mèche.

« Elle me cache quelque chose… » songea-t-il.

C'était un fait : la conservatrice n'était pas dans son état normal. Son fils le sentait, comme il devinait si souvent les pensées de ses interlocuteurs. Télépathie ? Non : instinct. Une intuition volatile, que Sylvain n'avait jamais cherché à développer mais qui s'était, au fil des ans, imposée à lui, à mesure qu'il mûrissait. Et cela malgré sa science, ses années d'études, ses diplômes.

Aussi brillant fût-il, le jeune professeur Sylvain Masson disposait d'une intelligence moins réflexive qu'intuitive. Il n'analysait pas le monde, il le ressentait. Goûts, visions, musiques, fragrances, constituaient dans sa mémoire un patchwork sensitif et mémoriel. Ainsi les parfums d'ail et de poisson propres à *L'Auberge basque*, ouvraient-ils la grille de son enfance. Depuis trente-trois ans, Sylvain avait pris ici, à cette même table, en tête à tête avec sa mère, des milliers de repas. Et chaque bouchée de cou farci le renvoyait à un souvenir, chaque gorgée d'izarra appelait une image enfouie. À dire vrai, Sylvain était proustien malgré lui (même si *À la recherche du temps perdu* lui tombait des mains : « un sublime enculage de mouche », disait-il, provocant, à ses étudiants).

Mais malgré cette aversion, Sylvain souffrait de « madeleine permanente » : et la moindre « tache sensitive enfantine » (ainsi avait-il baptisé ce phénomène, parlant de « TSE ») le ligotait à l'enfance.

— Tu n'as donc rien à répondre ? ! reprit Gervaise, voyant son fils se perdre une fois de plus dans ses pensées.

Sylvain secoua la tête – moins pour dire « non » que pour quitter sa léthargie – et haussa les épaules, par avance mécontent de sa réponse :

— Je suis historien, maman. Et ce livre n'est qu'un roman… Les gens sont prêts à tout gober : rappelle-toi ce marchand de légumes parisien de 1946, qui a réussi à vendre la tour Eiffel à une société hollandaise de récupération de ferraille…

Gervaise Masson serra les dents. « Ses anecdotes, toujours ses anecdotes ! » Voilà donc tout ce que son fils trouvait à dire sur le livre qui pulvérisait les records de vente en France depuis plusieurs semaines ? Quatre cents pages qui traitaient de ce qui passionnait précisément Sylvain : Paris. Un Paris que le romancier Protais Marcomir laminait, dévastait, livrait en charpie aux éléments déchaînés. Et Sylvain s'en moquait ?

En mâchant nerveusement son magret aux griottes, Gervaise observait son fils avec une crainte presque envieuse. Elle était sûre que Sylvain était aussi indifférent à ce roman qu'il se moquait de la menace terroriste.

Malgré les « événements », il parvenait à vivre dans sa tour d'ivoire. Oh, bien sûr, Gervaise y était pour beaucoup. Elle l'avait élevé comme une plante en serre, le protégeant de tout. Voilà pourtant des années que Sylvain avait pris son envol et vivait seul, dans son taudis de la rue Monge, en plein Quartier latin, fidèle à son autarcie maladive.

« Il faudra bien qu'il se réveille avant qu'il ne soit trop tard ! » songea sa mère, qui imaginait déjà son fils, surpris et incrédule, au milieu des ruines.

— Tu dis que le livre de Marcomir n'est qu'un roman ! reprit-elle en faisant un nœud avec sa serviette, de plus en plus crispée. Moi, je suis sûre que quelque chose de grave se cache derrière ce… « roman ».

— Mais quoi, maman ? demanda poliment Sylvain, espérant changer de sujet.

Il songeait avec gourmandise à son cours du lendemain, qui aborderait la résurgence des sites païens dans les églises parisiennes. Un thème qu'il adorait entre tous.

Butée, Gervaise saisit le volume pour y pointer le nom de l'auteur.

— Ce cinglé de Marcomir a déclaré que *SOS Paris !* était une prophétie, qu'il avait eu des visions, qu'il avait été initié par un supérieur inconnu, qu'il…

— Je sais, maman… coupa Sylvain en caressant le manche de sa fourchette. J'ai beau vivre dans ma bulle, je suis au courant de ce qui se passe en dehors des amphithéâtres de la Sorbonne et de la Bibliothèque historique de la Ville de Paris.

Il releva les yeux vers Gervaise, conscient qu'il allait marquer un point.

— Et ce n'est pas *toi* qui vas me reprocher mon mandarinat…

À cette remarque, la conservatrice affecta une moue pincée et tira nerveusement une petite trousse de son sac.

Le bâton de rouge s'écrasa sur les lèvres charnues. Gervaise avait toujours ce geste, quand elle était embarrassée. Façon bien à elle de *maquiller* ses sentiments.

« Comme si elle avait peur… » pensa Sylvain, qui lisait du désarroi dans le regard maternel. Oui, ce soir, quelque chose clochait sous les jambons de *L'Auberge basque*. Gervaise Masson n'était pas dans son assiette.

Palpant machinalement sa mise en plis, elle grommela :

— Au moins, j'ai les pieds sur terre ! Toi, tu es un poète. Tu ne te bats pas avec une administration, le bon vouloir des ministères, des subventions… et puis le public.

Gervaise devenait incohérente. Quel rapport ?

— Le… *public*, maman ?

La conservatrice jeta autour d'elle un regard soupçonneux et baissa d'un ton.

— Depuis la sortie de *SOS Paris !* à l'automne dernier, la fréquentation du Jardin a diminué de 20 %…

— C'est la peur des terroristes… tenta Sylvain, apaisant. Ou alors une simple coïncidence.

Sa mère réagit au quart de tour, perdant son sang-froid. Son visage retrouvait même ses teintes naturelles – un rose rubis – sous le fond de teint.

— Une coïncidence ?! Et comment expliques-tu que le lendemain du passage de Marcomir dans l'émission de Laurent Ruquier, la salle de Paléontologie n'ait pas eu un seul visiteur ? Et que tous les groupes scolaires aient annulé leurs réservations pour la grande galerie de l'Évolution ?

— Comment ça ?

Après un temps d'hésitation, Gervaise avala sa salive et dit sans ironie :

— Je crois vraiment qu'ils ont… peur du musée.

— De quoi les visiteurs auraient-ils peur, maman ?

Sans relever les yeux sur son fils, Gervaise chaussa ses lunettes et désigna « le Marcomir ».

— Tu as lu ce livre comme moi, non ?

« Manquerait plus que ça ! » se dit Sylvain, qui secoua vigoureusement la tête, affectant une fierté puérile :

— Non, je n'ai pas lu *SOS Paris !*

Gervaise sembla s'adoucir.

— Au moins tu n'es pas un mouton... dit-elle avec une pointe d'affection, en feuilletant le roman. Tiens, écoute ça...

Sylvain leva les yeux au ciel, songeant : « Et c'est reparti ! »

— « Vint le tour des animaux. Le Jardin des plantes offrait un spectacle d'apocalypse. Si les bêtes de la ménagerie avaient toutes péri, victimes des gardiens qui avaient fui sans les libérer de leurs cages, on assista à d'étranges résurrections.

« Trois semaines après le début de la crue, un commando de gendarmes plongeurs passa en Zodiac rue Buffon. Ils y virent le plus effrayant des spectacles : posés sur leurs socles de bois, les animaux empaillés de la grande galerie de l'Évolution flottaient dans le Jardin des plantes, comme s'ils marchaient sur l'eau. L'enceinte ayant été submergée, certaines bêtes allaient désormais au hasard des rues, tels les rescapés d'un naufrage.

« Les gendarmes comprirent alors avec horreur que tous ces fauves avaient *les yeux tournés vers eux*...

« N'étaient leurs pattes clouées sur les planches vernies, ils étaient vivants ! À l'angle de la rue Geoffroy-Saint-Hilaire, un lynx gronda en voyant s'avancer le bateau. Plus loin, sur le toit d'un immeuble de la rue

Poliveau, deux tigres prenaient le soleil, se frottant le dos à une cheminée.

« – Regardez, frémit alors un des gendarmes en pointant les félins. Ils se sont détachés de leur socle…

« – Et ils n'ont pas peur de l'eau ! ajouta-t-il, en voyant les tigres plonger.

« Lorsque les dents des tigres percèrent le caoutchouc du Zodiac, le bateau vacilla. Avant de mourir, tous eurent une dernière vision : sous l'eau, boulevard Saint-Marcel, une carcasse de baleine nageait placidement, escortée par le squelette d'un tyrannosaure… »

Gervaise referma le livre dans un claquement sec. Elle fixait son fils avec des yeux de victoire.

Elle dut pourtant déchanter : Sylvain restait dubitatif.

— Et alors ? demanda-t-il, guère convaincu par les cauchemars de Marcomir. Tu ne crois quand même pas que ce genre de délire influence tes visiteurs ?

Gervaise n'eut pas le temps de répondre.

— C'est le roman de Protais Marcomir, n'est-ce pas ?

Mère et fils se retournèrent : un jeune serveur fixait le roman avec dévotion.

— En effet, répondit la conservatrice, intriguée par la fascination manifeste du jeune homme.

Il se pencha sur la table et prit religieusement le volume.

— Je l'ai déjà lu deux fois, dit-il d'une voix étranglée. Si ce qu'il écrit est vrai, c'est *vraiment* la fin du monde.

Sylvain nota que les mains du serveur s'étaient mises à trembler.

Qu'avaient-ils tous, avec ce bouquin ? *SOS Paris !* possédait donc un secret ? Il allait falloir qu'il le lise.

Devant le visage empourpré du serveur, qui manipulait le roman comme une bombe prête à exploser, Sylvain jalousa un instant la recette de Marcomir. Une recette qu'il eût volontiers appliquée à ses propres travaux : deux millions et demi d'exemplaires, ça facilite la vie.

— Ce n'est qu'un roman, vous savez ? remarqua-t-il, essayant de le rassurer.

Le serveur n'avait pourtant rien d'un fou, et Sylvain le sentait. « Ce type n'est pas cinglé, il est juste mort de peur ! » Le serveur scrutait maintenant Sylvain avec la défiance du fanatique devant l'hérétique.

— Vous avez vu Marcomir, à la télévision, non ? Vous l'avez entendu parler de son livre ?

D'un même mouvement, Gervaise et Sylvain firent « non » de la tête.

— Marcomir sait des choses que nous ne savons pas, s'emballa le serveur. Comme s'il avait déjà tout vécu dans une autre vie… Il voit plus loin… Il tente de nous prévenir… De nous alerter… Personne ne l'aurait publié s'il n'avait pas appelé ça « roman »… *Mais ce n'est pas un roman…*

Lâchant le livre sur la table, il agrippa la main de Sylvain, qui n'eut d'autre choix que de se laisser faire.

— C'est la vérité, monsieur. La vérité ! On accuse Marcomir d'être un gourou et son « Église protaisienne », une secte. Mais le jour où la catastrophe aura vraiment eu lieu, on sera content d'aller chercher sa protection. Vous savez qu'il est déjà entouré de plus de huit cents fidèles ?

— Tout va bien, mam[illegible] Masson ?

À ces mots, le serve[illegible]illit.

Derrière eux, une ombre : celle du patron qui s'avançait, l'œil soupçonneux.

« Il ne va pas s'y mettre, lui aussi ! » songea Sylvain. Mais lorsqu'il vit le livre de Marcomir, le colosse en tablier blanc chiffré *Y.D.* se figea de colère. Son visage parsemé de taches s'assombrit derrière ses moustaches poivre et sel.

— File en cuisine, dit-il en tentant de garder son calme.

Écarlate, le serveur zigzagua jusqu'aux cuisines en susurrant :

— Oui, m'sieur Darrigrand !

Retrouvant son air engageant et son accent de Saint-Jean-de-Luz, Yves Darrigrand se retourna vers Gervaise.

— Je suis désolé, mame Masson, mais c'est un petit qui a eu pas mal de problèmes. Il a perdu ses deux parents dans les attentats terroristes de l'automne. Ils travaillaient à l'hôtel Concorde-Lafayette, quand les bombes ont explosé ; depuis, il voit des ennemis partout… Mooone Dieu !

— Tout va bien, tout va bien… fit Gervaise, conciliante.

Après un regard de part et d'autre, le patron se pencha vers Gervaise et son fils, appuyant ses coudes sur la table. Sa moustache frôla le goulot de la bouteille de Chateldon.

— Tant que j'y suis, mame Masson : vous qui êtes dans l'administration, on en est où, de ce côté-là ?

Gervaise perçut l'haleine lourde d'ail et se raidit.

— Où voulez-vous en venir, Yves ?

Le chef se pencha encore, faisant craquer la vieille table de hêtre.

— Je veux parler des attentats… Cet après-midi, vous savez qu'on a encore évacué la tour Montparnasse ? Est-ce que la police a des pistes ? Est-ce que les terroristes vont être arrêtés ?

— Je n'en sais pas plus que vous, rétorqua Gervaise, mal à l'aise car la salle entière suivait maintenant leur conversation. Je dépends du ministère de la Culture, pas de la police. Je m'occupe d'histoire naturelle, pas de terrorisme.

Dans le restaurant, plus un bruit.

Tous les regards étaient désormais rivés vers cette forte sexagénaire blonde. Aurait-elle des informations sur le drame qui avait frappé les Parisiens, à l'automne ? À Paris, tout le monde connaissait, de près ou de loin, une des victimes du carnage. Une des *centaines* de victimes…

Une torpeur était tombée sur la salle aux poutres grasses. Un mélange de crainte et d'espoir, dont Sylvain ressentait l'émoi palpable.

— Mais vous, mame Masson, reprit le chef cuistot, avec toutes ces menaces, vous avez dû recevoir des consignes de sécurité, non ?

— Bien sûr : fouille systématique et surveillance renforcée, comme tous les établissements publics… rétorqua la conservatrice, qui tourna instinctivement les yeux vers la porte du restaurant.

Dans la rue, de l'autre côté de la vitrine opacifiée par les autocollants *Michelin, Lebey, Gault & Millau*, un militaire armé jusqu'aux dents faisait les cent pas sur le trottoir.

— Drôle d'époque, hasarda Yves pour masquer sa déconvenue.

Il avait bien compris que, même si Gervaise en savait plus, elle ne dirait rien. Une déception partagée par tous les convives de la salle, qui regagnèrent leurs assiettes avec une gourmandise factice.

D'une manière générale, depuis les attentats, Paris avait perdu l'appétit. À dater de l'effondrement du Concorde-Lafayette – cette tour haute de deux cents mètres, à l'ouest de Paris, qui abritait hôtels, bureaux, cinémas, restaurants et galeries marchandes –, la viande avait un goût de suie et le vin fleurait la poussière. Lors, difficile pour un Yves Darrigrand de maintenir l'enthousiasme d'une clientèle qui se pensait en sursis.

Fixant le mur derrière eux, le chef ajouta :

— Le monde a beaucoup changé…

Sylvain et Gervaise se retournèrent. Comme le propriétaire de *L'Auberge basque*, ils regardèrent le tableau. Un tableau ? Un rêve, plutôt. Celui d'une époque bénie où ce restaurant était encore une auberge de campagne. La grande fresque de un mètre sur deux représentait la même *Auberge* au début du XIXe siècle. Une scène idyllique et presque pompière : assis sous un saule, une demi-douzaine de convives dégustent des poulardes en trinquant, l'œil jovial. Près d'eux, des couples dansent sous le soleil. Au loin, de l'autre côté d'une rivière, un étrange château tranche le ciel bleu.

— Le paradis est bien loin, dit Gervaise à voix basse.

Jeudi 16 mai, 20 h 35

Il est bientôt neuf heures et je suis à la fenêtre de l'appartement, me demandant ce que je vais bien pouvoir faire de ma soirée. Les exercices de maths pour demain ne m'ont pas pris plus d'une heure, alors que les autres vont sûrement y passer la nuit. Tant mieux pour moi ! Si j'ai une bonne note, le prof va encore faire la tête. Mais il est trop intègre pour me sacquer. C'est toujours pareil : cette manie d'avoir fini avant les autres. Ce soir, ça me permet au moins de profiter du coucher de soleil sur les toits de Paris. Il y a pire, comme vision. Mais après, une fois la nuit tombée ? Faire un ciné avec Muguette ? Elle planche encore sur les maths. Sortir seule ? Pas le courage ; et pour aller où, d'abord ? Je suis aussi bien ici, dans mon grand appartement vide.

Et puis je ne suis pas vraiment seule…

Refermant la fenêtre, je songe que j'ai même plein d'amis. Des amis dont je sais tout : chaque détail, le moindre secret. Des amis qui pourtant me connaissent à peine.

Lequel vais-je choisir, ce soir ? M. Huairveux ? Trop triste. Mlle Garnier ? Pas bien gaie non plus. Il faut quelqu'un qui aille avec le printemps. Mettons les Chauvier. Un jeune couple et un bébé : ça bourgeonne, ce sera parfait.

Je traverse l'appartement pour gagner ce que papa appelle mon « antre ». Sitôt cloîtrée, je prends la télécommande de l'écran 7 et le branche sur la caméra 1 de l'appartement 3-G. L'image apparaît. Tiens, Nadia Chauvier est seule. Bizarre, il est tard. Jean doit faire des heures sup. Ou alors c'est le trafic. Un comble, pour quelqu'un qui bosse à la RATP !

Je « vais » souvent chez eux et je sais que Nadia s'arrange toujours pour rentrer avant son mari. Aujourd'hui, elle a encore dû revenir avec deux gros sacs de commissions, harnachés à la poussette. Elle a dû changer Pierre, lui donner son bain, son biberon, le coucher. Toujours très apaisant à voir. J'aime bien les bébés : c'est si simple.

Ensuite, Nadia a dû se maquiller. Je m'en assure en zoomant sur son visage. Ses lèvres ont une teinte prune. Je crois que Muguette porte le même rouge à lèvres lorsqu'elle sort avec Barthélemy : un violet très foncé. Moi, je n'en mets presque jamais (la salle de bains de maman en est pourtant pleine).

On sonne à la porte de leur appartement : c'est Jean.

Il pose sa mallette sur une chaise et Nadia le prend dans ses bras.

— Mon amour !

Jean répond quelque chose mais je n'entends pas. Je dois augmenter le volume.

— Pierre est déjà couché ? demande le père avec déception.

— Depuis une heure…

— Tant pis, dit-il en retirant sa veste pour s'affaler sur le canapé.

Il prend la télécommande et allume la télévision.

« *À Paris, cet après-midi, dans le XVe arrondissement, une nouvelle évacuation de la tour Montparnasse a provoqué un début d'émeute. Le service de sécurité de la tour aurait reçu une alerte à la bombe. Étouffées par la bousculade, cinq personnes - dont un enfant de trois ans - ont été aussitôt transférées à l'hôpital Cochin.* »

En quelques secondes, je vois le visage de Jean se fermer.

— Je te répète qu'il faut qu'on déménage… dit-il à sa femme, qui prépare le dîner dans la cuisine. Avec Pierre, on ne peut plus prendre de risque. Et mon boulot est en première ligne…

Nadia apporte un plateau avec deux assiettes et s'assied à côté de son mari.

– Tu m'as dit toi-même que le métro était protégé…

– Contre les terroristes, oui ; pas contre ces fausses alertes qui provoquent des émeutes. Dans le métro, une bousculade peut être encore plus meurtrière qu'un attentat.

Il a raison : le mois dernier, quelques jours après Pâques, je me suis retrouvée coincée dans le RER à Auber. Un inconnu prétendait avoir caché une bombe sous la voie. Les gens sont devenus fous ! Heureusement que Muguette était avec moi : si elle ne m'avait pas serrée contre elle, on m'aurait piétinée.

Et on veut nous faire croire que depuis les attentats ça s'est calmé… Tu parles ! Tout le monde est inquiet. Même si le ministre de l'Intérieur cherche à rassurer les téléspectateurs.

« *Les Parisiens n'ont rien à craindre. Tout a été mis en œuvre pour une sécurité optimale.*

« *– Monsieur le ministre, où en est l'enquête sur les attentats de la porte Maillot ?*

« *– Je viens de vous le dire : les Parisiens n'ont rien à craindre ; quant à…* »

J'en aurais bien écouté plus, mais Jean Chauvier presse la télécommande pour éteindre le poste. Puis il se lève et fait les cent pas dans le salon, plus inquiet que pensif.

— On pourrait vivre à la campagne. Pour Pierre ce serait mieux à tous points de vue.

— Jamais on ne trouvera un meilleur loyer qu'ici, rétorque Nadia.

Jean scrute les murs de l'appartement avec lassitude.

— Je n'aime plus cet endroit, avoue-t-il. Même si le loyer à la Reine Blanche est symbolique.

— On a déjà eu cette discussion...

Jean hausse les épaules et se rassied.

En face de la télé, sur la table basse, il remarque alors un bouquin.

— Toi aussi, tu lis cette connerie ?

— C'est maman qui me l'a passé.

— Dans le métro, la moitié des gens l'ont à la main, fait-il avec une moue irritée. Je n'aime pas les romans. La réalité est déjà assez dure. C'est ce genre de salade qui excite la parano des gens ; la destruction de Paris !

— Lis-le, avant de critiquer.

Je zoome sur la couverture. C'est bien ce que je pensais : même Nadia Chauvier lit *SOS Paris !*

Le visage las, Jean repose le livre et s'allonge sur les genoux de sa femme.

— Je suis si crevé...

Nadia émet un petit gloussement et passe une main sous la chemise de son mari. Jean s'apaise. Il respire profondément et se cale contre Nadia, qui lui déboutonne sa chemise.

C'est toujours le moment où j'hésite à éteindre. Non que ça me choque - j'ai maintenant vu ça tant de fois - mais ma curiosité n'exclut pas le respect. Ça peut paraître hypocrite, pourtant je n'ai rien d'une voyeuse.

Je dis ça, je reste quand même devant mon écran...

— Mon amour, dit Nadia en posant des baisers sur son front, l'arête de son nez, ses pommettes.

— Je t'aime tellement !

Brusquement, Jean tressaille.

— Tu as entendu ?

— Quoi ?

— Je ne sais pas... un bruit, dans la chambre de Pierre.

Nadia blêmit.

— Tu es sûr ?

— Je ne sais pas, je...

Nadia s'est redressée au-dessus de son époux. Immobile, elle est aux aguets.

Jean commence à avoir peur.

— Tu entends quelque chose ?

— Chut !

Elle pose un doigt sur la bouche de son mari.

Puis, avec une extrême lenteur, décomposant chacun de ses mouvements, elle se lève. Ses doigts de pied se posent sur la moquette. Elle regarde encore Jean et lui fait signe de ne pas bouger.

La porte de la chambre de Pierrot est toujours entrouverte. Nadia s'en approche le plus silencieusement possible.

Lorsqu'elle entre, Jean est saisi de terreur.

Moi, je me cramponne à ma télécommande. Jamais je n'ai entendu un tel hurlement.

2.

Dans les rues de Paris, tout était calme et tiède. La ville exhalait une odeur douce, mélange de sève et d'asphalte. Quittant l'ambiance lourde de *L'Auberge basque*, Sylvain et Gervaise se retrouvèrent sur le trottoir de la rue Croulebarbe, un peu groggy. Le clair-obscur de la nuit les rasséréna.

« Le vrai monde », songea Sylvain, en foulant l'asphalte parisien.

Comme chaque fois, le professeur Sylvain Masson se rappela que la forme sinueuse de la rue Croulebarbe n'était pas innocente : elle suivait le parcours de la Bièvre, cette rivière qui traversait jadis Paris du sud au nord, rejoignant la Seine vers l'actuelle gare d'Austerlitz. Depuis son enfouissement, la Bièvre n'était plus qu'un souvenir dont la géographie parisienne se faisait l'écho : la courbe d'une voie, l'oblique d'une impasse. Sylvain avisa les hauts arbres et se dit qu'il y avait un air campagnard dans cette allée qui longeait la rue, de l'autre côté du restaurant.

Adossé à l'un des troncs, le flic en faction caressait sa matraque, avec l'indolence d'un berger sans troupeau. Face aux carnages encore brûlants, cette silhouette isolée semblait dérisoire : triste symbole de la situation des Parisiens devant la menace terroriste.

« Les Parisiens vivent dans la crainte permanente de nouvelles bombes », constata Sylvain en scrutant le quartier mortellement silencieux. Les fenêtres étaient closes, les volets fermés, chaque serrure renforcée. « Ils se barricadent au moindre claquement de porte. »

Après les attentats de l'automne, la France avait de quoi être sur les dents ! Mille deux cents personnes avaient péri dans l'incendie du Concorde-Lafayette, et c'était un miracle que les tours Mercuriales de la porte de Bagnolet aient pu être évacuées à temps. Il fallait se rendre à l'évidence : la nuit, n'étaient les fidèles de bistrots comme *L'Auberge basque*, plus personne ne sortait.

« D'une certaine manière, Paris suit mon exemple, ironisa Sylvain en shootant dans une canette de Coca light, qui dévala la rue en pente. Une cité de mandarins ! »

Le gouvernement n'avait même pas eu à imposer de couvre-feu. Les constantes alertes à la bombe et les images des corps brûlés, au Concorde-Lafayette, entretenaient la psychose. Les attentats avaient eu lieu voilà bientôt huit mois ; Paris n'en connaissait toujours pas le motif et restait aux aguets. La présence policière avait été décuplée et chaque rue, chaque impasse, s'était vu affubler d'un policier.

— Notre monde devient fou… chuchota tristement Gervaise dans le dos du policier, lequel quitta sa contemplation bucolique.

— Pardon, madame ?

Lustrée, la mitraillette du flic luisait sous le réverbère, répondant au casque de cheveux blonds de Gervaise, qui brillait dans la nuit.

La conservatrice s'efforça de lui sourire.

— Je vous souhaitais juste bon courage, monsieur l'agent ; et bonne nuit.

D'abord méfiant, l'homme en armes répondit à ce sourire non sans surprise, ajoutant d'une voix étonnamment aiguë :

— Bonne nuit, madame. Faites attention à vous...

Gervaise entrevit son regard de chien docile. Vif contraste avec les matraques, bombes lacrymogènes et autres menottes qui pendaient de son uniforme, en lourds essaims de métal.

— Le malheureux... murmura-t-elle en s'éloignant, ajoutant à couvert : Et dire que c'est pour armer ces crétins qu'on me sucre mes subventions !

Sylvain ne releva pas. S'il avait suivi l'échange (Gervaise avait une courtoisie de principe envers les forces de l'ordre, ce qui l'avait toujours agacé), le professeur était tout à la contemplation de *sa* ville. D'autant qu'il adorait ce quartier. Cette partie nord du XIIIe arrondissement, près de l'ancienne manufacture des Gobelins où furent tissées les plus belles tapisseries de l'Ancien Régime, offrait une vue en coupe de l'histoire parisienne. En un regard, Sylvain pouvait embrasser un vestige romain, un bâtiment Renaissance, une façade Grand Siècle, un immeuble haussmannien, une tour des années 1960. Plus que toute autre, cette zone de la capitale avait subi avec des plaisirs divers les viols de la modernité. Mais jamais elle n'y avait perdu son âme. Car cette âme respirait sous les contrastes architecturaux, derrière les aberrations urbaines. Et cette âme, c'était la

Bièvre. Comme si le cours fantôme de cette rivière liait entre eux les âges de Paris.

Paris… Combien Sylvain l'aimait, sa ville.

Dans la semi-obscurité, la mère et le fils avançaient d'un même pas. Leurs silhouettes avaient la légèreté de ces moutons de pollen tombés des marronniers, qui jonchaient le trottoir et moussaient leurs chaussures.

— Le printemps, mon petit lynx ! Peut-être la seule chose que les terroristes ne pourront pas détruire…

Ce disant, Gervaise posa une main affectueuse sur l'épaule de son fils.

Sylvain se raidit. La tendresse maternelle le mettait mal à l'aise. D'un naturel timide, il était de ceux qui aiment la distance entre les êtres. Attention : Sylvain Masson n'avait rien d'un misanthrope ; au contraire, il adorait les gens. Mais de loin. Sans compter qu'au fond de lui, se nichait une méfiance instinctive pour tout ce qui relevait de l'humain. Les sentiments, les fantaisies, les belles paroles, excitaient moins sa sympathie que sa suspicion. Il possédait malgré tout un charme bien à lui. En Sorbonne, ses cours sur l'histoire parisienne enchantaient. Son secret ? Une troublante sensualité. Sylvain parlait de Paris, la décrivait, la glorifiait, la transfigurait, comme on l'eût fait d'un corps. Un corps en mutation, en souffrance, mais un corps glorieux, soûl de plaisir. Il lui faisait l'amour. Il la faisait jouir. Une jouissance partagée, tant on venait de loin pour l'écouter.

L'an dernier, en marge de ses cours, Sylvain avait d'ailleurs élargi sa palette en publiant un ouvrage sur le Paris secret. Son succès avait été relativement confidentiel, mais le jeune professeur avait ajouté une corde à son arc, et ce malgré les grimaces dédaigneuses de sa mère : « Mon pauvre garçon : ces "mythologies" grignotent la crédibilité de ta carrière universitaire ! » Qu'importe, le livre existait. Et puis il y avait ce nouveau projet, qu'un éditeur lui avait proposé : un roman. La rencontre avec l'éditeur avait eu lieu à l'automne, quelques jours avant les bombes ; depuis : *rien*… Sylvain avait beau se convaincre que les attentats avaient brisé son élan, que cet odieux Marcomir avait galvaudé ses thèmes, il savait bien ce qui le bridait. Une seule vraie cause : sa mère, encore elle !

Comme une évidence qu'on se tue à nier, Sylvain avait reculé la conversation au sujet de son projet romanesque. Il n'avait pourtant pas à lui demander sa permission. Mais c'était plus fort que lui : depuis toujours, sans l'aval maternel, Sylvain était entravé par des fils invisibles.

« Qu'a-t-elle fait de moi ? » songea-t-il lucidement en regardant maintenant marcher sa mère, militaire, implacable.

N'était-ce pas le moment de lui parler ? Voilà des mois qu'il repoussait cet entretien.

— Maman, il faut que je te dise quelque chose…

« Quel gamin ! » ragea-t-il, conscient d'une situation que sa timidité contribuait à rendre ridicule ; mais il fallait en passer par là pour se sentir libéré.

Les voilà à l'embranchement de la rue Berbier-du-Mets, au pied de l'ancienne manufacture des Gobelins.

— Je t'écoute, répondit-elle avec curiosité.

— Je t'ai parlé du roman qu'un éditeur m'a proposé d'écrire ?

Bien entendu qu'il ne lui en avait pas parlé ! Pourquoi lui demander ?

— Un… roman ? dit-elle avant d'ajouter, dédaigneuse : Mon pauvre garçon…

Sylvain connaissait sa mère : à quoi s'attendre d'autre ? Des bravos ? Des encouragements ? Si la conservatrice était fière des succès universitaires de son fils, elle n'assumait pas qu'il écrivît des livres de « divertissement ». Mais Sylvain remonta au front :

— Oui, cet éditeur voudrait que je greffe mes connaissances sur Paris à une intrigue romanesque.

Gervaise stoppa net.

— Il ne manquait plus que ça…

« Évidemment… » pensa Sylvain en affrontant le regard de sa mère. Il ressentait moins d'humiliation que cette éternelle infantilisation, déclenchée par Gervaise en un clin d'œil. Toujours, elle avait dénigré ses choix, sans pour autant le brider. Et c'était là la difficulté : une liberté surveillée, une indépendance sous contrôle. Quoi que Sylvain fît, quoi qu'il décidât, sa mère était tapie derrière ses choix, telles ces immobiles statues de pierre qui vous suivent du regard.

Pour Gervaise, son fils restait le petit garçon qu'elle avait vu gambader dans les allées du Jardin des plantes, se cacher derrière les squelettes du musée de Paléontologie, arpenter le zoo, sa fauverie, son vivarium, avec des yeux grands comme le monde. Elle ne s'était pas faite à l'idée que son fils unique avait grandi, qu'il exerçait un métier, estimé de ses pairs. Sylvain serait à jamais l'enfant roi de la ménagerie, le petit prince du Muséum.

« Avec ça, comment est-ce que je peux avancer dans la vie ? » s'interrogea Sylvain, déjà résigné.

Tournée vers la façade des Gobelins, la conservatrice grimaçait. Sylvain devinait qu'elle préparait ses arguments.

« Maman va y aller de son sermon… »

Ça ne manqua pas.

Gervaise s'appuya contre un mur et leva les yeux. Malgré la pollution, le ciel était dégagé. Quelques étoiles se frayaient un passage à travers la jaune nuit parisienne, se reflétant sur les gouttières de zinc, les cheminées d'aluminium, les fenêtres sans volets.

La mère sourit à son fils et n'en fut que plus cinglante.

— Alors, toi aussi tu veux jouer les Marcomir ?

— Mon roman n'aura rien à voir avec *SOS Paris !* s'insurgea Sylvain.

— Je croyais que tu ne l'avais pas lu... rétorqua-t-elle avec acidité.

— *Je ne l'ai pas lu !* Et puis mon projet est différent : ce sera une grande histoire parallèle de Paris.

Sans plus chercher à masquer son mépris, Gervaise ricana :

— Encore tes salades... Comme ton essai, l'an dernier... Toutes ces absurdités sur le Paris mythologique, la ville sous la ville, les rivières souterraines, les jardins cachés, les catacombes...

Gervaise s'emballait.

— Mais ça n'intéresse plus personne, Sylvain. Aujourd'hui, Paris explose ! Le monde a peur ! Les gens veulent du concret, du tangible, du vivant. De l'espoir... Pas tes vieilles légendes pour bonnes femmes.

Contenant sa rancœur comme on ravale un poison, Sylvain fit mine d'applaudir.

— Merci, maman. Je reconnais là ton soutien habituel.

Le jeune homme fixait sa mère, qui frissonna : dans les yeux jaunes de son fils, elle avait lu un éclair de violence.

— Excuse-moi… Tu as bien compris que ce soir…

— Trop tard. Ne dis plus rien.

Sans se détourner d'elle, Sylvain commençait à reculer vers l'obscurité.

Puis, avec un curieux grognement, il partit en flèche vers les Gobelins, disparaissant dans l'ombre de la manufacture pour y lécher ses plaies.

— Sylvain, attends !

Son fils était déjà loin.

« Mon petit garçon… » songea Gervaise avec affection.

Un instant, elle revit les colères de Sylvain enfant. Ces moments de rage où son fils virait démon. Il s'était un jour jeté sur un couple de touristes, parce qu'ils s'amusaient à faire des grimaces aux singes du zoo.

« Vous n'avez pas le droit ! Vous n'avez pas le droit ! » avait crié l'enfant.

Gervaise savait combien il était sensible. Mais elle ne pouvait s'empêcher de réagir au quart de tour.

« Quelle idiote j'ai encore fait ! » admit la conservatrice en guignant son fils, dans la nuit.

« — Sylvain, bonhomme ! Reviens, je… nous…

Elle n'arrivait plus à parler. Les mots s'engorgeaient.

« La reine des idiotes, oui ! »

Pour rassembler ses esprits, elle inspira profondément et se frotta les yeux. Saleté d'obscurité !

Elle prit alors conscience qu'elle avait atteint le pied du château de la Reine Blanche, ce singulier ensemble médiéval tristement trafiqué par les siècles qu'elle longeait toujours pour rentrer au Jardin des plantes. Une bâtisse atypique, qu'on eût dite née des expériences d'un architecte fou. Un château de conte de fées, figé dans le Paris du XXIe siècle. Il était même habité. Et ce soir, une fenêtre venait de s'y allumer, derrière laquelle une silhouette observait la rue, le front collé au double vitrage. Elle fut bientôt rejointe par une ombre plus grande, qui la prit dans ses bras et scruta à son tour le quartier.

Voyaient-ils Gervaise Masson ? Voyaient-ils cette plantureuse blonde d'un mètre quatre-vingts ? Elle s'était pourtant asséchée, la belle Walkyrie. À soixante-quatre ans, la conservatrice du Muséum national d'histoire naturelle gardait un port de reine mais une sensualité d'écorce. Une femme sèche, hautaine, comme ces vestiges gagnés par la mousse. Sa garde-robe ne l'aidait pas, lui offrant chaque matin le choix entre des tailleurs gris, bruns ou noirs. Sa seule fantaisie chromatique était cette écharpe multicolore qu'elle portait été comme hiver et qui figurait l'arche de Noé.

Cette écharpe, Gervaise venait de la saisir telle une bouée, car une peur sourde gagnait ses chevilles. Elle avait depuis quelques instants le sentiment de ne plus être à Paris, ni même dans une ville, mais dans quelque forêt perdue, loin de tout. Cette impression lui rappelait sa jeunesse, lorsque, jeune naturaliste, elle arpentait les jungles tropicales.

Dans son dos : un murmure.

Elle sursauta.

Il était là, face à elle, à quelques centimètres. Sylvain…

Elle sentit l'haleine de son fils passer sur son visage et ne put retenir un nouveau frisson.

— Tu… tu sais bien que je déteste ça… quand tu joues les fantômes…

Sylvain avait retiré ses lunettes, gagnant en étrangeté.

— Tu avais autre chose à me dire, maman ?

Comme si elle cherchait à reprendre des forces, Gervaise avisa un instant l'ombre, à la fenêtre du château.

Puis elle se dégonfla avec une lourdeur de soufflé raté.

— Oui, Sylvain : excuse-moi pour cette histoire de livre… Tu peux bien faire comme tu veux. Tu n'as pas besoin de ma bénédiction. Tu es adulte, après tout, non ?

Voyant remonter l'ironie maternelle, Sylvain se sentit paradoxalement réconforté. Il retrouva même sa douceur et accorda un sourire à Gervaise.

— Tu as raison : je suis adulte.

La conservatrice fuit le regard de son fils, mais ajouta fermement :

— En attendant, tu vas me raccompagner au Jardin. Avec la moitié des lampadaires en panne, je n'y vois rien.

Sans vraiment réfléchir, comme si cette chose était la plus naturelle du monde, Sylvain prit docilement le bras de sa mère :

— Bien, maman.

Alors qu'ils s'éloignaient de la Reine Blanche, une voiture de police déboula dans la rue et pila devant l'entrée du « château ». Et tandis que cinq policiers jaillissaient en chiens de meute, Sylvain et Gervaise disparurent derrière la muraille des Gobelins.

Jeudi 16 mai, 21 h 53

– Il a disparu ! sanglote Nadia. On nous l'a enlevé !

– Calme-toi, la police va arriver, tente de la rassurer Jean.

Je suis presque aussi inquiète qu'eux et viens de me connecter à la caméra 3. La chambre du bébé est bel et bien vide ! Le petit lit est à sa place, les draps défaits. La fenêtre donnant sur la rue est grande ouverte. Si quelqu'un a enlevé le bébé, il ne peut qu'être passé par là.

Et dire que j'aurais pu tout voir !

Visiblement, Jean s'efforce de garder la tête froide.

– Nadia, quand tu es rentrée des courses, qu'est-ce que tu as fait ?

La pauvre Nadia parvient à peine à parler :

– J'ai… j'ai lavé Pierrot… je lui ai… donné son biberon… et puis je l'ai couché…

Son mari s'approche de la fenêtre ouverte.

— Tu es bien sûre qu'elle était fermée ?

Nadia hausse d'abord les épaules, puis elle fait signe que oui.

— J'ai même hésité à la laisser ouverte, à cause de la chaleur.

Jean croise les bras et scrute la pièce.

— Et ça, c'est quoi ? dit-il, en constatant que la moquette est imbibée d'eau. Tout est trempé ! ajoute-t-il en se penchant sur le berceau.

Il saisit la petite couverture de pilou qui semble peser des tonnes. Lorsqu'il l'essore au-dessus de la moquette, l'eau tombe avec un bruit d'averse.

Soudain, Jean et Nadia sursautent : l'Interphone vient de sonner.

— Police !

— Escalier B. Troisième étage.

Jean raccroche le combiné et se retourne vers Nadia.

— Tout va s'arranger.

Enroulée dans un peignoir, elle est maintenant debout face à la fenêtre du salon et doit regarder la manufacture des Gobelins.

— On était si bien… gémit-elle en s'adossant aux vitres.

Je vois alors cinq types entrer dans la pièce. Un seul n'est pas en uniforme de policier : un quinquagénaire voûté, en veste de peau.

— Commissaire Parasia, dit-il en essayant de gommer sa brusquerie. Vous êtes monsieur et madame Chauvier ?

Nadia et Jean acquiescent avec gêne.

— Je suis sincèrement désolé de ce qui vous arrive et nous allons tout faire pour retrouver votre enfant. Je peux voir sa chambre ? demande-t-il tandis qu'un de ses lieutenants pose une mallette sur le canapé et en sort des ustensiles en plastique.

Jean lui désigne la chambre. Aussitôt, je repasse en caméra 3.

— C'est trempé… chuchote un des flics.

J'allume un second écran pour suivre les deux pièces simultanément.

Le commissaire Parasia est resté dans le salon. Il observe chaque recoin de la pièce, avec un œil de spécialiste. Puis, très lentement, il retire sa veste et la plie sur le dossier d'une chaise.

— Madame ? dit-il en s'approchant de Nadia avec un sourire de compassion.

Les yeux de Nadia se voilent de larmes.

Le commissaire pose une main apaisante sur son épaule et lui fait signe de s'asseoir à côté de lui, sur le canapé.

— Racontez-moi comment ça s'est passé…

Nadia raconte, mais elle a peu à dire : le coucher de l'enfant, le retour de Jean, les bruits, la chambre vide, la fenêtre ouverte, la moquette trempée…

Le commissaire enregistre avec un Dictaphone numérique Olympus LK 673.

Bizarrement, il ne semble pas surpris par ce récit. À chaque détail, il affecte un hochement de connaisseur.

Tandis que Nadia achève de parler, un des flics passe sa tête par l'embrasure de la porte.

— Patron, vous devriez venir voir…

— Qu'est-ce qui se passe ?

— Dans la chambre du petit, répond le flic, en jetant sur les parents un regard surpris.

Le commissaire le rejoint.

Les policiers ont tous le regard braqué au plafond.

— C'est quoi, à votre avis, patron ?

Parasia émet un grognement sourd.

— Monsieur Chauvier ?

Lorsque Jean arrive dans la chambre, il comprend et son visage s'éclaire, inondé d'espoir :

— Avec le temps, je l'oublie toujours ! Il faut aller chez elle : elle a peut-être vu quelque chose ! dit-il en *me* montrant du doigt.

3.

Alors ils arrivèrent devant le Jardin des plantes.

Sylvain savait que de l'autre côté de ces hautes murailles en granit, la nuit était plus claire. Plus fraîche, aussi. Protégés par l'épaisseur des arbres, des feuillages, les sentiers se perdaient dans le silence. Un silence noueux, chaviré d'odeurs. Si Paris sentait la sève, au Jardin elle coulait des troncs, lustrait les murs, poissait les fenêtres. Un éden que Sylvain avait parcouru durant toute sa jeunesse.

Depuis sa fondation sous Louis XIII, l'ancien « Jardin royal des plantes médicinales » avait pourtant bien changé ! Décharge médiévale, muée en potager de campagne pour le *bon plaisir* de Sa Majesté, il s'était étoffé à mesure que la nature désertait Paris. Bientôt entouré de murs, encadré de bâtiments d'études, affublé d'un amphithéâtre universitaire, de laboratoires, de galeries d'histoire naturelle, d'un des plus vieux zoos du monde, le « Jardin du Roi », devenu « Muséum national d'histoire naturelle » sous la Révolution, restait la plus fabuleuse enclave sauvage du Paris moderne. Londres possédait son jardin botanique, New York et Berlin leurs zoos, mais le Jardin des plantes bénéficiait d'un charme unique, vraie poche de verdure entre la Seine, la gare d'Austerlitz, la fac de Jussieu et la Grande Mosquée de Paris.

En trente-cinq ans de carrière, Gervaise Masson s'était d'ailleurs échinée à n'en jamais briser l'atmosphère intemporelle, préférant toujours restaurer à reconstruire. Ce n'était pourtant pas les réfections qui manquaient, au Muséum : la toiture du bâtiment de paléontologie, où sommeillaient les squelettes de dinosaures ; les vitrines de la minéralogie ; les armatures de la roseraie ; les fondations de ces immenses serres, élaborées au XIXe pour abriter nos flores coloniales ; jusqu'à l'entretien de la grande galerie de l'Évolution, fabuleuse arche de Noé empaillée, qui réunissait dans une même immense salle tous les animaux de la création…

Tant de lieux où Sylvain avait passé son enfance, comme s'ils étaient le plus naturel des terrains de jeu.

— Tu me raccompagnes jusqu'à la maison ou tu me laisses ici ? demanda Gervaise… qui devinait la réponse.

Encore sur le trottoir de la rue Cuvier, frontière nord du Jardin des plantes, Sylvain fixait la cime des arbres avec envie.

— Je t'accompagne, chuchota-t-il.

Aussitôt sa mère poussa la petite porte de bois, qui émit un grincement d'arthritique.

Grand silence.

Assoupi dans sa cahute, le gardien de nuit ne se réveilla pas.

Tout juste dodelina-t-il sa casquette, pesamment affalé sur son comptoir de Plexiglas, lorsque Gervaise lui glissa, piquante, en tapotant son épaule :

— Bonne nuit, Hervé ; faites de beaux rêves…

« “Fouille systématique et surveillance renforcée”, tu parles ! » songea Sylvain. Avec un tel cerbère, les terroristes auraient vite fait de pulvériser le quartier. Mais les attentats semblaient loin, désormais. Mère et fils plongeaient dans le passé.

L’étroite courette dans laquelle ils se retrouvèrent était semblable à celle des hôtels particuliers du Marais : un sol pavé, des façades couvertes de lierre, de lilas, de glycine.

Ici, la nuit de printemps décuplait les odeurs mais les gardait prisonnières de la pierre. Quels parfums !

Le cœur de Sylvain battait étrangement et il savait pourquoi : à mesure qu’ils s’enfonçaient dans la nuit, le jeune professeur retrouvait son enfance.

L’absence de lumière conférait aux cèdres une dimension de cathédrale. Tout devenait magique : dans l’obscurité, une vie grouillante était tapie parmi les soupirs muets de ce jardin enchanté ; la présence de la ménagerie y était pour beaucoup…

Tandis qu’ils avançaient avec précaution vers les appartements privés de Gervaise – un charmant bâtiment Directoire à façade blanche –, ils firent une pause à la porte du zoo. De l’autre côté de la caisse à tourniquet, les cages, la volière, la fauverie, le vivarium sommeillaient dans un silence de jungle. À la faveur de la brise, une fragrance animale les saisit de plein fouet.

Sylvain fut assailli d’images et eut un soupir de plaisir.

— Tu aimes cette odeur, n’est-ce pas ?… interrogea Gervaise, qui connaissait son fils.

Sylvain acquiesça doucement. Son ressentiment contre sa mère s’était apaisé.

Il avait beau s'en défendre, le Jardin lui faisait toujours voir l'essentiel. Ses querelles avec Gervaise, ses angoisses, même la peur des terroristes : tout lui semblait futile à côté de la réalité organique du Jardin.

— Dès que je viens ici, je me sens mieux, avoua-t-il.

N'était-ce pas *précisément* pour cela qu'il se faisait si rare au Jardin ? Pour fuir cette trop forte dépendance ? Sitôt en ces murs, Sylvain redevenait le fils de la conservatrice, l'enfant prodige de la ménagerie. Et ses souvenirs de jeunesse se mêlaient avec une profonde ferveur à des images rêvées, des bribes de sensualité qui l'envoûtaient pour mieux l'étouffer.

Et puis Gabrielle n'était plus là…

À cette idée, Sylvain eut soudain peur.

Peur d'être ici ; peur que tout redevienne comme avant. Peur de reprendre son rôle, de renoncer à sa liberté. Il s'était encore fait avoir par Gervaise. D'habitude, il la quittait devant l'entrée. Mais parfois, comme ce soir, il ne résistait pas à l'appel du Jardin. Une fois de plus, son instinct avait pris le pas sur sa raison, et il allait se retrouver *en cage*. Prisonnier de ses vieux fantômes.

— Le « Jardin… » chuchota-t-il, en se forçant à marcher vers les appartements de Gervaise, de l'autre côté de cette pelouse en friche.

Dans le ciel, la lune avait entamé sa course. Elle posait ses rayons sur les grandes carcasses des serres tropicales, qui offraient leurs ombres de dentelles et de lianes.

Sylvain avait beau lutter, la symbiose était trop forte.

— Tu fais partie du Jardin, mon petit faune, ajouta Gervaise tandis qu'ils gravissaient les trois marches de son perron. Nous ne sommes pas obligés de ne nous voir qu'à *L'Auberge basque*, le jeudi. Viens plus souvent ici…

Ce n'était pas faute d'y avoir songé, mais Sylvain luttait contre cette tentation.

— Je travaille beaucoup, se justifia-t-il, assez piteux.

— Je sais, dit tristement Gervaise. Je sais…

Dégageant son écharpe multicolore, elle sortit un trousseau de clés de son sac à main et proposa sans illusions :

— Tu peux dormir ici, si tu veux. Ta chambre est toujours prête…

— Non merci, maman, répondit-il en fixant la clé rouillée qui pénétrait dans l'antique serrure (encore une musique de son enfance).

Mais après un temps d'hésitation, il ajouta :

— Je vais juste rester un peu au Jardin. Hervé me laissera sortir…

Gervaise dissimula son sourire. Si Sylvain déclinait son hospitalité, jamais il n'avait pu refuser celle du Jardin.

La conservatrice évita toutefois une réflexion et répondit d'un ton nostalgique :

— Promène-toi, mon fils. Ce jardin est ta maison.

Sylvain avait bien sûr perçu les pensées de sa mère.

« Ma maison ? Ma prison, oui ! » songea-t-il, sans pour autant renoncer à sa « promenade ».

Accrochant son écharpe à une patère du hall, Gervaise alluma le vieux lustre. La lumière gifla Sylvain.

— On se voit jeudi prochain, chez le Basque ?

— Parce que j'ai le choix ? plaisanta amèrement Sylvain.

— Je t'ai toujours laissé le choix, rétorqua Gervaise Masson, tandis que son fils s'enfonçait dans la nuit végétale.

Jeudi 16 mai, 22 h 42

En moins d'une minute, trois des flics sont chez moi.

Un poing cogne à ma porte.

— Police !

Que faire d'autre qu'aller leur ouvrir ? Après tout, je suis dans mon bon droit. Je n'ai rien à me reprocher.

— Police, ouvrez !

Ils commencent à s'énerver.

Je saisis la télécommande, j'éteins tout, je saute de mon fauteuil, je vérifie que rien ne traîne, et je cours vers l'entrée.

Derrière la porte, ils s'excitent vraiment.

— Si vous n'ouvrez pas, nous…

— J'arrive, j'arrive !

Un moment, j'hésite à rebrousser chemin, mais je ne saurais dire si c'est par jeu ou par peur. Puis la curiosité est la plus forte.

— Voilà ! dis-je en tournant le premier verrou, avant d'ajouter : Si je m'enferme à double tour, c'est parce qu'il n'y a personne d'autre que moi, en ce moment.

La porte est longue à déverrouiller : il y a bien quatre serrures.

Lorsqu'ils voient enfin mon visage, dans l'embrasure, ils ont un instant de recul.

Je m'y attendais : c'est toujours pareil !

Moi, je m'efforce de leur sourire et ouvre grand la porte.

— Bonjour…

Tous les trois entrent dans l'appartement avec des yeux écarquillés. Aucun ne fait de commentaire, mais - comme tout le monde - ils sont frappés par la grandeur et la beauté du logis familial.

Le commissaire Parasia s'approche du petit tableau noiraud, près de la console de l'entrée, et montre un œil interrogateur. A-t-il reconnu Goya ? Un autre regarde par la grande baie vitrée, à l'autre bout du salon.

C'est vrai qu'on a du mal à se croire à Paris. La fenêtre a été percée de telle sorte qu'on puisse s'imaginer en pleine forêt, à l'abri des feuilles, des branches, et de la vie. Cette impression est plus forte que jamais au printemps. À la Reine Blanche, nous vivons vraiment hors du temps.

Je me tiens en retrait et observe la scène, ne sachant quelle attitude adopter. Moi qui ai l'habitude de tout épier, ce soir, le spectacle vient à moi !

– Les caméras, c'est ici ? demande abruptement le commissaire.

Je me plante devant lui et m'essaye à l'ironie, même si je suis de plus en plus intimidée par la situation.

– Vous voulez voir ma petite installation, c'est ça ?

– Votre quoi ?

– Suivez-moi, dis-je sans me retourner, en marchant d'un pas feutré sur les kilims qui s'entassent dans le couloir.

Lorsque nous arrivons dans la « salle des machines », tous bondissent.

– Mais c'est hallucinant !

Je les rejoins en maugréant :

– Allez-vous enfin me dire ce qui se passe ?

4.

Sylvain resta une bonne heure à la roseraie. Au printemps, cette vaste allée plantée de piquets longeait le bâtiment de minéralogie avec la flamboyance d'un dragon de fleurs. Sur une centaine de mètres, ce buisson odorant virait à la tonnelle, tant les roses y fourmillaient. Libéré par la fraîcheur nocturne, leur parfum prenait Sylvain à la gorge. Le jeune professeur s'était allongé sur le banc et fermait les yeux, peu à peu bercé par cette symphonie d'odeurs et de tons. Malgré le bruit des voitures qui s'engouffraient dans la proche rue Buffon ; malgré une sirène de police qui venait du côté des Gobelins ; malgré l'écho des trains de marchandises, qui parvenait des hangars d'Austerlitz, Sylvain remontait le temps.

Combien de fois était-il venu ici, précisément sur ce banc, avec Gabrielle ? Les nuits de pleine lune, les deux enfants s'allongeaient sur le bois, bientôt couverts de rosée, deux naufragés sur une île déserte.

Le dos collé à la peinture écaillée, Sylvain sourit à ce souvenir, se rappelant le rituel de « la rencontre romantique » qui précédait chaque jeu.

C'était immuable : tous les soirs, à l'arrivée du printemps, Sylvain et Gabrielle se rejoignaient sous la coupole du pavillon, en haut du labyrinthe. Une courte colline dominait en effet le Jardin des plantes, à l'ouest, vers la grande mosquée de Paris. D'abord tas d'ordures, les paysagistes royaux y avaient dessiné un labyrinthe de buis, en forme d'escargot. En 1792, son sommet avait même été couronné d'un kiosque de fer et bronze, première structure de ce genre au monde !

Dans ce clocheton qui dominait le Jardin en beffroi, les enfants avaient coutume de se retrouver sitôt leurs parents couchés ; la règle étant que Gabrielle arrivât la première. Alors, la pièce commençait.

Sylvain se rappelait les répliques, à la virgule près :

— Je suis la dame de tes pensées, proférait la fillette. Tu es le vaillant chevalier : à toi de me délivrer !

Se collant aux poutrelles du kiosque comme si on l'y avait ficelée, Gabrielle prenait un air terrifié pour proférer ses menaces, d'une voix soudainement caverneuse :

— Mais attention, Sylvain : ce pavillon n'est pas en métal ! Il est la partie émergée d'un monstre, qui dort depuis des siècles sous la butte du labyrinthe.

Les yeux de Gabrielle brillaient de fascination.

— Les herbes poussent dans sa chair. Les arbres ont pris racine dans son corps. Et si tu fais trop de bruit, le dragon se réveillera et nous avalera tous deux. Car ce n'est pas un pavillon… c'est une bouche !

Dans un dernier sourire, elle ajoutait, malicieuse :

— Tu sais bien que des milliers de couples d'amoureux ont disparu sous cette coupole !

Gabrielle était son amie, sa compagne de jeu. Bien qu'elle fût la petite-fille de Lubin, le gardien-chef de la ménagerie, les deux enfants avaient été élevés tels frère et sœur. Sylvain et Gabrielle partageaient tout :

école, horaires, lieux de vacances, jusqu'à la chambre à coucher (du moins au début : une mansarde dans les combles de la conservation). Gervaise s'en félicitait : ainsi son fils unique pouvait-il grandir aux côtés d'une sœur adoptive.

Mais quant à en être « amoureux », ah ça non ! Sylvain s'en gardait bien ! Depuis sa plus tendre enfance, c'était un sentiment qui le gênait profondément. Cette même gêne éprouvée face à sa mère, lorsque tous deux regardaient la télévision et qu'un couple s'y embrassait à pleine bouche. Devant cette vision, Sylvain quittait la pièce, fuyant le regard maternel, car ils venaient de contempler quelque chose « dont on ne parle pas ».

À ce nouveau souvenir, Sylvain éclata de rire sous la roseraie. Un rire brisé, pourtant ; un rire aussi fané que ce pétale de rose qui se posa sur sa joue avec la douceur d'une peau d'enfant.

— La peau de Gabrielle, dit-il à mi-voix, surpris de s'entendre.

Cette peau ? Encore un interdit ! Non que leurs parents se fussent montrés particulièrement sévères à ce sujet, mais les deux enfants étaient l'un envers l'autre d'une pudeur surannée.

Ils se connaissaient trop pour s'essayer à la tendresse. Toute sensualité eût relevé de l'inceste. Et puis, quel besoin avaient-ils de tout ruiner par le sentiment, quand le Jardin était à eux, quand ils régnaient sur un empire de feuilles, de plantes et de bêtes ?

« Les bêtes… » songea Sylvain en se redressant. Il plissa les yeux pour apercevoir les toits de la ménagerie, découpés dans la nuit.

Enfants, le jeu préféré de Sylvain et Gabrielle était leurs expéditions nocturnes au zoo.

« Ce sont eux, les vrais humains… » décrétait Sylvain, régurgitant là quelque théorie maternelle.

Tandis qu'il s'éloignait du banc en caressant les massifs du revers de la main, le jeune homme se revit en train de dérober le passe-partout de Lubin, afin d'ouvrir les cages. À cette image, le professeur éprouva même une fierté réconfortante, comme s'il n'avait pas totalement gâché sa jeunesse.

Étaient-ils nombreux, dans le monde, les enfants qui pouvaient pénétrer de nuit dans un zoo, pour s'introduire dans les cages ? Depuis sa fondation en 1794, le zoo du Muséum national d'histoire naturelle avait-il jamais accueilli d'aussi jeunes aventuriers ?

Oh, bien sûr, Sylvain et Gabrielle étaient trop prudents pour se frotter aux tigres, aux loups ou aux ours. Mais la volière, le parc aux daims, la faisanderie, la « maison des rapaces » et – bien sûr ! – la singerie suffisaient à leur bonheur.

Dans la mémoire de Sylvain, tout revenait comme un film : Il fait nuit. Gabrielle et lui sont devant la singerie. Malgré l'obscurité, Sylvain ouvre doucement la cage des singes blancs. Après un moment d'hésitation, les deux enfants entrent. À leur grande joie, les animaux ne bronchent pas et s'ébrouent pour leur offrir les meilleures places : une souche pour Gabrielle, un pneu pour Sylvain. Enfin, lorsque les enfants sont installés, les animaux viennent s'asseoir à leurs pieds, en cercle. Alors Sylvain et Gabrielle leur parlent et leur racontent leur vie, leurs rêves, leurs désirs, ainsi qu'on se confie à sa famille…

— Gabrielle… murmura Sylvain en gagnant le centre de la pelouse.

Un éclair de tristesse éblouissait ses souvenirs. Chaque millimètre du Jardin le ramenait fatalement à sa jeunesse envolée.

— Gabrielle, tu as donc oublié le Jardin ?

À cette idée, une boule lui serra la gorge.

L'évidence s'imposa : à mesure qu'il traversait la pelouse du Jardin, en direction de la ménagerie, il lui sembla que le zoo l'appelait. C'était même un ordre ! Dans son esprit : nul son, nulle voix, mais une injonction muette, contre laquelle Sylvain ne pouvait – ne voulait ? – lutter.

— Pourquoi pas, après tout ? se dit-il à voix haute, enjambant les massifs de pensées comme pour une compétition sportive.

Le professeur arriva dans le jardin alpin, cette étonnante enclave où de savants botanistes étaient parvenus à recréer les climats de la planète. Comme on passe le gué d'un torrent de pierre en pierre, Sylvain traversa le monde en une foulée, se répétant telle une comptine : « Fuji-Yama, Himalaya, Cévennes, Pyrénées, Caucase, Préalpes, Balkans, Arizona… »

Sous les pieds du professeur, lichens, roches et artificielles crevasses défilaient comme on feuillette un atlas. Et chacun de ses pas s'enfonçait dans un pays, ainsi qu'aux temps primordiaux les géants aimaient à parcourir le globe.

Mais le jardin alpin n'était pas une planète et cette course s'acheva contre un mur.

Sylvain respira profondément, plaquant ses mains sur la haute paroi de roches.

De l'autre côté du mur ? La vie sauvage ; *la vraie*…

Le professeur aurait pu contourner cet obstacle et passer par le tourniquet de l'entrée, mais cette solution lui semblait trop facile, indigne de ses souvenirs d'enfance.

« Un tel endroit se mérite, se dit-il en enfonçant ses doigts dans les vieilles pierres. On n'y pénètre pas comme dans un moulin ! »

À nouveau, il se rappela Gabrielle, qui adorait s'introduire ainsi. Elle passait la première, et Sylvain l'aidait à grimper, calant le haut de son crâne contre le derrière de la fillette.

Puis, le zoo apparut.

— Ma maison… chuchota-t-il en atterrissant au pied de la fauverie.

Jeudi 16 mai, 22 h 54

Les flics n'arrivent pas à y croire ! Ils posent sur la pièce des yeux effarés, même le commissaire Parasia est décontenancé.

Moi, je commence mon laïus :

– Le principe est simple : à la Reine Blanche, il y a onze appartements. Et deux écrans pour chacun.

Un des flics s'en approche et les regarde comme on admire une voiture de collection.

– Ce sont les mêmes qu'au ministère.

Je ne peux m'empêcher de claironner :

– En effet ! Le SONY V-GX 438 est un modèle pas encore commercialisé en Europe, mais déjà utilisé pour les systèmes de sécurité de certains bâtiments très officiels. C'est le must de la technologie HD.

Sur ces mots, je prends la souris raccordée à l'un des écrans et double-clique. L'image grossit, grossit. On voyait un salon vide, on voit maintenant le détail d'une boîte d'allumettes, posée sur la table basse.

– Ce système a été élaboré par Sony pour la Nasa.

Les policiers restent figés sur place, fascinés par le spectacle.

– C'est… dingue !

Moi, je repose ma souris, enchantée de mon petit effet. J'en oublierais presque pourquoi ils sont ici.

C'est comme lorsque j'amène des amis ici (ils sont rares, c'est un lieu qui se mérite !). J'adore lire l'incrédulité, l'incompréhension sur leur visage.

– C'est si bon de se plonger dans la vie des gens… dis-je comme un aveu, désignant aussitôt le premier écran. Là, c'est M. Huairveux. Il est en train de finir ses mots croisés. Après il va retirer sa robe de chambre, changer le pyjama qu'il porte depuis trois jours, et se coucher. Avant de s'endormir, il regardera la photo de sa femme pendant un bon quart d'heure. Il y a même des soirs où il pleure…

Je guette la réaction des cinq hommes. Face à mon ton détaché, je les sens de plus en plus mal à l'aise.

Nouvel écran.

– Ici, c'est Mlle Garnier. Elle est prof de piano au conservatoire du XIIIe. Chaque soir, elle réécoute son unique enregistrement, fait pour la radio dans les années 1970. À la fin, elle s'applaudit pendant deux minutes et range la cassette dans un écrin garni de velours rouge.

Un flic se penche presque contre l'écran voisin, incrédule.

— Sur cet écran, vous voyez… Yvan et Bernard.

Les policiers sont de plus en plus embarrassés. La vision de ce couple de septuagénaires, en train de manger des œufs à la coque, nus dans des tabliers de cuisine, les laisse cois.

— C'est pas possible, ils le font exprès !

Je peux alors lâcher ma phrase fétiche, qui ressort invariablement à ce moment de la conversation :

— Si vous saviez à quel point les gens ont besoin d'être observés. C'est moi, c'est vous, c'est nous qui les faisons exister. La téléréalité ne propose rien d'autre…

Alors les flics sursautent : sur l'écran, les deux hommes viennent de se tourner vers l'objectif, et ont fait un clin d'œil en trempant leurs mouillettes.

— Mais… mais on dirait qu'ils se savent filmés !

— Bien entendu, dis-je comme une évidence.

Les flics restent sans voix. Je reprends :

— Attention : je n'ai rien installé ! Quand mes parents ont racheté la Reine

Blanche, c'était un asile psychiatrique. Moi, j'ai restauré le matériel… Mes parents s'en moquent, ils ne sont jamais là.

Le commissaire s'apprête à parler mais je le devance :

— La plupart des locataires étaient contre la présence des caméras dans leur appartement, mais ça aurait coûté une fortune de tout défaire, car l'agencement des pièces a été pensé en fonction de ce réseau vidéo. Papa s'est juste contenté d'appliquer des loyers très bas. De toute façon, il n'a pas besoin d'argent.

— C'est scandaleux ! s'offusque Parasia, en remarquant un autre écran, où un couple fait l'amour.

Bien vite, l'homme jette un œil vers l'objectif, et éteint la lumière.

— Là, c'était M. Bricoux et sa nouvelle petite copine…

— C'est du voyeurisme !

— J'appelle ça de la « curiosité active ». Tous ces gens sont d'accord pour être surveillés. Allez leur demander leur bail, il stipule que ces images ne sont ni diffusées en public, ni enregistrées. Du direct absolu…

Parasia s'apprête à renchérir mais il vient d'aviser l'écran donnant chez les Chauvier. Le couple s'est remis sur le canapé. Ils sont en larmes. Ils tiennent entre leurs bras le couffin du bébé, comme s'ils voulaient le bercer. Jean caresse les cheveux de Nadia, et lui glisse à l'oreille des mots apaisants. Je lis dans leurs yeux la marque d'un désespoir absolu, et perds un instant mon assurance.

Leur douleur résonne dans les baffles :

« Mon amour, ne t'inquiète pas, ils vont le retrouver...

– Je suis sûre qu'il est mort. Je le sens...

– Mon amour, arrête...

– Je te dis, c'était trop beau. On était trop bien... »

Jean lève alors les yeux vers l'objectif.

« Les autres flics doivent être chez la petite ; peut-être qu'elle a vu quelque chose... »

Comme s'il ne me découvrait que maintenant, le commissaire me scrute avec effarement et balbutie :

– Mais vous... quel âge as-tu ?

– Quatorze ans dans huit jours, pourquoi ?

5.

Tous les animaux dormaient.

Sylvain perçut le ronflement des tigres, des lions et des panthères, qui montait de la fauverie.

Il s'avança vers cette vétuste rotonde dont les huit cages formaient les parts d'un même camembert. Rien de plus carnivore, pourtant, que ces félins, dont les masses velues, affalées au sol, exhalaient une chaleur musquée.

— Mon vieux Léon… dit-il à mi-voix, passant une main tremblante à travers les barreaux.

Lorsque ses doigts touchèrent le pelage, le lion ne se réveilla pas. Tout juste s'étira-t-il dans ses rêves, griffant les dalles avec un bâillement rauque.

Sous sa paume, derrière la fourrure, Sylvain sentit battre le cœur de l'animal. Il ne retira pas sa main, car il n'avait pas peur. L'empereur de la ménagerie l'avait reconnu depuis ses rêves. Tout autre que Sylvain aurait eu le bras arraché.

Il resta ainsi dix bonnes minutes, comme s'il se chargeait de l'énergie du félin pour mieux vaincre les ténèbres. Lorsqu'il s'éloigna, il voyait aussi bien qu'en plein jour. Même les yeux bandés, Sylvain s'y serait retrouvé, tant cet endroit faisait partie de sa géographie intime. Il en connaissait le moindre détail et laissait sa main courir le long des barres de métal, sur chaque grillage.

Longue construction aux vitres opaques, le vivarium jouxtait un enclos où dormaient de bien prosaïques volailles. Plus loin, au bord d'une mare à moitié vide, deux pécaris se frottaient l'un à l'autre, le corps couvert de détritus alimentaires.

Comme un somnambule, Sylvain passait devant les cages, les enclos, les volières, distinguant chaque animal avec une étonnante netteté.

Gabrielle s'était toujours émerveillée de cette faculté. « Tu es mon regard ! » disait-elle en lui passant une main fraîche sur le visage, ainsi qu'un aveugle palpe des traits.

Lors, comme ce soir, les bêtes accueillaient sans un cri leurs jeunes visiteurs, instinctivement conscients qu'ils étaient de la même espèce.

Après un moment passé à contempler les rapaces dans la clarté lunaire, Sylvain retourna vers les bêtes sauvages. Il aimait la menace sourde qui planait autour de ces corps monstrueux.

Dans leur fosse, la masse des trois ours formait un talus de poils. Plus loin, les loups dormaient enlacés, prêts à faire front au moindre coup.

Unique sentinelle de cette cité endormie, un hibou grand-duc gonflé d'une morgue hirsute fixa le visiteur de ses yeux outragés.

— Salut, toi… chuchota le professeur, en signe de paix.

Perché sur sa branche, le hibou ne bougea pas. Seule sa tête pivota sur elle-même, en toupie. Puis il lança un « hou hou » lugubre.

Sylvain sourit, mais n'eut pas le temps de rire, car au même instant un spasme lui tordit violemment l'estomac.

— Il se passe quelque chose ! frémit-il avec une intuition corrosive.

Un instant plus tard, un hurlement atroce déchira la nuit.

6.

— Mais qu'est-ce qui se passe ?

Paniqué, Sylvain courait d'une cage à l'autre, ne sachant où donner de la tête. Tous les animaux criaient, jappaient, beuglaient dans la nuit, et ce concert retentissait dans sa chair. Depuis son enfance, la peur ressentie par les bêtes trouvait un écho dans son métabolisme. Une douleur sourde montait du creux de son ventre. La brûlure gagnait le torse, le cou, et venait exploser dans sa tête, en un affreux silence.

— Qu'est-ce qui vous arrive ? gémissait Sylvain, le crâne serré dans un étau. Qu'est-ce qui vous prend ?

Le jeune professeur aurait dû s'arrêter, ne plus bouger, car chacun de ses mouvements lui martelait la cervelle. Mais il *devait* comprendre. L'empathie organique qu'il avait pour ces animaux le poussait à continuer.

Zigzaguant entre les cages, il se penchait aux rambardes, tentant de voir à travers les grilles, les barreaux.

À sa stupeur, chacune des bêtes se mêlait aux hurlements. Pas une ne manquait.

Les loups pointaient leur museau vers le ciel, dans une plainte lancinante. Chez les fauves, c'était un grondement rauque, sourd, qui allait en s'accentuant. Les singes hurlaient d'un rire hystérique, en saccade de mitraillette. Même les oiseaux s'étaient réveillés, chacun poussant son cri de bataille. Et que dire de l'éléphant ? Son barrissement de trompette couvrait tout, seul soliste de ce terrible oratorio animal.

D'une voix tremblante, Sylvain tentait de les calmer, de les appeler par leurs noms.

Mais lorsque les rapaces le scrutèrent d'un œil immobile, sans cesser de couiner, Sylvain comprit combien ses gesticulations étaient inutiles.

Pour la première fois depuis longtemps, cet homme élevé dans la ménagerie se sentait hors du jeu.

« Tu ne peux pas comprendre, semblaient lui dire ces dizaines de regards avides et désespérés. Tu n'es plus des nôtres. »

— Je délire ! Je délire ! gémit Sylvain en serrant ses tempes entre ses paumes, pour regagner la réalité.

Mais il était dans le vrai monde.

Rien n'était plus concret que ces cris.

Alors la lune surgit des nuages.

Alors il vit…

— Mon Dieu, je n'avais pas pensé à eux ! frémit-il, sentant monter le malaise.

Inconsciemment, depuis son arrivée dans le zoo, il avait évité cette cage. Comme si tout cherchait à l'en éloigner.

Était-ce eux la raison de ce vacarme ?

Muselant son effroi, Sylvain s'approcha doucement de la grande cage, craignant que chaque mouvement ne provoque l'irréparable.

— Les singes blancs ! ahana-t-il, sans pouvoir y croire. Les singes blancs ont disparu !

7.

— Rien n'a été dérangé, ni forcé, admit Gervaise, blafarde.

Elle vérifia encore un cadenas, mais conclut :

— Tout est parfaitement verrouillé.

— Les singes blancs ont pourtant disparu, objecta Sylvain.

La conservatrice ne répondit pas et descendit de la cage, inquiète et interdite. Sylvain fut même frappé par l'allure de sa mère : avec sa robe de chambre moirée à motif cachemire, ses mules de feutre mauve et son inévitable écharpe multicolore, Gervaise Masson semblait une lady anglaise réveillée par le *Blitz.* Dans la lueur blafarde de la lune ascendante, la scène ressemblait à un cauchemar romantique.

— Mais qu'est-ce qui a bien pu se passer ? ! grogna la conservatrice en se tournant vers Sylvain. Tu es sûr que tu n'as rien vu ? Et d'abord, que faisais-tu dans le zoo, à cette heure ? Je croyais que tu devais te promener dix minutes et rentrer te coucher !

Inutiles vociférations. Sylvain connaissait sa mère : elle pestait sans conviction pour masquer l'absence des singes… et celle de toute hypothèse. En cas dc coup dur, elle était seule responsable du zoo. Et il y avait de quoi être angoissée : avec la psychose terroriste, dans l'administration les postes valsaient comme des chaises musicales. C'est pourquoi, cheveux en bataille et visage brûlant, la conservatrice tournait autour de la cage telle une lionne dont on a volé les petits.

« Quel bazar ! » songea Sylvain en tentant de faire le vide dans son esprit.

Bien qu'il ne risquât pour sa part aucune mise à pied, le professeur était tout aussi frappé par cette disparition. Voilà dix minutes qu'il avait couru réveiller sa mère, tambourinant à la porte de la conservation pour traîner Gervaise devant la grande cage vide. Et si le zoo avait cessé de hurler, la tête de Sylvain résonnait encore des mille et un cris animaux. Des animaux, ça ne se volatilise pourtant pas. De mémoire d'homme, a-t-on jamais vu de kidnapping à la ménagerie du Jardin des plantes ? Même la célèbre girafe, cadeau du bey de Tunis, amenée à pied de Marseille l'été 1827, avait fini ses jours ici sans qu'on vînt seulement la chatouiller !

— Peut-être qu'ils se cachent, hasarda Sylvain qui n'admettait pas que cinq singes aussi grands que des enfants de douze ans pussent disparaître d'un microzoo, au milieu d'une agglomération de dix millions d'habitants !

— Les singes se sont échappés, c'est tout ! s'écria Gervaise en tirant nerveusement de sa poche un étui noir. Je me suis toujours demandé s'ils n'étaient pas plus intelligents que nous…

— Ce sont des animaux, maman, objecta Sylvain.

Tripotant toujours son étui, elle en tira deux objets noirs et marmonna :

— Je te parle d'intelligence *naturelle*, Sylvain. De compréhension immédiate des choses.

D'un mouvement sec, la conservatrice déplia deux lampes télescopiques et tendit une des torches à Sylvain :

— Aide-moi plutôt à les trouver…

Sans que son fils eût eu le temps de réagir, Gervaise s'était volatilisée. Le rayon de sa lampe s'éloignait en balayant les cages, tandis qu'elle ressassait pour elle-même, d'une voix perdue :

— Il faisait ce temps-là, quand je les ai trouvés. Une nuit de printemps : douce et chaude. Et puis la lune était pareille : aussi brillante, aussi haute…

Lorsque sa mère eut disparu de l'autre côté du zoo, Sylvain se rendit compte à quel point leur attitude était stérile ! Au lieu de jouer les boy-scouts maladroits, ne feraient-ils pas mieux de prévenir la police ? Il fallait agir, organiser une battue dans le quartier, draguer la Seine, qui sait ?

Sylvain regarda sa montre, songeant que chaque seconde les éloignait des fugitifs. À presque deux heures et demie du matin, les singes blancs pouvaient fort bien arpenter les jardins de la Salpêtrière ; ou pire : parcourir les couloirs de l'hôpital.

Le jeune homme se tourna vers le dôme du vieil hôpital, quand son regard s'arrêta sur la grande verrière d'Austerlitz.

Et s'ils étaient allés jusqu'à la gare, se cachant dans un wagon en partance pour le sud-ouest de la France : Limoges, Brive, Toulouse ? Après tout, ils viennent du sud, eux aussi !

— Tu vois quelque chose ? appela la voix de Gervaise, depuis le vivarium.

Sylvain alluma sa torche pour la braquer devant lui.

Sa lumière éblouit la face d'un bouquetin, dans son enclos. Le caprin le fixa avec surprise, puis reprit placidement sa pâture. Les singes blancs, il s'en moquait bien.

D'ailleurs, tous s'en moquaient : baudets, tétraslyres, émeus, boas, vigognes, qui scrutaient Sylvain avec une morgue lasse.

En passant d'une cage à l'autre, de regards éblouis en gueules endormies, le professeur eut bientôt le sentiment incongru de jouer les explorateurs.

« Une fois n'est pas coutume, pensa-t-il non sans amertume, je suis le digne fils de ma mère… »

Mais entre cette traque urbaine et les exploits de jeunesse de Gervaise, il y avait quelques années-lumière. Car c'est elle qui avait découvert les singes blancs, trente-cinq ans plus tôt, après des mois de recherches, dans les jungles de la République centrafricaine. La jeune femme s'était aventurée là où aucun être humain n'avait jamais eu la témérité de s'enfoncer.

« Moi, je m'enfonce juste dans la boue, ironisa Sylvain, qui s'agenouillait dans une flaque pour éclairer la cage du pangolin. À chacun son exploit… »

Le rayon de la lampe zigzagua entre les barreaux avant de révéler l'animal, assoupi dans sa mangeoire. Ici non plus : pas de singe blanc.

« Passons à une autre cage », se dit Sylvain, non sans songer que la quête de sa mère avait dû être plus sportive. Combien de temps avait-elle parcouru la sylve, avant de les trouver ? Cinq, six mois ? Une demi-année à scruter le moindre talus, pénétrer la plus étroite crevasse.

« C'était une nuit comme aujourd'hui… » se rappela le jeune homme, qui avait tant de fois écouté ce récit.

Voilà près d'un mois que l'équipe de Gervaise campait dans cette partie de la jungle. Les boys n'en pouvaient plus. La moitié de son équipe avait abandonné la recherche, la traitant d'illuminée.

Ils n'avaient pas la foi, n'avaient jamais cru à ce texte de Buffon qui parlait des singes blancs. Ils avaient fini par penser que c'était un apocryphe élaboré par Bernardin de Saint-Pierre ou Daubenton ; quelque pastiche de *l'Histoire naturelle*. En un mot : une invention. Avait-on jamais vu un tel animal dans les forêts africaines ? Comme les soldats de Pizarro guignaient l'Eldorado, Gervaise n'était qu'une rêveuse à la poursuite d'une chimère.

« N'est-ce pas pourtant les rêves qui aident à vivre ? » se demanda Sylvain, dont la lumière venait maintenant caresser la volière des perroquets. Oui, c'était bien un rêve que ces plumes éclatantes malgré la nuit, ces tons luisants, d'une prodigieuse variété, rouges, verts, jaunes, bleus, telles des taches de vie. Nous avons tant à apprendre des bêtes ; toujours elles nous surprennent, comme cette nuit où les singes blancs se sont finalement *présentés* à Gervaise. C'était par une lune montante, pareille à ce soir.

Vers deux heures du matin, la jeune exploratrice s'était brusquement réveillée. Il n'y avait pourtant pas un bruit. Les tentes dormaient, dans la chaleur de la nuit sauvage.

Gervaise n'était pas sous sa tente mais devant le feu dont les braises rougeoyaient, hérissées d'un buisson d'insectes. Elle avait dû s'assoupir et les autres étaient allés se coucher sans oser la réveiller. Car tous craignaient le caractère trempé de ce dragon des jungles. Surtout depuis que la moitié de l'équipe avait déserté l'expédition. Bref, les irréductibles broussards avaient couvert d'un plaid le corps de leur maîtresse.

Lorsque Gervaise se dressa sur ses coudes, elle vit la silhouette, assise en tailleur de l'autre côté du bivouac…

La pâle lumière du feu éclairait son visage, car il fixait les braises avec une profonde austérité.

Gervaise resta interdite, ne reconnaissant là aucun membre de son équipe. Mais quand elle vit le second animal, elle frémit de joie… Une créature de la même espèce se laissait caresser le front, le regard tout aussi sérieux.

« Enfin ! » songea Gervaise, qui n'eut même pas à donner l'alarme, car les singes blancs se laissèrent encager, comme les plus dociles esclaves…

— S'ils pouvaient réapparaître aussi simplement, maugréa Sylvain, qui en avait assez de jouer les traqueurs.

Il avait d'ailleurs toujours eu du mal à se figurer capture aussi simple. Connaissant la capacité à la colère de ces animaux, Sylvain peinait à l'admettre. Sans doute Gervaise avait-elle romancé son aventure, estompant la violence d'une prise qui n'avait rien de pacifique. Peu importe : ce premier triomphe lança sa carrière.

Devant ce couple d'animaux inconnus – dont aucun autre chasseur ne parviendrait jamais à trouver les cousins ! –, les scientifiques crièrent d'abord à l'imposture… mais ils durent vite rendre les armes. Les singes blancs furent même la seule découverte zoologique de l'après-guerre (hormis quelques insectes et planctons). Une race unique, inconnue, vernaculaire, cachée depuis des années dans les forêts de l'Afrique centrale. Une espèce dont on ne savait encore rien.

Les singes blancs ressemblaient à des chimpanzés que la nature aurait couverts d'un angora blanc et soyeux. Et si leur faciès était celui d'un primate, il y avait en eux quelque chose de singulièrement intense, qui a toujours fasciné les visiteurs du Muséum, expliquant le succès de la ménagerie depuis trente-cinq ans.

Fière scientifique mais astucieuse femme d'affaires, Gervaise avait farouchement défendu son pré carré : aucun autre musée ne posséderait l'un de *ses* singes blancs, fussent-ils de la troisième génération. Aussi était-il interdit de les photographier ou de les filmer. Lubin avait même pour ordre de confisquer les pellicules, quels que fussent les hurlements des visiteurs.

— Ce ne sont pas les tableaux d'un musée. Ceux qui veulent les voir n'ont qu'à venir, et revenir.

Gervaise Masson n'allait pas mettre en péril ce qui lui avait permis de devenir conservatrice du Muséum d'histoire naturelle de Paris, à trente-deux ans.

— Tu es encore ici ?

Sylvain sursauta, ébloui.

Haletante, sa mère le braquait de sa torche.

— J'ai fait le tour complet, maman. Ils ne sont pas là…

Gervaise le scruta, soupçonneuse, puis éteignit sa lampe et avoua :

— Moi non plus : rien trouvé…

Sylvain la vit alors s'avancer vers la cage vide, dont elle serra les barreaux dans ses mains tremblantes.

— Mes amours… mes petits amours… pourquoi me faites-vous ça ?…

« Pitié, pas cette comédie-là ! » songea Sylvain en détournant les yeux.

— Mes enfants, revenez, je vous en supplie, pleurnicha encore Gervaise.

Que Sylvain détestait ces débordements ! Ils lui rappelaient surtout combien sa mère pouvait être sèche, avec lui.

Mais cette nuit, sa tristesse avait une raison d'être. Sylvain avait d'ailleurs rarement vu sa mère en proie à un tel désarroi.

Elle finit par s'approcher de son fils, pour lui saisir les mains.

— Et si c'était les terroristes ?

Cette idée lui sembla si ridicule qu'il tenta d'imaginer les poseurs de bombes en train de forcer les cages du zoo... et éclata de rire avant d'objecter :

— Les singes blancs ne présentent pas d'intérêt pour des terroristes, maman !

Gervaise serra poings et dents.

— Tu n'as aucune idée de la valeur de ces animaux ! De leur... *puissance !*

« Elle déraille !... » se dit Sylvain, de plus en plus inquiet pour sa mère.

Mais le regard maternel conservait sa persuasion. Déconcerté, le professeur sortit son téléphone.

— Ça suffit ! J'appelle la police...

— Surtout pas !

Sylvain tressaillit, les mains vides.

D'un revers du poignet, Gervaise avait envoyé valdinguer son portable, qui s'écrasa au pied d'une clôture.

Étonnée, la girafe passa le cou par-dessus la barrière pour renifler le petit objet en plastique. Puis elle repartit dans la nuit.

Sylvain était pétrifié. Sa mère se comportait vraiment comme une folle ! Qu'avait-elle donc à se reprocher, pour réagir avec une telle brutalité ?

— On ne prévient pas la police ! décréta la conservatrice, en palpant avec une douceur incongrue sa mise en plis. Tout ce qu'ils vont faire, c'est nous demander de fermer le musée. On ne dit rien… *À personne !*

Sylvain était perdu.

— Mais enfin maman, c'est absurde ! Le musée ouvre dans sept heures ! Tout le monde va bien voir que…

— Je sais, je sais, je sais, grommela Gervaise Masson, fébrile. Je prétendrai que les singes ont été déplacés pour « raisons médicales ». J'ai toute la nuit pour rédiger de faux certificats.

Une lueur d'espoir passa dans son regard.

— Comme ça, on gagnera un peu de temps. Le temps de les retrouver, tu comprends ?

« Qu'est-ce qui lui arrive ? » s'interrogea Sylvain, effrayé par les yeux de sa mère. Elle semblait vraiment croire à cette histoire de kidnapping terroriste.

Après une seconde d'hésitation, il finit par demander :

— Il faut quand même prévenir Lubin, non ?

Gervaise se renfrogna. Puis elle chuchota avec une rage sourde :

— Dis-toi bien une chose : dans cette affaire, Lubin est la dernière personne à qui tu puisses te confier !

Jeudi 16 mai, 23 heures

— Nom, prénom, âge, qualité ?

— Pucci, Trinité, treize ans, onze mois et trois semaines, lycéenne…

Je lis l'incrédulité dans le regard du commissaire.

— Je sais, quand on me voit on m'en donne moins ; quand on m'écoute, on m'en donne plus…

— Où sont tes parents ?

Je hausse les épaules et affecte un petit rire méprisant.

— Vous parlez de parents ! Si je les vois un week-end par mois, c'est le Pérou.

— Je ne comprends pas ! Tu vis seule ici, et tu passes tes journées à observer tes voisins avec des caméras de surveillance ?

— Non, dis-je d'un timbre voilé : je suis en terminale scientifique au lycée Henri-IV.

— À treize ans ? !

— J'ai quelques années d'avance, mais c'est à cause des 195.

— Des quoi ?

— 195 : mon QI.

Je crois lire un certain apaisement dans les yeux de Parasia, comme s'il comprenait enfin à qui il a affaire.

Je désigne alors les écrans d'un geste large.

— Comment aurais-je bricolé tout ça, si je n'étais pas surdouée ?

— Pourquoi est-ce que tu observes les gens ?

Je grimace.

— Par ennui, j'imagine.

— Par ennui ? !

Sans tout de suite m'en rendre compte, je quitte peu à peu mon cynisme.

— Je suis assez seule, ici, vous savez ? Mon père a fait fortune dans l'acier et passe sa vie en voyage professionnel, avec ma mère, qui est dépressive et a besoin de voir du pays. Un peu avant ma naissance, ils ont acheté le « château de la Reine Blanche » et se sont installés dans le plus bel appartement avant de mettre les autres en location… Les loyers sont très avantageux et justifient — ou excusent ! — la présence des caméras dans les appartements. Et puis, croyez ce que vous voulez, ce n'est pas par voyeurisme que je fais ça. J'aime les gens ; sincèrement. Je n'ai juste pas besoin de le leur dire, et je les aime depuis des écrans.

Les flics sont abasourdis, d'autant que mon aveu n'a plus rien d'une plaisanterie. Je m'en rends compte à la chair de poule qui couvre mes bras. Depuis combien de temps n'ai-je pas été aussi sincère devant des inconnus ? Décidément, c'est une drôle de soirée !

Parasia paraît lutter entre des sentiments contraires.

– Et tu as vu ce qui s'est passé dans la chambre du bébé, ce soir ?

Songeant qu'ils ont mis bien longtemps avant de poser la seule question importante, je saisis de nouveau combien mon petit numéro était vain. Qu'ai-je à leur répondre ? Rien du tout. Je n'ai rien vu.

– Non, dis-je en baissant les yeux malgré moi.

Le commissaire ne s'attendait pas à cette réponse.

– Comment ça ?

– L'écran était branché sur la caméra du salon, pas celle de la chambre du bébé.

Il n'a toujours pas l'air de comprendre.

– Si j'avais un écran pour chaque pièce de chaque appartement, il me faudrait une salle dix fois comme celle-ci !

Les flics se regardent, évaluant le temps perdu ici.

– Et… les bandes ? insiste encore Parasia.

— Je vous ai dit qu'il n'y en avait pas. Du direct absolu. Je n'archive jamais…

Sur un ton sans doute trop désinvolte, je répète alors l'une de mes maximes :

— Observer ne veut pas dire conserver.

Parasia est déconfit, mais son portable se met à sonner.

— Allô ?

Il verdit.

— Oh non, c'est pas vrai !

Les flics se regardent, prévoyant l'orage.

— C'est bon, grogne le commissaire, on arrive…

Il raccroche.

— Alors ? demande un des policiers en consultant sa montre.

— Encore un !

— Ça fait combien ?

— C'est le cinquième…

Traversée d'un filet de glace, je bredouille :

— Cinq kidnappings ?

Les flics sont si épuisés qu'ils en oublient à qui ils ont affaire.

— Ouais, tous des bébés. Tous dans le même quartier.

Maintenant, c'est un frisson d'excitation qui me monte du ventre à la gorge.

— Où ça ?

Parasia tourne vers moi un visage fermé, comme si je n'existais plus. Il jette un dernier regard - affligé - sur la pièce, ses écrans, ses fils, ses haut-parleurs. Puis il grommelle à ses hommes :

— Allez les gars, on y va.

8.

— Comment ça, ne pas te confier à moi ? ! aboya Lubin. Est-ce que ta mère a perdu la raison ?

— En tout cas, je ne l'ai jamais vue dans cet état… répondit Sylvain en s'affalant sur le canapé défoncé de l'antique cabane. La disparition des singes blancs la panique totalement !

— C'est vrai que c'est incroyable… reconnut le vieux gardien, le visage inquiet.

Depuis un demi-siècle qu'il travaillait à la ménagerie du Jardin des plantes, Lubin Temporel n'avait jamais entendu une chose pareille. Il était pourtant la mémoire du zoo.

« Une mémoire qui ne change pas… » pensa Sylvain, en considérant le vieil homme chez qui il s'était précipité en pleine nuit, bravant l'absurde interdit maternel.

Malgré ses soixante-seize ans, Lubin restait effectivement identique : un corps filiforme, un visage émacié et ridé, une silhouette de gargouille. Et puis cette casquette, immuable sur son crâne dégarni. Ce soir encore, il avait omis de l'ôter avant de se coucher.

Voulant se gratter la tête, il s'en rendit compte et la retira, demandant d'une voix soucieuse :

— Les flics sont venus ?

— Personne, je te dis ! Maman ne veut prévenir personne. Pas même toi…

— Ta mère devient folle… On est jeudi : vous avez dîné ensemble chez le Basque, c'est ça ?

— Oui, répondit Sylvain méfiant, car il connaissait son Lubin.

— Combien de verres a-t-elle bu ?

Sylvain accueillit cette question avec un haussement d'épaules agacé. Bien qu'il eût souvent joué de la relation orageuse entre Lubin et Gervaise, le professeur n'aimait pas que l'un le prît à témoin pour débiner l'autre. Et Dieu sait qu'ils ne s'en privaient pas. « Lubin est gâteux ! » bramait Gervaise ; « Ta mère est une soûlarde ! » grognait le gardien. Et lui comptait les points, s'efforçant de rester neutre.

Mais ce soir, il n'était plus question de calomnies : les singes blancs avaient vraiment disparu, et il fallait agir au plus vite !

Malgré cette urgence, assis sur le canapé jaunâtre, dont un ressort attaquait sa fesse gauche, le jeune homme recouvrait un calme presque hors de propos. Pourquoi s'en étonner ? La maison de Lubin avait toujours eu sur lui des vertus thérapeuthiques. Petit, lorsqu'il se sentait fiévreux, il venait y dormir ; le lendemain matin, malgré l'inconfort, la saleté, le désordre, l'enfant était guéri. Et là, aujourd'hui, par cette nuit de lune, depuis qu'il avait passé le pas de la porte dégondée, les images du zoo s'envolaient avec douceur ; comme un rêve s'estompe au petit jour.

— On est toujours aussi bien, ici… souffla Sylvain.

De sa pogne osseuse, Lubin serra l'épaule du professeur.

— Tu y es chez toi. Viens plus souvent...

— Je sais, répondit le garçon, songeant que Lubin était en cela comme sa mère : il souffrait de l'absence de Sylvain et mettait tout en branle pour le garder, dès qu'il parvenait à le « capturer ». Mais s'il avait sciemment fui les griffes de Gervaise, Sylvain devait garder ses distances face aux charmes de Lubin.

Avant de disparaître, Gabrielle le lui avait bien dit : « Mon grand-père est très fort, fais attention, bel ange ! Sinon, dans cinquante ans, tu seras encore dans sa cabane, à écouter les mêmes légendes, avec la même fascination... »

À ce souvenir, Sylvain se raidit. Il regarda autour de lui pour constater, non sans malaise, que rien, absolument rien, n'avait changé. Cette maisonnette était identique aux plus vieilles images qu'il en avait : une photographie du temps qui, malgré l'absence de charme et de confort, dégageait une singulière épure. Tout y était rudimentaire : des murs blanchis à la chaux, un sol de terre battue, une pièce unique, une chaise, une table, une commode, une bibliothèque, un lit, un divan antédiluvien, une lampe pigeon, une cheminée, une fenêtre aux vitres noirâtres. Sur le mur, un vénérable poster du film *Les Chasses du comte Zaroff*, dans sa version polonaise. Dans l'étagère : un exemplaire usé de *Paul et Virginie*.

— Tu fais l'état des lieux ? grinça Lubin, qui observait Sylvain depuis cinq minutes. Si tu cherches les singes blancs, ils ne sont pas planqués sous mon oreiller...

— Ta maison est toujours aussi sale, remarqua le professeur, sachant qu'il flattait là le vieillard.

— On ne se refait pas, répondit-il calmement, grattant sa calvitie croûtée. Voilà tant d'années que j'habite ce décor à la Jack London ; alors les morpions…

— Je sais, compléta Sylvain, c'est ta « cabane de trappeur ».

À cette citation, Lubin opina avec une enfantine fierté. Il avait toujours affirmé son manque d'hygiène, se revendiquant à loisir d'une « aristocratie de la crasse ».

— Je suis comme tous ces gauchistes, qui mûrissent leurs idéaux sous des vêtements sales et des cheveux gras ! ajouta le gardien. Chez moi, tout macère !

Qui aurait cru que cette masure en torchis se trouvait en plein Paris, dans l'annexe du Jardin des plantes, de l'autre côté de la rue Buffon ? Quatre murs branlants, un toit de zinc, une cheminée partiellement éboulée, le tout au fond d'une cuvette, au pied d'un immeuble en brique de style industriel, qui abritait les labos d'ornithologie. Et puis cette forêt d'orties, enrobant la cabane pour la protéger des regards indiscrets.

— C'est même cette maison qui me tient en si bonne santé, ajouta Lubin en donnant un coup de poing affectueux sur un mur… lequel vibra dangereusement ! Ma retraite est une cicatrice : un vestige du Paris d'avant…

« Le Paris d'avant… » se répéta Sylvain, pris d'une nostalgie galopante dès qu'il entendait cette expression. Ces quatre mots ne résumaient-ils pas ce qui donnait sens à sa vie ? Le terreau de sa passion, l'humus de sa vocation universitaire ?

C'est bien ce « Paris d'avant » que Sylvain guignait depuis l'enfance, sous le bitume de la ville moderne. En remontant le temps, qu'y avait-il avant Paris ? Une cité, des villages. Et avant ? Une immense forêt qui couvrait la Gaule. Une sylve gigantesque, naturellement plantée de chênes, de tilleuls et de noisetiers, dont les feuilles d'automne étaient emportées par une Seine aussi large que l'Amazone. Un fleuve où, encore plus tôt, les mammouths allaient boire au petit jour, descendus des futures collines de Belleville…

De telles images enivraient Sylvain. L'idée que sous l'écorce de la ville millénaire battît un cœur de sève, voilà qui le fascinait et le rassurait. Douce certitude que tout cela avait eu lieu, quel que fût l'avenir de cette cité. C'est pourquoi ce « Paris d'avant » l'aidait à vivre. Surtout depuis le départ de Gabrielle. C'est même cet « abandon » qui avait décidé le jeune homme à embrasser des études d'histoire et à se concentrer sur Paris, pour en devenir l'un des spécialistes. Comme un dernier hommage à son enfance, à ses veillées dans la cahute de Lubin.

Combien de légendes parisiennes Sylvain et Gabrielle avaient-ils apprises ici, à la lumière vacillante d'une bougie, les soirs de pluie ou les nuits d'hiver ? Lubin en connaissait tant : la femme en noir du métro, qui prélevait du sang à l'heure de pointe, durant les années 1930 ; ces stations fantômes, que les rames continuaient à traverser : Croix-Rouge, Arsenal, Saint-Martin, Champ-de-Mars ; le vampire de Montparnasse, qui exhumait et mutilait des cadavres de femmes, sous la monarchie de Juillet ; le roi du Luxembourg, ancien préfet de l'Eure devenu fou, qui errait dans le célèbre jardin, vers 1880 ; le gibet de Montfaucon, où périrent et pourrirent des milliers de condamnés, et dont on trouvait encore les traces sur la chaussée, rue de la Grange-aux-Belles ; l'homme rouge des Tuileries, qui apparaissait à l'ombre du Louvre, à l'heure où la royauté allait verser son sang ; les nombreux dolmens païens, dont les noms de rue gardaient encore le souvenir, tel le « Gros Caillou » ; ce pâtissier de la rue Chanoinesse, dans l'île de la Cité, qui servait au XIVe siècle des pâtés de chair humaine...

— Écoutez bien, mes enfants... déclamait Lubin, à la lueur de sa cheminée. Écoutez et n'oubliez jamais, car c'est vous, un jour, qui serez la mémoire de Paris !

Flattés, les deux enfants se recroquevillaient d'aise sous la vieille couverture de cheval, lovés l'un contre l'autre comme des mulots dans un terrier.

Leur sensualité s'était éveillée là, sous le regard d'un Lubin complaisant, qui faisait mine de ne rien voir mais n'en pensait pas moins.

Pauvre Lubin qui s'en mordit les doigts, car ses enchantements précipitèrent le départ de Gabrielle. Et à dire vrai, cette disparition contribua à la momification du gardien. Oui : une momie. Quel autre mot choisir, pour ce vieillard qui ne sortait plus de sa cabane que pour rallier la ménagerie ? Voilà même des années qu'il n'était plus allé « en ville », comme il disait. Monde inversé, il habitait le Jardin telle une cité assiégée, voyant en Paris une jungle hostile et fourbe.

Finalement, c'était lui, la véritable attraction du zoo, son animal le plus insolite. À l'heure des sondes cosmiques et du cybermonde, Lubin Temporel était le dernier spécimen d'homme de Cro-Magnon, vivant encore à l'âge de pierre, n'ayant jamais accepté l'électricité ni l'eau courante.

— Il fait toujours aussi froid, chez toi ! frissonna Sylvain.

Lubin haussa les épaules. Sa haute carcasse noueuse et voûtée se tortilla dans la pénombre.

— En cette saison, environ dix degrés de moins que dehors… répondit-il, avant de désigner un trou grillagé, au milieu du sol, près de son lit. Tu sais bien que c'est à cause du puits…

— Tu ne veux toujours pas le boucher ?

— À quoi bon ? L'humidité est là. Et puis cette source naturelle est encore ma salle de bains… Tu la connais aussi bien que moi…

Oh, ça oui, Sylvain la connaissait ! « La source » était même un des lieux favoris de son enfance.

Et lorsqu'il vit Lubin se déplier pour s'approcher du trou, le professeur songea avec une pointe de fatalisme :

« Je crois que je vais encore faire du sport… »

D'une poigne ferme (poigne qui avait toujours fasciné Sylvain : comment un homme si maigre pouvait-il être si fort ?), Lubin retira la grille et saisit une gourde.

— Tu ne trouves pas qu'il fait soif ? remarqua-t-il, défiant Sylvain du regard : des iris bleu pâle, cachés sous des paupières lourdes et des sourcils en broussailles blanches.

Puis, serrant les dents, il se pencha sur le puits avant de demander avec fermeté :

— J'ai beau être en forme, j'ai parfois des rhumatismes. Tu veux bien descendre me chercher de l'eau ?

9.

— Tu es sûr que tu ne veux pas ma lampe torche ?

Sylvain leva la tête et aperçut Lubin, qui le scrutait depuis l'orée du puits. Sa silhouette se découpait là-haut, dans la tache de lumière, comme une éclipse de lune.

— Tout va bien, répondit le professeur en poursuivant sa descente.

Bien sûr, qu'il aurait pu emprunter une lampe, mais il voulait faire ça « à la mode vieille » : dans le noir. D'autant que lorsqu'il gagnait l'obscurité, ses mouvements se coordonnaient avec une troublante harmonie ; Sylvain l'avait toujours constaté. Une impression de légèreté, d'apesanteur.

À mi-parcours du puits – dix mètres sous Lubin, dix mètres au-dessus de l'eau –, il n'avait même plus à *penser* ses gestes ; ses pieds nus se posaient sans erreur entre les pierres ; ses mains se glissaient dans les anfractuosités, sans riper sur la mousse ni les algues d'eau douce ; ses genoux et ses cuisses frottaient la paroi de calcaire, comme la rencontre de deux corps identiques. Le dangereux boyau plongeait à la verticale dans la nuit souterraine, mais Sylvain éprouvait un plaisir charnel à s'y couler.

— Alors, ma lampe ? insista Lubin d'une voix mal assurée.

— J'ai toujours fait ça dans le noir ! répondit Sylvain, non sans forfanterie. Tu ne me fais plus confiance ?

— Si, si ! C'est juste que je descends de moins en moins souvent… Alors ça s'encrasse, là-dessous…

— C'est toi qui t'encrasses, Lubin… dit Sylvain à voix basse, songeant aux odeurs de moisi de sa cahute.

Au même instant, une sensation de froid : l'eau lui monta à mi-cheville.

— Ça y est, murmura-t-il, électrisé par ce baiser de glace, tandis que son pied touchait le fond poisseux de la « source ».

Des étincelles dansèrent devant ses yeux, comme des flocons de neige. Et malgré le froid – l'eau ne devait pas être à plus de 17 ou 18 degrés –, Sylvain se sentit prodigieusement bien.

Affranchi du monde, il eut le sentiment que tout ce qu'il avait vécu ce soir était resté à la surface. Enfin il se retrouvait face à lui-même ; nu…

« Oui, tout nu », songea-t-il en passant des mains sensuelles sur son propre corps. Ses doigts caressèrent son torse, son ventre, frôlèrent un sexe racorni par le froid, et remontèrent pour se frotter doucement au visage, comme on effleure une belle endormie. Il avait tenu à se déshabiller. Non pour épargner ses vêtements, mais pour être plus « en phase » avec le puits. Lubin n'y avait émis aucune objection, car Sylvain avait toujours fait ainsi, même avec Gabrielle. Nus comme des vers, les enfants escaladaient le puits pour s'abîmer dans ce qu'ils appelaient « la piscine ».

— La piscine… fredonna le jeune homme, en s'agenouillant dans l'eau.

Le froid lui fouetta la taille, les fesses, les testicules, et il frétilla de plaisir. Et lorsqu'il s'y allongea de tout son long, sa bouche souffla avec un bruit de cachalot.

— Tu m'as parlé ? héla Lubin depuis la surface.

Mais Sylvain ne l'entendait plus. Seul son nez émergeait de l'eau, périscope de chair, tandis que le reste baignait dans ce flot doucereux dont les rares habitants étaient d'infimes crustacés et des moutons de salpêtre.

Les images affluaient : sa première descente, avec Lubin, à six ans ; les propres souvenirs de celui-ci, orphelin du pavé de Paname, qui vécut une partie de sa jeunesse et de l'occupation allemande caché dans les souterrains de Paris. Combien d'heures avaient passées ici Sylvain et Gabrielle, jouant les naufragés, au grand effroi de Gervaise qui traitait Lubin d'irresponsable.

Mais les enfants étaient si heureux, là-dessous ! Et dire que Paris regorgeait de ces oasis, à l'heure où, quelques mètres plus haut, une humanité braillarde et pathétique se tassait dans le métro et le RER. Cette idée lui sembla si cocasse, si dérisoire, qu'il éclata de rire… et but la tasse !

— Sylvain, tu es sûr que ça va ? s'inquiéta Lubin, qui entendait maintenant son jeune disciple tousser, dans un bruit de chiot qu'on noie.

— Tout… tout va bien, haleta Sylvain, revenant à la réalité.

Saisissant la gourde ceinturée à son corps nu, il ajouta d'un timbre assuré :

— Je puise !

En effet, la gourde plongée sous l'eau, Sylvain puisait à « la source ». D'où venait cette eau ? Où courait-elle ? Même Lubin n'en savait rien. Le vieux gardien aimait à dire que cette rivière souterraine était un vestige du « faux ru », du canal des Victorins ou de l'égout de la Salpêtrière, ces trois dérivations de la Bièvre qui passaient par le Jardin des plantes pour en irriguer les massifs, mais ce n'était là que fantasme. Voilà un siècle que la Bièvre se fondait aux égouts à Antony, en banlieue sud, bien avant de rejoindre Paris.

L'idée était pourtant jolie, et Lubin s'était complu à entretenir un mystère que Sylvain n'avait jamais cherché à éclaircir, comme on préserve un mirage d'enfance.

« C'est un affleurement de la nappe phréatique », se dit-il en re-fixant la gourde à sa ceinture.

— Tu remontes ?

— C'est ce que j'essaye de faire, rétorqua Sylvain, dont le corps dégoulinant et désormais frigorifié se hissait dans le conduit.

Dans l'autre sens, c'était toujours plus difficile.

Sylvain se concentrait sur chacun de ses gestes. Son aisance s'était vraiment amoindrie, et il s'en étonna. Vieillissait-il, lui aussi ? Aurait-il besoin de faire de l'exercice, un peu de sport, au lieu de passer ses nuits rivé à de poussiéreux volumes ?

« Dire que… je suis prof… et que… je ne suis jamais allé à l'école ! » songea Sylvain, qui venait de s'écorcher le genou sur une pierre saillant du conduit. Gabrielle non plus, d'ailleurs, n'avait pas connu le lycée.

« Après ça… étonnez-vous qu'on soit devenus des… désaxés… des inadaptés… » pensa-t-il encore… avant de perdre l'équilibre !

Sa main venait de rencontrer une poche de vide, dans la paroi du conduit. Lançant violemment la jambe gauche en arrière, Sylvain parvint à coincer son pied de l'autre côté de la paroi, et il se rétablit tant bien que mal.

Maintenant, ça ne l'amusait plus ! Tout son corps tremblait. Jamais ça ne lui était arrivé.

— Tout va bien ? s'inquiéta Lubin.

— C'est rien, j'ai glissé !

— Tu veux que je descende t'aider ?

— C'est bon. Mais j'ai l'impression qu'il y a un trou dans le conduit du puits, comme une cheminée latérale…

— Ah oui, je ne t'ai pas dit, fit Lubin d'une voix malaisée, une partie s'est éboulée, la semaine dernière…

Cette remarque sonnait faux. Lubin lui avait affirmé ne plus être descendu depuis des mois. Et puis ce n'était pas un éboulement, mais un véritable boyau, qui partait du conduit et devait sans doute rejoindre un plus large réseau.

— C'est un couloir, pas un éboulis, objecta Sylvain, qui ne put résister à l'envie de se hisser dans le boyau, pour y ramper sur quelques mètres…

« Tout ce qu'il y a de plus sain », songea-t-il en palpant les parois lisses de ce couloir. Quel sot il était d'avoir refusé la lampe !

— N'y va pas, reprit la voix de Lubin. C'est bouché au bout de cinq mètres…

« Tu crois ça ? » se dit Sylvain, qui trouva à tâtons un caillou et le lança devant lui. La pierre roula pendant dix bonnes secondes, sans se heurter à quoi que ce fût.

— Monte, je te dis !

À cette injonction, Sylvain regagna le puits principal, en s'abstenant de tout commentaire. Ce n'était pas le moment de jouer les spéléologues. Mais pourquoi Lubin lui mentait-il ?

« Affaire à suivre… » se promit-il en s'extirpant du trou, couvert de salpêtre.

Jeudi 16 mai, 23 h 25

Pourquoi ai-je menti à la police ? Parce qu'ils sont trop bornés, trop simplistes ? Parce qu'une gamine de treize ans, ça dit forcément la vérité aux flics ? Pas forcément, commissaire…

Alors que s'ils m'avaient cuisinée, s'ils avaient fouillé un chouïa dans les placards de la salle des machines ; alors que s'ils s'y connaissaient un tant soit peu, ils auraient reconnu les ordinateurs HP 678-LMH-2 planqués sous la table ; les câbles optiques, reliant les écrans aux unités centrales ; les boîtiers numériques, posés près des claviers à infrarouge.

Parce que je les ai, les « bandes », comme ils disent. Toutes ! Depuis des mois ! Sur des fichiers numériques ! J'ai même déjà soixante disques durs Iomega de 1 000 Go chacun, emplis d'images ! Une encyclopédie de vies parallèles, seconde après seconde !

Ce serait trop bête d'avoir tout ce matériel et de ne rien conserver.

Parce que je fais un travail d'entomologiste, moi, messieurs les policiers ! Au jour le jour, mon boulot peut sembler fastidieux. Mais vous verrez, dans dix, dans quinze ans, *mon montage final*.

Bon. Ça ne sert à rien de s'énerver. J'ai tellement plus grave à faire. C'est à n'y rien comprendre.

D'ailleurs, ce soir, c'est moi qui ne comprends plus. Mais alors vraiment rien.

Je viens de me repasser le fichier.

J'ai vu ce qui s'est passé dans la chambre du bébé. Du moins je crois…

Et, pour être très franche, je n'ai jamais ressenti quelque chose de pareil. Cette chose qui glisse dans les os et vous fige la moelle. Ce serpent doucereux qui monte, monte vers la tête.

Le regard du bébé.

Son cri.

Et cette silhouette, dans la pénombre.

Cette silhouette…

Je crois que, jusqu'à présent, je ne connaissais pas la peur…

10.

— À la tienne, tête de Blin !

Lubin avait un sens des proportions assez rupestre. À un demi-verre d'eau plate, il mêlait autant de pastis. Et les deux hommes en étaient à leur troisième canon.

Sitôt remonté de sa plongée, Sylvain s'était enroulé dans un peignoir mauve et râpé. Assis sur le canapé de Lubin, son esprit s'embrumait peu à peu. Il ne voyait même plus à quel point cette situation pour quiconque extravagante – la cabane urbaine, la descente au puits, l'ambiance médiévale, affranchie des codes – lui était normale. Pour le jeune universitaire respecté de ses pairs et aînés, rien de plus banal que ce vieillard étique, rosi par le pastis, qui levait son verre en hoquetant :

— Décidément, rien ne vaut le « château-catacombes » !

À ce mot, Sylvain fronça les sourcils. Sous le disciple s'éveillait le professeur.

— Tu devrais dire « château-carrières »… remarqua-t-il. Toi qui t'es toujours insurgé contre l'emploi abusif du terme « catacombes »…

Lubin le scruta avec une satisfaction agacée. Le gardien avait toujours refusé une autre casquette que celle de la ménagerie. Ses fantastiques connaissances sur l'histoire de Paris ? Une passion personnelle, une marotte. Jamais il ne se serait autorisé la moindre conférence. Mais cette nuit, battu sur son propre terrain, Lubin se sentit obligé de racheter son lapsus.

— Tu as parfaitement raison, concéda-t-il en attaquant un quatrième godet : le sous-sol de Paris est creusé de quelque trois cents kilomètres de carrières.

« Oui, Lubin… compléta intérieurement Sylvain, presque attendri devant cette inversion des rôles. C'est toi qui me l'as appris : du gypse rive droite, du calcaire rive gauche. Des carrières creusées dès l'occupation romaine, pour construire ces bâtiments mythiques dont il reste au mieux des vestiges, au pire des fantômes… »

Déjà Sylvain n'écoutait plus. L'œil perdu – l'alcool aidant –, il rêvait au Paris antique. Le forum romain sous l'actuel Panthéon, nécropole de nos grands hommes ; le théâtre impérial, sous la fameuse librairie Joseph Gibert, boulevard Saint-Michel ; les arènes, près desquelles Sylvain vivait ; les thermes, bains publics romains, désormais en face d'un McDonald's… tout ce quartier n'était pas innocemment « latin ».

Paris : fabuleux gâteau stratifié, dont chaque couche ressuscitait une ère, une conquête, un monde englouti.

— Les catacombes sont une création récente, continua Lubin en pérorant, depuis son lit défait, sans plus prêter attention à Sylvain. Quelques kilomètres de carrières souterraines transformées en ossuaires, pour délester les cimetières parisiens, au début du XIXe siècle… Une vision d'apocalypse !

« Fabuleux tableau, en effet ! » songea Sylvain qui connaissait tout ça par cœur. Pendant trente ans, de Louis XVI à Napoléon, chaque jour, à la nuit tombante, les corps exhumés – frais ou putréfiés – furent posés sur des chars tendus de draps noirs et escortés de religieux chantant un requiem. Puis, dans le grand silence des carrières, les squelettes étaient désossés pour constituer ces macabres pyramides de crânes et de fémurs qui ont fait la célébrité de ce qu'on appela dès lors « les catacombes » de Paris. Jusqu'aux attentats de l'automne, une foule de curieux et de touristes se précipitait encore vers cet escalier de la place Denfert-Rochereau, pour pénétrer « au royaume des morts »…

— Six millions de cadavres ! reprit Lubin. Trente générations de Parisiens, assemblés pêle-mêle ! Et parmi eux La Fontaine, Rabelais, Robespierre, Charles Perrault, Fouquet, Colbert, Rameau…

Lubin fit tourner son verre devant sa lampe pigeon, comme on ausculte un diamant.

— C'est peut-être ça qui donne son goût inimitable à ma tisane d'os. Du concentré d'intelligence. Du génie en bouteille.

Lubin devenait morbide et Sylvain songea à rentrer : demain, il avait cours.

— Le fait est que ce soir, dit-il, ton « sirop de talents » a un goût de gibier. Et qu'on boit trop…

Lubin perdit son allégresse.

— Tu as trente-trois ans, Sylvain. Ta « maman » ne va pas te gronder. Avec ce qu'elle s'arsouille, la « patronne » !

Sylvain se raidit. Lubin était incorrigible. Sa fatigue n'avait aucun rapport avec sa mère et il détestait les allusions au supposé alcoolisme de Gervaise.

— Ne mélange pas tout… Demain, j'ai cours.

Après un moment d'hésitation, il ajouta sans réelle conviction :

— Et puis on ne peut pas se soûler pendant que les singes blancs sont peut-être en train de saccager la mosquée…

— Et qu'est-ce que tu comptes faire ? ironisa Lubin qui se renfrogna d'un air rageur. Aller contre la décision de ta mère ? Prévenir les flics ? Tu sais bien que ni toi ni moi ne sommes capables de lui tenir tête… ajouta-t-il, avec une mine soudain piteuse et lucide.

Le gardien perdit toute chaleur et s'approcha de Sylvain, cognant son verre au sien, comme on trinque à l'aube d'un duel. Passé huit verres, Lubin avait l'alcool mauvais. Encore une vision que Sylvain détestait ; il était vraiment temps de rentrer chez lui !

— Ta mère veut faire cavalier seul ? marmonna le vieil homme, laissons-la s'enliser dans sa vase. Ça lui apprendra à nous considérer comme des incapables ! Et lorsqu'il y aura *vraiment* un attentat au Jardin des plantes, lorsque ces maudits terroristes auront *vraiment* fait sauter la grande galerie de l'Évolution, on verra qui sera *vraiment* paniqué. Ta mère pourra toujours maudire le livre de Marcomir, ce sera trop tard…

Comme s'il en avait trop dit, Lubin rougit. Mais si son visage creusé s'empourpra, ses yeux gardèrent leur fixité rageuse, scrutant la fenêtre opaque où la lune parvenait à peine à filtrer. Dans cette colère, Sylvain lut pourtant autre chose. Une inquiétude rentrée ; comme si le gardien n'était pas si surpris que ça de la situation : l'évasion des singes, la parano de la conservatrice.

— On dirait que tu as peur, osa-t-il à pas comptés.

Malgré ses talents intuitifs, il était incapable de deviner comment Lubin allait réagir.

— Et alors ? grogna le gardien sans s'énerver. La peur est un réflexe de survie, non ? Tu connais les animaux aussi bien que moi.

Lubin se resservit maladroitement.

« Oui, mais tu n'es pas un animal ; au contraire… » songea Sylvain, de plus en plus intrigué, avant d'ajouter :

— Maman m'a justement dit que tu avais été attaqué…

Lubin baissa les yeux, comme un écolier pris en faute.

Ce soir, à *L'Auberge basque*, Gervaise avait en effet fait part à son fils du dernier racontar dont se gaussaient les gardiens de la ménagerie : Lubin, la terreur du zoo, aurait été mordu par le pécari. À son expression, Sylvain comprit que c'était vrai. Lubin, mordu par un piètre cochon d'Amérique latine, après cinquante ans de service : navrant…

Le gardien détourna les yeux.

— Gervaise t'a parlé de l'histoire du pécari, c'est ça ? fit le vieil homme, en s'efforçant de sourire avec une ironie lasse. Je deviens vieux, tu sais ? Les bêtes le sentent. Elles sentent que je n'en ai plus pour bien longtemps. Alors elles prennent les devants…

Sylvain affecta d'éclater de rire.

— Arrête de dire des conneries ! Il n'y a pas une demi-heure, tu me rappelais que tu n'es jamais malade, que tu as la vie la plus saine qui soit…

— Et que je vous enterrerai tous, je sais, ta mère me le dit chaque fois…

— Tu lui en veux, n'est-ce pas ?

Après un temps de silence, Lubin eut un geste fataliste.

— Je suis trop vieux pour la rancune. Il y a juste des gâchis qui me désolent.

Sylvain connaissait cette tirade. C'est pourquoi il la devança :

— Tu penses toujours que maman aurait dû me former pour prendre sa succession ?

Méfiant, Lubin vida son verre d'une traite.

— Ce que je veux dire c'est que, depuis toutes ces années, ta mère nous a tenus à distance de beaucoup de choses. Beaucoup de choses *importantes*...

Sylvain voyait où il voulait en venir : encore un sujet glissant ; la part la plus secrète de Gervaise.

— Tu veux parler du club ? Ces gens avec qui elle se réunit chaque mois à *L'Auberge basque ?* La Société des amis des carrières ?

Lubin opina mais se recroquevilla comme un conspirateur, pour demander :

— Elle ne t'en a jamais vraiment parlé, n'est-ce pas ?

Blessé par les silences de sa mère, Sylvain dut bien l'admettre :

— Maman m'a promis qu'un jour elle m'« introniserait » à la SAC ; mais dès que je le lui rappelle, elle change de sujet.

Voilà en effet des années que Gervaise disparaissait, une soirée par mois, aux « dîners de la SAC ».

Ce qu'elle y faisait ? Sylvain n'avait jamais réussi à le savoir.

« Ne va pas t'imaginer que nous complotons pour la conquête du monde ! répondait Gervaise quand Sylvain tentait d'en savoir plus. Nous sommes juste quelques vieux amateurs du sous-sol parisien...

— Mais justement, maman ! s'insurgeait Sylvain, qui avait passé tant d'heures sous Paris, avec Lubin et Gabrielle. Tu sais bien que c'est ma passion. Pourquoi ne pas m'emmener ? C'est un sujet que je connais très bien : je l'enseigne à la fac…

À cette supplique, une même réponse, immuable :

— Ton temps viendra, mon petit lynx. »

Rien de plus…

La SAC ? Un complet mystère que Sylvain avait fini par évacuer de son esprit, comme on refoule une humiliation enfantine, un souvenir peu glorieux. Le professeur en venait même à se demander si la SAC existait, ou si elle n'était pas quelque vaseuse excuse de Gervaise pour passer une soirée auprès d'un galant ; elle à qui on n'avait jamais connu aucune conquête, depuis la mort de son mari, le père de Sylvain.

Mais la SAC ne pouvait pas être une complète invention. Et ce soir, après un nouveau verre, Lubin accusait ce club de tous les maux de la Terre.

— Si ça se trouve, ce sont eux qui ont kidnappé les singes, lança-t-il.

Sur l'oreiller, le chat leva une tête agacée et se tourna vers les deux hommes.

— Tiens, je crois qu'on a réveillé le tigre… Il a aussi bon caractère que Gervaise !

Sylvain regarda le vieux félin avec un soupçon de dégoût. Lubin se leva et marcha jusqu'à la paillasse pour s'asseoir près du chat. Posant ses mains sur l'animal, qui miaula sans bouger, le vieil homme concéda :

— À notre façon, ta mère et moi sommes un vieux couple. Ça fait trente-cinq ans qu'elle est conservatrice, ça fait cinquante et un ans que je suis gardien. Même s'il ne s'est jamais rien… « passé » entre nous, on se connaît trop, je pense. Et elle a toujours affecté de me prendre pour son laquais.

Son regard devint brûlant.

— Alors que sans moi…

Lubin se mordit la langue.

Où donc voulait-il en venir ?

— Alors que sans toi ?

S'appuyant sur le chat au point de l'étouffer, le vieux gardien se renfrogna comme une tortue regagne sa coquille.

— Peu importe. Tout ça c'est de l'histoire ancienne.

Sylvain, ne pouvant masquer sa déception, réagit de façon enfantine.

— Mais merde ! rugit-il en se levant d'un bond, tu es *exactement* comme elle : tu ne me dis pas tout, tu me traites comme un gamin. Alors que sans moi, toi non plus tu ne serais plus rien. À part moi, qui t'adresse la parole ? Depuis que Gabrielle t'a laissé tomber, qui s'occupe de toi ? Depuis que…

Sylvain s'interrompit.

Il sut qu'il avait trop parlé.

Très lentement, Lubin se leva, agrippant le chat par la peau du cou. L'animal eut beau se débattre, le vieil homme le jeta de l'autre côté de la pièce, où il boula comme un vêtement.

Les yeux du gardien étaient flamboyants. Finie, la crise d'angoisse. Envolé, le vieillard qui sentait planer la faucheuse.

— Attention, Sylvain…

D'un pas toujours aussi lent, il s'approcha du jeune homme et lui posa la main sur le front, caressant sa mèche blonde.

— Puis-je te rappeler que c'est *toi* que Gabrielle a abandonné ?

Sylvain sourit nerveusement. Il tentait de figer sa pensée. Lubin disait vrai, mais la soirée avait été trop lourde pour l'assommer de ce dernier souvenir. Tout à coup, des images floues remontaient à sa mémoire. Des images d'enfance. Des images qu'il ne parvenait pas à identifier. Des images gorgées d'odeurs, de couleurs. Quelque chose de très fort et de très rare. Quelque chose de si puissant que Sylvain sentit une décharge lui traverser le corps. À ce contact, Lubin se calma aussitôt.

— Ex… excuse-moi, Sylvain. Je m'emporte… C'est toi qui as raison : le « château-carrières » nous asticote les méninges. Allons plutôt roupiller…

Mais tandis que Sylvain, frigorifié, se rhabillait à la diable, laissant le peignoir glisser sur la terre battue, Lubin posa ses mains sur les épaules nues du jeune professeur et susurra d'une voix étouffée :

— À ma façon, je t'aime comme un père, tu sais ?

Était-ce là un aveu, ou un nouveau mensonge ?

11.

Ombres de pantomime, les silhouettes de Sylvain et Lubin sortirent de la cabane.

— Après avoir quitté ta mère, tu n'es pas venu ici, d'accord ? fit le vieux gardien.

Le professeur opina, la brise caressant ses cheveux encore humides.

— Attendons de voir où tourne le vent, avant de nous en mêler… reprit Lubin, sur le pas de sa cahute, tandis que Sylvain s'éloignait.

Pas évident de quitter cette ambiance hors du temps pour rallier le vrai monde ! Tout semblait amplifié. Ainsi, la calme rue Buffon parut à Sylvain la pire des autoroutes… bien qu'il n'y eût aucune voiture ! La simple présence de l'asphalte suffisait à l'assourdir. Quant au malheureux policier en faction rue Buffon, il croisa le regard de Sylvain, qui le fixait avec l'effroi du renard face au chasseur.

— Faut pas rester là, monsieur, grommela le flic, gêné.

Mais Sylvain avait déjà détalé. Traversant ce Paris endormi, le professeur tentait de rassembler ses idées.

« Que s'est-il vraiment passé, ce soir ? se demanda-t-il en gagnant la rue Lacépède. Même avant la disparition des singes blancs, maman était bizarre ; et puis, sa tirade contre Marcomir… En quoi *SOS Paris !* la dérange-t-il ? De quoi a-t-elle peur ? »

Tant de questions sans réponses.

Ses pieds butèrent sur un pneu de vélo, à l'angle de la rue de Navarre, mais il n'y prêta aucune attention.

« Sans compter cette cage vide… Et puis le concert de rage des animaux… »

Associé au pastis, le souvenir des cris du zoo martela brusquement la cervelle du jeune professeur, qui dut s'adosser un instant à la balustrade de la station de métro Place-Monge.

— Heureusement, je suis presque arrivé, souffla-t-il en reprenant son chemin.

Deux minutes plus tard, après avoir longé l'hôtel des Arènes – discret trois-étoiles où il prenait parfois son petit déjeuner –, un Sylvain titubant pianotait le digicode du 47, rue Monge.

À dire vrai, le professeur n'avait jamais aimé cette grosse artère du Ve arrondissement, qui encerclait sans grâce la Montagne Sainte-Geneviève. Disons qu'elle tranchait le vieux Paris avec une boursouflure toute haussmannienne – rue large, façades ouvragées et identiques, pierre de taille – rappelant combien la vieille Lutèce avait été défigurée sous le règne de Napoléon III. Était-ce aérer la ville que la trouer de ces avenues bourgeoises, chères à l'urbanisme du baron Haussmann et à l'esprit grossier du XIXe siècle ? Seul le géomètre bourguignon Gaspard Monge y trouva son compte, en gagnant la postérité. Car pour le reste…

Mais voilà dix ans que Sylvain habitait cet immeuble et son appartement ne donnait pas sur la rue.

Il passa le porche avec un silence de conspirateur.

Un étage. Deux étages. Trois étages.

Chaque palier était un nouveau supplice.

Sylvain grognait tant ses articulations le tiraient. Fautive : l'eau glacée des souterrains. À cette douleur s'ajoutaient la fatigue et les images de la soirée.

— On verra ça… demain… haleta Sylvain, en introduisant maladroitement sa clé dans la serrure du cinquième étage.

La vieille porte jaunâtre gémit d'une voix de basse.

— *Home sweet home*, ironisa-t-il, en lançant sa veste sur une chaise couverte de dossiers multicolores.

Dès qu'il pénétrait dans son appartement, le professeur éprouvait un mélange de soulagement et de malaise. La joie de regagner sa thébaïde, l'angoisse d'y retrouver ses contradictions, ses doutes, ses échecs. Généralement, il attendait avant d'allumer la lumière, comme s'il devait apprivoiser les ombres. Celles des bibliothèques, surtout. Omniprésentes, dévoreuses, elles habitaient la nuit avec des profils de dragon.

Seule lumière : le voyant rouge du répondeur.

Sylvain avança à tâtons vers le boîtier. À l'heure des messageries automatiques, qui possédait encore ce genre d'antiquité ?

« Salut, c'est toujours Olivier… Je te rappelle au sujet de ton roman… »

Sylvain rappuya sur le bouton en haussant les épaules.

« Message effacé. »

Encore une chose à laquelle il évitait de penser ; surtout après la réaction de sa mère, au dîner : quel souverain mépris !

« Mais est-ce que je ne le mérite pas, ce mépris ? » se demanda Sylvain, en allumant une à une chaque lampe de l'appartement. Sous ses yeux, malgré les lueurs tamisées de la dizaine d'abat-jour, l'appartement lui sembla intolérable. D'innombrables étagères blanches Ikea, couvraient jusqu'aux murs de la salle de bains.

« Un jour, je vais vraiment finir comme le compositeur Alkan : écrasé par mes propres livres ! » grimaça-t-il.

Le fait est que tous ces rayonnages ployaient dangereusement, sous des volumes parfois rangés sur quatre niveaux d'épaisseur.

— Quel capharnaüm ! grommela-t-il, en envoyant valdinguer un Atlas du Paris souterrain qui tomba sur le parquet rayé, dans un nuage gris.

Sur la table basse, face à la cheminée pleine de cendre, un dossier attisa son sentiment de culpabilité. C'était une grosse chemise rouge, si épaisse et si chargée que les élastiques en étaient distendus. Un côté bâillait tant que plusieurs paperolles noires de l'écriture de Sylvain avaient glissé à terre.

Sylvain Masson, Le Grand Secret de Paris, roman.

Le professeur se mordit l'intérieur des joues, épuisé à la seule idée de se pencher pour ramasser ces Post-it, ces fiches bristol.

Il se détourna mais, dans les rayonnages, vingt exemplaires de *Mystères et Secrets de Paris, essai d'approche mythologique de la géographie parisienne* attendaient illusoirement leur nouveau cousin.

Depuis combien de temps Sylvain n'avait-il pas touché à son manuscrit ? Combien de messages lui avait laissés Olivier, son éditeur et vieil ami de fac ? Il savait pourtant qu'Olivier s'était engagé auprès de ses actionnaires, qu'il y était allé de sa poche pour publier son premier livre.

« Mais est-ce qu'il croit qu'un roman se pond aussi vite qu'un article ? ! » ragea hypocritement Sylvain, conscient de sa mauvaise foi. C'est uniquement l'absurde besoin de validation maternelle qui avait bridé son élan. Mal barré, le roman…

— Tu parles d'un gâchis, gémit Sylvain, en se servant un Coca light.

La gazeuse mixture glissa dans sa gorge.

— Beurk, grimaça-t-il, pourquoi je bois toujours ça, moi ?

Il lui fallait pourtant évacuer le goût du pastis. Évacuer ce sentiment général d'épuisement et d'impuissance. Tant de choses s'étaient passées, ce soir. En quelques heures, tant de souvenirs étaient remontés.

Pris d'une nausée rampante, Sylvain s'avança vers la fenêtre qu'il ouvrit en grand.

L'air frais le rasséréna. Et puis cette vue restait un enchantement.

Tout haussmannien qu'il était, son immeuble avait été bâti sur l'emplacement des Arènes de Lutèce, ces fameuses arènes romaines, retrouvées entre 1869 et 1916. Ce fut d'ailleurs une vraie polémique, car les promoteurs du terrain – la Compagnie des omnibus, ancêtre de la RATP – virent d'un mauvais œil cette découverte archéologique, qui risquait de leur faire perdre beaucoup d'argent. Et il fallut les pétitions de nombreuses personnalités (dont Victor Hugo) pour que cet amphithéâtre du IIe siècle ne disparût pas sous l'urbanisme de la IIIe République.

« Quelle chance ! » songea Sylvain, qui se pencha à la rambarde de sa fenêtre, où une jardinière bruissait d'herbes sauvages.

Et si les arènes avaient perdu un bon tiers de leur surface, elles offraient au jeune professeur une ligne de fuite lorsqu'il était soûl de livres, de copies ou, comme ce soir, de fatigue. Quittant ses recherches, il lui suffisait de tourner la tête pour contempler cet antique cercle de sable, entouré de gradins et d'arbres, eux-mêmes encadrés par des immeubles. À sa façon, avec ces myriades de petites fenêtres qui le surplombaient, ce jardin public méconnu des touristes rappelait le Palio siennois. Le jour, des vieux y jouaient à la pétanque, des jeunes s'affrontaient au foot. D'autres y lisaient la presse, y flirtaient, affalés là où nos ancêtres frémirent aux combats des gladiateurs. Le soir, des troupes amateurs y ânonnaient Molière ou Musset ; en été, la municipalité y organisait même des projections en plein air. L'an passé, depuis sa fenêtre, Sylvain avait pu revoir l'intégralité des films historiques de Sacha Guitry, dont l'exquis mais très fantaisiste *Si Paris nous était conté*.

« Mais ça, c'était avant les attentats… » songea le jeune professeur, imaginant malgré lui une bombe en plein centre de ce sanctuaire romain. Avec les terroristes, tout avait changé. Depuis le massacre du Concorde-Lafayette, le square fermait à cinq heures de l'après-midi. Et seuls des *happy few* comme lui pouvaient profiter de cette douce présence.

Bombant son torse vers la nuit, le ventre plaqué à la rambarde de fer forgé, Sylvain se pencha dans le vide, concentrant tous ses sens vers les arbres du square des Arènes.

« Derrière chaque porte close, chaque grille de square, sous les racines de chaque arbre, se cache le vrai Paris », lui avait toujours appris Lubin, alors qu'ils nourrissaient les fauves, nettoyaient le vivarium ou épouillaient les singes blancs.

C'est pourquoi, à l'affût du village sous la ville, de la ruine sous le moderne, du vieux sous l'ancien, de la forêt sous le square, Sylvain avait fait sienne l'expression d'André Hardellet : « Je suis le dernier trappeur des grandes cités opaques. » Une fonction qui ne signifiait pas grand-chose mais qu'il revendiquait fièrement devant Gabrielle.

Ils avaient pourtant grandi. Et Gabrielle était partie…

Sylvain sentit aussitôt remonter la nausée et secoua violemment la tête.

— Pense à autre chose, imbécile ! gémit-il en se projetant vers l'intérieur de l'appartement, comme on s'arrache des bras d'une vierge folle.

Vendredi 17 mai, 6 heures

Comme chaque matin, mon réveil sonne à six heures (une habitude qui me vient de mon père). Le *bidibip* de la pendulette en forme de Vierge de Lourdes (ça, c'est un absurde cadeau de maman) me tire d'une léthargie où la « silhouette » semblait omniprésente.

– La silhouette… dis-je d'une voix aiguë bien qu'éraillée par le sommeil, en m'étirant dans mon lit.

Par la fenêtre, il fait déjà jour. La tache verte des arbres de la Reine Blanche me paraît étonnamment criarde : j'ai mal au crâne. Je marche à tâtons jusqu'à la salle de bains de maman, qui regorge de médicaments.

Parmi une armée d'anxiolytiques, je déniche une boîte de Doliprane. Un verre à dents, de l'eau du robinet, et hop ! Les deux comprimés blancs disparaissent dans ma gorge et je ne bouge plus pendant trois bonnes minutes, espérant que ma migraine va disparaître.

La silhouette, elle, ne s'estompe pas… Cette silhouette que j'ai vue sur les images du kidnapping ; cette silhouette qui a pris le petit Pierre Chauvier dans ses bras ; cette silhouette qui m'a obsédée toute la nuit.

Sans lâcher le verre à dents, je rallie ma salle des machines.

Six heures après ma découverte, la pièce pue encore la trouille.

Chose rare : hier soir, j'ai éteint tous les écrans. Comme si je craignais ce que je pourrais y voir. Et, ce matin, je rechigne à les rallumer.

« Ridicule, Trinité ! » me dis-je en singeant le ton paternel.

Mais je ne mets pas pour autant le système de surveillance sous tension et me contente de lancer Internet.

– Ils n'ont pas perdu de temps !

Je m'en doutais : l'affaire fait déjà la une des dépêches de l'AFP :

« *Cinq nourrissons enlevés à Paris.* »

« *Disparition de cinq bébés, dans les Ve et XIIIe arrondissements de la capitale.* »

« *Un serial kidnappeur s'attaque aux très jeunes enfants.* »

Hier soir, j'avais hésité à rappeler le commissaire Parasia. En partant de l'appartement, le flic a laissé sa carte sur la console de l'entrée, sous le Goya.

– Au cas où tu aurais quelque chose à dire…

« Maurice Parasia, Préfecture de police de Paris, 36, quai des Orfèvres. 06 23 56 89 56. »

« Je dois lui montrer ce film », me dis-je en enfilant un survêtement rose (autre horreur trouvée par maman au *duty free* de Dubaï).

À six heures vingt-cinq, après avoir avalé le petit déjeuner préparé par Émilia (la concierge d'un immeuble voisin, qui fait le ménage deux fois par semaine et cuisine tous mes repas avant de les congeler), je claque la porte de l'appartement.

« Il y aura forcément des gens, au Quai des Orfèvres », me dis-je en dévalant le vieil escalier à tommettes et rampe de chêne qui mène au hall de la Reine Blanche.

Alors tout se fige.

Dans le hall, une dizaine de personnes discutent comme en plein jour.

« J'aurais dû m'y attendre ! »

Serrant les dents, je me force pourtant à avancer.

Jean et Nadia Chauvier sont là, rougis, cernés d'inquiétude, au bord du gouffre. Ils parlent aux voisins, qui les écoutent avec empathie. Sont ici : M. Huairveux, le veuf en robe de chambre ; Mlle Garnier, la vieille prof de piano ; Yvan et Bernard, le couple d'homosexuels.

Lorsqu'ils m'aperçoivent, tous se taisent, sauf M. Huairveux.

— Attention, voilà le petit singe…

Les autres me regardent comme une harde voit débouler le chasseur.

Car c'est bien ainsi qu'ils m'ont toujours considérée : une sorte d'ennemie.

Les yeux de mes « locataires » me fixent sans pitié. Tous me détestent avec cette même moue figée qu'ils ont dès que je les croise, car tous savent à quoi j'occupe mon temps libre.

Je suis encore sur la dernière marche de l'escalier ; massés près de la porte donnant sur la cour pavée et la rue Gustave-Geffroy, ils ne bougent pas.

Brisant la torpeur, Nadia Chauvier se précipite alors vers moi.

— Nadia, non ! proteste son mari, tandis que je me jette en arrière.

Mais Nadia s'agenouille à mes pieds et fond en larmes.

— Trinité, il faut que tu nous aides. Je suis sûre que tu as vu quelque chose…

J'en reste bouche bée, incapable de répondre. Si je m'attendais à ça !

Le visage de Nadia est tellement sincère. Cette peur que j'ai ressentie hier, devant la silhouette, prend sous mes yeux une figure douce et bouleversée. On vient de lui enlever son enfant… Est-ce que mes parents auraient éprouvé ce même arrachement, ce même sentiment d'amputation ? Oui, ils l'ont éprouvé, mais pas avec moi ; cela explique tant de choses : leur attitude, leur abandon, leur fuite en avant. Mais ne pense pas à ça, Trinité ! Regarde plutôt la suite du drame, dans les yeux de cette mère. Quelle sera la vie de cette femme, si elle ne retrouve pas son fils ?

Subitement, un sentiment de responsabilité me prend aux tripes, comme si je pouvais vraiment les aider, moi qui n'ai jamais pu aider mes parents.

— Trinité, je t'en supplie, est-ce que tu as vu quelque chose ?

— Laisse-la, Nadia… fait son mari, en évitant mon regard, ce n'est qu'une gamine.

— Une petite perverse, oui ! ajoute Yvan dans une moue pincée.

— Une voyeuse, vous voulez dire, complète M. Huairveux, en resserrant machinalement sa ceinture de robe de chambre. Elle est bien la fille de son père ; regardez-la : ces yeux rentrés, ce nez en trompette… un air de fouine !

Je rougis, comme toujours lorsqu'on me rappelle que je n'ai rien d'une reine de beauté. Je ressemble à mon père, alors que maman est si belle…

— Aussi tordue, aussi vicieuse que son père, reprend M. Huairveux.

Habituée à ces attaques, j'avale ma salive en m'efforçant de soutenir leurs regards. Il est rare que tous me méprisent aussi ouvertement. Au moins, on joue carte sur table.

Alors je sursaute.

Cette moiteur sur mes joues.

Nadia vient de prendre mon visage entre ses mains tremblantes.

– Trinité, si tu sais quelque chose, si tu as vu quoi que ce soit, il faut nous aider… Il faut aider la police !

Je balbutie :

– Je… je crois que j'ai en effet quelque chose…

Je n'ai pas le temps de reprendre ma respiration qu'elle me serre dans ses bras, comme si j'étais son enfant.

Son enfant retrouvé.

Je me dégage d'un bloc, sans la quitter des yeux.

– Je vais faire ce que je peux. Je vous le promets !

Et, sous les regards hostiles des locataires, sous les yeux embués de Nadia, sous les caméras du hall, l'estomac retourné, je me précipite au Quai des Orfèvres.

12.

— Paris a connu l'enfance, dit Sylvain en repoussant la mèche blonde qui lustrait ses lunettes. Comme nous, Paris a vu son premier matin…

Dans l'amphithéâtre, pas un bruit.

Les soixante étudiants de licence étaient assis derrière d'étroites tablettes, dans cette classe pentue qui descendait jusqu'à l'estrade du professeur. Jolie salle, d'ailleurs, que cet amphithéâtre à mille lieues du XXIe siècle. Vieux pupitres, boiseries passées, fresques murales chantant le savoir et le progrès. Mais à ces vestales en drapés, nul ne prêtait attention, car les étudiants buvaient les paroles du jeune enseignant qu'ils retrouvaient chaque vendredi matin, pour leur cours « Histoire de Paris ». Quel âge avait-il, ce Sylvain Masson ? Sept, huit ans de plus qu'eux ? Mais tout jeune qu'il était, le professeur Masson savait enflammer son auditoire.

— À l'origine, Paris, c'est la forêt… Une forêt dense, une forêt noueuse. Une immense étendue de chênes, de noisetiers et de tilleuls. Une sylve que baignent deux rivières : la Seine et la Bièvre.

Ce matin, pourtant, quelque chose clochait. Le professeur Masson n'était pas dans son assiette. Première surprise : son retard (rarissime chez cet homme à la ponctualité insultante). À huit heures quarante, il était apparu, en nage, à la porte de l'amphi. Encore plus surprenant : son cours avait démarré aux forceps. Masson cherchait ses mots, patinait, lui qui envoûtait en deux phrases (à la grande jalousie de ses confrères, qui l'accusaient de « racolage »...) Heureusement, passé un quart d'heure, tout s'était remis en place et les étudiants avaient retrouvé « leur » Sylvain Masson.

— Bien sûr, cette forêt a disparu au fil des âges. Mais pour qui sait entendre le souffle des écorces, des pierres anciennes, la forêt est toujours là ! Elle respire sous nos pieds, car nous sommes nés de ses racines. Et chaque feuille des squares parisiens nous rappelle, dans sa mémoire végétale, la grande forêt primitive...

« Je me répète, je me répète ! » songea Sylvain en s'efforçant de masquer ses doutes.

Ses élèves voyaient juste : il était épuisé ! Pourquoi ne pas avoir annulé le cours ? Les étudiants auraient ainsi pu passer deux heures en terrasse, place de la Sorbonne, ou sur les bancs du Luxembourg : il faisait si beau, ce matin.

Sylvain tourna la tête vers les hautes fenêtres quadrillées qui couvraient le mur droit de l'amphi, donnant sur la noble cour de la Sorbonne. Le dôme de la chapelle où reposait Richelieu reflétait le soleil de mai. Sylvain aussi, serait bien allé paresser. Comment parvenait-il même à faire cours ?

« Je marche au radar... » admit-il, constatant qu'il avait mécaniquement repris son discours :

— Les fossiles de l'ère primaire nous enseignent qu'il y avait ici des bambous, des palmiers, des baobabs...

Schizophrénie complète : alors que l'esprit de Sylvain – brumeux, incohérent – hantait toujours la cage des singes blancs, sa bouche dévidait ses connaissances :

— Les fossiles animaux sont encore plus troublants. Sous le Trocadéro furent découverts un crocodile et une tortue ; rue de Courcelles, un requin ; place de l'Opéra, un mammouth et un cerf élaphe ; à Bercy, des ours des cavernes ; rue de Grenelle, un hippopotame ; boulevard Raspail, un rhinocéros laineux et un bison ; rue de Vaugirard, une hyène… En 1891, on a même retrouvé dans les caves du 36, rue Dauphine, en plein Quartier latin, les ossements d'une baleine.

Sylvain remarqua alors qu'au fond de l'amphi, un étudiant levait au ciel des yeux agacés.

« Encore lui ! »

Depuis six mois, ce jeune chevelu tout de noir vêtu (type même du « gauchiste », selon Lubin) suivait à contrecœur les cours de Sylvain Masson. Enfoui sous des dreadlocks châtains, ce jeune homme au teint excessivement pâle avait coutume de le fixer avec une obstination agressive, comme s'il préparait une riposte. Pourtant, jamais il ne prenait la parole. Et les deux partiels qu'il avait rendus étaient même excellents, bien que Sylvain y sentît une frustration assumée, comme si l'élève s'était contenté d'y jouer le jeu du professeur sans pourtant y adhérer.

Mais ce matin, l'étudiant semblait plus irrité qu'à l'ordinaire. Sans doute était-ce la perception de Sylvain qui flanchait : avec la fatigue, toute aspérité devenait béance. Pour rallier la Sorbonne, il avait failli se faire écraser par un livreur de viande, sur la place de la Contrescarpe. « Connard, regarde où tu vas ! » avait hurlé le chauffeur, pilant sa camionnette à un pas de la célèbre fontaine.

Sylvain était effaré : au volant, il avait cru voir un singe blanc ! Et tandis qu'il avait déboulé dans l'amphithéâtre, un nouveau singe en effaçait posément le tableau noir…

Qu'il le veuille ou non, la disparition des singes blancs l'avait vraiment troublé. Et s'il se laissait aller, il apercevait partout leurs silhouettes : sous les pupitres, dans la cour, plaquées à la fresque, entre une naïade et un atlante. Étranges fantômes de sa nuit blanche…

« Allons, concentrons-nous ! » s'ordonna Sylvain, décidé à penser ce qu'il disait, quitte à y greffer ses angoisses.

— Vous le savez, les origines de Paris sont lourdes de mystères. Depuis des années que je travaille sur le sujet, j'en suis venu à croire que certains faits, certaines données, ont été délibérément oubliés. Comme si…

Attiré par une nouvelle ombre blanche, Sylvain laissa encore ses yeux se perdre par la fenêtre, dans la cour de la Sorbonne. Ce n'était qu'un touriste asiatique, forcé par un policier à ouvrir sa valise. Devant des étudiants hilares, le malheureux dut étaler ses slips à même les pavés, avant de démonter son rasoir pour prouver qu'il ne dissimulait aucune bombe.

— … comme si on cherchait à nous *cacher* des faits, continua Sylvain, exploitant ici ses sentiments du jour. Comme si on nous avait toujours menti.

À ce mot, le chevelu grommela entre ses dents.

Sylvain n'y prêta pas attention.

— Peu de manuels vous en parleront, mais il y a des blancs immenses dans l'histoire de Paris…

— Comme pour toutes les grandes villes ! rétorqua l'étudiant.

La salle se retourna, courroucée, tandis que Sylvain le scrutait avec étonnement. Enfin il entendait sa voix. Un timbre éraillé.

— Bien sûr, jeune homme, dit Sylvain, en contractant son agressivité. Mais peu de villes sont aussi chargées de mystère que Paris…

Il désigna la vue, par les fenêtres de l'amphi. Le soleil venait de surgir derrière le dôme de la Sorbonne.

— Prenez la conquête romaine, par exemple. On sait que les armées de César arrivèrent ici en 52 avant Jésus-Christ. En revanche, on ne sait quasiment rien sur ce qui s'y passa le demi-siècle suivant. Aucune archive, aucun document n'évoque Lutèce entre sa fondation et la naissance du Christ.

L'étudiant affecta une moue dubitative. Prenant conscience qu'il ne parlait plus que pour le contestataire, le professeur serra les dents et se pencha sur son bureau avec une expression de mystère.

— Que s'est-il passé pendant ces cinquante ans ? Pourquoi toutes les archives ont-elles disparu ? Qui aurait intérêt à ce qu'il n'en restât aucune trace ?

Nouveau clin d'œil énigmatique. Les étudiants le fixaient maintenant avec cette passion qui le galvanisait et donnait sens à sa vie.

— Cette connaissance disparue ne nous livrerait-elle pas des clés pour le monde moderne ? Ne permettrait-elle pas d'expliquer bien des mystères ?…

— On dirait du Marcomir ! ricana l'étudiant.

Des gloussements retentirent dans l'amphi.

Pour Sylvain, ce nom était de trop. Marcomir ! Celui-là même dont Gervaise lui lisait les délires, hier soir ; ce plumitif qu'elle avait invoqué, pour railler les velléités romanesques de son fils.

Muselant sa colère, le professeur ôta ses lunettes, les posa sur le bureau et descendit de l'estrade.

C'est pourtant ce calme olympien qui surprit l'assistance, tandis que le professeur gravissait les marches de l'amphi, sans quitter l'étudiant des yeux.

— Une objection, peut-être ?

Sa propre voix lui sembla gutturale.

L'autre était livide. Ses yeux clignaient nerveusement, mais il ne semblait pas décidé à perdre la face.

— C'est quoi, ce cours absurde ? insista-t-il. Tous ces mystères sur Paris… Vos histoires de forêt, de paradis perdu, de France oubliée, de nostalgie du passé ; on se croirait à Vichy !

Sylvain baissa la tête. La colère lui brouillait la vue.

Silence funèbre dans l'amphi. Les deux opposants n'étaient plus séparés que par un pupitre. Sylvain sentait l'haleine angoissée de son contradicteur qui ne cillait pas, tentant de soutenir son regard.

— Ce prof est un imposteur, un pistonné, claironna-t-il encore d'une voix malaisée. Je me suis renseigné…

Alors tout se passa très vite.

L'espace d'un instant, l'étudiant disparut. Face à Sylvain, un singe blanc souriait avec la même ironie.

Sous les regards ébahis des étudiants, Sylvain fit un bond en arrière.

« Ça me monte vraiment à la tête », comprit le professeur, en se frottant le visage tandis que des chuchotements s'élevaient. Mais il ne prêtait plus attention aux étudiants, ni même à son contradicteur. La disparition des singes blancs le harcelait. Elle masquait quelque chose de bien plus grave.

— Il est quelle heure ? demanda-t-il à l'étudiant, qui s'attendait à tout sauf à ça.

— Euh… ben… dix heures et demie, balbutia-t-il.

« Maman a dû ouvrir le musée… »

Les singes étaient-ils revenus ? Sinon, qu'avait-elle pu inventer ? Et Lubin, avait-il tenu sa langue ?

— Je dois savoir… dit-il à voix haute, redescendant quatre à quatre les marches de l'amphi sans un regard pour ses élèves. Le cours est terminé !

13.

— Alors ?

— Rien… Les singes ont tout bonnement disparu !

Malgré la fatigue d'une nuit quasi blanche, les yeux de Gervaise Masson étaient d'une acuité fébrile. Dans la semi-obscurité du bureau, sa silhouette sèche manipulait tout ce qui lui tombait sous la main.

— Tu ne fais pas cours, ce matin ? s'étonna-t-elle.

— Avec les règles de sécurité, une partie de mes cours est annulée.

« Crédible… » pensa Sylvain, qui s'attendait à la question et avait verrouillé son mensonge au seuil du bureau maternel, comme un gamin.

Onze heures sonnèrent au clocher de Saint-Médard, tirant mère et fils de leur torpeur.

— J'ai l'impression que tout se détraque, dit Gervaise en poussant sur son bureau *Le Figaro* du matin. Tu as vu cette histoire, cette nuit ? Plusieurs bébés ont été kidnappés dans le quartier : désormais, même les nourrissons sont menacés !

Oui, Sylvain savait : deux vigiles en parlaient ce matin, à la porte de la fac. Le plus âgé habitait l'immeuble d'un des bébés.

D'une voix brisée, Gervaise ajouta : « C'est la mort des familles… » Son regard pâlit et sa main glissa du journal vers un cadre d'argent, qu'elle caressa de ses doigts tors. Sylvain savait à quoi songeait sa mère, mais il regarda la photo sans pour autant s'émouvoir. C'était à vrai dire la seule image qui restait de Vincent et de Sylvie, son père et sa sœur, prise trente-trois ans plus tôt. L'accident de voiture avait eu lieu six semaines après sa naissance. Mais Gervaise n'en parlait pas. Par ce silence – une quasi-omerta –, n'avait-elle pas une fois de plus préservé Sylvain ? Car curieusement, ce drame n'avait pas endeuillé son enfance. Sans doute parce qu'il ne se le figurait pas et que Gervaise ne l'évoquait jamais.

Enfant, à la demande : « Maman, parle-moi de papa et de Sylvie », la conservatrice prenait son fils sur les genoux et répondait, imperturbable : « Vincent et Sylvie appartiennent au passé, Sylvain. C'est toi, mon futur. Et mon avenir… et *notre* avenir… »

Ainsi Vincent et Sylvie s'étaient-ils mués en silhouettes abstraites. Et lorsque Gervaise parlait d'elle-même – lors d'interviews, de reportages –, elle omettait toujours les trois années de son mariage, comme si Sylvain était un cadeau du bon Dieu.

Mais aujourd'hui, tandis que le onzième coup résonnait au clocher de Saint-Médard, la conservatrice du Muséum national d'histoire naturelle semblait touchée au cœur.

— Kidnapping d'enfants, d'animaux, ânonna-t-elle en se relevant. À qui le tour ?

Gervaise marcha jusqu'à la fenêtre dont elle écarta les rideaux. Son fils cligna des yeux, ébloui par la subite lumière.

— Tu es bien sûre que les singes ont été kidnappés ? demanda-t-il en fermant les paupières sous un rayon de soleil.

Gervaise eut une expression désemparée.

— Si seulement je le savais ! dit-elle en ouvrant la fenêtre.

Une bouffée de chaleur envahit le bureau ; s'y mêlaient des parfums de gazon et de barbe à papa. La vraie vie faisait irruption dans la pièce, en un contraste violent. Les voix des enfants, le ronron des tondeuses, les cris des animaux, dans la ménagerie. Un paon lança son « léon ! » tandis qu'une mère appelait son fils par le même prénom. Le Jardin des plantes grouillait de vie et de sève ; il y avait même dans l'air une joie brute et inquiète, comme si, incertains du lendemain, les Parisiens jouissaient de leur dernier printemps.

Mais Gervaise s'en moquait bien. Elle n'avait d'yeux que pour un point bleu, entre deux cages, du côté de la ménagerie.

Sylvain se sentit pris d'une compassion réelle pour sa mère. Il la rejoignit à la fenêtre et comprit ce qu'elle fixait avec tant d'insistance.

« Lubin… »

Sa maigre silhouette bleu pétrole (l'uniforme de gardien) faisait le guet devant la cage des singes blancs. À chaque instant, des visiteurs du zoo s'approchaient, l'interrogeaient puis s'éloignaient, déçus, pour se rabattre sur la fauverie ou le vivarium.

— Qu'est-ce que tu lui as raconté ? demanda Sylvain en s'efforçant de rester naturel.

« Ne dis rien à ta mère », fusa la voix de Lubin dans sa tête encore lourde de pastis.

— Que les singes blancs étaient chez le vétérinaire pour un check-up… Et toi tu ne lui as rien dit, n'est-ce pas ?

Sylvain se dompta pour ne pas fuir le regard maternel et mentit :

— Je n'ai pas vu Lubin depuis quinze jours.

Un instant, Gervaise sembla douter de l'assertion, mais des éclats de voix brisèrent le silence.

La conservatrice blêmit.

— Qu'est-ce qu'il a encore fait ?

Devant la cage des singes blancs, Lubin était maintenant assailli par une dizaine de visiteurs, qui criaient de plus en plus fort.

Fermant la fenêtre, Gervaise ordonna à son fils :

— Viens, j'ai peur qu'il ne panique et leur raconte n'importe quoi…

14.

— Puisque je vous dis que les singes sont chez le vétérinaire, en train de passer des examens médicaux.

— Tous les cinq ? s'offusqua une mère de famille, serrant les mains de ses deux enfants.

— Vous ne pouviez pas en laisser au moins un ? ajouta son époux.

Lubin était à bout d'arguments. Voilà bientôt trois heures qu'il répondait à la même question, faisait les mêmes remarques désolées, affectant la même expression affligée, adossé à la cage des singes blancs.

Dix minutes avant l'ouverture, au moment du dernier briefing avec les autres gardiens, Gervaise était venue le voir.

— Lubin, il y a un petit changement avec les singes blancs…

S'attendant à cet avertissement, il avait dû feindre la surprise. Mais ce n'était pas trop difficile, car la mine épuisée de Gervaise était en soi surprenante.

— Hier soir, je leur ai trouvé un comportement bizarre…

— Bizarre ?

— Ils se traînaient dans la cage, comme s'ils étaient touchés par une même infection…

La ficelle était bien grosse, mais Lubin continuait à jouer l'innocent, tandis que les autres gardiens s'étaient écriés en chœur :

— Les singes blancs sont malades ?

Gervaise était satisfaite : son plan marchait.

— Je les ai envoyés en urgence chez le vétérinaire.

Nouvelle surprise des gardiens :

— Tous ? Au milieu de la nuit ? !

— Et s'ils allaient contaminer le reste du zoo ?

Lubin n'avait rien trouvé à répondre. Il détestait ce double jeu (je sais que tu me mens, mais tu ne sais pas que je sais…) et avait fui le regard de Gervaise, songeant que cette histoire de maladie n'était pas si absurde. Avec la vétusté de ces lieux, qui n'avaient quasiment pas été refaits depuis l'Exposition universelle de 1889, une épidémie pourrait aisément se développer à la ménagerie du Jardin des plantes. Et là, ce serait une vraie catastrophe !

La catastrophe, Lubin la lisait pour l'instant dans le regard des visiteurs. Depuis l'ouverture de la ménagerie, le vieil homme s'échinait à justifier l'absence des singes blancs.

— C'est pour eux qu'on est venus, vous savez ?

Ces primates avaient toujours fasciné le public. Certains Parisiens se déplaçaient tous les jours, comme s'ils contemplaient ici une chose unique et aussi sécurisante qu'un rêve : la vision de l'homme avant la chute.

« Avant la faute… avant les bombes… » compléta intérieurement Lubin en éconduisant une nouvelle famille.

— Revenez dans trois jours, ils seront de retour…

— Mamaaaaaan ! Les singes, ils sont pas lààà !

Ce qui peinait le plus Lubin, c'était le regard des petits. La déception qu'il lisait dans leurs yeux lorsqu'ils arrivaient devant la cage vide, voilà qui lui fendait le cœur. Le gardien aimait les enfants, leur âme en friche, ouverte à l'imaginaire, sans les hideux carcans de la raison. Ils lui rappelaient Sylvain petit, cet enfant qu'il avait initié aux merveilles du Paris secret et qui, hier soir encore, était venu lui demander conseil.

Lubin était son père de substitution. Qu'aurait fait Sylvain, s'il avait été élevé seul avec Gervaise ? Elle l'eût encagé dans ses règles et ses lubies. Alors que Lubin l'avait ouvert à l'imaginaire, comme il l'avait entraîné dans les catacombes. Bien sûr, Gabrielle avait aussi eu son rôle à jouer. Mais elle avait fui…

À cet instant, le gardien sentit qu'on tirait le bas de sa veste et vit un tout petit garçon, dont la grand-mère était restée en retrait.

— Dis, monsieur, ils sont pas morts au moins, tes singes ?

Le gardien croisa le regard embarrassé de la vieille femme.

— Tu me réponds, monsieur ? Ils sont pas morts, dis ?

Lubin éclata d'un rire agité. Pourquoi ce gamin insistait-il ?

— Meu non, petit ! Ils vont très bien, répondit-il en ôtant nerveusement sa casquette.

L'enfant le fixait avec une avidité sans fard. Lubin crut à nouveau voir Sylvain au même âge. Cet air gourmand, ce feu dans la pupille.

— Alors ils sont où ?…

Lubin s'agenouilla devant l'enfant, prenant appui sur le sol poussiéreux. Dans la fosse voisine, les ours grognèrent. S'il n'inventait pas tout de suite quelque chose, l'enfant allait camper là. Il connaissait ce genre de gamin : obstiné et incrédule.

— En fait, improvisa Lubin à mi-voix, les singes ont été mis à l'abri.

— À l'abri ?

— Oui, à cause des menaces terroristes.

— Les terroristes veulent tuer les singes blancs ? glapit le gamin.

Une famille qui passait à quelques mètres se figea. Ils regardaient le baudet du Poitou et se retournèrent d'un même mouvement.

« Ce gamin va m'attirer des ennuis ! » songea Lubin, en affectant une moue mystérieuse pour lui répondre :

— Non, les terroristes ne vont pas tuer les singes blancs, mais tu sais comme moi que ce sont des animaux très sensibles… et que s'ils venaient à inhaler certains gaz, ils mourraient bien plus vite que nous…

Qu'avait-il dit ? La famille lui fondit dessus.

— Vous avez reçu des menaces ? couina la mère. Des alertes à la bombe ?

« Me voilà bien ! Je fais quoi, maintenant ? »

Avant même que Lubin ne se fût relevé pour répondre, dix personnes braillaient, épouvantées.

— Mais si le Jardin des plantes est dangereux, il faut le fermer !

— Il y a des enfants qui viennent ici tous les jours !

— Vous vous rendez compte qu'on risque notre vie ?!

— Nous laisser entrer ici, c'est criminel !

Lubin était dépassé. Maintenant, vingt paires d'yeux réprobateurs le fixaient. Les torses se bombaient en boucliers. On regardait les cages avec terreur. Chaque animal devenait suspect de complot. Impuissant, le gardien lisait dans les regards autant de scénarios catastrophes : qui sait si la fauverie ne cachait pas une bombe à retardement ? Si la grande volière n'allait pas libérer une substance mortelle qui les foudroierait sur place, faisant de la ménagerie un nouveau Pompéi ? Et puis, qui était ce vieux débris, bien trop âgé pour être encore en place ?

Alors la foule avançait, les yeux noirs.

Lubin peinait à respirer.

Il recula, recula encore.

À tel point qu'il finit par bousculer quelqu'un, dans son dos.

— Un problème, Lubin ?

Le vieux gardien tressaillit.

— M… madame la conservatrice…

Vendredi 17 mai, 8 h 10

– Tiens, tu es revenue, toi ?

– Je ne suis jamais partie.

– Ça fait au moins une heure que tu es dans ce couloir !

– Je dois voir le commissaire Parasia !

– On te dit qu'il n'est pas là…

– Peu importe ; je l'attends.

Le flic hausse les épaules et tourne les talons. Il était chez moi cette nuit, avec le commissaire Parasia. M'a-t-il reconnue ? Il a sans doute d'autres problèmes en tête. Pour lui, la nuit a dû être longue. Dans les couloirs de la préfecture de police, on ne parle que de cette série de kidnappings. Les portes claquent, on s'apostrophe, on se bouscule dans une odeur de café bon marché et de vieux lino.

– C'est incompréhensible ! fait une jeune femme flic aux cheveux courts, moulée dans un jean.

– C'est peut-être lié… suggère un individu bedonnant, les bras lourds de dossiers.

– Tout est possible, maintenant.

Le Quai des Orfèvres est un incroyable mélange de vétusté et de technologie de pointe. Par une porte entrouverte, j'aperçois des ordinateurs dernier cri (une cohorte de Dell 428-C-66, avec des écrans HD 555 !) posés sur des tables qui ressemblent à des pupitres de la IIIe République.

Malgré ma curiosité, je reste concentrée sur mon objectif : trouver Parasia.

Je ne le sens pas, ce type. Encore un qui me prend pour une erreur de la nature, un monstre de cirque, un Freaks pour Tod Browning.

Il croit peut-être que je n'ai pas de sentiments ? Que je peux rester insensible devant un couple qui pleure la disparition de son enfant ?

Ça m'a pourtant retourné le ventre.

Certes, hier soir, Jean et Nadia étaient encore les personnages d'un film que je découvrais avec plus de curiosité que de compassion. Mais depuis la rencontre dans le hall, ce matin, la donne a changé. C'est aussi pour elle que je fais ça. Et je vais y arriver !

Une ombre au-dessus de moi.

– Il paraît que tu veux me voir…

Le regard soupçonneux de Parasia.

J'affecte une mine d'enfant sage et couine :

— Ouais, et je crois même que je vais vous aider…

15.

— Vous avez besoin d'aide, Lubin ?

Gervaise fixait son vieux gardien avec une mine réprobatrice. Lubin peinait à répondre. Bien qu'elle fût sa cadette, Gervaise gardait sur lui un ascendant complet, où la supériorité se mêlait de mépris.

Dans l'assistance, plus personne ne parlait. Excités, les visiteurs du zoo avaient compris que malgré l'absence des singes, il y aurait du spectacle ! Même les animaux avaient cessé leur chahut habituel, comme le tribunal se tait à l'entrée de la cour. Oui, c'était cela : un procès improvisé, dont Lubin se sentait l'accusé.

— Écoutez, madame la conservatrice, je…

Le gardien ne put aller plus loin. Les mots moururent dans sa gorge. Il aperçut alors le visage de Sylvain, qui suivait la scène, en retrait.

Sylvain lui sourit pour lui redonner courage et le gardien sembla soulagé. Ce sourire signifiait toutefois : « Ne craque pas ! Maman ne doit pas savoir… »

Isolées de leur contexte, ces craintes étaient dérisoires. Mais tout le monde avait peur de Gervaise, qui maintenait autour d'elle une autorité suspicieuse teintée de culpabilité. Le fait qu'elle fût femme accentuait ce sentiment. Tous – gardiens, collaborateurs, secrétaires… – la craignaient comme on craint une mère : avec respect. Gervaise dégageait une volonté brute, qui convainquait jusqu'à son plus farouche détracteur. Pourtant, cette nuit, en kidnappant les singes blancs, un ennemi invisible l'avait attaquée. Et c'était la première fois ! Cela renforçait sa détermination. Gervaise allait riposter, mais il lui fallait être sûre de ses troupes ; et le vieux Lubin devait marcher droit.

Tout cela, Sylvain le comprenait à la seule position de sa mère : vissée au sol du zoo avec la même raideur que la statue de Bernardin de Saint-Pierre devant l'entrée de la ménagerie. Le célèbre auteur de *Paul et Virginie*, bluette élégiaque de la fin du XVIIIe, avait fondé cette ménagerie en 1794, sur les reliquats du zoo privé de Louis XVI à Versailles. En découvrant les singes blancs, Gervaise était sa digne héritière. Jamais le Jardin n'avait été si populaire, si fréquenté et – n'en déplaise à la conservatrice – même depuis les attentats et les forfanteries télévisuelles de Protais Marcomir.

Mais aujourd'hui, ce frêle équilibre semblait en péril.

Un visiteur s'avança vers Gervaise, avec la mine cauteleuse d'un procureur qui aiguise sa rhétorique.

— C'est vous, la directrice de la ménagerie ?

Gervaise plissa les lèvres dans un rictus irrité.

— On peut dire ça comme ça.

— Il paraît que vous avez reçu des alertes à la bombe et que les singes ont été tués par les terroristes ?

« L'imbécile ! » songea Gervaise, en toisant son gardien.

Lubin s'apprêtait à démentir mais la conservatrice lui fit sèchement signe de se taire.

— Je vois que le téléphone arabe fonctionne à merveille, grommela-t-elle, affectant la légèreté.

Sylvain suivait la scène avec une fascination un peu honteuse. Au lieu de s'approcher de Lubin, de le soutenir, il restait comme au spectacle.

« Lubin lui-même m'a demandé de ne rien raconter à maman », se dit-il, refoulant l'idée que cette commode retenue justifiait toute lâcheté.

Mais il n'était pas insensible et savait que le *one-woman-show* de Gervaise allait vite l'indisposer.

La voilà maintenant qui s'avançait vers le groupe de badauds.

— Mes amis, mes amis ! pontifia-t-elle.

Devant un public, sa mère devenait redoutable. Cette comédienne née jouait des lieux comme d'un décor. Traversant les branches d'un cèdre centenaire, un rayon de soleil se posa sur ses cheveux blonds. Ses traits parurent plus vieux, mais elle gagna en aura.

— Depuis qu'il a été « bousculé » par un de nos pécaris, reprit-elle, mon gardien n'a plus toute sa tête et vous n'avez rien à craindre.

Lubin baissa les yeux.

« C'est dégueulasse ! » s'insurgea Sylvain sans pour autant quitter l'immobilité du cobra devant le fakir. Tous les badauds voyaient, ébahis, Gervaise s'avancer vers Lubin.

D'un geste brusque, elle remonta la chemise du gardien.

— Vous voyez ce que je veux dire ? claironna-t-elle, triomphante.

L'assistance éclata de rire : il n'avait pas ôté son pyjama !

Lubin blêmit. Ses pommettes tremblèrent, mais il serra les poings et garda les yeux vissés au sol.

Sylvain sentait poindre la nausée. Mais que faire ? Prendre la défense de Lubin n'aurait qu'accentué son humiliation. Et puis le public semblait lui-même embarrassé. D'ailleurs ils cessèrent vite de rire, contemplant le vieil homme avec une gêne croissante. Gervaise allait-elle être prise à son propre piège ? Consciente d'être allée trop loin, elle écarta les bras dans un grand geste fédérateur.

— Le Jardin des plantes n'a *jamais* constitué une cible pour les terroristes, expliqua la conservatrice en désignant les cages alentour.

Un bouquetin suivait la plaidoirie en ruminant du cresson. Touchés par le pouvoir de conviction de Gervaise, les regards s'adoucissaient.

— Comme vous, je crains les terroristes. Comme vous je suis sur mes gardes ; comme vous je me méfie. Les terroristes visent les grandes places financières, les ministères, les symboles politiques. Qu'iraient-ils faire d'un zoo, de grands squelettes préhistoriques, d'allées de roses ?

Déjà les badauds approuvaient du menton, retrouvant un sourire complaisant.

— Dis madame, fit alors le petit garçon qui avait questionné Lubin, tes singes blancs, ils sont où ?

— À l'abri, mon petit, répondit Gervaise en caressant les cheveux du gamin. Mes amis, dit-elle en se redressant vers l'assemblée, profitez bien du zoo et revenez la semaine prochaine : les singes blancs seront de retour…

Et en une minute, tous se dispersèrent.

Seule Gervaise n'avait pas bougé. Et lorsqu'elle fut sûre qu'on ne l'observait plus, elle se tourna vers Lubin pour laisser exploser sa colère.

Vendredi 17 mai, 8 h 16

Parasia écarquille les yeux.

Je viens de mettre ma très banale clé USB SanDisc Cruzer (améliorée par mes soins) dans son ordinateur, et les images de la nuit défilent sous nos yeux.

D'abord le noir de la chambre. Le calme. Tout juste la respiration, douce et imperceptible, du bébé qui dort.

Tout à coup, une lueur à la fenêtre. Pas une lueur, une ombre. Mais une ombre claire, qui ouvre de l'extérieur et s'introduit dans la chambre.

Curieusement, alors que l'image est plus claire, elle se brouille. Comme si la pâleur du ravisseur avait joué sur l'objectif de ma caméra.

J'avais déjà remarqué ça hier soir, en regardant le film ; mais là, c'est flagrant !

Parasia est aux aguets.

Agrippé au bord de son bureau, il fixe l'écran sans cligner des yeux. Tout juste fronce-t-il du nez.

Maintenant, l'image est neigeuse. Mais on voit distinctement la silhouette de l'homme prendre le bébé dans ses bras. On voit également son corps luire, comme s'il suintait. Comme si sa peau, ses membres dégoulinaient. De l'eau.

– Vous avez vu ce corps flou ?

Je n'ai pas pu me retenir de parler.

Parasia ne dit rien.

L'homme serre l'enfant contre son sein. Il n'est plus qu'une forme pâle dans le blizzard. Il enjambe le parapet de la fenêtre et disparaît dans la nuit.

Puis, le silence. Un silence brisé par le cri de Nadia, qui déboule dans la pièce : « Non, c'est pas vrai ! Nooooooon ! »

Parasia n'a pas bougé.

Il retire ses lunettes et se frotte le visage. De l'autre main, il met l'ordinateur en veille d'un geste sec.

Je reste interdite.

Lorsqu'il se retourne vers moi, le commissaire me regarde avec un mélange de lassitude et de mépris.

– C'est tout ?

– Pardon ?

– C'est pour montrer ça que tu as débarqué ici ?

Je n'en reviens pas.

– Mais enfin…

– Tu t'attendais vraiment à ce que je te croie ? Je pensais d'ailleurs que tu ne conservais pas les films. Tu as bricolé ça cette nuit, n'est-ce pas ?

Le policier range maintenant son bureau avec une nonchalance insultante ; comme si j'avais déjà quitté la pièce.

– Tu aurais pu te donner plus de mal, ajoute-t-il, sans me regarder. Mon fils obtient le même genre d'effets, avec son appareil numérique…

La situation ne m'amuse plus du tout ! Je lui apporte une preuve en or sur un plateau d'argent et il croit que je me moque de lui… C'est le monde à l'envers !

– Mais enfin, vous avez vu ce…

Il redresse la tête vers moi et dit d'un ton étonné :

– Tu es encore là ? Tu n'as pas compris que j'avais du boulot, ce matin ?

J'en reste bouche bée. Ce type ne plaisante pas…

– Mais enfin : regardez-le encore, ce film !

Parasia lève les yeux au ciel et décroche son téléphone.

– Lucas, tu veux bien ramener la petite à l'accueil ?

Sans que j'aie le temps de réagir, le flic entrevu dans le couloir surgit dans le bureau, me prend par le bras et me pousse jusqu'à l'entrée de la préfecture.

16.

— Pourquoi me l'avoir caché ? plaida Lubin. Pourquoi cette fable de tests médicaux, alors que les singes blancs ont tout simplement disparu ?

Sa voix résonnait dans l'atmosphère moite du vivarium. Gervaise, Sylvain et le vieux gardien venaient de s'y réfugier, fermant la porte au nez d'un touriste canadien qui s'apprêtait à prendre une photo des caïmans. Mais il n'était plus question de tourisme.

Dans cette salle ronde aux lumières tamisées – un vert jaunâtre – se trouvaient les cages vitrées des reptiles. Au centre, le baquet des caïmans. Dans leur mare puante, les trois sauriens dormaient, la bouche ouverte. Dans une salle adjacente, les tortues des Galapagos sommeillaient tout autant. Seuls les reptiles semblaient aux aguets. Tel un public, boa, python, varan, caméléon avaient posé leur tête impassible contre la vitre de leur bocal.

En quelques phrases, Gervaise résuma à Lubin sa *vraie* soirée d'hier : le retour au zoo, la découverte de Sylvain, leur peur…

À chaque mot, la conservatrice cherchait le regard de son fils, comme s'il était caution de ces aveux.

« N'est-ce pas, Sylvain ? » « C'est bien ça, Sylvain ? »

— Maman, ne te fatigue plus, avoua très vite Sylvain. Lubin sait déjà tout depuis hier soir… Je suis allé le voir après t'avoir quittée.

Le gardien sursauta, ne sachant quelle posture adopter. Tout juste secoua-t-il la tête comme un enfant pris sur le fait.

Contre toute attente, Gervaise répliqua sans s'énerver :

— Vous auriez pu me le dire plus tôt. On aurait perdu moins de temps. Ce jeu de cache-cache ne va pas nous rendre les singes…

Sylvain sourit à Lubin, l'air de dire : « Tu vois qu'il n'y avait rien à craindre », mais le vieil homme peinait à se dérider. Malgré son côté soumis, il détestait ne pas avoir le contrôle des choses.

— Cette disparition est une vraie catastrophe, reprit la conservatrice, dont le visage avait perdu ses couleurs.

On était loin de la directrice acide humiliant son gardien en public.

Tournant les yeux vers Lubin, qui grattait un morceau d'algue sur la vitre de l'iguane, elle enchaîna d'un ton sans ironie :

— Lubin, vous n'avez vraiment rien remarqué d'étrange, chez eux, hier ?

— Je les surveille de près, madame la conservatrice ; mais vous savez que, certains jours, les singes sont excités…

— Eh bien ?

Lubin tourna la tête vers Sylvain, lequel trouvait l'attitude de sa mère et du gardien de plus en plus étrange.

— Lorsque tu étais ici, Sylvain, les choses étaient faciles. Nous allions les nourrir ensemble.

Ton de plus en plus étouffé :

— Mais depuis que tu es parti et que je dois les nourrir seul…

— Parce que c'est ma faute, maintenant ?

— Il y a des jours où ils me font peur, avoua Lubin, livide. C'est dans leur regard… Comme s'ils m'en voulaient, comme s'ils me reprochaient quelque chose…

Le vieux gardien releva lentement son visage vers Gervaise.

— Alors pour les nourrir, je délègue… J'envoie Joseph, ou un autre…

La conservatrice eut une moue d'impuissance et marcha lentement vers le baquet des caïmans. Se penchant à la rambarde, elle se plia en deux, comme une gymnaste.

Les trois sauriens s'approchèrent.

— Disparu. Les singes blancs ont disparu…

Gervaise fixait la carapace des animaux, comptant les dents qui saillaient de ces gueules closes.

— Vous n'avez aucune idée des implications que peut prendre cette affaire ; surtout dans le contexte actuel…

Lubin restait muet.

L'apathie de ses aînés sembla bientôt absurde à Sylvain. Quelque chose clochait dans leur attitude ; des intentions, des regards, qui empêchaient le jeune homme de prendre suffisamment de hauteur. Rarement il avait vu sa mère aussi désemparée, Lubin aussi effacé. Durant son enfance, sa jeunesse, leurs querelles avaient un côté théâtral. Aujourd'hui, par ce début d'après-midi de soleil, c'était différent. Les enjeux semblaient réels. Conscient qu'il allait à tout le moins provoquer une réaction, Sylvain hasarda :

— Je sais que c'est triste, maman, mais ce ne sont que des animaux…

Gervaise tourna vers son fils des yeux peinés.

— C'est *toi* qui me dis ça, Sylvain ?

Puis elle s'ébroua et retrouva son ton lapidaire.

— De toute façon, ce n'est pas une simple question d'animaux.

Alors elle se tourna vers son vieux gardien.

— Et *vous* savez très bien pourquoi…

17.

— Mais non : je ne sais pas ce que ta mère a voulu dire ! Je te le promets !

Sylvain restait buté. Après l'entrevue avec Gervaise, Lubin avait demandé au professeur de l'aider à nettoyer la cage du guépard. Il ne semblait pas pour autant prêt à faire des confidences.

— Maman et toi me cachez quelque chose ! reprit Sylvain en saisissant une botte de foin à l'aide de la grande fourche.

— Je te jure que je suis aussi dépassé que toi... *et que ta mère !*

À quoi jouaient Lubin et Gervaise ? Était-ce le sempiternel numéro de duettistes que Sylvain avait toujours connu ? Ou bien se passait-il autre chose ?

« Y a un truc... » se dit le jeune homme, en plantant sa fourche dans une nouvelle botte de foin qu'il propulsa de l'autre côté de la cage. « Mais quoi ? »

Combien de fois Sylvain avait-il tenté de s'interposer entre Lubin et sa mère ? La conservatrice ne pouvait vivre sans son gardien-chef comme l'aveugle sans le paralytique. Sylvain aurait beau tout essayer, ce couple était aussi indissociable que le guépard l'était de cette cage.

Malgré les piques, les bottes de foin, les gesticulations de Sylvain et de Lubin, le félin ne bougeait pas. Tout juste fronçait-il du museau, quand des débris de paille glissaient jusqu'à lui. Comme on s'approche d'une cheminée, Sylvain s'accroupit devant l'animal et commença à lui frotter la tête, ainsi qu'à un chat. Il était persuadé que Lubin escamotait une partie de la vérité.

Hier soir, déjà, il s'était étrangement comporté. Au lieu de vider une bouteille de pastis, ils auraient dû revenir à la ménagerie. Et puis, ce mensonge si clair au sujet du couloir inconnu, dans le puits. À quoi rimaient ces cachotteries ?

— Tu me mènes en bateau, reprit Sylvain, sans retirer sa main du gros chat. Dans le bâtiment des reptiles, toute votre conversation avait l'air codée ; comme si maman avait fait exprès de me faire venir... pour que j'aie des doutes sur vous deux.

Lubin ne trouvait rien à répondre, mais il gagnait en raideur. Impossible de savoir s'il était crispé par les remarques de Sylvain ou par la présence du félin.

— Sylvain, ne va pas t'imaginer des choses. Je ne sais rien de plus que toi... balbutia-t-il, conservant ses distances avec l'animal.

Mais lorsque le guépard se tendit comme un arc et s'étira en bâillant, le vieux gardien trembla.

Sylvain s'allongea alors contre le félin et lui caressa les flancs, tels deux amants au petit matin.

— J'avais oublié à quel point tu étais doué... murmura Lubin.

Le professeur réprima un geste agacé.

— Tu m'as toujours dit ça ; c'est des conneries.

Jouant avec l'oreille du félin qui ronronnait de plaisir, il ajouta :

— Je suis juste doux avec les animaux.

Lubin remplit un seau avant de le vider d'un grand geste sur le sol de la cage.

— Tu sais très bien que ça n'a rien à voir avec de la douceur.

Le gardien scruta un moment le reste du zoo puis ajouta de façon presque imperceptible :

— Tu es unique, Sylvain. Ne l'oublie pas.

Le garçon secoua la tête de gauche à droite et appuya son menton contre le museau du guépard.

— Les animaux m'aiment bien. Ils me connaissent depuis ma naissance. Certains ont le même âge que moi. Ils sont comme des…

Il posa un baiser sur la tête de l'animal.

— … comme des frères.

Un voile de tristesse couvrit les yeux du gardien.

— Tu n'as rien à faire à la fac, avec tous ces cadavres, ces livres que personne ne lit… Toi, tu dois travailler avec du vivant…

Sylvain se redressa. Son sourire s'était envolé. Sur son visage, la colère venait de se poser. Non content de dévier la conversation pour esquiver l'interrogatoire, Lubin savait où planter ses aiguilles. Pas si paumé, le vieux sauvage ; il était bien comme Gervaise. Chacun à sa façon, ils utilisaient Sylvain, le manipulant avec une facilité déconcertante.

Le professeur banda instinctivement ses muscles, comme on se prépare à attaquer. Sentant monter une tension, le guépard se contracta à son tour, feulant en direction du gardien.

Lubin avala sa salive. Il devait garder son calme, sinon l'animal sentirait sa peur et…

— Qu'est-ce que je suis, pour maman et toi ? aboya Sylvain. Un jouet ? Un Yo-Yo ?

Lubin eut un rire nerveux. Mais Sylvain restait sombre.

Ses yeux jaunissaient du même jaune que les iris du félin… lequel se leva pour rôder en grondant autour de Lubin.

— Arrête ça, s'il te plaît… chuchota le gardien, dont les mollets venaient d'être fouettés par la queue du guépard.

— Je suis une poupée avec laquelle vous jouez depuis trente ans ?

Le ton montait. Lubin s'efforçait de rester impassible… mais l'animal tentait à présent de passer *entre ses jambes.*

Un guépard.

— Les animaux, le Jardin… vous avez tout fait pour que je sois intoxiqué… renchérit Sylvain d'une voix grave.

Flairant la colère des humains, le guépard se figea entre les jambes du gardien, qui était malgré lui à califourchon sur l'animal. Puis il tourna sa tête vers Lubin et poussa un long grondement…

La scène virait électrique. L'odeur de la cage s'était accrue. Un parfum âcre, fauve, qu'on croyait voir passer comme un brouillard roux.

Il faisait de plus en plus chaud.

Lubin parvint toutefois à reculer. Dégageant une jambe, puis l'autre, il marcha vers l'extérieur. L'animal suivit sans bouger ces mouvements ralentis. Et lorsque le gardien se plaqua contre les barreaux de la cage, les deux autres s'avancèrent doucement vers lui. Quatre yeux. Quatre yeux identiques. Deux félins qui le scrutaient, guettant l'angle d'attaque.

— Arrête, je te dis ! balbutia le vieux gardien. Tu sais bien que je déteste ça…

— Il ne fallait pas me proposer de nettoyer la cage, ironisa Sylvain. Depuis que j'ai quitté le Jardin, tu le fais faire par les nouveaux, n'est-ce pas ? Quel drôle de gardien de zoo : tu as toujours eu peur des animaux…

Sylvain fut interrompu par une vibration dans sa poche.

« Mon portable… »

Sans doute blessé par les ultrasons, le guépard regagna au petit trot l'autre côté de la cage, où il s'affala dans le foin.

Lubin retrouvait le cours de sa respiration. Mais c'est Sylvain qui avait blêmi. Sans un mot, il fixait l'écran de son portable. Le texto était pourtant simple : « DÎNER IMPROVISÉ CE SOIR ? » signé : « GABRIELLE. »

Vendredi 17 mai, 8 h 43

D'un pas hésitant, je traîne mon dépit sur les berges de la Seine, dans l'île de la Cité. Quelle mouche a piqué Parasia ? Je suis venue jusqu'à la préfecture de police pour l'aider de bonne foi, et le commissaire me congédie comme une gamine qui aurait fait une bêtise...

Ça pouvait pourtant être une piste !, me dis-je, cherchant encore à prouver le bien-fondé de ma démarche. Bien sûr que j'ai eu raison de me rendre chez les flics, mais je viendrais presque à en douter. J'en suis à me dire que ce film est effectivement, non pas un montage, mais un accident. Et si cette ombre blanche, sur l'image, était bel et bien un « effet spécial », un reflet sur l'écran ?

Mais non, Trinité : tu sais parfaitement ce que tu as vu.

Dans ce cas, pourquoi Parasia a-t-il refusé de prendre ce document en compte ? A-t-il peur de ce que cachent ces images ? Lui a-t-on demandé d'étouffer l'affaire ? Au point où on en est, tout paraît possible. Et moi, à quoi je sers, dans tout ça ? À quoi bon être plus intelligente que tout le monde ? Les reproches de mon père me reviennent à l'esprit.

« Paquet ! Poids mort ! Inutile ! Si ton frère était là, il… »

Bien sûr, je ne serai jamais comme *l'autre*… puisqu'il est mort. Alors la comparaison est si injuste, si déloyale ! Mais mes parents ne peuvent s'empêcher de la faire, c'est plus fort qu'eux. Et c'est bien pour ça qu'ils sont ailleurs : pour éviter ce souvenir que je leur rappellerai éternellement. Tous des lâches, en fait. Mes parents comme les flics.

Mes pas me ramènent machinalement devant l'entrée du 36, quai des Orfèvres. Lucas est toujours là, devant le porche. Il semble attendre une voiture et guette la rue.

J'hésite un instant puis me dis : « Non, c'est trop bête… »

Me voilà bientôt devant le policier, qui a l'air plus surpris qu'irrité de me voir revenir.

– Je croyais qu'on t'avait dit de partir.

– Écoutez, je ne sais pas ce que votre patron a contre moi, mais je lui ai apporté ce matin un document qui peut vraiment…

Le flic fait « non » de la tête et semble désolé.

– Mon boss sait très bien ce qu'il fait. Alors s'il t'a dit de ne plus courir dans ses pattes, tu ferais bien d'obéir.

Sur ce dernier conseil, son visage se fige et je ne peux m'empêcher de frissonner. Ces types sont quand même formés à être des durs.

– Mais enfin, vous…

Inutile de finir ma phrase. Lucas s'est retourné pour répondre à son portable.

Résignée, je m'apprête à partir quand les mots du flic m'arrêtent :

– Commissaire, c'est Lucas. Je suis encore dans la rue, là, et je voulais juste faire le point sur les cinq lieux des kidnappings. Mais j'ai besoin de la liste exacte…

Maintenant, je ne bouge plus d'un millimètre.

– Ouais… je répète : 1, rue Nicolas-Houël, à la cité d'Austerlitz ; 17, rue des Gobelins, elle est repertorié à Cité d'Austerlitz dans tous les plans et carte de Paris, même si la grille qui la ferme porte le nom de Villa cf. 196 au château de la Reine Blanche ; 56, rue Corvisart, à la boulangerie ; 29, rue des Cordelières, au Palais du peuple ; 1, rue du Docteur-Lucas-Championnière… OK, j'y vais…

Puis il raccroche et s'étonne :

– Encore là ? Va-t'en, on te dit !

Et il s'engouffre dans une Clio qui vient de se garer devant nous.

Sans un mot, je regarde la voiture à gyrophare brûler un feu rouge pour filer vers la place Saint-Michel et le sud de Paris.

Dans ma tête, tout se met en place…

Ils ne veulent pas de moi, ils refusent mon aide ? Tant pis pour eux. Moi aussi je vais me passer de leurs services. L'important n'est-il pas de retrouver ces enfants ?

Je respire un grand coup, comme si je prenais mon élan. Tournant la tête vers Notre-Dame, je me répète les cinq adresses prononcées par Lucas.

Je remarque alors un grand attroupement sur le parvis de la cathédrale, à l'emplacement du point zéro, lieu de référence de tous les kilométrages français. Il y a là au moins une centaine de personnes.

Debout sur une estrade, un homme harangue la foule avec un timbre de prophète.

Je m'approche.

D'abord, je ne distingue pas son visage, caché dans la masse. Mais sa voix résonne avec violence.

– Les signes sont là, mes amis ! Les signes des temps ! Paris va mourir, et vous aussi si vous ne fuyez pas !

« J'ai déjà entendu ça quelque part », me dis-je en me mêlant au troupeau.

Les gens sont fascinés. Bouche entrouverte, ils boivent les paroles de l'orateur.

— Paris a commencé à se dévorer lui-même. La déesse cannibale va renaître. Elle va jaillir du fleuve, et reprendre possession de ses biens !

La foule est terrorisée. Les couples se resserrent, les mains se crispent, comme les passagers du *Titanic*. Plusieurs ont sous le bras le livre *SOS Paris !*

« Évidemment, c'est lui », conclus-je.

— C'est la fin, mes amis. Ce que j'ai écrit dans mon livre n'a rien d'une affabulation. On a cherché à me calomnier, alors que j'ai toujours dit la vérité : l'apocalypse est pour demain.

Sa voix est de plus en plus forte, son ton de plus en plus enflammé.

— Cette nuit, cinq enfants ont été enlevés ! Cinq enfants que la police ne pourra pas retrouver ! Car ils ne sont plus dans notre dimension ! Moi seul l'ai compris !

Je me faufile à travers une forêt de jambes, de torses, et déboule brusquement face à l'estrade.

Le prophète me regarde surgir telle une apparition divine.

C'est bien Protais Marcomir, ce gourou dont le livre caracole en tête des ventes depuis des mois.

Il ne dit plus rien.

Ses yeux me dévorent, comme un savant fou découvre le cobaye idéal.

Dans un mouvement très lent, il plie son long corps si maigre et se penche vers moi.

– Tu n'as pas peur de mourir, petite fille ?

Sans réfléchir, je m'entends lui répondre :

– C'est vous qui avez peur.

Il éclate de rire.

– Ah bon, et pourquoi ?

Les mots sortent tout seuls :

– Parce que c'est *vous* qui allez mourir…

18.

— On n'est pas mal, non ? murmura Léon à l'oreille de Kamel, en s'étirant devant le soleil au zénith.

Assis sur la berge, les pieds à un petit mètre de la Seine, les pêcheurs semblaient deux statues à la pointe de l'île Saint-Louis. Ce sublime îlot XVIIe, miraculeusement épargné par l'urbanisme parisien, n'avait pas changé. L'homogénéité architecturale voulue par l'entrepreneur des Ponts de France Christophe Marie, sous Louis XIII, n'avait jamais été bafouée. C'est pourquoi l'île Saint-Louis attirait les touristes de tous horizons, qui venaient y humer une certaine idée de la « perfection française ». Façades claires et classiques, hôtels particuliers aux porches hautains, douce courbe des berges ; et puis la Seine, qui encerclait la réunion des anciennes île Notre-Dame et île aux Vaches (durant des siècles, les bovins y broutèrent), comme quelque Atlantide ressurgie.

Mais les deux pêcheurs se moquaient bien de l'histoire parisienne. Perdus dans leurs pensées, ils étaient aussi immobiles que leurs cannes à pêche. Pas un souffle de vent. Juste le joyeux brouhaha des touristes, qui sortaient de chez Bertillon, le célèbre glacier, ou buvaient un verre au *Flore en l'île*.

Comme on se sentait bien ! Oubliées, les paranoïas de l'hiver. Même les flics semblaient calmés. Les images du Concorde-Lafayette étaient apaisées par le retour des beaux jours.

Bien sûr, les deux pêcheurs se rappelleraient à jamais la grande colonne de fumée qui était montée pendant cinq jours de l'ouest parisien, mais ils préféraient maintenant se concentrer sur la divine silhouette de Notre-Dame, leur déesse tutélaire.

Face à eux, dans l'île de la Cité, la cathédrale leur tournait le dos. Ouvragé, hérissé d'arceaux, de gargouilles, de fléchettes, de clochetons, ce fabuleux macramé gothique devait sans doute moins à l'inspiration médiévale qu'aux restaurations de Viollet-le-Duc, au XIXe siècle, mais qu'importe… Notre-Dame restait Notre-Dame.

— Hein qu'on n'est pas mal ? insista Léon.

— Mmm…

Par ce beau jour de mai, Léon s'efforçait d'être disert. C'était le printemps, après tout.

— Ça fait combien de temps qu'on n'a rien attrapé ? reprit-il. Quatre, cinq mois ? Ça remonte à janvier, non ? Quand j'ai chopé une espèce de truite ?

— Mmm…

— Toujours aussi bavard, camarade, se renfrogna Léon.

Il prit alors conscience que Kamel était recroquevillé sur lui-même, les yeux plongés dans un livre.

— Je vois que ma conversation te passionne… bougonna Léon.

Kamel releva vers lui un visage groggy.

— Tu m'as parlé ?

— Depuis quand tu lis des livres, toi ? grimaça Léon en saisissant le volume de ses doigts à mitaines.

Il eut alors une expression affligée.

— Ah… toi aussi… Dans la rue, dans le métro, partout, tout le monde lit ce *SOS Paris !…*

— C'est passionnant ! se défendit Kamel en reprenant le livre, comme si Léon risquait de l'abîmer.

— Eh là, c'est pas une relique ! Ce Marcomir n'a rien d'un saint. Je l'ai vu à la télé. C'est un petit malin qui a flairé le bon coup.

Fidèle à lui-même, Kamel haussa les épaules et se replongea dans sa lecture.

Mais il n'eut pas le temps de finir son chapitre.

Vraiment pas le temps.

Le premier clapotis se fit entendre derrière eux.

Ça devait longer la berge de l'île Saint-Louis, depuis le quai de Bourbon, de l'autre côté.

— T'as entendu ? s'étonna Léon.

Un bruit étrange, accompagné d'une odeur de vase.

Kamel allait répondre… mais il fut happé !

Le fil partit à toute trombe vers le large, et il fut entraîné par sa canne à pêche. En tombant dans l'eau, son corps fit un bruit tel que des touristes se précipitèrent sur la margelle du quai.

Paniqué, Léon hurla :

— Au secours ! Faites quelque chose !

Le pauvre vieux ne savait pas nager et courait le long de la berge, comme un chien perdu. Mais Kamel avait disparu. L'eau était de nouveau immobile. Tout juste voyait-on un bateau-mouche qui passait, de l'autre côté de l'île.

Léon croyait devenir cinglé.

— Police ! Police !

Les gens descendaient sur la berge, intrigués.

— Vous allez bien ?

— *Is there any problem ?*

— NON, ÇA NE VA PAS !

Le pauvre Léon perdait les pédales. Il gesticulait en tout sens, incapable de rassembler ses idées, ses esprits. C'était impossible ! Invraisemblable !

— Kamel ! Kamel ! Il est dans l'eau !

— Qu'est-ce qui s'est passé ?

D'une main tremblante, le pêcheur à vieux costume de lin rapiécé désignait la surface de la Seine, en hoquetant :

— Le… le fil est parti… tout à coup… Il a été emporté…

Tous s'attroupaient autour de Léon, qui reculait dangereusement vers le bord.

« Calmez-vous ! » « Asseyez-vous… » « Racontez-nous ! »

Ils étaient maintenant une bonne cinquantaine, sur la berge du quai d'Orléans, à scruter ce fleuve pourtant impassible.

— Messieurs-dames, laissez-moi passer, s'il vous plaît ! fit alors une voix.

Un flic fendait l'assistance. Quelle erreur ! Déséquilibré par un mouvement de foule, le pêcheur trébucha… et tomba à son tour dans l'eau.

Grand cri dans la foule, mêlé d'éclats de rire.

Voyant que Léon ne réapparaissait pas à la surface, le flic saisit aussitôt son talkie-walkie.

— Vite, du renfort quai d'Orléans ! Je crois que j'ai deux noyés…

Sur ces mots, Léon surgit des flots en aspirant l'air avec des yeux de fou. Un jeune touriste belge se jeta aussitôt dans la Seine, tout habillé.

— Accrochez-vous à moi... dit-il, en nageant jusqu'à Léon qui se débattait contre le fleuve.

La foule était aux abois. Tous avaient les yeux rivés sur la victime et son sauveteur.

Lorsqu'ils touchèrent la berge, on les aida à remonter.

Alors tout le monde recula.

— Quoi ? quoi ? balbutia Léon, hagard.

Quelque chose n'était pas normal.

Une femme poussa un hurlement d'horreur.

Tous les regards étaient vissés sur Léon.

Des regards épouvantés.

Alors il vit sa propre jambe, comprit et hurla.

19.

« Protais Marcomir, il est quinze heures et nous sommes en direct de la place du parvis de Notre-Dame, sur l'île de la Cité. Depuis l'aube, à l'annonce des cinq kidnappings d'enfant, vous haranguez la foule. Et lorsque vous avez appris ce fait divers terrible dans l'île Saint-Louis, il y a deux heures, vous avez pris contact avec nous. Pourquoi donc ?

— Ce n'est pas un fait divers, mais un signe !

— Un signe ?

— Si vous avez lu mon livre, SOS Paris !, *vous savez que je suis en contact avec des forces souterraines, des puissances secrètes, qui vivent dans le cœur de Paris et qui viennent me visiter durant mon sommeil…*

— Eh bien ?

— Les enfants enlevés, c'est le premier signe. Ces pêcheurs massacrés, c'est le deuxième. Les autres vont suivre. Tout est dans mon livre !

— Et quels sont les autres signes ?

— Mais lisez donc mon livre : des monstres vont apparaître. Il faut surtout surveiller les animaux… Les animaux sauvages, ceux des zoos : les fauves, les singes. C'est par eux que va vraiment commencer l'apocalypse… »

Vendredi 17 mai, 10 h 22

Pas facile de mener mon enquête… Je ne suis ni flic ni détective. Il me faut donc trouver des moyens détournés pour aborder les parents des enfants kidnappés. L'enlèvement n'a pas eu lieu depuis plus de douze heures qu'ils sont déjà assaillis par des journalistes affamés, des voisins malintentionnés, des curieux que le malheur d'autrui décharge de leurs propres peurs : celles des terroristes, des bombes…

Il va de soi que je ne peux pas aller interroger Nadia et Jean Chauvier. Je regarde donc la liste des « mères » et porte mon choix sur l'adresse la plus proche de chez moi : Philippe et Amany Otokoré, 29, rue des Cordelières, à deux pas de la maison.

Je vais aussitôt rôder devant l'immeuble ; discrètement, j'interroge la concierge en me faisant passer pour une fille d'amis des Otokoré.

— Oh, cette pauvre Mme Otokoré, voilà trois heures qu'elle est assise, à regarder dans le vide. Son mari ne pouvait pas abandonner le travail, alors elle est là-bas, toute seule, dans le square en face de l'immeuble…

Du doigt, elle me désigne une silhouette multicolore assise sur un banc.

Le square René-Le Gall est une atypique cuvette en demi-lune, dans lequel on descend par de petits escaliers que longent des ruisseaux en rigoles, des massifs de fleurs, des pans de gazon tondu.

Un joli jardin, d'ailleurs, creusé dans la ville, au pied du hideux bâtiment du Mobilier national.

Mme Otokoré se tient en retrait, à l'ombre d'une allée de peupliers. Son boubou orange et rose éclate sous le soleil du matin. Mais quelle tristesse, quel abandon ! Un regard vide, dénué de toute expression, de tout espoir.

« Vais-je avoir les mots justes ? » me dis-je en m'asseyant à côté d'elle. Je commence pourtant à parler. D'abord de tout et de rien (le temps, le printemps, la chaleur…) ; puis l'actualité (les bombes, la porte Maillot, les flics dans Paris…).

La suite vient toute seule… Comme si j'avais ouvert une vanne, Amany me raconte sa nuit sur un ton halluciné.

– Ils vont revenir, je le sais ! conclut-elle.

– Mais qui ?

Elle ne répond pas à ma question, prisonnière de son désespoir :

– Ils ont d'abord pris mon bébé... Et après ? Mon mari ? Ou moi ? Ces gens sont capables de tout, tu sais ?

Je dois mesurer chacun de mes mots et réplique :

– Comment pouvez-vous en être aussi sûre ?

Le beau visage de la jeune femme - ce profil noble des Somaliennes - reste fermé, les yeux vissés sur l'allée de peupliers, face à nous.

Elle relève la tête et me saisit la main d'une poigne brûlante.

– Les bébés, ce n'est que le début... Nous sommes tous en danger !

Elle resserre ses doigts autour de mon poignet. Mon pouls bat contre sa paume douce et fébrile. Je suis de moins en moins à l'aise.

– Ils sont là, tu sais ? dit-elle en tournant très lentement la tête.

Ses yeux se posent sur la cime des peupliers, sur chaque voiture qui descend la rue Croulebarbe, sur le restaurant *L'Auberge basque*, sur la boulangerie, à l'angle de la rue Corvisart.

– Ils sont là... et *ils nous surveillent !*

Le ton de sa voix me fait frissonner.

Malgré le soleil du matin, la douceur de l'air, le parfum des fleurs, de l'herbe fraîchement tondue, un souffle glacial traverse le square René-Le Gall.

— Vous avez parlé de ces… *intuitions* à la police ?

Au mot « police », Amany Otokoré fait une grimace et crache dans le sable, houspillant un couple de pigeons.

— La police ? Ils ne comprennent rien. Ils ne veulent rien comprendre.

Elle se rend alors compte qu'elle a crié.

— Qui sait si la police n'est pas complice, elle aussi ?

— Vous croyez ?

Long silence. Je ne sais comment enchaîner. Tout à coup, ma position m'apparaît bien délicate. Je ne suis pas là pour torturer cette femme, pour remuer le couteau dans une plaie atrocement fraîche. Tu n'es pas devant un écran, Trinité ! Cette femme est en chair et en os.

— Maudits ! gémit Amany. Nous sommes maudits !

— Maudits ?

Elle se dresse sans me lâcher la main et m'entraîne vers un grand buisson, en retrait du square.

— Ce que la police ne comprend pas, ce que personne ne veut comprendre, c'est que ces cinq bébés ont quelque chose en commun !

— Mais quoi ?

— Aucun n'est né à l'hôpital ! dit-elle dans un aveu effroyable.

Je ne comprends pas.

– Et alors ?

– Moi, comme les autres mères, j'ai accouché dans la chambre même où mon fils a été enlevé !

20.

« *Vingt-quatre heures après la disparition des cinq bébés kidnappés dans le sud de Paris, un suspect vient d'être interpellé par le commissaire Maurice Parasia. À la surprise générale, il s'agirait de…* »

D'un geste agacé, Sylvain éteignit la télévision.

— Laisse, s'étonna Gabrielle, ça m'intéressait…

— C'est avec moi que tu dînes, ou avec la télé ?

— Tu as toujours détesté ça, n'est-ce pas ?

— Disons que la télévision me coupe l'appétit, avoua Sylvain, alors que ton dîner est délicieux.

Comme pour illustrer son propos, le professeur coupa sa mozzarella avec la tranche de sa fourchette, et la dégusta tel un caviar (ce fromage arrivait directement de Campanie, et Gabrielle l'achetait chez un petit importateur, rue de Mouzaïa).

— Mais je comprends, reprit-il : vu de chez soi, le malheur du monde est une chose bien sécurisante…

Gabrielle esquissa un sourire. Puis sa bouche s'entrouvrit, pour laisser entrer la pointe de sa fourchette. Imperceptiblement, ses lèvres se refermèrent sur les dents de métal.

— J'ai toujours adoré quand tu me regardes... dit-elle à mi-voix, en essuyant sa bouche avec un pli de sa serviette. Tu le fais avec une telle intensité, comme devant les cages...

Gabrielle avait raison : Sylvain aurait pu la contempler des heures. La scruter, l'observer, la disséquer.

Ces yeux verts ; ces joues roses et presque rondes ; son nez retroussé lorsqu'elle voyait mal – myope, Gabrielle avait toujours refusé lunettes et lentilles. Et ces cheveux. *Les cheveux de Gabrielle.* Une cascade d'un blond très pâle, immense, qui depuis toujours lui descendait aux reins.

Combien d'heures Sylvain avait-il passées à peigner son amie d'enfance, dans la pénombre de la roseraie ou à l'abri des cages ? Un spectacle qui fascinait les animaux, provoquant en eux un complet apaisement. Le glissement du peigne était alors le seul son, çà et là couvert par la respiration concentrée des bêtes, qui guettaient la scène avec une avidité gourmande. Et Gabrielle insistait pour que chaque fois fût employé un peigne différent, collectionnant ces objets comme un trésor derrière une vitrine de sa chambre, dans le bâtiment de la conservation.

« Que sont-ils devenus, ces peignes ? » se demanda Sylvain, en scrutant autour de lui.

Gabrielle avait-elle gardé le moindre souvenir de leur enfance ? Ne serait-ce qu'une de ces photos prises dans les catacombes, lorsque Lubin les emmenait tous deux à la « chasse aux os », collectant des ossements épars pour créer un squelette imaginaire et fabuleux ? Mais non : même Lubin était absent... Son propre grand-père ! Dans cette pièce désespérément moderne, pas une image, pas un symbole. Des tableaux contemporains, des meubles *design* et froids, une table de verre, un parquet blanc, des lampes halogènes. Pas de poussière, pas de cheminée, pas de miroirs dépolis. Aucune carte au mur, aucun portrait d'ancêtre imaginaire. Ni même un de ces châles colorés que Gabrielle portait en fonction des saisons : brun l'automne, blanc l'hiver, vert au printemps, rouge en été…

Un salon parfaitement neutre, comme l'était le dernier étage de cette tour de Belleville, près de la place des Fêtes, où la jeune femme vivait depuis plusieurs années.

« Place des Fêtes… » songea Sylvain, un nœud au ventre. Ce nom le renvoyait au jour où il avait retrouvé Gabrielle, trois ans plus tôt.

Comme aujourd'hui : tout avait commencé par un texto.

« RENDEZ-VOUS À LA SORTIE DU MÉTRO PLACE-DES-FÊTES, CE SOIR, À 20 H 30 ? »

Plongé dans des manuscrits médiévaux, à la salle de lecture de la Bibliothèque historique de la Ville de Paris, Sylvain avait cru à une erreur. Mais le mystérieux correspondant avait insisté. Dix minutes plus tard, un nouveau couinement résonnait dans la salle silencieuse (Sylvain avait enregistré le rire des singes blancs, à la grande irritation de ses voisins d'étude).

« SYLVAIN, J'AI BESOIN D'UNE RÉPONSE ! »

Non, ce n'était pas une erreur…

Intrigué et maintenant gêné (une vingtaine de visages étaient braqués sur lui, comme autant de fauves dérangés en plein repas), il avait tapé : « QUI ÊTES-VOUS ? » Réponse quasi instantanée : « TU NE DEVINES PAS, MON BEL ANGE ? »

D'abord, il n'avait pas osé comprendre, hésitant entre canular et simple erreur. Puis l'expression avait fait son chemin dans une cervelle encore embrumée par le Paris antique (il préparait un cours sur les métiers à Lutèce, au début de l'ère chrétienne).

« Mon bel ange, mon bel ange… » s'était-il répété, incrédule. Alors une voix avait investi sa mémoire, la seule qui sût *réellement* prononcer ces mots. « GABRIELLE ? » tapota-t-il fiévreusement sur son mobile.

Réponse : « À CE SOIR. »

Durant le reste de cette journée d'avril, Sylvain avait été incapable de travailler ni de se concentrer. Laissant les livres en plan, à même la table, il avait soufflé à la bibliothécaire :

— Pauline, ne touchez à rien, je reviens demain…

Puis il s'était enfui.

— Est-ce qu'il est malade ? s'était étonnée la vieille souris, derrière son comptoir de pitchpin, les mains lourdes de fiches.

Au contraire, le jeune (et séduisant) professeur Masson lui avait semblé ragaillardi par la réception de ces SMS.

Ragaillardi ? Pire : Sylvain était frénétique !

« Gabrielle ! » avait-il scandé, tout l'après-midi, en battant le pavé parisien de ses semelles Topy, sans pouvoir rentrer chez lui. Il était trop fébrile, trop impatient. La marche seule le calmait. Quittant la BHVP, il avait traversé la place des Vosges, dépassé la Bastille, atteint la gare de Lyon, obliqué vers la Nation, avant de redescendre vers le bois de Vincennes, où il fut incapable de se poser sur un banc ni même de ralentir devant un massif. Sa tête était ailleurs. Gabrielle revenue ? Incroyable ! De quel chapeau sortait-elle, après neuf années de silence ? Quelle avait été sa vie, depuis cette lettre reçue quelques semaines après son départ, où elle suppliait Sylvain de ne pas lui en vouloir, « Je dois vivre ma vie, maintenant ».

Tout autre que lui eût sans doute remué ciel et terre pour la retrouver, mais Sylvain avait respecté sa décision. Sa lettre était bouleversante et pourtant sans appel : « Je préfère que tu gardes le souvenir de "ta" Gabrielle, celle de notre enfance, du Jardin, plutôt que l'image de la femme que je vais fatalement devenir : banale, comme les autres. Je vais changer, Sylvain, et je ne veux pas que tu en souffres. »

Sylvain en avait pourtant souffert. Atrocement, même ! Mais sa douleur était pansée par son admiration pour Gabrielle. Quelle incroyable maturité, chez cette jeune femme de vingt ans ! Était-ce de la lucidité, de l'autodestruction ? Qu'importe, Sylvain avait trop d'amour pour briser cette ultime promesse : c'est décidé, Gabrielle serait à jamais embaumée dans leurs souvenirs communs.

Pour Lubin, la chose avait été plus dure. Le gardien abordait déjà le soir de sa vie : cette disparition le rendit encore plus irascible, misanthrope et autarcique. Son seul secours étant ce personnage construit en un demi-siècle, il s'y complut.

« Et si c'était lui qui me jouait un tour ? » s'était cependant demandé Sylvain, durant son interminable balade au bois de Vincennes. Mais il s'était ravisé : « Impossible : jamais il ne plaisanterait avec ça. »

Toutefois, au bénéfice du doute, il ne prévint pas le vieux gardien.

Puis le moment arriva…

Lorsqu'il était sorti du métro Place-des-Fêtes, au terme d'un escalator infini – sommet de la colline de

Belleville, la place des Fêtes était le pinacle de l'Est parisien –, Sylvain avait cherché en vain la jeune femme. Mais l'heure était entre chien et loup et cette place au nom ironique, atrocement défigurée par des HLM grisâtres, baignait dans une lueur interlope. Difficile même d'y distinguer des visages. Attaché-case ou cabas en main, les derniers passants rentraient chez eux dans des effluves de soupe et de kebab. Bref : pas de Gabrielle à l'horizon.

Après trois tours de place, le jeune homme s'était finalement assis sur un banc, face à la sortie de métro. L'attente dura une bonne demi-heure. À chaque silhouette qui passait près de lui, il espérait.

Passé neuf heures, Sylvain avait consulté une dernière fois son portable : rien. « C'était donc bien une blague. »

À vrai dire, il en fut presque soulagé. Gabrielle était partie depuis trop d'années ; il y aurait eu trop de chemin à remonter, trop d'aveux à faire. Et puis le professeur s'était moulé dans le sécurisant confort d'un souvenir élevé en icône. Depuis neuf ans, Gabrielle était son crucifix.

— J'ai tellement changé ?

Cette voix ! Sylvain avait tressailli. Puis il s'était retourné.

Était-elle là depuis le début, cette jeune femme assise de l'autre côté du banc ?

— Je… je ne t'avais pas reconnue… balbutia piteusement Sylvain lorsque Gabrielle eut ôté son foulard.

Malgré l'obscurité, ses cheveux blonds cascadèrent de lumière.

Sylvain s'y enfouit sans un mot.

Ce n'était pourtant plus le moment de se cacher ; il leur fallut se parler, s'expliquer, se raconter :

Gabrielle était mariée. Et si elle n'avait pas encore d'enfant, sa vie était bien différente des temps du Jardin : elle travaillait dans un magasin de vêtements, près de la place Gambetta. Nouvelle routine, nouveaux amis, nouvelle vie.

— Dans ce cas, demanda Sylvain, craignant la réponse, pourquoi m'avoir appelé ?

— Tu me manquais…

Si cette raison était sincère, elle n'en était pas moins cruelle. Sylvain s'en satisfit cependant, dût-elle rouvrir ses plaies. Ce devint même une règle d'or : jamais il ne lui fit reproche de sa disparition, jamais il ne lui demanda d'appeler Lubin (« Tu es le seul que je veux revoir, lui avait-elle dit dès leurs retrouvailles. Promets-moi de ne rien dire à papy… ni à personne. »)

Et Sylvain avait promis, craignant que s'il la trahissait, Gabrielle en vînt encore à disparaître. Cette solution eût certes été plus saine pour lui, qui vivait depuis trois ans dans l'attente de ces dîners, toujours à l'initiative de la jeune femme. Mais leurs quelques moments communs lui offraient un douloureux bien-être. À elle seule il parlait de ses doutes, ses joies, ses projets : elle savait tout de lui. Toutefois, si Gabrielle était redevenue sa confidente, elle restait mystérieuse quant à sa propre vie. C'était là une autre « convention ». Pour peu que Sylvain frôlât la vie privée de Gabrielle, les raisons intimes de sa disparition, la jeune femme escamotait les réponses ou s'en tirait par une pirouette : « Ma vie est terne, Sylvain ; ne cherche pas à savoir. Fais-moi plutôt rêver… » Autant proposer un cognac à un alcoolique ! Avec une redoutable maîtrise, Sylvain lui narrait alors ces légendes parisiennes qui avaient enchanté leur enfance, faisant de la nostalgie le ciment de leurs retrouvailles.

Puis il ralliait son V^{e} arrondissement, aussi enivré que frustré.

Quelle était donc la vie de Gabrielle, lorsque Sylvain prenait le dernier métro ? Quel surnom donnait-elle à son mari, toujours absent lorsqu'ils se voyaient ? À quoi pensait-elle ? Que lisait-elle ? En tout cas pas le livre de Sylvain, sorti l'an dernier, et dédié : « à G., mon plus beau mirage »…

Sylvain le lui avait apporté mais elle l'avait rembarré : « Pas de cadeaux, Sylvain. Pas de trace. Juste toi et moi. »

Plus peiné que vexé, il avait remballé son volume.

« Elle ne l'a même pas acheté en librairie… » constata Sylvain, qui scrutait maintenant ces rayonnages blafards. Les étagères ne s'étaient guère garnies depuis leurs retrouvailles, voilà trois ans. Seul clin d'œil : ce beau livre sur *Le Jardin des plantes, de Buffon à Gervaise Masson*, dans la bibliothèque, entre des livres de droit et une *Encyclopaedia universalis*.

Hors cela, rien…

Une mémoire anesthésiée. Oblitérée.

— Philippe m'a demandé de tout enlever, chuchota Gabrielle, qui comprenait Sylvain en un regard.

— Il me déteste tant que ça ?

La question était maladroite et Sylvain s'en voulut aussitôt.

Gabrielle se rembrunit.

— Ça n'a rien à voir. Il veut juste me protéger. Le… Jardin m'a fait trop de mal…

— Pas plus qu'à moi, répliqua Sylvain, qui repensa aux éclats du jour : les simagrées de Gervaise et Lubin ; la paranoïa générale au zoo.

N'était-ce pas Gabrielle qui avait raison ? Ne valait-il pas mieux renier le Jardin et s'en affranchir ? Mais en était-il seulement capable ?

Gabrielle se leva et marcha jusqu'à la grande baie vitrée.

Depuis le 17e étage, la vue était fabuleuse. Tout Paris s'étalait à leurs pieds, comme un alpiniste se retourne pour contempler la vallée. Ne manquait que Rastignac pour proférer son fameux : « À nous deux, maintenant… »

La jeune femme posa son front contre la vitre. Au loin, les dômes du Panthéon, de la Sorbonne, du Val-de-Grâce et de la Salpêtrière l'attiraient instinctivement. Une nécropole, une université et deux hôpitaux, dont les mamelons d'or se détachaient dans la nuit de printemps. Mais ce n'est pas eux que regardait Gabrielle.

Il était là, tapi dans le lit de la Seine, avec ses fougères, ses fauves, ses lianes.

— Je pense souvent au Jardin, tu sais ? avoua-t-elle.

Sylvain ne répondit pas, mais se remplit un verre de morgon et rejoignit Gabrielle.

— Presque tous les soirs, en fait…

— Ce n'est pas une maladie, murmura Sylvain, en posant lui aussi son front contre la vitre tiède.

Gabrielle était rarement nostalgique. Quand elle parlait du Jardin, c'était toujours au passé…

Dehors, l'air était doux. Une lueur rose baignait encore l'ouest de Paris. Le reste semblait déjà dans la nuit. Une immense armée de lucioles s'étirait à l'infini : par millions, les Parisiens étaient chez eux, barricadés comme si les terroristes allaient les prendre de nuit. Cible parfaite, la tour Eiffel crépitait par instants. Les quatre clochers de Notre-Dame, Saint-

Sulpice, Saint-Eustache, Saint-Germain-des-Prés étaient autant de saillies de pierre, qu'une bombe eût facilement détruites. Et la possibilité de l'apocalypse n'en rendait la vue que plus belle.

— Et… papy ? demanda Gabrielle, comme un passage obligé.

Sylvain hésita à lui dresser le menu de ses dernières journées. Évoquer la disparition des singes blancs, les bizarreries de Gervaise et Lubin, cela aussi eût été contraire à leurs conventions.

« Je n'attends que des souvenirs, mon bel ange… »

N'était-ce pas pour cela que les rencontres avec Gabrielle le faisaient si peu souffrir ? Ils vivaient dans leur passé commun, ne remettant rien en perspective. Comme une mémoire recréée. Bien sûr, ils avaient parlé des attentats ; Gabrielle était même allée jusqu'à des confidences sur sa vie à elle : une ex de Philippe qui travaillait au Concorde-Lafayette était morte carbonisée et il en avait été traumatisé. Mais ces bombes étaient déjà du passé. Et Sylvain répondit de façon évasive :

— Lubin va bien. Il vieillit, comme tout le monde…

— Ah…

Sylvain la sentit rougir.

— Rien ne t'empêche d'aller le voir, reprit-il. Même après douze ans…

Coup d'épée dans l'eau, Sylvain s'en doutait.

Gabrielle haussa les épaules. Douze ans de silence, de questions sans réponses, de fausse indifférence, de lettres mortes. Mais Sylvain respectait cette décision.

Il leva doucement la main et, du revers de l'index, caressa la joue de Gabrielle.

La jeune femme tressaillit.

— Tu me manques, tu sais ? avoua-t-il.

Gabrielle appuya la paume de Sylvain contre sa joue, y posa un baiser, puis le repoussa.

— On ne peut pas rester prisonnier de son enfance, Sylvain, dit-elle avec une profonde tendresse, en dessinant des arabesques sur la baie vitrée.

Il ne savait quoi répondre. Gabrielle avait raison, mais que faisaient-ils, ici, sinon éternellement ranimer le cadavre de leur jeunesse ?

— Tes souvenirs font de toi un esclave, reprit la jeune femme. Tu ne peux pas t'éloigner du Jardin. C'est plus fort que toi. *C'est dans ton sang*…

— Peut-être… dit Sylvain en baissant les yeux.

À cet instant précis, il revivait la disparition de Gabrielle. Cette chambre vidée de ses meubles, de son âme. La gifle de ce manque brut. Cette absence de nouvelles, pendant des mois, sinon un petit mot, régulièrement, « Ne vous inquiétez pas ». Et puis la voix de Lubin – grave, ne s'autorisant aucun reproche :

— J'ai reçu une lettre de Gabrielle. Elle vit à Paris. Elle s'est mariée. Elle ne veut plus nous voir…

Gabrielle et Sylvain restèrent un long moment, abîmés dans la contemplation de Paris. Elle finit par ouvrir la baie vitrée, et ils allèrent sur le balcon. Bouffée de douceur…

Sur les hauteurs de Belleville, l'air était plus pur qu'« en bas ». Quelque chose de piquant, un soupir de montagne. Sans doute un vestige du Belleville d'antan, ce village de colline qui surplombait Paris, avec ses champs, ses jardins, ses vignes.

Le grondement sourd de la ville ronronnait. Sylvain éprouva même un instant l'impression d'être posé sur un dragon.

Gabrielle s'appuya à la rambarde et tendit les bras vers la nuit en s'étirant.

— Tu vois toujours ta sirène ?

Sylvain tressaillit. « Je lui dis vraiment tout ! » remarqua-t-il, un peu piteux, conscient qu'à chaque fin de soirée – le morgon aidant –, il ouvrait son cœur. À personne d'autre il n'avait parlé de ses rencontres sans suite, dans la pénombre des arènes, avec une femme mystérieuse dont il ne connaissait rien.

— De temps en temps… répondit-il.

La jeune femme lui offrit un sourire triste.

— Et ça te rend heureux ?

Sylvain haussa les épaules et détourna les yeux.

Pour ce qui est d'être heureux, c'est autre chose. « Comment peut-on être heureux dans ce monde au bord de la déroute ? se dit-il. Une ville qui explose de partout, où tout le monde devient parano ! » Il lui sembla pourtant déplacé de faire une telle réponse à Gabrielle. Vieux réflexe issu de Lubin : il aimait la protéger de la réalité du monde extérieur (et c'est bien pour lutter contre ce confinement qu'elle avait fui le Jardin). C'est pourquoi, fixant la tour Eiffel qui s'était remise à scintiller, il répondit :

— La sirène me permet d'oublier. De penser à autre chose… de…

Qu'aurait-il pu dire de plus ? Rien. Il ne savait rien de cette nymphe nocturne. Il savait juste combien leurs étreintes étaient vaines. En avait-il même besoin ? On peut toujours se soulager seul ; c'est plus rapide et moins risqué.

— Elle te rend heureux ? répéta Gabrielle d'une voix chagrine.

La phrase était dite sans rage, mais Sylvain la prit comme une agression. Avec Gabrielle, tout devenait plus sensible, plus intense. Repoussant la rambarde, il marcha de l'autre côté du balcon en grommelant :

— Je ne te demande pas si Philippe te rend heureuse, n'est-ce pas ?

Sylvain n'aurait pas dû réagir ainsi, mais c'était plus fort que lui. Philippe, le mari de Gabrielle : voilà le vrai sujet tabou. Déjà Sylvain s'en voulait de sa saillie, mais Gabrielle connaissait si bien ces colères. Cette lueur jaune dans le regard, ces sourcils qui s'allongeaient, ce visage qui gagnait en âge, en virilité, en maturité. Elle était même la seule à ne pas en être effrayée. Après tout, il était comme son frère, non ? *Ou un peu plus ?*

Et n'était-ce pas pour neutraliser cet « un peu plus » qu'elle avait épousé Philippe Bizien, avocat d'affaires pragmatique et bourru ? N'était-ce pas la raison intime de cet exil ? De cette distance que Gabrielle s'était imposée à l'égard de sa jeunesse, de Sylvain, du Jardin ?

Il serait si facile de se laisser reprendre. De se laisser engloutir. Elle savait pertinemment que là-bas, rien n'avait changé. La permanence du Jardin ; son étouffante éternité.

— Est-ce qu'un jour j'aurai le droit de dîner avec lui ? poursuivit Sylvain, depuis l'autre côté du balcon.

« Hypocrite ! se dit-il en lui-même, tu y as eu droit, à ce dîner… »

Et de se rappeler l'unique rencontre avec Philippe Bizien, dans ce même appartement. Tout avait sonné si faux ! Les sourires, les exclamations, les toasts : Gabrielle, recroquevillée sur elle-même ; Sylvain exagérément amical ; et ce Philippe, maladroit comme un novice, qui semblait aussi perdu qu'un Viking dans la brousse.

« Quel gâchis… » pensa-t-il encore, en scrutant le fabuleux panorama. Il admirait maintenant le nord de Paris. La grosse meringue du Sacré-Cœur, pompeuse pâtisserie cléricale, devançait les sentinelles des barres de La Courneuve et de Bobigny. Toutes ces cités de banlieue où des gens vivaient en vase clos… comme Sylvain et Gabrielle au Jardin.

Incorrigible, il ne put se retenir d'ajouter :

— Est-ce que Philippe accepte que je t'aie connue quelques années avant lui ? Est-ce qu'il veut bien partager ?…

— Ce n'est pas une question de partage, Sylvain, dit Gabrielle, sans perdre son calme. Tu sais très bien. Je t'ai déjà expliqué que…

— Et tu supportes qu'il parte trois nuits par semaine ?

— Il vit entre Paris et Londres. C'est pour son boulot. Je respecte ça…

Sylvain s'en moquait. La rancœur appelait la rancœur :

— Et s'il te trompait, tu le respecterais autant ?

Maintenant, Sylvain passait les bornes. Dans la pénombre du balcon, ses yeux de chat luisaient. « Tais-toi ! Ne gâche pas tout ! » se disait-il en vain. La colère le soûlait ; il devenait méchant.

Mais Gabrielle était décidée à ne pas s'énerver.

Tant de fois Sylvain s'était emporté, dépassé par ses mots. Elle lui avait toujours pardonné ; pourquoi pas aujourd'hui ?…

La jeune femme finit par s'avancer vers lui.

À son tour, elle lui caressa la joue, avec une tendresse de sœur. Il eut un mouvement de recul, puis l'animal redevint humain et se laissa faire.

— Ta jalousie arrive trop tard, mon ange, dit Gabrielle en respirant profondément avant d'ajouter : Il y a tant de fois où nous aurions pu…

Elle sentit qu'un doigt se posait sur ses lèvres.

— Tais-toi…

Sylvain était fébrile. Sa colère faisait place aux regrets.

Gabrielle ; *sa Gabrielle*. Elle était là, près de lui. À la fois proche et perdue. Comment en étaient-ils arrivés là ?

Il se frotta le visage, pris d'un sanglot nerveux, sans larmes.

— Tu es sûr que ça va ? demanda Gabrielle en frissonnant.

— C'est toi qui vas attraper froid, répondit Sylvain en lui mettant sa veste sur les épaules. Viens, on rentre…

Comme deux vieux amants, ils regagnèrent le salon blanc et froid.

Machinalement, Gabrielle ralluma la télévision. Le magnifique écran plasma accroché au mur diffusa aussitôt le visage creusé d'un journaliste d'information. Dans le coin droit de l'image : le sigle « flash spécial ».

« *Si l'affaire des bébés kidnappés semble avancer, on est en revanche sans explications sur ce fait divers atroce, aujourd'hui, dans la Seine. Quelques heures après que M. Léon Boulard s'est vu arracher une jambe au large de l'île Saint-Louis, on a retrouvé le corps de son compagnon de pêche, Kamel Saadi, déchiqueté et vidé de son sang, dans le bassin de l'Arsenal… Les légistes estiment que seul un animal a pu provoquer de telles morsures.* »

— Quelle horreur ! s'exclama Gabrielle.

Elle voulait penser à autre chose. Elle *devait* penser à autre chose.

Passant une main timide dans les cheveux de Sylvain, elle demanda :

— Tu veux qu'on sorte ?

Elle hésita avant d'ajouter :

— Qu'on… aille *embrasser* Paris ?

Vendredi 17 mai, 12 h 28

– Tu vois, là-haut, c'est la pièce où le gamin a été enlevé ! dis-je, au pied de ce grand immeuble années 1930, face à la gare d'Austerlitz.

Muguette lève des yeux dubitatifs vers le ciel bleu.

– Tu as l'air bien sûre de toi.

– Évidemment, dis-je, non sans forfanterie. Quand j'observe, je suis toujours très précise !

– Ici, pourtant, tu n'as pas de caméra... rétorque Muguette, que j'ai depuis longtemps mise dans le secret de ma passion entomologique, pensant pouvoir lui faire confiance.

Et j'ai eu raison : malgré sa surprise, depuis neuf mois que nous nous connaissons, Muguette a respecté mes conditions. Elle n'a parlé à personne de mes caméras, de mon immeuble truqué. Et depuis, elle est devenue ce qu'on pourrait appeler ma « meilleure amie ». J'utilise des guillemets car, pour moi, l'amitié est une notion bien relative.

Muguette et moi sommes les plus jeunes de notre classe : elle a quinze ans, j'en ai bientôt quatorze. Oh, évidemment, Muguette n'a pas mon QI (seulement 160), mais nous sommes toutes deux « en avance ». C'est ça qui nous a réunies, au début. Sinon, nous n'avons rien en commun. Muguette est grande, fine, élancée, blonde, déjà femme, quand je suis petite, boulotte, brune et si fillette.

Mais malgré nos différences, nos divergences, nos agaceries, le côté moralisateur de Muguette face à mon cynisme, nous sommes amies.

C'est pour ça que je lui explique tout, en la retrouvant près du lycée, après ma visite au square René-Le Gall.

Muguette n'en revient pas ! Mon aventure avec le commissaire Parasia l'intrigue au plus haut point.

En prenant un croque-monsieur aux *Fontaines*, rue Soufflot, je lui explique mon plan :

— Je vais donc mener ma propre enquête, en parallèle…

— Tu te prends pour Sherlock Holmes ?

— Oui ! Et si ça t'amuse de jouer les Watson…

— Pourquoi pas ?

Et nous voilà donc, toutes deux, sur le lieu même d'un des kidnappings : 1, rue Nicolas-Houël.

— Ce genre d'immeuble me fait penser à des cages à poules… dis-je devant la sinistre façade.

— Va donc en banlieue, et tu verras vraiment ce que c'est l'architecture concentrationnaire. Le Corbusier aurait pu travailler à Auschwitz !

Muguette et ses formules…

Le fait est que ce genre d'immeuble me flanque le bourdon : cette architecture années 1930, entre stalinisme joyeux et fascisme bon teint. Des façades hautes, bicolores, percées de fenêtres qui sont autant de meurtrières. Et ce nom, écrit en lettres ouvragées, sur la grille : « Villa Austerlitz ».

— Maintenant qu'on est là, on fait quoi ? piaffe Muguette, qui me voit observer les alentours depuis dix minutes. On ne va pas interroger les parents du bébé kidnappé, quand même ?

— Non. J'ai déjà vu une des mères, ce matin, square René-Le Gall. Je veux rester discrète…

— *Discrète* ? ironise Muguette.

Des passants nous regardent, l'air étonné. D'autres montrent l'immeuble avec une expression d'effroi. Sur le pas de sa boutique, un commerçant désigne la fenêtre, là-haut. De l'autre côté de la rue, trois flics font le pied de grue. Je crois qu'ils nous ont remarquées.

— Viens, je veux faire un tour dans le coin.

Mon amie scrute la fenêtre encore un instant, puis hausse les épaules et me suit dans la rue Nicolas-Houël.

En fait de rue, c'est une impasse : un coude qui bute contre un mur de parpaing, lequel cache une vraie jungle.

Des arbres enlacés, aux troncs mangés de lierre, forment un authentique paravent végétal.

– Je serais curieuse de savoir ce qu'il y a derrière ça… dis-je en m'approchant du mur.

Après un instant d'hésitation, je me tourne vers Muguette.

– Tu me fais la courte échelle ?

Mon amie prend une mine excédée. Mais elle sait que je vais la tanner jusqu'à obtenir gain de cause. Alors elle s'approche, croise les doigts et m'offre ses paumes en marchepied.

– Par moments, je me demande si je ne suis pas ton esclave…

– On peut voir ça comme ça, dis-je en me hissant jusqu'au faîte du mur.

Alors je me tais.

Qu'est-ce que c'est que cet endroit ? Un parc abandonné ? Le vestige d'un monde perdu ?

N'étaient les quelques bâtiments de briques rouges, eux aussi dévorés par le lierre, on se croirait dans le jardin d'un tableau romantique.

Une nature vengeresse paraît avoir ici repris le contrôle des choses.

– Alors ? demande Muguette qui commence à fatiguer.

– C'est… c'est incroyable…

– Mais encore ?

Je m'apprête à répondre quand une silhouette apparaît, dans les fougères. C'est un vieillard. Une sorte de Robinson des villes, dans un uniforme bleu râpé.

Le spectacle est inédit : voilà maintenant qu'il dégage les herbes hautes, les lianes, et ouvre une porte au milieu des plantes.

– Une cabane !

– Hein ? Qu'est-ce que tu vois ?

– Une cabane de trappeur ! Au milieu de la jungle…

Brusquement, tout disparaît : la cabane, la forêt, le Robinson.

Mon cul s'effondre dans la poussière et mes dents s'entrechoquent.

Muguette n'en pouvait plus, elle a lâché.

– Parfois, souffle-t-elle, je me dis que toi aussi, tu te fous de moi…

– C'est plutôt moi qui devrais râler : j'ai failli me couper la langue… dis-je en compulsant avidement le plan de Paris, coincé au fond de mon cartable.

Je commence à comprendre.

– C'est l'annexe du Jardin des plantes… de l'autre côté de la rue Buffon. C'est là que se trouvent une partie des bureaux du Muséum d'histoire naturelle. Je vais souvent à la ménagerie, voir les singes blancs ; ou regarder les insectes, au vivarium. Et le vieux type que j'ai vu devait être un…

Je relève la tête, Muguette n'est plus là.

J'entends juste un éclat de rire, dans mon dos.

Alors monte la colère.

– Comment es-tu arrivé ici ?

Le garçon me regarde avec défi.

– Oulà ! la naine s'énerve !

– Arrête de l'appeler comme ça, glousse Muguette, en se collant à lui dans un soupir de plaisir.

Je suis furieuse contre elle.

– C'est toi qui lui as dit de venir ?

Pour masquer sa gêne, Muguette se cache derrière l'épaule du jeune homme. Et c'est lui qui me répond :

– Je suis venu la prendre. On va au cinéma... Il y a une séance à quatorze heures. On sera sortis pile pour le cours de philo de seize heures.

– Mais je croyais qu'on passait l'après-midi ensemble, qu'on...

– Bon, on y va ? dit-il en prenant Muguette par la main.

Mon amie hésite, me lance un regard embarrassé, mais obéit à son amoureux et s'éloigne en glapissant :

– On se retrouve en philo ?

J'enrage.

Barthélemy ! Barthélemy Dehaine ! Je savais que Muguette sortait avec le cancre de notre classe, mais de là à me l'imposer ! À le faire venir au moment où j'ai besoin d'être seule avec elle, où je lui avoue mes secrets !

Je me sens trahie… Tout ça pour se faire bécoter par un beau gosse, quelle misère ! L'esclavage du corps, ça me dégoûte !

Je suis tellement horripilée que je ne sens même pas cette main qui se pose sur mon épaule.

— Tu es encore là, toi ?

Je me ressaisis aussitôt.

— Je suis encore là, *commissaire*…

21.

À califourchon sur le faîte du mur, Sylvain tendit la main à Gabrielle.

— Grouille-toi ! chuchota-t-il, il y a dix fois plus de flics que quand on était petits.

Le professeur sentit les doigts fins se mêler aux siens et Gabrielle donner une forte pression pour se hisser à ses côtés, sur la crête du mur.

— Mon Dieu, s'écria-t-elle, en voyant les ombres.

À l'infini, la forêt de pierre se perdait dans la nuit.

Gabrielle leva un instant ses yeux vers le ciel noir, et dit d'une voix hantée :

— C'est encore plus impressionnant sans la lune…

Sylvain esquissa un sourire satisfait. Gabrielle avait raison : la vue était grandiose. Cet enchevêtrement d'arbres et de croix ; cette ambiance de sous-bois ; ces tons noirs, gris, bleu nuit. Ces sons étouffés. Ce silence de mort.

Détournant le regard de l'autre côté, vers la ville, Sylvain se demanda, comme souvent, où se trouvait la vie réelle. Baguenaudait-elle sur l'avenue Gambetta, au pied de ces immeubles, de ces réverbères, de ce flic, assoupi contre un banc ? Ne se nichait-elle pas plutôt de l'autre côté, dans la part d'ombre de la cité ?

— Six cent mille cadavres, dit-il d'une voix sépulcrale. 440 000 m^2 de souvenirs, de regrets, de charogne.

Gabrielle scrutait les ombres avec gourmandise ; jamais les mots de Sylvain ne lui eussent semblé morbides.

— On y va ? dit-il avec une allégresse enfantine.

— On y va !

Lors, tous deux sautèrent dans le cimetière du Père-Lachaise.

Ils marchèrent pendant une heure dans les allées, presque sans un mot.

Sylvain n'avait nul besoin de décrire la nécropole. Guidé par un fluide, il pressait la main de Gabrielle *et elle voyait tout*. La nuit s'envolait et les images affluaient. Brusquement, il faisait jour. Mais c'était un jour nocturne. Une lumière hors du temps, qui posait ses rayons sur les tombes, les arbres, les chemins, et donnait à leur escapade nocturne une dimension fantastique.

À gauche, l'étrange tombe d'Alan Kardec, père du spiritisme moderne, était entourée de douairières dévotes à voilettes, qui soufflaient à ce menhir funéraire qu'elles voulaient joindre leurs défunts époux. À droite, sur la tombe du chanteur Jim Morrison, des chevelus au regard mou dégustaient un pétard en grimaçant un air des Doors.

Sylvain et Gabrielle avaient beau être seuls dans le Père-Lachaise, chaque tombe gardait la mémoire de ses visiteurs.

Fantasme ? Réalité ? Tant de légendes couraient dans les allées infinies de cette cité funèbre. Tant de racontars enchantaient cette colline muée en nécropole à l'aube du XIXe siècle, quand furent rasés les trois cents cimetières de Paris, et leurs habitants « relocalisés ».

— Les morts de Paris, souffla Sylvain.

Lui et Gabrielle déambulaient entre les tombes, tels Paul et Virginie et tous ces amants légendaires dont ils avaient passionnément lu les aventures, dans le secret du Jardin.

Ils finirent par s'asseoir sur une stèle, dans la partie la plus sombre, la plus délabrée du Père-Lachaise.

Autour d'eux, ce n'étaient que pierres tombales fendues, croix fracassées, couchées dans l'humus, rongées de mousses. Même les racines des ifs, des cyprès, semblaient prendre possession des lieux, plantant leurs griffes dans le marbre ou la pierre.

— Rien n'a changé, dit Gabrielle, haletante, comme s'ils venaient de courir un marathon.

Sylvain déglutit, incapable de répondre. Sa voix était encore anesthésiée par l'harmonie du silence.

Groggy, il s'était laissé porter. L'espace d'un instant, il avait vraiment retrouvé sa jeunesse, oubliant tout le reste. Mais maintenant, il retouchait terre et posait alentour des yeux perçants.

« Un vrai regard de bête… » songea Gabrielle, avec tendresse, avant de lui prendre la main.

— Mon petit ange, je suis si heureuse…

Sylvain ne répondit pas à cet aveu, encore hypnotisé. Une partie de sa conscience acceptait la présence de cette femme, qui se lovait à lui. L'autre n'y prêtait plus attention, concentrée sur le murmure d'un oiseau, qui venait de pépier dans son sommeil, au-dessus d'eux, dans l'if.

D'un geste nerveux, il releva sa propre mèche puis passa doucement sa main dans les cheveux de

Gabrielle. Il sentait battre son cœur. Leur cœur à tous deux…

— Oh, mon Sylvain, emmène-moi…

Petit animal en boule, Gabrielle était blottie contre le ventre de Sylvain. En un instant, tout s'était remis en place : leur intimité, leur complicité. L'univers pouvait s'écrouler, ils seraient en marge du monde.

— Emmène-moi dans le Jardin, répéta-t-elle en enfonçant son visage dans la chemise de Sylvain.

Le professeur perçut sa respiration saccadée. Il huma ce parfum un peu âcre qu'avait toujours dégagé son corps lorsqu'elle transgressait un interdit (une odeur sauvage, mêlée aux fragrances d'*Allure* de Chanel, qu'elle portait depuis ses quatorze ans).

« Elle revit tout, songea-t-il, les odeurs, les saveurs, les sons, tout revient avec la violence d'un rêve éveillé. »

Cette pensée de Sylvain n'était pas exempte de cruauté : il savait combien ces souvenirs bouleversaient Gabrielle. Combien rude serait la « descente » : dans quelques heures, Gabrielle retrouverait Belleville, sa tour, son appartement, sa vie petite-bourgeoise. Et il ne lui resterait que ses yeux pour pleurer.

« Mais c'est ainsi qu'elle l'a voulu… » songea-t-il.

Comme dans leur enfance, ces promenades éveillaient en Gabrielle une sensualité à fleur de peau. Elle avait besoin de Sylvain. Besoin de son corps, de ses mains, de sa bouche. Tout ce qui lui faisait peur, au réveil. Tout ce dont elle s'était sentie prisonnière. Tout ce qu'elle avait fini par fuir, en épousant Philippe.

Pourtant ce soir, cette nuit, Gabrielle comprenait combien ces sensations lui avaient manqué.

— Sylvain, toutes ces années sans toi…

Il ne réagissait toujours pas. Est-ce pour le tirer de sa transe qu'elle se colla encore plus à lui ? Son visage était maintenant contre le sien. Tout était si parfait. Encore plus parfait que dans leur enfance ; à cette pureté immédiate se mêlait le doux poison de la nostalgie.

Sylvain était perdu dans ses rêves, mais pour Gabrielle, tout relevait de l'évidence : il fallait maintenant qu'ils soient proches. Il fallait maintenant qu'elle l'embrasse, cette nuit ou jamais. C'était leur dernière chance.

Mais lorsqu'elle posa ses lèvres sur celles de Sylvain, il tressaillit.

Une musique atroce retentit à leurs oreilles.

Un hurlement honteux, qui mettait à bas leur château de cartes.

Tout s'effondrait.

Sylvain retrouva violemment ses esprits, et regarda autour de lui, sans comprendre. Ce cimetière, dans la nuit ; cet amour d'enfance, qui le fixait avec passion. Sombre réveil !

— Mon… mon portable… bredouilla-t-il en fouillant compulsivement dans sa veste.

Gabrielle s'était déjà reculée. Elle avait compris qu'il était trop tard.

Sylvain n'avait pas eu le temps de prendre l'appel. Fébrile, il composa le numéro de la messagerie.

— C'est ma mère… dit-il à mi-voix.

Alors il blêmit et ajouta :

— Je… je dois partir…

Mais Gabrielle s'était déjà levée, reculant dans la nuit.

— Je sais bien…

Oh, la tristesse de ce regard ! Tout ce qui semblait disparaître, en elle ! Cette impression de dire adieu à sa jeunesse.

Sylvain ne se rendit même pas compte qu'il laissait Gabrielle à elle-même. Il ne vit même pas qu'elle s'était éloignée, disparaissant entre les croix.

Non, Sylvain pensait à autre chose.

Il pensait au message de sa mère.

En escaladant la muraille sud du Père-Lachaise, les mots de Gervaise lui martelaient la cervelle :

« *Sylvain, viens vite, c'est incompréhensible… Les singes blancs sont revenus !* »

Vendredi 17 mai, 13 h 06

— Qu'est-ce que tu fous encore dans mes pattes ? !

— La rue est à tout le monde, non ?

En un instant, j'oublie la trahison de Muguette. Voilà ce dont j'avais besoin : un petit duel.

Parasia est horripilé par mon obstination.

— Et comment tu as su que j'étais ici ?

— La liste des bébés kidnappés était affichée partout Quai des Orfèvres, ce matin. Je suis juste venue à la même heure que vous.

Parasia fronce les sourcils.

— Heureux hasard…

Franc sourire.

— Je ne vous le fais pas dire, commissaire.

Parasia scrute autour de lui, laisse son regard se perdre dans la petite jungle, derrière le mur de béton.

Arrive un des flics en faction.

— Alors, patron ?

Il me reconnaît.

– Tiens, mais c'est la petite qu'on a vue hier soir à la Reine Blanche ? Qu'est-ce que tu fais là ?

Parasia répond à ma place :

– Rien. Elle n'a rien à faire ici.

– Vous voulez qu'on la ramène, patron ?

Le commissaire fait signe que non.

– J'ai encore une question à lui poser, dit-il en m'entraînant dans l'impasse.

Le soleil me frappe en plein visage.

– Il paraît que tu as parlé à la mère du petit Omar Otokoré ? C'est la concierge de son immeuble qui l'a dit à l'un de mes flics. Je suis sûr qu'elle t'a sorti ses salades de parano !

– Appelez ça comme vous voulez…

Le commissaire s'apprête à répliquer quand un ouragan nous assaille.

– Co… commissaire ! Vite !

Parasia est groggy.

– Hein ?

Les flics ont des visages paniqués.

– Un nouveau promeneur vient d'être attaqué sur les quais !

Parasia perd toutes ses couleurs.

– Et alors, ce n'est pas de notre ressort…

– Toutes les forces sont réclamées pour ceinturer le quartier. Ils pensent que c'est une bête sauvage. Aucun humain ne peut faire ça : on dirait qu'il a été bouffé !

Parasia se rue vers sa voiture. Un dernier instant, il me regarde, hésitant.

Puis il hausse les épaules.

— Allez dégage. J'ai des animaux plus dangereux que toi à chasser…

22.

— Vous m'avez dit le Jardin des plantes, c'est ça ? s'étonna le chauffeur. Vous savez que c'est fermé, à quatre heures du matin…

— Oui, oui… répondit rêveusement Sylvain.

« Entre Gabrielle et les singes blancs, je n'ai pas hésité un seul instant… » constata-t-il, tandis que ce taxi miraculeusement trouvé avenue Gambetta l'emmenait loin du Père-Lachaise. « C'est bien simple : Maman me siffle, j'accours en rampant… »

Ce n'était pourtant pas si simple que ça. En plantant Gabrielle en pleine nuit, Sylvain s'était senti libéré.

« À quoi bon se faire souffrir ? » se demanda le jeune professeur, tandis que son taxi traversait à toute bombe le pont d'Austerlitz.

Il tentait encore d'apaiser le souvenir de Gabrielle ; elle avait été d'une telle intensité, ce soir ! Ses phrases sur le Jardin, le zoo, leur tendresse avortée. Tout le monde peut être giflé par la nostalgie. Il suffit d'un parfum, d'une musique. Mais son enfance avec Gabrielle était bien enterrée ; un cadavre qu'on ne ranime pas. Il devait cesser de dîner avec elle ; elle ne devait plus l'appeler. Pourquoi raviver ce qui est voué à l'échec ?

« Nous sommes morts l'un pour l'autre, songea-t-il, tandis que le taxi s'engouffrait dans la rue Buffon. Gabrielle n'est plus qu'un délicieux souvenir... »

Conviction bien illusoire, car Gabrielle était partout : à l'angle de chaque rue, que le taxi traversait comme un spectre ; sur chaque panneau publicitaire ; sur le bas-relief du mur du Jardin des plantes ; sur le visage même de Lubin, qui l'attendait, livide, devant l'entrée de service de la rue Cuvier. Le vieux gardien n'avait pas pris la peine de masquer son pyjama sous son uniforme. Et seule son inamovible casquette rappelait comiquement sa profession.

— Je crois qu'on vous attend, gloussa le chauffeur en se garant.

Lubin ouvrit la portière de la 607 avec une servilité de groom (métier qu'il avait exercé pendant la guerre).

— Ta mère est dans tous ses états !

— Je suis venu dès que j'ai eu son message, répondit Sylvain en tendant un billet au chauffeur.

La Peugeot fila aussi sec.

— Tu as pris un taxi ? s'étonna Lubin. Tu n'étais pas chez toi ?

Regard fuyant de Sylvain.

— J'étais chez des amis de la fac ; on jouait aux cartes...

— Ah...

Pouvait-il lui dire qu'il venait de passer la soirée avec sa petite-fille chérie, lui qui n'avait pas vu Gabrielle depuis douze ans ? Comment Lubin aurait-il réagi s'il avait su que les deux amis d'enfance se revoyaient depuis plusieurs années, et qu'ils revenaient d'une balade au Père-Lachaise ?

Sans autre explication, Sylvain se contenta de suivre le gardien dans le Jardin endormi.

En avançant sous les grands cèdres, ni l'un ni l'autre ne firent mention de la scène, hier au zoo. Ils auraient tout le temps de reprendre la querelle.

« Concentrons-nous sur les singes blancs… » se dit Sylvain.

Le zoo lui sembla aussi calme que la nuit précédente.

Gervaise était à la ménagerie, face à la cage, qu'elle fixait comme une énigme. Pareille à l'autre nuit, la conservatrice était en « tenue de sommeil » : sa chevelure blonde gonflée de bigoudis et close par un filet. Vision étrange… mais l'expression de son visage sabrait tout sourire.

Intimidé par la théâtralité de la scène, Sylvain s'approcha de la conservatrice.

— Maman ?

Gervaise ne broncha pas. La main agrippée à une grosse lampe torche, elle restait braquée sur la cage des singes blancs, qui clignaient des yeux lorsque le faisceau passait de l'un à l'autre, sans s'y arrêter, comme un phare.

— Je croyais vraiment qu'ils étaient morts… lâcha enfin Gervaise Masson d'un ton glaçant.

— Ils vont surtout être plus aveugles qu'ils ne le sont déjà, objecta doucement Sylvain, en prenant la torche des mains de sa mère, afin de l'éteindre.

Depuis la cage, le jeune professeur crut ressentir un soupir de soulagement.

« Ils n'ont pas besoin de lumière », se dit Sylvain, qui avait toujours été surpris par la phosphorescence de leur pelage. La lune se posait sur les singes, semblables à des statues de craie. Cinq ombres blanches, nuées spectrales, qui trouaient la nuit de la cage. Leur position était la même que celle de la petite vignette explicative, affichée au pied des barreaux.

« Singes blancs *(Anthropopitecus albus)*, espèce vernaculaire de primates, cousins des chimpanzés, vivant dans les forêts d'Afrique centrale. Aussi rares que sauvages, ils ne vivent en captivité qu'à la ménagerie du Jardin des plantes. »

C'était à croire qu'ils n'avaient jamais bougé de leur cage. Les singes blancs avaient pourtant disparu pendant vingt-quatre heures. Gervaise se retourna vers Lubin et posa sur son épaule une main peu amicale.

— Maintenant vous allez m'expliquer, puisque c'est vous qui les avez retrouvés.

— Je ne les ai pas retrouvés ! se défendit le gardien en se dégageant. Je faisais ma ronde. Je suis passé ici. Ils étaient dans leur cage.

— Votre ronde ? À trois heures du matin ?

— Avec la lune montante, je n'arrive pas à dormir. C'est l'âge… Et puis… avec tout ce qui s'est passé, j'ai voulu vérifier par moi-même…

— Et comment justifiez-vous qu'ils soient revenus tout seuls ?

— Est-ce que je sais, moi ? C'est vous la patronne. Je ne suis que le larbin. Ça fait trente-cinq ans que vous me le rappelez…

« Touché ! » songea Sylvain, qui ne put retenir une certaine satisfaction devant l'exaspération de Gervaise. À sa façon, Lubin se vengeait *in situ* de l'humiliation publique infligée par la conservatrice, hier matin. Assistant à cette revanche, Sylvain n'en voulait déjà plus au gardien pour ses cachotteries. Chez le jeune professeur, la rancune avait peu de prise. Elle le frappait par intermittence, sans jamais qu'il s'y enlise. Ne l'eût-elle pourtant pas aidé à définitivement s'émanciper du Jardin, de sa mère, de Lubin ? Cette nuit, il les regardait avec la compassion sincère de ces enfants incapables d'en vouloir à leurs parents. Après une profonde inspiration, il tourna la tête de l'autre côté du Jardin, comme s'il pouvait y trouver une solution à ces mystères.

— Le jour se lève, dit-il à mi-voix.

Le ciel avait en effet commencé de s'éclaircir, derrière la gare d'Austerlitz. Diffuse, une écharpe pastel colora bientôt la coupole de la Salpêtrière. Dans leur cage, les singes perdirent de leur phosphorescence. Le plus beau des fantômes ne peut lutter avec le jour. Est-il plaisir plus divinement égoïste que la contemplation de l'aurore ?

— Je n'y comprends décidément rien, tempêta encore Gervaise, indifférente au tableau du matin parisien, en se laissant tomber sur le banc de bois vert et verni, face à la cage.

— C'est de la… sorcellerie, ajouta Lubin.

Sylvain restait immobile face aux animaux.

« Et à moi, vous ne voulez rien dire ? » demanda-t-il en lui-même à ces cinq sphinx, qui semblaient plus soucieux de s'abandonner aux pures sensations de l'aube urbaine.

L'air avait fraîchi. Un baiser humide les enserra : la rosée. Dans les arbres, les oiseaux s'éveillèrent, un à un. Ce fut d'abord un pépiement, deux, trois, puis une symphonie criarde. La vie reprenait. Dans le zoo, les autres animaux commencèrent également à remuer. Les ours bâillèrent dans leur fosse, le tigre s'étira en plantant ses griffes dans un tronc d'arbre mort, la girafe glissa une tête entre deux branches.

Bizarrement, les seuls à ne pas bouger étaient les singes blancs.

On aurait pu les croire morts, empaillés, n'étaient leurs paupières qui clignaient avec une lenteur de sage.

Deux primates étaient collés au coin de leur cage. Un autre reposait au sommet d'une branche. Quant aux deux derniers, ils avaient appuyé leur front aux barreaux de métal… et fixaient Sylvain.

Au même instant, le soleil apparut derrière les toits de l'Est parisien. Comme par magie, ses rayons vinrent se poser sur les pupilles des animaux, avec une puissance de laser.

Sylvain vit que ce regard était bel et bien tourné vers lui seul.

Et ce qu'il crut y lire le bouleversa.

Ce n'était pas de la rage, mais de la détresse.

« Ces animaux m'appellent au secours… » comprit-il.

Étrange certitude.

Maintenant, Sylvain marchait lentement vers la cage, comme au ralenti. La moindre saccade risquait de briser ce lien si ténu instauré avec les singes. Enfant, déjà, il avait ces « dialogues » avec certains animaux ; ce n'étaient toutefois que des impressions, des intuitions. Alors que ce matin, il aurait juré les entendre parler.

Lorsqu'il posa ses mains sur les barres de métal, tous les singes frémirent.

Un grondement sourd monta de leur gorge, mais aucun n'ouvrit la bouche.

Puis ils approchèrent.

Tous.

Leurs yeux ne quittaient pas les siens. La lueur jaune s'y était accrue, tournant à l'orange. D'une même teinte que celle du ciel, de la lumière sur les arbres, les plantes, les fleurs.

Un à un, les singes se collèrent au métal, pour couvrir sa main de leur paume.

Certains passèrent le bras entre deux barreaux, le posant sur son épaule, lui enserrant le dos.

Sylvain sentait leur doux pelage – proche de l'angora – lui caresser la nuque, les joues. Sur son front, ses lèvres, il sentait leur souffle.

— Dites-moi tout… souffla-t-il, sans plus songer qu'il parlait à des bêtes.

Mais les singes le fixèrent avec impuissance et, pour toute réponse, resserrèrent leur étreinte.

En une pression, ils auraient pu étouffer Sylvain, l'écraser contre cette cage. Mais leurs gestes n'étaient que douceur.

« Douceur et chagrin… » se dit-il en les fixant l'un après l'autre.

Au coin de leurs yeux perlaient des larmes grasses. Il lui sembla même distinguer un triste sourire aux commissures de leurs lèvres animales. Sylvain était envoûté par une symbiose galopante. Collé à ces barreaux de cage, son corps lové à ces primates hauts comme des enfants de douze ans, il eut le sentiment de recharger ses batteries. Les singes blancs avaient toujours eu cette vertu *régénératrice*.

Sylvain commençait maintenant à voir des images. Encore quelques instants, et il allait comprendre ce qui s'était passé.

Mais le charme se brisa quand retentirent les premiers cris…

Effrayés, les animaux lâchèrent leur étreinte et, déséquilibré, Sylvain valsa en arrière.

— C'est une catastrophe, vous comprenez ?

— Taisez-vous, Sylvain va nous entendre !

— Eh bien : qu'il nous entende ! Il n'avait rien à faire au zoo, la nuit dernière… Comment avez-vous pu le laisser ici, alors que tout…

— Taisez-vous !

En un instant, les singes avaient reculé au fond de leur cage, avec terreur.

Groggy, Sylvain devait retrouver ses repères, ses points cardinaux. Mais lorsqu'il se retourna vers Gervaise et Lubin, ils avaient disparu.

C'est pourtant bien leurs cris qu'il percevait.

— Il faut nous sortir de là !

Bruit de coups, de corps qu'on traîne.

Sylvain se sentit pris de panique : Gervaise et Lubin se battaient ! Face aux muscles incroyablement virils de Gervaise, Lubin ne tiendrait pas une minute.

Nouveau cri :

— Qu'est-ce qu'ils vont penser ? Qu'est-ce que je vais leur dire, maintenant ?

« Ça vient du vivarium ! » comprit Sylvain en bondissant vers le vieux bâtiment de pierre rouge. Il oubliait tout : les singes, Gabrielle, le zoo. Ces cris lui transperçaient la cervelle : ils devaient cesser.

Des cris de plus en plus forts.

— Arrêtez ! Vous êtes cingl…

Lorsqu'il fut dans l'encadrement de la porte, Sylvain eut le souffle coupé.

Tout se renversait !

Gervaise et Lubin étaient au sol.

Assis sur la conservatrice, le vieux gardien l'écrasait de tout son poids.

Vendredi 17 mai, 16 h 12

— L'homme est une bête sauvage. Un animal sensible. Un animal pensant. Un animal ayant conscience de soi.

Le prof de philo fait une pause, comme un mauvais acteur, puis ajoute, sourire pincé et œil piquant :

— Si l'homme est bête… il n'est pas bête. Hu hu hu !

Le premier rang pouffe poliment. Moi, assise au fond, je fais une moue affligée.

— Je vous navre, mademoiselle Pucci ?

Impassible, je fais « non » de la tête en le dévisageant avec mollesse.

M. Boldwinckel me déteste.

— Si mon cours vous ennuie, je suis sûr qu'il reste de la place à l'atelier bricolage, en 4e, avec les camarades de votre âge. Hu hu hu !

Le premier rang pouffe à nouveau.

— Et ce type publie chez Gallimard… dis-je entre mes dents.

— Un commentaire ?

Muguette, assise à côté de moi, me donne un coup sous la table. Elle a raison, j'ai d'autres soucis en tête.

— Non, monsieur Boldwinckel.

Boldwinckel hausse sèchement les épaules et remonte sur l'estrade. Dans un reflet de la vitre, il vérifie sa grande mèche sombre puis tire les pans de sa veste mauve.

— Reprenons, grogne-t-il, reprenons…

« C'est ça : reprenons » me dis-je en me replongeant dans mes notes.

Tout est là, sous mes yeux, coincé dans mon livre de philo. Les lieux des kidnappings ; le nom de chaque bébé ; une carte des différents immeubles, que j'ai tenté de relier selon plusieurs schémas. Des dates, des croquis, des questions, aussi en vrac que dans ma tête. Mais ça ne m'inspire rien.

— Tu deviens obsédée, ma parole, chuchote Muguette, qui vient de regarder la grande feuille, par-dessus mon épaule. Je sais que tu es surdouée, mais on a le bac dans un mois.

Sa remarque est prononcée avec affection. Un quart d'heure plus tôt, elle est venue s'asseoir à côté de moi, la mine coupable.

— Je suis désolée, pour tout à l'heure… Je ne savais pas que Barthélemy allait se pointer aussi tôt…

Vérifiant que Boldwinckel regarde ailleurs, elle insiste :

— Ça va durer longtemps, tes rébus ?

Je serre les dents et réponds, sans bouger les lèvres :

– On ne peut pas compter sur les flics pour retrouver ces enfants...

– Qu'est-ce que tu en sais ? C'est leur métier, non ?

– Je crois surtout qu'ils ne comprennent rien.

Une main arrache ma feuille de notes.

– Ne comprendre rien à quoi, mademoiselle Pucci ?

Penché sur ma table, Boldwinckel me scrute avec une mimique de triomphe et lit :

– Pierrot Chauvier ; Omar Otokoré ; Toufik Dati ; Clément Baude ; Lin N'Guyen...

Il s'interrompt et sourit à la classe.

– Des noms de philosophes, sans doute. Hu hu hu !

Le chœur des vierges glousse en écho.

Moi, je pose un coude sur mon pupitre et appuie le menton au creux de ma paume, l'air ennuyé.

Cette nonchalance horripile Boldwinckel !

– Vous m'emmerdez, Pucci. Vos quatre ans d'avance ne vous autorisent à rien, surtout pas à mépriser vos professeurs et vos camarades.

Je n'ai pas bougé.

Depuis le début de la tirade, Muguette a posé sa main sur ma cuisse, signifiant : « Tu te tais, tu attends que ça passe ; pas de pétage de plomb ! »

Elle a raison.

Ma voix jaillit pourtant comme un son de flûte après l'orage.

— C'est bon, monsieur a fini ?

— PARDON ? !

Tout aussi doucement, je me lève, range mes affaires dans mon cartable, et marche jusqu'à la porte.

Boldwinckel est médusé. Dans la classe, tout le monde se tait. Du regard, Muguette me supplie de rester, mais j'en ai trop marre !

— Vous m'excuserez, mais j'ai rendez-vous chez le marchand de sucettes, avec mes amies de CM2.

J'ouvre la porte.

— Après ça, on ira à la piscine, prendre des douches et nous faire violer par un prof de philo pédophile.

Je me retourne une dernière fois et scrute la classe en couinant, comme une ultime gifle :

— Hu hu hu !

23.

— On ne va quand même pas s'entre-tuer... plaida Gervaise.

Sylvain était abasourdi. À quelques mètres de lui, allongée sur le sol du vivarium du Jardin des plantes, la conservatrice fixait Lubin avec lassitude.

— Vous avez raison, concéda le vieux gardien en se relevant, s'énerver ne sert à rien. Mais parfois vous surjouez votre rôle. Vous aimez humilier les gens, n'est-ce pas ?

Gervaise détourna les yeux pour faire amende honorable :

— Ce matin, au zoo, je jouais le tout pour le tout. Personne ne devait se douter de rien...

— C'est vrai, admit Lubin.

Toujours caché, Sylvain ne perdait pas une miette de cet échange.

Jamais le gardien ne parlait ainsi à sa patronne ; jamais il n'adoptait ce ton dominateur.

« Du moins, jamais devant moi... » nuança le jeune professeur, tout ouïe.

— Ces gens sont très dangereux, reprit Lubin. Vous voulez perdre leur confiance et que tout explose pour de bon ?

Sylvain se mordit la langue pour ne pas faire de bruit.
— Nous sommes si près, Gervaise ! Et dire que vous avez laissé Sylvain être témoin…
Lubin ne finit pas sa phrase.
« Témoin de quoi ? » faillit demander Sylvain, tandis que sa mère répliquait, sans ironie ;
— Est-ce ma faute s'il est allé se promener dans le zoo, la nuit ? Après tout, c'est vous qui lui avez donné le goût de tous ces mystères.
Lubin toisa Gervaise avec un mélange de mépris et d'inquiétude.
— Vous comme moi sommes responsables, *madame la conservatrice*.
« Mais responsables de quoi ? ! » ragea Sylvain, qui faisait un effort surhumain pour ne pas bondir dans le vivarium.
— On dirait que vous avez peur, Lubin.
— Comme vous, comme Paris, comme tout le monde. Nous jouons avec le feu.
Le gardien recula jusqu'à s'adosser à la vitre du boa. L'anxiété traversait son visage.
— Si tout sombre, ni vous ni moi ne serons épargnés.
Gervaise rit jaune.
— Nous n'en sommes pas encore là.
Œil livide de Lubin.
— J'ai bien peur que si…
Pour Sylvain, cet espionnage était une torture ! Dans sa tête, la curiosité le disputait à la raison : « Si j'entre, ils vont recommencer à me mentir… »
Ses jambes tremblaient. Il avait la gorge sèche. Malgré la fraîcheur du matin, le soleil montant brûlait son dos, ses épaules, sa nuque.
— Et Sylvain ? demanda Lubin, sans se tourner vers l'entrée.

— Je vais lui parler. Aujourd'hui ou demain…

Sylvain se figea et, sans un bruit, parvint à faire marche arrière tout en laissant la porte entrouverte.

— Parlez à Sylvain au plus tôt ! reprit Lubin. Nous avons eu suffisamment de mal à le garder pour nous…

« Me garder pour eux ? »

— Est-on obligés d'en passer par là ? demanda-t-elle. C'est mon fils…

Sylvain tressaillit, serrant les dents à rompre sa mâchoire.

Lubin trancha d'un ton sec :

— Nous touchons au but. N'y mêlons pas de sentiments. Nous allons enfin savoir.

Gervaise recula, avec un air d'enfant penaud.

— Mais se peut-il que nous nous soyons trompés ? Que Sylvain soit comme vous et moi ?

Lubin la fusilla du regard.

— À vous entendre, on dirait que vous vous rattachez à cet espoir.

Tremblant de tous ses muscles sous la peur et l'incompréhension, Sylvain sentit sa mère au bord des larmes.

— C'est plus fort que moi. J'aime Sylvain.

À cet aveu, Lubin se radoucit.

— Je sais, Gervaise. C'était le risque… Mais pour son bien, *pour notre bien à tous :* retournez le voir et parlez-lui.

Gervaise hocha la tête, les yeux fixés aux dalles visqueuses du vivarium.

Lubin se tourna vers le bassin des caïmans, et laissa son regard se perdre dans l'eau verdâtre.

— Sylvain doit savoir qui il est *vraiment*…

Vendredi 17 mai, 18 h 51

Je marche depuis presque deux heures : ça me permet de penser. Ce prof de philo, je m'en moque. Mais ne pas arriver à distinguer le moindre horizon dans cette enquête est une insulte à mon intelligence.

Pour ça, il a raison, Boldwinckel : je raisonne en gamine. Je suis encore bloquée à cet âge où l'on n'admet pas l'échec.

Me voilà place de la Contrescarpe.

Le soleil décline, il est bientôt sept heures du soir, l'heure du sacro-saint « apéro » français… alors que les terrasses du Quartier latin sont désertes. Avec les attentats, les touristes ont annulé tous leurs voyages.

Dans un sens, ça me plaît : Paris nous appartient enfin. Comme ces photos du Paris de l'Occupation. Je n'ose jamais le dire, mais j'aurais rêvé connaître cette période, ne serait-ce qu'une journée. Les avenues vides, sans voitures, presque sans passants… un silence !

La rue Mouffetard est tout aussi calme.

Devant leur vitrine, les restaurateurs guettent désespérément le chaland et affichent des menus sacrifiés.

– Deux repas pour le prix d'un, mademoiselle ! me vante un Turc devant son magasin de kebab.

Face à l'église Saint-Médard, au marché Mouffetard, il y a un peu plus de monde. Mais la moitié des étals sont vides.

– On n'a pas été livrés ! se lamente une marchande de légumes. Plus personne ne veut venir aux halles de Rungis, c'est trop près de l'aéroport d'Orly. Et avec les bombes…

– Pareil pour la viande, pleurniche une bouchère. Sauf qu'ils ont mis en quarantaine toute la bidoche : même morts, les animaux sont suspects…

– On va tous crever, je vous dis ! grommelle un homme en salopette orange fluo, assis à la terrasse du café *Ma Bourgogne*.

Il lève alors son verre de vin blanc en direction de la Vierge, sur le portail de Saint-Médard, et chuinte :

– À ta santé, assassin !

Les gens sont en train de devenir fous. Petit à petit, la peur, le ressentiment, l'impuissance, vont les rendre agressifs. C'est toujours comme ça que ça se passe. Si on ne trouve pas les vrais coupables, il va leur falloir un bouc émissaire. Une foule reste une foule : haineuse, simpliste, radicale.

Et tout ce qui n'est pas *normal*, tout ce qui ne correspond pas à l'idée qu'on se fait de la normalité, va devenir suspect.

Les étrangers, les clochards, les vagabonds.

« Et moi, peut-être ? »

Je suis trop mouillée dans cette affaire pour ne pas être soupçonnable. Après tout, j'habite dans l'immeuble d'un des kidnappings. Et mon installation a de quoi étonner la presse. Pour Parasia, ce serait parfait. Comme génie du mal, je me pose là. Une virtuose du voyeurisme de treize ans et demi, qui s'improvise serial kidnappeuse. *Paris Match* va bicher !

Je plaisante, mais tout est possible. Et je sais bien que mon cynisme masque une peur plus intime, plus réelle.

Cette nuit, entre deux visions de la silhouette, j'ai fait un autre cauchemar. Je me suis vue enchaînée, quelque part, dans une grande forêt inconnue. J'étais attachée à un chêne. Il n'y avait personne. On n'entendait rien. Pas un chant d'oiseau. Même pas le bruit du vent dans les feuilles. Le silence absolu.

Le seul bruit que je percevais était un grondement sourd et régulier, qui montait par à-coups et se muait en rugissement. Ça venait de droite, de gauche, de derrière. Toujours assez loin, mais ça tournait autour de moi. Comme si ça cherchait un angle d'attaque.

Et puis ça a surgi.

Alors j'ai vu les dents et je me suis réveillée.

Mon portable sonne.

Je m'arrête à l'angle de la rue des Marmousets et le tire de mon cartable.

C'est Muguette : le cours de philo doit être fini.

– Alors, dis-je en décrochant, Boldwinckel a piqué sa crise ?

– Tu as écouté la radio ?

– Quelle radio ?

– Toutes. La nouvelle vient de tomber. Je suis au café des *Fontaines*, rue Soufflot. La télé a même fait un flash spécial !

– Mais de quoi tu me parles ?

– Ton kidnappeur, la police vient de l'arrêter !

Sous mes pieds, le sol se dérobe.

– C'est pas vrai ! Mais qui est-ce ?!

– C'est hallucinant !

– Mais qui, putain ? !

– Ce romancier fou. L'auteur de *SOS Paris !* Protais Marcomir…

24.

« Qui je suis vraiment… qui je suis vraiment… qu'est-ce que ça veut dire ? ! »

Sylvain avançait à grandes enjambées dans les ruelles de la ménagerie, la musique de ses talons rythmant sa pensée. Une technique qu'il pratiquait, petit, pour réviser ses leçons. Dès la fermeture au public, l'enfant filait dans la grande allée qui menait à la place Valhubert et récitait ses devoirs, ses poèmes, ses tables de multiplication, avec une ardeur de vigile en faction.

« Lubin et maman m'ont quitté devant la cage des singes blancs, c'est là qu'ils s'attendent à me retrouver ; sinon, ils vont se douter de quelque chose… » se raisonna-t-il.

Ne pas se dévoiler lui permettait également de tester ses deux aînés : Gervaise annoncerait à Sylvain qu'elle devait lui parler. Si elle n'agissait pas ainsi, c'est qu'elle-même mentait à Lubin.

« Mais qui joue double, triple, quadruple jeu, dans cette affaire ? » se demanda le jeune homme, tandis que le clocher de Saint-Médard résonnait dans le Jardin des plantes.

« Sept heures du matin… songea-t-il, en arrivant devant la cage des singes blancs. Le personnel du zoo ne va pas tarder à débarquer… »

Dans leur prison, les cinq primates avaient la même position. Sylvain fut de nouveau frappé par la tristesse de leurs regards.

— Oh, m'sieur Sylvain ! fit une voix, dans son dos, c'est vous qui avez ramené les singes blancs ? Je venais justement vérifier s'ils étaient là pour nettoyer la cage et leur donner le petit déjeuner !

— Bonjour, Joseph, dit Sylvain en se retournant vers le jeune gardien, qui poussait une brouette lourde de victuailles.

Jetant un œil autour de lui, le professeur constata que d'autres silhouettes bleu pétrole avaient investi le Jardin.

« Si maman et Lubin ne quittent pas le vivarium, les gardiens vont les trouver en pyjama… »

Pensée de vaudeville, certes, mais il se rattachait à ces grappes de trivialité comme on se rattrape à la moindre branche.

Il fallait ne rien laisser transparaître de ses doutes.

— Vous entrez avec moi ? demanda Joseph en ouvrant la porte de la cage.

Sylvain vit sa face adolescente barrée d'un sourire inquiet.

— Vous êtes toujours aussi mal à l'aise avec eux ?

— Je sais que c'est idiot, confessa le jeune gardien d'une voix étouffée, mais je ne m'y fais pas…

Joseph longeait maintenant l'intérieur de la cage, poussant une grosse serpillière, qui chassait comme un poulpe le foin et les fèces. Les singes n'avaient pas bougé, mais Joseph les scrutait avec perplexité, le bord de sa casquette bientôt mouillé de sueur.

« Encore un qui n'est pas fait pour ça. »

— Vous restez près de moi, n'est-ce pas ?

— D'accord, dit Sylvain en entrant à son tour dans la cage.

Il alla aussitôt s'asseoir sur un tronc d'arbre mort, près d'un couple de singes blancs qui levèrent sur lui leurs yeux peinés. S'accolant à l'un d'eux, il lui caressa le crâne, ainsi qu'à un enfant. L'animal se détendit, plissant les yeux pour se blottir contre l'épaule de Sylvain. Ce dernier n'y prêtait presque plus attention. Il était encore au vivarium. Les paroles entendues cherchaient un sens dans son esprit.

« Lubin et maman avaient peur. Ils ont parlé d'explosion. Ils semblaient savoir qui avait enlevé les singes blancs. Et cette panique dans la voix, lorsqu'ils ont parlé de moi ! »

C'est pourtant le regard des singes blancs qui tira Sylvain de ses réflexions : une lumière venait de s'y allumer. Plus jaune, plus forte. Imperceptiblement, les primates tournaient leurs yeux vers un coin de la cage, dans le dos de Sylvain.

« Ils me montrent quelque chose… » comprit-il, tandis que Joseph tirait d'une brouette un cageot rempli de fruits et de quartiers de viande.

— À table ! balbutia le gardien en poussant le cageot loin devant lui, du talon de la botte.

Les singes n'y prêtèrent aucune attention.

Ils gardaient leurs yeux rivés sur une partie du mur, au fond de la cage. Un pan où était entassé un capharnaüm d'objets hétéroclites : échelle, vieux pneus, seaux, ballots de paille…

« Qu'est-ce qu'ils veulent me dire ? »

— À table ! À table !

Et ce gardien qui jacassait !

— C'est bon, Joseph, je m'en occupe. Vous pouvez y aller…

Trop heureux de cette libération, le gardien prit ses jambes à son cou et fila de la cage, glapissant :

— Merci, m'sieur Sylvain... À bientôt, m'sieur Sylvain...

— Enfin seuls ! dit Sylvain à voix haute, en observant les singes blancs.

25.

Plus un son dans le zoo, sinon le murmure des gardiens, au loin, ouvrant une à une les cages.

— Bon, dit Sylvain en croisant les bras face aux cinq singes blancs, que se passe-t-il ?

De nouveau, les singes se tournèrent vers le mur.

Sous l'œil perçant des primates, le professeur dégagea l'échelle, poussant les ballots de paille pour faire rouler les pneus.

« Si maman et Lubin réapparaissent maintenant, que vont-ils penser ? »

Mais Sylvain ne voulait pas s'arrêter, car, dans son dos, il sentait l'excitation croissante des animaux. Et lorsqu'il se retourna vers eux, il vit combien leur regard avait gagné en intensité.

« Oui, c'est bien ça. »

En retirant une dernière pile de cartons, il dut pourtant déchanter. Rien : juste un mur crasseux, sans inscription, couvert de chiures et traces de gras.

« Et si les singes me menaient aussi en bateau ? »

— Mais enfin, expliquez-moi ! fit-il spontanément.

Il était si tendu qu'il ne sentit pas tout de suite la main blottie dans la sienne.

C'était une femelle, l'une des plus anciennes. Son visage fixait Sylvain avec placidité et elle l'entraîna vers le mur.

Puis, elle frotta sa joue contre la base de la paroi, et Sylvain s'illumina.

Il avait vu. Là, à la jonction du mur et du sol : une rainure sombre. Se jetant à quatre pattes contre le singe, il commença à gratter.

— Ça vient d'être remastiqué, dit-il en dégageant peu à peu les bords de la porte.

Il tournait par à-coups sa tête derrière lui, vers le zoo, et comprit que les singes faisaient le guet. Un fol espoir agitait leur regard animal. Sylvain eut alors le sentiment que cette porte allait donner des réponses aux questions qui le harcelaient depuis quelques heures.

— Ça y est ! exulta-t-il.

La couche couvrait un renfoncement, qui tenait lieu de poignée.

Il ouvrit…

Tous les singes sursautèrent, car le cri de Sylvain avait été strident. Cette odeur, mon Dieu, cette odeur ! Et ce froid intense, qui montait des marches humides.

Sylvain ne voyait rien, sinon un escalier de pierre plongeant dans la nuit. Il dut s'agripper aux bords de la porte, l'esprit de plus en plus vacillant.

« Cette odeur, je la connais ! C'est… »

Non, il ne savait pas…

Tout s'embrouillait. Ce parfum de vase, cette fragrance de mousse, de marais, de rivière au petit jour, avait sur son esprit l'effet de l'opium. Autour de lui, tout devenait palpable : les plantes, les arbres, le vent, les nuages. Quant aux singes, ils prenaient la silhouette de grands hommes aux visages tragiques, perdus dans un monde qui n'était pas le leur…

Soudain, une voix : « Bonjour, messieurs. Excusez notre tenue, mais Lubin et moi avons réceptionné les singes blancs à l'aube, ce matin. Ils sont revenus en pleine forme de leur bilan de santé… »

Tout alla très vite.

Sylvain fut projeté en arrière tandis qu'un singe refermait violemment la porte et que les autres repoussaient les objets pour cacher l'ouverture.

Sans comprendre comment, Sylvain se retrouva devant la cage, tandis que Gervaise s'avançait vers lui :

— Sylvain, tu es encore ici ? Tant mieux ! Rendez-vous chez le Basque, ce soir.

— On n'est pas jeudi, pourtant ? s'étonna maladroitement le professeur.

— Peu importe, dit Gervaise en serrant les dents : je dois *absolument* te parler !

Vendredi 17 mai, 19 h 40

Muguette m'a prévenue, mais j'aurais dû y penser moi-même : ce matin, la tirade du gourou, face à Notre-Dame, était un début d'aveu. Marcomir, Marcomir, Marcomir : il n'y en a que pour lui ! Je viens de rentrer à la Reine Blanche pour me connecter sur le Web : on ne parle que de ça !

Pas un site d'infos qui ne fasse sa une sur le gourou, sa vie, son œuvre.

« *Il a passé la journée au pied de la préfecture de police, à nous provoquer...* explique Parasia, sur LCI. *Mais tout concorde pour faire de lui le suspect idéal.* »

Comme par hasard, Protais Marcomir a choisi François Bijaud, avocat retors et médiatique. Comme par hasard, les disciples de sa petite communauté mystique, installée dans la cité florale, au sud du XIIIe arrondissement, prennent d'assaut studios de télévision et micros des radios, et ils en profitent pour répéter ses salades sur la destruction imminente de Paris et leurs rituels tordus.

Cet hiver, j'avais vu un reportage sur « L'Église protaisienne » : des guignols ! Marcomir y expliquait, la bouche en cœur : « *J'absorbe la haine du monde, je la dévore, je la digère, je la détruis.* » C'est pourquoi être admis à humer son haleine est le sacrement cardinal des protaisiens, comme une onction. Des cinglés, oui. Mais des cinglés malins, qui savent ce qu'ils font.

Comme par hasard, dix mille exemplaires de *SOS Paris !* ont été vendus depuis l'annonce de son arrestation, il y a moins de deux heures. Alors qu'elles sont désertées depuis les attentats (comme tous les commerces), les librairies sont assaillies.

« *On n'a jamais vu ça* », s'enthousiasme un vendeur du Virgin Megastore des Champs-Élysées. « *Le livre risque d'être épuisé en quelques heures* », renchérit le responsable de la Fnac de Vélizy II, dans la banlieue parisienne.

« Quel coup de pub... » me dis-je, depuis ma salle des machines.

Je l'ai lu, moi, *SOS Paris !* Et je comprends très bien pourquoi Parasia le soupçonne. Je suis même étonnée que le rapprochement n'ait pas été fait plus tôt. Dans cette grosse soupe d'anticipation, pas littéraire pour un kopeck, Paris est sens dessus dessous et ressemble à s'y méprendre à ce qui nous arrive. Catastrophes, massacres, kidnappings. Mais ce n'est qu'un bouquin. Et un mauvais ! Grandiloquent, écrit à la truelle… le genre de bouquin que lit ma mère dans l'avion.

Curieusement, une intuition me dit qu'il y a une astuce. Ça ne colle pas. Quoi ? Je ne le sais pas encore.

Est-ce une ruse du commissaire Parasia, pour tenter le vrai ravisseur ? Aux yeux du public, en tout cas, le capital de sympathie du gourou n'a pas fléchi d'un iota. Au contraire, son arrestation rachète son forfait. Belle mentalité…

« Et *alors ?* dit une passante, interviewée au micro de France 2, *il a été arrêté, c'est parfait. Il va dire où sont les enfants, on va le relâcher, et tout ira bien. Il retournera écrire ses livres, surtout. Parce que, moi,* SOS Paris !, *je l'ai déjà lu trois fois. Alors il me faut la suite, vous comprenez ? C'est comme une drogue !* »

« *Ce type est un génie*, déclare même Pascal-Henri Cohen, philosophe médiatique, dans un talk-show de i>Télé. *Marcomir est un monument incompris. Il porte le flambeau d'une nouvelle lucidité. Notre époque a besoin d'âmes comme la sienne.* »

26.

— On ne parle plus que de Protais Marcomir, tu as vu ?

— Oui, oui… marmonna Sylvain sans quitter des yeux son assiette.

— Je pensais que ce type se contentait d'insulter la littérature ! Si je m'attendais qu'on puisse le suspecter d'un crime en série…

— Mmm…

Du bout de la fourchette, le professeur dessinait des arabesques de graisse brique dans l'assiette chiffrée *A.B. (Auberge basque).*

— Avant-hier soir, reprit Gervaise en gigotant sur son siège de mauvais bois, je te lisais sa prose à cette même table.

— Sans doute, fit Sylvain, plus intéressé par son œuvre éphémère : la sauce des pibales figurait maintenant un visage huileux et rougeâtre.

Horripilée, Gervaise Masson reposa ses couverts et croisa les bras, en fixant son fils.

— Sylvain, qu'est-ce que tu as ?

— Faim… répondit-il sans relever les yeux, avant de détruire son ouvrage pour l'engloutir d'une large fourchetée.

Tout affamé qu'il était, le professeur avait un comportement des plus imprévus : depuis le début du repas, la conservatrice dînait avec une ombre. Sylvain l'avait rejointe à *L'Auberge basque*, alors que la coutume était de se retrouver à l'angle des rues Cuvier et Linné, devant l'entrée du Jardin. Gervaise avait attendu une bonne demi-heure, à sa table rituelle, sous les jambons, boudins et autres saucisses, sirotant ce petit vin cuit de Cahors que lui réserve Yves Darrigrand, le patron, pour la mise en bouche. Et lorsqu'une silhouette était apparue devant la vitrine du restaurant, ce n'était pas Sylvain qui s'était avancé vers la table, mais un spectre blafard et cerné. Un spectre qui s'était assis sans un mot ; ni excuse ni bonjour. Un spectre muet depuis vingt-cinq minutes. Un spectre pensif, distant, presque hostile.

« Pensif, distant, hostile : c'est comme ça que je dois rester », songea alors Sylvain. Il devait pourtant faire un véritable effort afin de masquer sa tempête intérieure et ne pas dévoiler ses cartes.

« Il faut laisser maman venir à moi », se dit-il encore, en épiant Gervaise tandis qu'elle hélait le garçon pour demander un autre pichet de gaillac.

— Bien, mame Masson.

Sylvain aurait certes pu déclencher les hostilités : interroger sa mère sur son duel avec Lubin, au vivarium ; la sonder au sujet de la mystérieuse réapparition des singes blancs ; la coincer à propos de ce souterrain qui partait de leur cage, et que les animaux lui avaient montré avec tant d'insistance.

« Il faut la laisser se prendre au piège de son propre mensonge. »

À sa façon, Sylvain se réjouissait de la situation. Une fois n'est pas coutume : il avait une longueur d'avance sur Gervaise et il lui plaisait de voir comment elle allait le rattraper.

« Tiens bien ton nouveau rôle, mon petit lynx ! » s'était-il dit en arrivant au restaurant, conscient qu'il allait troubler sa mère. Gervaise connaissait un Sylvain fébrile, angoissé, rongeant ses ongles. Elle contemplait ce soir une statue impassible, qui mangeait son boudin blanc avec une rigueur de stylite.

— Tu as l'air épuisé, Sylvain, finit-elle par avouer, muselant son agacement.

Sylvain haussa les épaules puis grimaça un sourire.

— Je dors mal… Des cauchemars…

Gervaise s'attendait qu'il en dît plus, mais Sylvain retourna à son repas. Autour d'eux, le restaurant quasi vide baignait dans la morosité. Les tables sans convives expliquaient sans doute pourquoi, affalé au comptoir, Yves Darrigrand jappait, grommelait, houspillait ses serveurs, incendiait ses marmitons.

Au milieu du repas, il s'approcha des Masson et se lamenta, avec son fort accent du sud-ouest :

— Les affaires vont mal, mame la conservatrice. J'espère que je vais pouvoir tenir… Mooone Dieu !

Gervaise feignit la désinvolture, mais Sylvain la sentit heureuse de rompre le silence.

— Bien sûr que vous allez tenir, Yves.

Sylvain remarqua alors que le chef malaxait une serviette de table, comme s'il hésitait à prendre la parole.

— Dites, mame Masson ?

Réflexe incorrigible : Gervaise toisa le cuisinier.

— Que se passe-t-il, Yves ? dit-elle avec une morgue impériale.

Baissant les yeux, le cuisinier désigna une broche au revers du tailleur de Gervaise : un serpent vertical, glissé entre la rosette de la Légion d'honneur et l'ordre du Mérite.

— Si vous pouviez continuer à venir plus souvent, avec vos onze confrères de la SAC, je crois que ça arrangerait ma comptabilité…

Sylvain vit sa mère se figer. Le mépris fit place à une inquiétude sourde. Tripotant sa broche comme on décèle un furoncle, elle enfonça sa tête entre ses épaules et scruta ses rares voisins.

— Yves, vous savez bien qu'on ne parle pas de ça… s'offusqua-t-elle, non sans maladresse.

Le chef cuistot verdit. Il ne s'attendait pas que Gervaise affectât cette mine coupable.

— Oh pardon, mame Masson, bredouilla-t-il, paniqué à l'idée de perdre encore une fidèle. C'est que normalement vous venez une fois par mois, et que vous êtes déjà venus trois fois en une semaine…

À cette remarque, Sylvain peina à garder son impassibilité. « Trois fois ? » s'étonna-t-il, connaissant la régularité métronomique des dîners de la Société des amis des carrières : un mardi par mois, dans cette salle pour noces et banquets, à l'étage de *l'Auberge*.

Gervaise dut remarquer l'étonnement de son fils, car elle se tourna vers Yves et le tança :

— Vous allez vous taire, oui ?

Conscient qu'il en avait trop dit, le chef battit en retraite et marcha à reculons vers son comptoir, balbutiant :

— Oui, mame Masson. Je fais marcher la suite, mame Masson ?

— C'est ça, c'est ça… grommela Gervaise en vidant un verre de gaillac d'un geste saccadé.

« Lubin a raison : elle boit vraiment trop », pensa Sylvain, tant le visage de Gervaise avait rougi depuis le début du repas. Mais avec un coup dans le nez, sa mère abattait plus volontiers ses cartes. N'était-ce pas le bon moment de la déstabiliser ?

— La SAC s'est réunie trois fois dans la même semaine ? marmonna Sylvain.

— Qu'est-ce que ça peut te faire ? !

Sylvain connaissait sa mère, « elle va s'emmêler dans ses propres contradictions ». C'est pourquoi il insista, doux et posé :

— Normalement, ce n'est qu'une fois par mois, non ?

Avalant sa salive, Gervaise baissa d'un ton et affecta une mine conciliante.

— C'est… c'est à cause des attentats.

« Enfin, on joue franc-jeu », songea Sylvain, sans se départir de sa méfiance : avec sa mère, toute confidence pouvait être le double fond d'un autre mensonge.

— Les attentats ?

— Oui, répliqua Gervaise, caressant à nouveau le symbole serpentin, au revers de sa veste. La mairie de Paris risque d'être obligée de fermer l'ensemble des accès aux carrières souterraines, qui pourraient devenir des caches pour les terroristes. Tu imagines, s'ils plastiquaient tout le sous-sol parisien ? La capitale s'effondrerait comme un soufflé ! C'est pourquoi la Mairie parle même de couler chaque entrée dans le béton. Mais pour ça, elle a besoin des lumières de la SAC, car nos archives possèdent plus de données que celles de l'Hôtel de Ville ou des bibliothèques parisiennes. C'est pour en débattre qu'on s'est réunis trois fois, cette semaine. Tu comprends ?

Sylvain opina, malgré sa grogne intérieure.

« Ça sonne faux, pensa-t-il. Maman est en train de se défiler… »

— Et vos conclusions ? demanda-t-il pourtant.

Nerveusement, Gervaise sortit de sa poche miroir et rouge à lèvres.

— Nos conclusions ? cingla-t-elle devant sa petite glace. Il n'y a pas de conclusions !

Sylvain ne moufta pas.

Il s'attendait à une réaction plus violente ; à une tirade du genre : « Ça ne te regarde pas ! Le jour où tu seras intronisé dans la SAC, je pourrai t'en dire plus. Mais ce n'est pas avec tes élucubrations sur le Paris secret et tes simagrées à la fac, que tu obtiendras la majorité des voix. » Mais sa mère s'abstint de tout commentaire.

« Elle veut juste changer de sujet… »

Une fois de plus, Sylvain éprouvait une satisfaction un poil coupable devant le désarroi maternel. Gervaise cherchait manifestement une sortie de secours.

— Tu m'as dit que tu avais des cauchemars ? Quel genre de cauchemars ?

« Oui, elle se défile. Mais autant jouer son jeu. Je sais comment la remettre en selle. »

— C'est très flou, répondit-il, s'efforçant à la neutralité.

Gervaise prit la bouteille et remplit le verre de Sylvain, presque à ras bord.

— Tu veux m'en parler ?

Sylvain porta le verre à ses lèvres. Il fallait jouer serré.

— Tu me connais : je remâche toujours les mêmes images…

Gervaise leva un sourcil.

— Par exemple ?

Le regard de Sylvain se durcit.

— Mes souvenirs, mon enfance.

Gervaise se raidit d'un mouvement sec. La pointe de sa chaussure cogna le pied de la table, faisant valser un verre qui perla sur la nappe.

« Touché ! » pensa Sylvain.

— Tu as des choses à me demander ? Des questions que tu voudrais me poser ?

« Oui, songea-t-il, savoir qui je suis vraiment. »

— Pardon ? ! sursauta Gervaise.

Sylvain frémit : il avait pensé à voix haute ! Mais sa mère était encore plus émue.

Devant lui, elle perdait une à une ses couleurs.

— Je... je...

Il était trop tard pour reculer.

— Ce matin, dans le vivarium, j'ai entendu votre conversation...

Sans véritable surprise, Gervaise leva vers son fils un visage défait. Ce désarroi ébranla l'assurance de Sylvain, mais n'était-ce pas pour ces aveux que Gervaise l'avait convoqué ?

— Il faut me dire, maman... Qu'est-ce qui se passe ?

Gervaise prit la main de son fils entre ses paumes. Son visage trop maquillé brillait de sincérité, malgré la dureté du regard.

— Sylvain, dit-elle, quoi que je te dise, quoi qu'il arrive, tu seras toujours mon fils, tu comprends ?

Où voulait-elle en venir ? Voilà que Sylvain était maintenant tout tremblant, tout fébrile. Sa propre voix lui sembla jaillir d'outre-tombe :

— Explique-moi, maman...

Autour d'eux, le restaurant était silencieux. Yves était toujours au comptoir, plongé dans ses chiffres. Tout le personnel était parti.

Dehors, un flic allait et venait devant la vitrine. Il houspilla même une petite ombre, qui avait posé ses mains pour regarder dans le restaurant.

Sylvain ne bougeait pas. Gervaise le fixait, comme si elle cherchait à lire en lui.

— Tu as raison, dit-elle en se levant, tu as le droit de savoir. *Nous* devons *tous* savoir…

— Savoir quoi ? fit Sylvain, dont le propre timbre lui parut exagérément grave.

Mais déjà, sa mère le prenait par le bras et le poussait vers la sortie.

— Ce soir, je vais t'emmener voir des… tableaux, dit-elle à mi-voix, en scrutant la lune, sur le square Le Gall.

« Les tableaux… » frémit Sylvain.

Sa bouche s'assécha. Un frisson lui traversa l'échine. Mille papillons de lumière dansèrent devant ses yeux.

« Évidemment ! songea-t-il en masquant son trouble. Je n'avais même pas pensé à eux… »

Il lui fallait pourtant feindre l'innocence.

— Quels tableaux ?

La conservatrice marchait déjà cinq mètres devant lui, la pointe de son écharpe s'accrochant au tronc des platanes.

— Ne me demande plus rien, Sylvain, souffla-t-elle d'une voix anxieuse. Mais ouvre grands les yeux, mon fils, car tu vas te rappeler cette nuit jusqu'au jour de ta mort.

Vendredi 17 mai, 22 h 20

Je n'en peux plus de regarder ce film ! Voilà bien la cinquantième fois que je visionne le kidnapping de Pierre Chauvier, à la Reine Blanche.

Parasia se trompe : l'image a beau être floue, le commissaire a beau m'accuser de l'avoir truquée, cette silhouette pâle, qui entre par la fenêtre, saisit l'enfant et disparaît comme un fantôme, ne ressemble en rien au gourou médiatique, ni à un de ses fidèles. On dirait plutôt un gosse… Mais quel enfant irait kidnapper un bébé ? *Cinq bébés ?*

Pendant une bonne heure, je me repasse le film de l'enlèvement. Tout va très vite. Les gestes sont saccadés, comme sur un film muet, alors que les mouvements du ravisseur sont en fait prodigieusement coordonnés. Qui serait capable d'une telle agilité ? D'une telle souplesse ? Sinon un athlète, un sportif de haut niveau ? Ce n'est pas chez Marcomir que Parasia devrait chercher ses suspects, mais dans un stade.

Soudain, une idée m'arrête et j'appuie sur « pause ».

À l'écran, la silhouette floue s'est figée, alors qu'elle ressort par la fenêtre, l'enfant dans les bras.

Malgré la pénombre et la médiocrité de l'image (en infrarouge), le regard du petit Pierrot Chauvier ne me semble aucunement effrayé. Il est d'un calme olympien, presque primitif.

Mais ce n'est pas ça qui m'arrête.

La fenêtre, le chemin du ravisseur : et dire que je ne suis même pas allée voir ! Quelle idiote !

« Les flics ont sûrement vérifié ça cent fois… » me dis-je en quittant l'appartement pour gagner la cour de la Reine Blanche, mais je dois le voir par moi-même.

Dehors, il fait toujours aussi doux. C'est bizarre, la lune a disparu. Le ciel parisien est percé d'étoiles que je ne me rappelle pas avoir déjà si bien vues depuis la cour de la Reine Blanche. Dans la pénombre, le « château » découpe ses formes abruptes, sa silhouette de train fantôme, de carcasse engloutie. Il n'est pas tard, mais tout le monde a l'air de dormir. Seule fenêtre allumée : celle de M. Huairveux, qui passe et repasse devant les carreaux, les yeux perdus, en marmonnant ses souvenirs. Sinon, le silence. Un silence absolu, qui me plonge loin de Paris. Tout est suspendu, entre parenthèses.

Lorsque j'arrive sous la fenêtre des Chauvier, au pied de la chambre de Pierrot, se produit un phénomène troublant. Comme si elle attendait mon signal, la lune jaillit d'un immeuble, éclairant la scène à la manière d'un décor d'opéra. Les étoiles s'estompent et la grosse boule blanche projette ses lueurs sur la façade de la maison.

Alors je tressaille...

Je viens de voir des *empreintes*.

À croire que seule la lune pouvait révéler à l'œil humain ces taches phosphorescentes, sur les murs du château. Elles partent de la fenêtre de Pierrot et descendent la façade jusqu'à la pelouse.

Des taches évanescentes, presque irréelles, qui brillent par à-coups, se chargeant à la lueur lunaire. D'ailleurs, lorsqu'un nuage passe devant l'astre, tout disparaît...

Mais j'en ai vu assez : ces empreintes sont les cailloux du Petit Poucet.

Gommant ma peur, je m'avance contre le mur, à l'endroit même où la marque des pieds (oui, j'en suis sûre, ce sont des traces d'orteils) a quitté la façade.

Au même instant, mes pieds cognent une matière solide, *sous* la pelouse. Je m'agenouille dans l'herbe. Mon pantalon se couvre de rosée. Mes mains fouillent à tâtons et rencontrent une plaque de métal, cachée par le gazon.

« Une trappe ! » me dis-je, de moins en moins sûre de moi, tandis que la lune ressurgit fort à propos.

Mes doigts agrippent le bord de la trappe, dont je parviens à dégager le « couvercle ».

L'odeur me saisit avec une violence écœurante.

Un parfum de vase, d'eau croupie, qui ne ressemble pourtant pas à celui des égouts.

À mes pieds, le puits plonge sous la maison, comme une bouche d'ombre.

« Trinité, dans quoi tu t'embarques ? »

Je pose le pied sur le premier barreau.

À quoi bon hésiter ? Qu'ai-je à craindre ? Je suis chez moi, après tout ! Même sous la maison. Est-ce pourtant la plus brillante des idées que de descendre à la nuit tombée, sans savoir où je m'engouffre, sans lumière ?

Malgré mes doutes, je commence à m'enfoncer.

Presque aussitôt me voilà dans le noir, et la peur surgit.

Subitement, je ressens mes presque quatorze ans comme une blessure intime. Dans mon esprit, le duel est ardent entre mes résolutions et mes craintes ! Et puis cette odeur de rivière, de plus en plus proche, alors que je n'en finis pas de descendre un à un ces barreaux gluants. Lorsque ma Converse gauche plonge dans l'eau, mon sang ne fait qu'un tour. Sans même réfléchir, je remonte d'une seule foulée, les tempes en feu.

Et quand je retrouve l'air libre, je m'allonge dans l'herbe, le cœur emballé, incapable de reprendre mon souffle.

« Ridicule, je suis ridicule ! » me dis-je bientôt, honteuse de ma peur.

Abandonner une si belle piste… quand je songe à la détresse des bébés, à la douleur de Nadia ! De quel droit puis-je les faire attendre ? Au nom de quoi ?

Lors, je décide de retourner à l'appartement chercher le matériel adéquat : bottes en caoutchouc, torche, sac à dos…

Je ne prends même pas la peine de refermer la trappe.

Lorsque j'arrive devant l'appartement, l'angoisse me saisit.

La porte ! La porte de mon appartement est ouverte !

Je suis pourtant certaine de l'avoir fermée en sortant. Dans ma tête, tout se fige. Mes jambes virent au coton. Suis-je le jouet d'un piège ? Quelqu'un a-t-il attendu que je sois dehors pour…

Une main sur ma nuque.

Une main glaciale.

Je hurle.

– Qu'est-ce que tu fais dans le couloir à cette heure-ci ?

– Maman ?

Ma mère me regarde, effarée.

– Bien sûr que c'est moi. Tout va bien, ma chérie ?

Je suis incapable de répondre.

Papa apparaît sur le pas de la porte.

– Ah, elle est là…

Il s'approche et pose un baiser sec sur mon front.

– On t'a cherchée partout. Ça fait une demi-heure que le taxi nous a déposés.

– Vous… vous arrivez d'où ?

– Buenos Aires, fredonne maman en esquissant un pas de tango. Tu n'as pas eu notre message ?

L'esprit engourdi, je baisse les yeux et songe, avec un certain soulagement : « L'expédition est reportée… »

27.

Il fait beau. Un soleil duveteux caresse la peau de Sylvain.

Au-dessus de lui, dans le ciel, les oiseaux jouent avec le vent ; ils planent contre la brise, frôlent la cime des arbres, qui oscillent comme des roseaux au petit jour. Au pied d'un peuplier, adossé au tronc, un jeune enfant tout de rouge vêtu mord un quignon de pain avec une joie féroce. Lorsqu'il aperçoit Sylvain, il se hâte de finir son déjeuner, comme s'il craignait qu'on le lui dérobât.

Assise dans l'herbe, à quelques mètres, occupée à cueillir des trèfles, une demoiselle éclate de rire.

— Mange plus doucement, tu vas t'étouffer.

Alors, elle aussi remarque Sylvain, et rougit.

— Bonjour ? dit-elle, en arrangeant ses cheveux avec une coquetterie bien inutile, tant elle est ravissante.

Sylvain ne répond pas. Il avance vers elle, les yeux luisants. Le profil de la demoiselle est empreint d'un profond bien-être. Et cette pose alanguie, dans l'herbe. Ces jupons à moitié retroussés, pour chercher des trèfles. Ce décolleté charnu, aussi mûr qu'une pêche de vigne. Lorsqu'elle se penche pour se relever, Sylvain aperçoit même la naissance des aréoles.

— Bonjour, dit-il timidement, en lui tendant la main.

Mais la demoiselle éclate à nouveau de rire et disparaît dans les hautes herbes.

— Vous lui avez fait peur, dit l'enfant, la bouche encore pleine de pain.

Sylvain est décontenancé. Il croit que le vent a fraîchi.

— Je… je ne voulais pas…

L'enfant est alors pris d'une peur panique.

— Trop tard ! frémit-il.

Sylvain sent une forte chaleur sur ses épaules. Il se retourne et blêmit.

— Mon Dieu…

Un incendie avance à la vitesse d'un cheval au galop. Les nuages eux-mêmes sont enflammés. Les arbres sont des torches.

Mais le plus surprenant, c'est le silence. Pas un son. Pas de crépitement. Nul bruit de branche arrachée, d'arbre supplicié, d'édifice qui s'effondre. Juste cette prodigieuse lueur orange, qui embrase la scène.

Bizarrement, Sylvain est paralysé. Et sa peur s'enfuit.

— Tu… tu restes là ? demande-t-il à l'enfant qui, lui aussi, recouvre son calme.

— Pourquoi devrais-je partir ?

En effet, pourquoi ?

Dans le dos de Sylvain, l'incendie a disparu. À sa place : un désert de sable, hérissé de ruines.

Au loin, Sylvain distingue une pyramide. L'édifice est recouvert d'une matière étrange, qu'il ne parvient pas à identifier.

Autour de lui, il aperçoit de petites silhouettes blanches qui se tiennent par la main pour danser avec une ardeur frénétique.

S'approchant, Sylvain entend *la musique*. Une musique unique, inouïe. Une musique sans instruments. Une musique qui jaillit des pierres, du sable, du ciel, des murmures.

Et du lierre. Oui : la musique monte du lierre.

Car cette toile qui enserre la pyramide comme une gangue est une apocalypse de lierre. Un lierre qui naît du sable et gravit les pentes de l'immense édifice de pierre, pour l'enlacer avec l'ardeur d'une maîtresse.

Les danseurs n'arrêtent pas. Le visage tourné vers le ciel, vers le soleil du désert, ils sourient à l'astre, les yeux mi-clos. Et tous se tiennent par la taille, tel un immense serpent sauteur, qui rebondit, rebondit sur le sable.

Sylvain se rend alors compte que ce ne sont pas les danseurs qui sautent… mais le sol qui bouge. À chaque instant, le sable se soulève, en vagues solides. Une houle jaune, qui projette les danseurs dans les airs. Parfois, une feuille, une tige, surgit du sable, montrant la tête du serpent, pour s'y recacher aussitôt.

« Ce désert est vivant », comprend-il, constatant que le lierre, sur la pyramide, est lui-même en mouvement.

Une fois de plus, Sylvain n'éprouve nulle angoisse devant cette vision. L'odeur de plante est si forte. Plus forte que la sueur des danseurs.

— Viens avec nous, lui crie l'un d'eux, brisant la chaîne pour lui tendre une main.

Sylvain la happe et se laisse entraîner.

Il ne touche plus le sol. Dépourvu de toute pesanteur, il décolle. À sa gauche, serrant sa main comme un gant d'acier, le danseur ferme les yeux et s'abandonne au mouvement. À sa droite, Sylvain reconnaît un sourire.

— Encore vous ? rit la jeune fille, les cheveux lourds de trèfles.

Elle tient la main de Sylvain et, du majeur, lui chatouille même l'intérieur de la paume avec un rire cristallin. C'est une enfant. Ou presque.

Sylvain en est si surpris qu'il ne remarque même pas le changement.

Plus de pyramide, plus de lierre, plus de danseurs. Seule cette jeune femme, qui n'a pas lâché sa main.

— Viens ! dit-elle en l'entraînant vers l'escalier.

— Combien de marches ? halète Sylvain, par avance essoufflé.

A-t-il jamais vu escalier si haut, si large ? On n'en aperçoit ni le sommet, ni les côtés. Il part de cette arène en ruine et s'élance vers le ciel. Derrière eux, la ville entière est détruite. Mais des décombres délicats, stylisés. Aucun ne menace de tomber. Du linge pend aux fenêtres béantes. Des couples se lutinent sur les toits brisés, à l'ombre des pans de murs, des porches sans portes. Puis, encore derrière : la forêt.

La vraie forêt.

— Regarde devant toi ! gourmande la jeune femme, qui continue de tirer sur son poignet.

Alors ils montent. Ils montent des heures. À chaque marche, Sylvain se retourne, fasciné. À chaque marche, il domine un peu plus le monde. Comme s'il parvenait à mieux se cerner lui-même.

Ce sublime champ de ruines, inextricablement enlacées aux arbres, aux fougères, à la forêt la plus douce, la plus *domestiquée* malgré sa sauvagerie apparente, lui donne le sentiment que tout est plus clair, que tout est plus simple. Comme ces rêves où l'on croit comprendre. Comprendre quoi ? Mais tout, voyons ! Tout… De ces rêves qui offrent, l'espace d'un instant, d'une seconde intime, la clé de tous les savoirs, l'apaisante et unique réponse à toutes les questions.

— Cesse donc de philosopher, se moque la jeune femme, qui scrute Sylvain avec justesse. Contente-toi de profiter…

« Profiter… » se dit Sylvain.

Elle a tellement raison : ici, il est dans le vrai, dans le concret. *Dans* le temps.

Nul besoin de mettre en perspective, d'agir dans un but précis, ou en fonction d'une action antérieure. Les gestes sont gratuits, sans généalogie. On vit dans le présent, dans la parfaite immobilité d'une scène à jamais figée par un pinceau, lustrée par un vernis. Pas besoin de s'en remettre à l'avenir, de regretter le passé. Ici, tout est immédiat, sensuel, permanent.

Ce soleil, rutilant, ne bougera jamais. Jamais ne bougeront ces milliers d'arbres, à l'horizon indépassable… Tout se produit ici, maintenant, à jamais. Brutalement, la jeune femme se colle à Sylvain et pose ses lèvres sur les siennes. Il s'abandonne à cette caresse, après un dernier regard sur la ville, qui n'est plus qu'un point pâle dans l'océan de verdure.

Seuls. Ils sont seuls. Sublimement prisonniers de l'instant et d'eux-mêmes.

Le monde n'existe plus. Seuls existent cette sensualité réelle, ce corps lové à celui de Sylvain, ces jupons qui glissent sur les marches, ces seins qui jaillissent du chemisier, cette chevelure qui se dénoue et tombe sur les épaules de la jeune femme, avant de caresser celles de Sylvain.

— Vis, mon bel ange : vis ! chuchote-t-elle.

Elle est nue. Son corps garde ce reflet de fruit, cette incroyable sincérité végétale. La main qui caresse le corps de Sylvain est une fougère ; ces jambes qui se mêlent aux siennes, ce cou à la fois frêle et ferme, ces yeux aussi grands que le monde, cette bouche rose, charnue, cette langue au cliquetis enivrant… tout déborde de sève, à l'image de ce printemps éternel, agressivement sensuel.

Leurs corps ne font plus qu'un.

Sylvain *respire*.

Comme toutes les fois qu'il est venu ici, il se sent en vie. Plus qu'il ne le sera jamais.

Son plaisir monte, monte.

Les yeux de la sylphide sont plantés dans les siens, lui intimant de ne pas ciller, de ne pas détourner le regard.

Tout doit se passer là, maintenant, *ensemble*.

Et lorsque Sylvain explose en elle, lorsqu'il s'effondre sur son corps bouillant, elle est traversée d'un éclair de plaisir et hurle au soleil, dans cet écho qui résonnera longtemps au plus profond de la forêt.

Cet écho : toujours le même.

Cette forêt : toujours la même.

Et cette femme ; cette femme, qui est-elle ?

Parfois, elle prenait les traits de Gabrielle. Parfois, Sylvain l'associait à d'autres visages entrevus, rêvés, fantasmés.

Mais aujourd'hui, il ne la connaissait pas.

Il ne la connaissait pas, mais il se sentait mieux.

Alors les *tableaux* redevinrent des toiles, car Gervaise Masson ralluma la lumière.

Vendredi 17 mai, 23 h 55

— Change de verre, mon ange.

— Tiens-toi droite, ma princesse.

Les parents sont une invention du diable ! Les animaux ont cela de supérieur qu'ils fonctionnent en clan, quand la famille est une perversion spécifiquement humaine.

J'étais prête à redescendre dans le puits, il ne me manquait plus que mes bottes et ma lampe torche... mais non ! Il a fallu qu'ils choisissent cet instant précis pour débarquer des antipodes !

« Ma poupée d'amour », « Mon bébé chéri », « Notre petit génie des bois », « Notre surdouée des tropiques »... Ah, la mièvrerie de ma mère...

Et avec ça des baisers, des câlins, des mamours... Tout ce que je déteste !

Le tempérament méditerranéen de mes parents (ils se sont connus à Marseille, avant que papa ne « monte à Paris » faire fortune) a toujours trouvé en moi un bastion de résistance.

Est-ce pour ça qu'ils ont décidé de parcourir le monde et de me voir le temps d'une escale ? Est-ce une façon de ne pas avoir sous le nez une enfant qui leur est si dissemblable ? Et puis toujours le fantôme de ce petit frère, Antoine, mort à onze mois d'une méningite. J'avais huit ans et ça a sonné le glas de notre « relation », si jamais elle avait existé.

Certes, je leur serai éternellement reconnaissante de m'avoir « offert » la Reine Blanche et ses gadgets. Si bien que cet équilibre entre ma liberté sous clé et leur vie de globe-trotters constitue notre « histoire de famille ».

Restent leurs venues…

C'est toujours une corvée. Généralement - comme ce soir - ils déboulent sans prévenir, espérant me faire une surprise.

Chaque fois, je lis dans les yeux de maman cette déception silencieuse et impuissante d'une mère dépassée. Elle ne me comprend pas. Elle ne m'a jamais comprise. D'ailleurs elle ne comprend rien ; tout comme ces romans qu'elle s'échine à écrire sur de petits carnets, sans oser les envoyer à des éditeurs. Depuis la mort d'Antoine c'est son échappatoire. Mais ça ne va pas plus loin. Combien de livres ébauchés garde-t-elle enfermés dans son secrétaire ?

Dans ce meuble que papa appelle, avec son franc mépris pour les choses de l'esprit : « le cimetière des chefs-d'œuvre avortés »... Métaphore douteuse, comme si maman était amenée à voir mourir tout ce qui lui sort de l'esprit ou du corps ; à part moi.

Pauvre maman. C'est bien une tête d'enterrement qu'elle fait, en ce moment, en grignotant son magret.

Quelle idée aussi d'aller exhiber nos silences ! Quel besoin avions-nous d'aller souper à *L'Auberge basque*, débarquant à onze heures et demie du soir dans ce bistrot à deux pas de la Reine Blanche ?

Papa a d'ailleurs dû insister.

— Nous ne prendrons qu'un plat...

— Mais monsieur Pucci, on va fermer... s'est défendu le patron. Le chef est déjà parti !

— Je croyais que c'était vous, le chef...

— Bon, allez, c'est bien parce que c'est vous. Prenez la petite table, au fond.

Je n'ai jamais aimé cet endroit - trop lourd.

Sans compter qu'avec l'heure, les attentats, les kidnappings, il n'y a personne... et notre silence n'en est que plus pesant.

Occupé à faire ses comptes, le chef nous regarde par à-coups, aussi gêné.

— Ça vous plaît, messieurs-dames ?

— Oui oui… murmure maman, sans quitter des yeux son assiette.

Se tournant vers papa, il ajoute, sans conviction :

— La petite vous ressemble de plus en plus, monsieur Pucci.

— Ah…

Nous dînons donc en chiens de faïence, chacun perdu dans ses pensées, attendant la fin de ce mauvais moment.

Moi, entre deux couinements de ma mère, je tente de remonter le fil, de comprendre la stratégie de Marcomir.

J'ai alors l'intuition que je vais bientôt en savoir plus…

Maman vient de sursauter.

— Ça ne va pas ? demande mon père.

Ma mère achève d'avaler son magret, et dit d'une voix fluette :

— Ce sont ces gens, à côté, ils crient tellement.

Les yeux de maman ; ces paupières toujours au bord des larmes. Le jour où elle aura compris qu'elle est en dépression…

Je tends l'oreille : ces gens sont effectivement très bruyants.

L'Auberge basque possède un salon particulier, au premier étage, pour les comités d'entreprise et les banquets.

Papa a beau me dire : « Trinité, n'écoute pas ! », je ne puis me retenir de tendre l'oreille.

Certains mots titillent mon esprit.

Ces gens parlent de « clé », d'« ultimatum »...

Et lorsqu'ils prononcent le mot « kidnappings », je me raidis.

C'est le moment que choisit l'un d'eux pour ouvrir la porte.

– Ce Marcomir est dangereux, rugit une femme d'une soixantaine d'années, tournée vers la salle de réunion.

Son tailleur noir est couvert d'une écharpe étonnamment multicolore.

– Les carrières souterraines peuvent être un repaire idéal pour des gens comme Marcomir... reprend-elle. Quel que soit le rôle de ce gourou dans l'affaire, il faut en savoir plus sur lui... et cela sans alerter la pol...

Les mots meurent dans sa gorge : elle croyait le restaurant vide et vient de nous remarquer.

Aussitôt, papa s'illumine et se lève de sa chaise pour marcher vers l'inconnue.

– Madame Masson, comment allez-vous ?

28.

— Comment te sens-tu ? demanda Gervaise en poussant son fils hors de la salle aux tableaux.

Sylvain était encore sonné. Il clignait des yeux, comme s'il venait de s'éveiller, et regardait alentour avec incrédulité ; tout était redevenu normal : il faisait nuit et ils étaient au dernier étage de la grande galerie de l'Évolution. À un mètre de lui, devant la porte de la salle aux tableaux, une vitrine contenait trois loups à jamais figés dans une posture menaçante.

— Comment je me sens ? fit-il, pris d'un léger vertige (il s'appuya à la vitrine des loups, y laissant la marque d'une paume encore moite d'émotion). Je me sens comme… comme quelqu'un qui revient d'un long voyage…

— Tu peux développer ?

Gervaise était d'une acuité totale. Elle fermait à double tour la porte blindée qui menait aux tableaux, et la masquait à l'aide d'une tenture couleur muraille, pour la cacher aux indiscrets.

— Je… j'étais *dans* les tableaux, répondit Sylvain, l'œil rond, ne cessant de regarder autour de lui comme s'il découvrait le monde.

À cette réponse, Gervaise se contracta. Réaction certes imperceptible, mais qui acheva de réveiller Sylvain. Les tableaux l'avaient emmené loin et il retouchait enfin terre. Cette lucidité recouvrée lui souffla aussitôt de ne pas dévoiler à sa mère son propre secret.

— Qu'as-tu ressenti ? reprit Gervaise, qui semblait troublée par la réaction de Sylvain devant les toiles.

C'est pourtant lui qui attendait des réponses.

D'une démarche maladroite, le professeur oscilla jusqu'à la rambarde dominant la grande galerie de l'Évolution.

— Attention ! dit Gervaise, car son fils se penchait dans le vide.

— Je ne vais pas tomber, la rassura Sylvain, avec le sentiment de survoler une savane.

Au rez-de-chaussée du musée, une centaine de bêtes empaillées, de l'étrille à l'éléphant, étaient figées sur leurs socles.

« La première fois que j'ai vu les tableaux, ces animaux n'étaient pas encore ici, se souvint-il en contemplant le fascinant panorama. Mais ça fait bien vingt ans… »

C'était un été. Sylvain et Gabrielle devaient avoir douze ans. À l'époque, la future Grande Galerie n'était encore qu'un immense hangar désaffecté, que les deux enfants avaient élu comme terrain de jeu. En jouant à cache-cache sous les combles, ils avaient plusieurs fois remarqué cette porte blindée, étonnamment neuve parmi la vétusté ambiante. Ils n'y avaient guère prêté attention, tant le musée recelait de merveilles oubliées : peaux de panthères mitées, au fond de malles coloniales ; insectes sous vitrines, dans les armoires de la cave ; anormalités génétiques en bocaux, dont les plus effroyables étaient cachées au sous-sol des laboratoires de l'annexe. Mais par cette chaude matinée de juillet, Gabrielle et Sylvain avaient trouvé porte ouverte.

— Non, Sylvain ! avait d'abord dit Gabrielle, en voyant son ami poser sa main contre la plaque d'acier, nous n'avons pas le droit…

La raison de cette méfiance ? Gabrielle n'aurait su la dire. Un réflexe instinctif, comme Sylvain et elle en avaient si souvent.

Le garçon lui-même avait senti monter une angoisse. Dans son propre esprit, une voix lui soufflait qu'il n'était pas censé être là. Qu'il ne devrait pas pousser cette porte.

Trop tard : ils étaient entrés dans la salle, *puis dans les tableaux*.

« Ce ne sont pas des tableaux, mais des fenêtres… » avait murmuré Gabrielle, lorsqu'ils avaient quitté cette pièce aux mille et un enchantements. Le temps qu'ils avaient passé ici ? Ils ne voulurent pas y croire : cinq heures ! Regardant par la vitre crasseuse du vasistas, ils aperçurent le soleil qui se couchait derrière la mosquée.

— On vous a cherchés toute la journée ! avait hurlé Gervaise, en les trouvant à la roseraie, où étiez-vous ? !

— En voyage… avait répondu Sylvain, avec un clin d'œil pour Gabrielle.

— Encore dans vos mondes imaginaires, oui…

Gabrielle avait alors lâché, d'une voix ambiguë :

— Imaginaires ? Pas sûr, pas sûr…

Les deux enfants hésitèrent à retourner à la salle aux tableaux. Ils en venaient à douter de sa réalité et se refusaient à l'expliquer en termes rationnels. Ce qu'il s'y était passé ? Ce qu'ils avaient vu ? Cela dépassait les mots. Des personnages ? Des lieux ? Des scènes historiques ? Des animaux fabuleux ? Ils n'en savaient rien. Gabrielle disait vrai : ces tableaux étaient des portes. À leur contact, ils entraient dans un état de surconscience, de vision absolue, qui les faisait sortir d'eux-mêmes et entrer *dans les tableaux*.

Mais la seule manière de comprendre, d'approfondir cette expérience... fut d'y retourner.

Sylvain et Gabrielle s'étaient donc mis à épier les allées et venues autour de la porte blindée. À leur grande surprise, ils découvrirent que Gervaise et Lubin étaient les seuls à posséder la clé de cette pièce, laquelle ne figurait sur aucun plan du bâtiment.

À tour de rôle, Sylvain dérobait la clé de sa mère puis Gabrielle chipait celle de son grand-père.

Au début, ils n'y étaient allés que peu de fois, par peur de perdre toute notion du temps, d'être découverts alors qu'ils s'abîmaient dans la contemplation des quatre toiles. Il n'y avait pourtant aucun mal à cela : les peintures ne représentaient nulle scène licencieuse, pas de massacre sanglant. Du moins, pas *à première vue*. Mais lorsqu'on s'abandonnait aux toiles, elles révélaient leur part d'ombre.

Et c'est de cela que Sylvain et Gabrielle finirent par avoir peur.

Car ces détails macabres, ces touches morbides, les attiraient comme la charogne le vautour.

À l'adolescence, ils se laissèrent pourtant charmer davantage. Gervaise et Lubin leur lâchant la bride, ils pouvaient venir plus souvent voir les tableaux. Si souvent que Gabrielle en fut écœurée. Ils prenaient trop de place dans leur vie. Sylvain et elle ne parlaient plus. Dès qu'ils se retrouvaient seuls, ils filaient à la salle aux tableaux, dont le jeune homme avait fait faire secrètement un double de la clé.

– Sylvain, il faut arrêter, ça va nous rendre fous !

— Nous avons besoin de ces tableaux : ils sont la vraie vie, le vrai monde…

— Non ! C'est comme une drogue, ils sont en train de nous détruire. Ça porte un nom : le syndrome de Stendhal ; trop de beauté tue !

Était-ce la raison du brusque départ de Gabrielle, quelques années plus tard ? Sylvain ne l'avait jamais su. Mais lorsqu'ils finirent par se revoir, place des Fêtes, les deux amis n'évoquèrent jamais les toiles, fût-ce par une allusion.

Sans Gabrielle, Sylvain y était peu retourné : deux ou trois fois, tout au plus. Il craignait d'abord d'y rester prisonnier : à deux, l'un réveille toujours l'autre. Et puis, sans Gabrielle, les tableaux devenaient des fresques sinistres.

Mais bien qu'il ne les vît presque plus, ces toiles conservaient sur lui un pouvoir si fort qu'il n'arrivait pas à le formuler.

Plusieurs fois, ces dernières années, il avait tenté de se dévoiler auprès de Gervaise, de Lubin. Mais il n'en avait pas eu le courage : les tableaux étaient sa dernière part d'intimité avec Gabrielle.

Restait maintenant à savoir pourquoi Gervaise l'avait amené ici ce soir.

« Lubin et maman n'en ont pas parlé, ce matin, au vivarium », songea Sylvain en se frottant les yeux. Il constata alors combien sa mère le fixait de façon troublante : un mélange de satisfaction et de tristesse ; comme si elle était heureuse et peinée de sa réaction face aux toiles.

« Elles m'ont toujours fait le même effet, tu sais ? » faillit-il dire ; mais il se musela et demanda d'une voix atone :

— Maman… qu'est-ce que c'est que ces tableaux ?

Très concentrée, Gervaise prit le bras de son fils comme on le fait à une personne fragile ou malade, puis elle l'entraîna vers l'ascenseur.

— Essaye encore de me décrire ce que tu as ressenti ; après, ça risque de se dissiper…

« Je suis son cobaye, ou quoi ? » se rebiffa Sylvain en lui-même, alors qu'ils entraient dans la cabine de verre et que Gervaise pressait le bouton « R.C. ».

La conservatrice perçut la réaction de son fils.

Tandis que l'ascenseur les conduisait au bas de la Grande Galerie, descendant face à des mouettes, hérons, cormorans, oies sauvages, tous empaillés et pendus à des filins, elle répéta :

— Réponds-moi vite, Sylvain. Après ça, tes impressions vont être de plus en plus floues.

Sylvain se retourna d'un bloc face à sa mère, qui recula et se cogna au socle de la baleine empaillée.

— D'où viennent ces tableaux, maman ?

Gervaise marcha aussitôt d'un pas décidé vers la sortie de la Grande Galerie.

— Personne n'a jamais vraiment su leur origine, dit-elle à mi-voix, tandis qu'ils sortaient du hall et se retrouvaient sur le sable du Jardin. Pour Buffon, Bernardin de Saint-Pierre, pour tous, ces toiles sont restées le plus grand secret de cet endroit…

Pour Sylvain, c'était un secret de trop. Il explosa :

— Qu'est-ce qui arrive à ce musée ? Ces animaux qui disparaissent ; tes cachotteries avec Lubin ; ces tableaux : est-ce que ça a un rapport avec les terroristes ? avec la SAC ? Pourquoi as-tu si peur, depuis quelques semaines ?

Gervaise laissa passer un ange, puis elle détourna le regard.

— Très peu de gens connaissent l'existence de ces tableaux, fit-elle d'un ton neutre.

— Tu ne me réponds pas, ragea son fils. D'où viennent ces tableaux ? Comment sont-ils arrivés ici ? Qui les a peints ?

Visage sincèrement désolé de Gervaise.

— Ils ont toujours été ici.

— Ils ont bien un auteur !

— Aucun n'est signé.

— Tu n'as jamais demandé une expertise ?

À cette question, Gervaise haussa les épaules avec mépris.

— Tu n'as aucune idée de ce dont tu parles, grommela-t-elle, le regard fuyant.

— Et tes prédécesseurs, qu'est-ce qu'ils en faisaient, de ces tableaux ?

Gervaise considéra son fils avec effarement :

— Que veux-tu faire de ces toiles ? Les mettre dans un musée ? Les donner en pâture aux visiteurs du Louvre ?

— Parce que c'est mieux de les garder au secret ? Derrière une porte blindée ?

Gervaise se recula, comme si elle redoutait cette question.

— Ces tableaux sont dangereux, Sylvain. Ils agissent sur l'imaginaire des spectateurs. Sur leur psychisme. C'est pourquoi on ne peut pas les montrer à n'importe qui…

— Mais en quoi sont-ils faits ? Quel type de peinture ? de toile ? Et s'ils sont dangereux, pourquoi me les avoir montrés, ce soir ?

De nouveau, Gervaise bégaya :

— Parce qu'il le fallait, Sylvain. Parce que… parce que ces tableaux font partie de ces choses que je dois partager avec toi…

Sylvain en avait assez du cinéma de sa mère.

— Pourquoi m'as-tu amené ici ? ! aboya-t-il. Depuis combien de temps l'avais-tu prévu ? Tu en as parlé à Lubin, ce matin, au vivarium, non ? C'est comme une sorte de test, n'est-ce pas ? Et alors ? Tu sais plus de choses sur moi, maintenant ? ! Dis-moi la vérité !

Désarçonnée, Gervaise perdit ses moyens :

— Il n'y a pas de vérité ! Il n'y en a jamais eu ! Nous ne sommes rien !

Le visage en feu, la conservatrice avait commencé à reculer, comme on fuit la réalité. Elle ne fut bientôt plus qu'une silhouette dans la pénombre, qui ne cessait de répéter :

— Rien… Rien…

29.

Sylvain n'avait pas bougé de l'esplanade de sable, devant la grande galerie de l'Évolution. Il entendit au loin, de l'autre côté des serres, sa mère claquer la porte de sa maison. Puis il vit une fenêtre s'éclairer, à l'étage du bâtiment de la conservation. Trois minutes plus tard, elle s'éteignit.

— Et pourtant, la nuit n'est pas finie, se dit Sylvain à voix haute, en s'étirant vers le ciel tel un chat au réveil. Les étoiles semblaient toutes ramassées au-dessus de lui, comme si elles s'étaient donné rendez-vous au Jardin des plantes.

« Je suis vraiment à la croisée des chemins », comprit-il, en scrutant la nuit. Il lui fallait désormais ne compter que sur lui-même. Que lui avait appris sa mère ? Rien. Elle avait encore joué ses tours de passe-passe. Mais il est un détail des tableaux que Sylvain s'était bien gardé de révéler à la conservatrice. Un détail qui lui semblait un lien évident entre tous ces mystères.

« La fragrance dégagée par les toiles était identique à celle de la porte secrète découverte dans la cage, ce matin », se rappela-t-il en marchant vers la ménagerie. Quel était son rôle là-dedans ? Sylvain n'en savait encore rien, mais le zoo allait le lui dire. Dans la nuit, les cages et les volières découpaient leurs dentelles d'araignées.

Tandis qu'il passait le tourniquet du zoo, le jeune homme crut sentir une ombre attachée à ses basques.

« Sans doute une rémanence des tableaux… » Dans la ménagerie, le silence était insolite.

D'ordinaire, Sylvain percevait la respiration des bêtes endormies. Cette nuit, pas une ne bougeait. C'est alors que Sylvain se rendit compte que les animaux étaient tous éveillés et qu'ils l'observaient, statufiés. Chacun, dans chaque cage, retenait sa respiration et le fixait avec une profonde avidité.

« Ils m'attendaient », comprit-il, en arrivant devant la cage des singes blancs.

Samedi 18 mai, 0 h 39

L'étrange Mme Masson a blêmi.

Décontenancée, elle scrute mon père, avec un mélange de gêne et d'hostilité. Dans son dos, onze hommes du même âge sont sortis de la salle de conférence. Certains ont la cravate maculée de foie gras. Tous fleurent le havane. Chacun possède, au revers de sa veste, un petit sigle de métal en forme de serpent.

Je déteste ce genre de situation. Ça me met très mal à l'aise, d'autant que papa en rajoute :

– Les singes blancs vont bien ?

À cette question, je tressaille : de quoi parle-t-il ?

Maman n'a pas bougé, figée dans une sorte de sourire plat.

En revanche, Mme Masson s'est retournée vers les autres, qui la fixent avec un air embarrassé.

– Monsieur ? finit-elle par dire en marchant vers papa.

– Pucci, François Pucci. Je travaille « dans » l'acier. C'est moi qui ai conçu les nouvelles cages de vos singes blancs. Quels beaux animaux !

À cette réponse, Mme Masson retrouve ses couleurs, et les onze messieurs semblent respirer.

– Mais bien sûr, balbutie-t-elle, monsieur Pucci. Comment allez-vous ?

S'ensuit un petit bla-bla sans intérêt, où papa explique qu'il habite la Reine Blanche (« Ah, c'est donc vous ? »), qu'il vient souvent dîner ici (« Comme c'est drôle, je ne vous y avais jamais croisé »), et qu'il n'est pas allé depuis longtemps au Jardin des plantes (« La prochaine fois, prévenez-moi, je vous ferai une visite privée »).

Masson est parfaite. Elle répond du tac au tac, avec une courtoisie professionnelle. Je sens qu'elle se retient de regarder sa montre, de se retourner vers ses confrères, mais je vois ses doigts se crisper à chaque nouvelle question de papa, intrus bien encombrant.

Quel raseur !

Surtout, je sens qu'elle évite mon regard.

Depuis le début de leur conversation, je la scrute avec acuité.

À l'instant même, ne parlait-elle pas de Marcomir ? Et quel est ce dossier qu'elle tient vissé à son torse ? Une étiquette « Protais Marcomir, dossier S6-K2-2803 » m'en laisse deviner le contenu. Ainsi qu'un tampon : « Ministère de l'Intérieur/informations confidentielles. »

À force de la fixer, je finis par happer son regard. Elle se tourne vers moi et me dit machinalement :

– Bonjour, mademoiselle…

Papa se charge aussitôt des présentations :

– Ma femme, Hyacinthe ; et ma fille, Trinité…

Comme il en a l'horripilante habitude, mon père ajoute :

– Une surdouée, vous savez ? À treize ans, elle est en terminale scientifique à Henri-IV.

Masson et les onze messieurs m'observent soudain avec intérêt.

Je connais si bien ce regard !

Masson me demande :

– Tu dois suivre les cours du professeur Laugier, n'est-ce pas ?

– C'est mon prof de chimie, oui.

– C'est un vieil ami à moi…

– Il fait partie de votre club, lui aussi ?

Elle blêmit.

– De mon club ?

J'affecte une voix de fillette :

– Ben oui, vous avez tous le même pin's, sur votre veste. Vous êtes un club, non ?

Masson et les onze messieurs virent brutalement écarlate.

– Bon, dit-elle en tapant des mains à l'adresse de ses confrères, mes amis, il est tard.

Elle m'a tourné le dos, mais j'enchaîne :

– Vous parliez de Protais Marcomir, n'est-ce pas ? Vous pensez qu'il joue *vraiment* un rôle dans cette histoire de kidnappings ?

Tous me fusillent du regard, comme si j'avais blasphémé.

– Quel kidnapping ? s'étonne maman qui, comme papa, n'a pas été mise au courant des dernières actualités. (Je m'en suis bien gardée, imaginant sa sensibilité devant un tel « fait divers ».)

Masson endosse compulsivement son imperméable.

J'insiste :

– Vous parliez des carrières souterraines, également ?

– TRINITÉ !

Ayant remarqué les mines fuyantes de ces gens (des clients potentiels, qui sait ?), papa joue les pères Fouettard.

– Trinité, il est tard. Laisse donc ces messieurs-dame tranquilles. Demain, tu as école. Et ta mère et moi nous levons tôt pour aller à Roissy…

Que sa réplique sonne faux ! Comme il joue mal !

Désolé, papa voit les douze convives filer du restaurant sans même un regard.

Notre silence est alors brisé par un gloussement du chef.

— Tiens, quand on parle du loup…

Achevant de nettoyer le bar, il vient d'allumer un petit poste de télévision, encastré entre des bouteilles d'armagnac.

Je ne peux retenir un cri :

— Marcomir !

En direct devant le Quai des Orfèvres, l'œil fatigué mais soulagé, il joue les victimes :

« *Monsieur Marcomir, la police n'a rien trouvé contre vous. Comment analysez-vous cette "bavure" ?* »

Remontant ses lunettes bleu électrique sur ses yeux lavande, « Marco » s'apprête à répondre mais un petit homme chauve au regard acide s'interpose devant le micro.

« *Mon client ne parlera pas de bavure. La police fait son métier. Elle a cru déceler des liens entre les récits littéraires de M. Marcomir et la tragédie qui secoue actuellement cinq familles. Être soupçonné pour leur prescience a toujours été le lot des prophètes.* »

À ce mot, Marcomir se dandine d'aise dans son inévitable sari multicolore. Il passe une main dans ses cheveux noir de jais et ajoute, flattant l'épaule de son avocat :

« *Maître Bijaud vous le confirmera : hier soir, à l'heure de ces rapts épou-*

vantables, j'étais à l'église, avec mes disciples. Seize d'entre eux peuvent en témoigner… »

Il désigne un groupe d'individus en sari, le regard illuminé, qui boivent ses paroles.

Alors, avec une agilité de professionnel, Marcomir prend le micro de la journaliste et s'adresse directement à la caméra.

« *Chers lecteurs, chers fidèles. Vous êtes des centaines de milliers à m'avoir prouvé votre confiance. Une confiance qu'on a voulu bafouer par le plus abject des soupçons.* »

Dans son dos, les séides poussent des « *ouais* » d'exclamation, tandis que l'avocat, blêmissant, tente de récupérer le micro.

Mais Marcomir continue, entraîné par sa fougue oratoire.

« *Parisiens, Français, ayez peur !* SOS Paris ! *n'est plus une métaphore ! On a voulu me bâillonner, car je dis, j'écris des vérités qui dérangent. Lisez mon livre, faites-le lire à vos proches, à vos amis, à vos ennemis, même ! Soyez prêts à affronter le Léviathan, car l'apocalypse ne fait que commencer !* »

30.

Pour Sylvain, première surprise : trois primates manquaient.

Dans la pénombre de la cage, le professeur n'aperçut en effet que deux silhouettes assises sur une souche de bois, comme des curieux de village. Leurs yeux luisaient telles des lanternes dans une nuit de brouillard.

« Où sont les autres ? » songea-t-il en manipulant habilement le cadenas de la cage, qui s'ouvrit en quelques secondes.

Au cliquetis de la serrure, les singes n'eurent aucune réaction. Tout juste Sylvain crut-il entendre leur respiration s'accélérer. Dans son dos, en revanche, une rumeur sourde lui caressa la nuque.

Les doigts agrippés aux barreaux, le professeur se retourna vers la ménagerie.

« Les animaux ont compris ce que je fais… » se dit-il en crispant ses muscles.

Cette intuition aurait dû le brider, mais il n'en fut que plus déterminé.

— Je ne suis pas là par hasard, murmura-t-il, en posant un pied sur un tas de foin.

Plus loin, des épluchures de pommes de terre et de petits os de poulet formaient au sol de la cage des monticules rituels.

Sylvain avait beau être venu ici de son propre chef, il avait la persistante sensation que sa présence au zoo, cette nouvelle nuit, résultait d'une volonté supérieure.

« Mais pas celle de maman, ni de Lubin », admit-il en refermant la grille de la cage.

Le professeur commença alors de dégager la fameuse porte secrète. Elle s'ouvrit bientôt avec un grincement sourd.

Les singes n'avaient pas bougé, mais il vit que leurs prunelles jaunes étincelaient.

« Ils me demandent d'être prudent. »

Devant Sylvain, l'escalier s'enfonçait dans le noir le plus profond. Il n'en distinguait que les trois premières marches.

« Après, c'est la nuit... » frissonna-t-il.

Comment allait-il avancer, dans l'obscurité ? Si le couloir se ramifiait, n'allait-il pas se perdre ?

Autant de questions qu'il évacua d'un geste dédaigneux, avant de se retourner une dernière fois vers les singes blancs.

À la puissance de leur regard s'ajouta une bouffée de cette odeur végétale, sucrée, soyeuse, écœurante, où se mêlaient parfum de roses et remugle de marais ; elle jaillit du souterrain comme une bourrasque.

Les singes blancs le fixaient avec une affection bouillante.

— Adieu, mes amis, dit Sylvain, avant de s'engouffrer dans l'escalier.

Samedi 18 mai, 2 h 54

Ça y est, mes parents sont enfin couchés : je vais pouvoir redescendre !

Tout le dîner, j'ai pensé à cette trappe, sous la Reine Blanche ; ce puits infini, cette odeur de rivière, et puis ces traces phosphorescentes, sous la lune…

« Elles sont toujours là », me dis-je avec satisfaction, tandis que je me retrouve à nouveau devant la maison.

La lune les éclaire avec encore plus de force. Seul l'angle a changé : maintenant, l'astre est au milieu du ciel. Il est bientôt trois heures du matin.

Moi aussi, j'ai changé ! Sanglée dans mes bottes en caoutchouc et mon K-Way, je fixe la torche à mon front, au moyen d'un bandana.

Puis je l'allume.

— Alors, on se promène ?

Je pousse un hurlement de surprise.

— Qu… qu'est-ce que tu fais là ?

— C'est plutôt à moi de te demander ça… Il est trois heures du matin et tu te balades dans le jardin en tenue de… combat.

Adossé au mur de la Reine Blanche, non loin de la trappe ouverte, papa me scrute en fumant une cigarette.

– Et puis éteins cette lampe, veux-tu ?

Encore sous le coup de la surprise, j'obéis, la main tremblante.

– Alors, tu m'expliques ?

– Euh… je… J'ai fait tomber mon trousseau de clés depuis ma chambre, dis-je d'un ton hasardeux en désignant ma fenêtre, cinq mètres plus haut.

– Mouais… commente papa, peu convaincu.

Il laisse alors passer un long silence, en soufflant sa fumée sous un rayon de lune, puis reprend :

– Tu as vu comme la nuit est belle ? À Buenos Aires, c'était l'automne, hier. Et puis les étoiles ne sont pas les mêmes. Le ciel du sud, tu sais…

Non, je ne sais pas ! Je ne sais rien ! Je suis juste plantée comme une cruche, dans ma tenue de cosmonaute, incapable de répondre.

– Avec le décalage horaire, je n'arrive pas à dormir. Alors je suis sorti fumer. Il fait si doux…

Brusquement, son regard s'acidifie.

– C'est comme ça que je l'ai trouvée ouverte.

Il me désigne la trappe.

– Tu ne comptais pas y descendre, tout de même ? Tu ne comptais pas me faire croire que tes « clés » étaient là-dedans ?

Toute ma tenue plaidant le contraire, je baisse les yeux, muette et fautive.

Mais qu'est-ce qui m'arrive ? Lorsque maman est là, tout va bien. Mais dès que je suis seule avec papa, je perds tous mes moyens, tous mes arguments, toute ma détermination !

Et il le sait très bien !

– Je crois qu'on te laisse suffisamment tranquille pour que tu n'abuses pas de notre confiance, non ?

– Je… je voulais juste…

– Tu voulais juste *quoi* ? Faire un tour dans les égouts ? Te perdre ? Te retrouver coincée ? Tu n'as que treize ans, Trinité, ne l'oublie pas ! Alors arrête de te prendre pour…

Papa ne finit pas sa phrase. Les yeux rêveurs, il crache sa cigarette dans la pelouse et l'écrase doucement.

Dans ma tête, les mots se bousculent mais sont stoppés net par un respect instinctif. Rarement j'ai vu mon père aussi ferme.

« Tu ne t'occupes jamais de moi ; et là… »

Mais non. Je me tais. À quoi bon ? Demain ils seront partis. Alors je pourrai redescendre.

« Pas sûr… »

D'un geste du pied, papa rabat le couvercle de la trappe. Claquement étouffé. Effet d'appel d'air, je reçois une dernière bouffée de rivière en plein visage.

Puis, tirant un gros trousseau de sa poche de veste, mon père la clôt d'un cadenas et ajoute :

– Moi aussi j'ai des clés, dit-il froidement. On repart à l'aube pour l'Australie, et je peux te dire qu'elles vont camper dans mon attaché-case.

À vrai dire, je suis moins frustrée que surprise. Papa se contente de fermer la trappe, sans rien me demander de plus. Comme s'il voulait éviter le sujet. À moins que ce ne soit encore son inévitable désinvolture, mais je ne le crois pas. Car il semble se forcer à retrouver son sourire.

– Allez, au lit, ma petite exploratrice !

Mais tandis que je suis papa dans le couloir de la Reine Blanche, tandis qu'il exprime sa tendresse factice et maladroite, je joue les fillettes dociles et laisse mon cerveau en roue libre.

« La piste souterraine, tant pis pour l'instant… Je récupérerai les clés au retour des parents ; mais je ne peux pas rester à attendre les bras croisés. »

Lorsque je me couche, après un baiser paternel étrangement intense (d'habitude il m'effleure le front du bout des lèvres), les images du dîner me remontent en mémoire. Ces gens qui parlaient de Marcomir, des kidnappings, des souterrains… N'y aurait-il pas là un nouveau lien caché ?

31.

« Encore une ancienne carrière de pierre », songea Sylvain en palpant les murs beiges et plutôt lisses, mais lourds de salpêtre. Avec pour seule lumière l'écran bleuté de son téléphone portable, le professeur avançait dans le souterrain.

Ses doutes étaient fondés : l'escalier menait effectivement à une fourche, dont il prit le couloir de gauche. Creusé dans le sol parisien, ce boyau n'avait pas deux mètres de hauteur ni plus d'un mètre et demi de large.

« Tout juste de quoi laisser passer un carrier et sa brouette… »

Détails techniques presque triviaux, mais Sylvain s'y rattachait pour rester en prise avec le réel. Car s'il avait passé des milliers d'heures avec Gabrielle, à explorer le Jardin des plantes, il ne connaissait pas ces souterrains.

« Maman m'a toujours soutenu qu'aucune carrière ne courait sous le Jardin des plantes. »

Lubin était plus mystérieux : « Sur les cartes du Paris souterrain, le Jardin des plantes est marqué par un point d'interrogation… »

Quant à imaginer qu'un passage se trouvait très précisément sous la cage la plus célèbre de la ménagerie !

« Incroyable ! » se répétait Sylvain, n'hésitant pas à exagérer cet enthousiasme pour anesthésier sa peur. Garder l'esprit occupé : voilà ce à quoi il se forçait pour avancer dans cet interminable couloir, en se concentrant sur ses pas, comme un moine au cloître s'abîme en litanies.

Au bout d'un demi-kilomètre, son attention fut attirée par des traces, dans le sable du sol.

Il se pencha et y braqua son téléphone.

« Des empreintes de pieds nus ! »

Des empreintes qui avaient quatre doigts.

— Les singes blancs… chuchota-t-il, avec une totale absence d'écho.

Les trois singes disparus de la cage venaient-ils de passer ici ?

Se courbant davantage sur les traces, il entendit un murmure.

— Qui est là ? fit-il en se redressant d'un mouvement sec.

Sa tête cogna les parois du souterrain mais il n'y prêta aucune attention.

Pas de réponse.

Au loin, le chuchotement reprit. C'était flou, mais ça provenait de la droite.

Le cœur battant, Sylvain tendit l'oreille.

« Ce sont des voix, comprit-il. Des voix humaines… »

Malgré l'inquiétude qui lui enjoignait maintenant de remonter, il distingua un embranchement sur le côté droit du souterrain.

— Plus question de reculer ! dit-il en s'engouffrant dans le nouveau couloir.

Le parfum de rivière remonta aussitôt.

Et cette voix – rugueuse, agressive – qui se répercuta comme une bombe dans un fort. Une voix que Sylvain connaissait : celle de sa mère.

32.

— Maman… murmurait Sylvain en suivant l'écho de la voix maternelle.

Il fut bientôt saisi d'une sensation de douceur… et constata que l'eau couvrait ses pieds jusqu'à mi-cheville !

Le courant de cette eau semblait vraiment se diriger vers la voix de Gervaise, comme un aimant.

Après quelques dizaines de mètres, Sylvain commença à distinguer les paroles de sa mère.

— Ça ne sera pas long, ce soir, semblait-elle implorer. Juste quelques tests. Alors pour l'amour de Dieu, restez tranquilles !

Cette remarque fut suivie d'un brouhaha indistinct, où plusieurs voix grondaient en écho.

« Elle parle aux singes… Mais que leur fait-elle ? »

Il tendit de nouveau l'oreille, mais la seule voix qu'il pût identifier était celle de sa mère. Les autres restaient fondues en un magma sonore.

Sylvain avançait dans un couloir de plus en plus étroit. Il devait par moments se pencher, s'infibuler entre les parois, tant le boyau s'étrécissait. Sa tête frôlait souvent le plafond rectiligne du souterrain. Le sol inondé n'était pas aussi lisse ; parfois, un trou le prenait par surprise et son pied s'enfonçait dans l'eau, jusqu'à mi-cuisse.

— Je vais me péter une jambe ! grognait-il en se rattrapant aux parois du souterrain.

Et puis, comment maintenir son équilibre, en gardant son portable braqué devant soi ?

« Tant pis », songea Sylvain, et il l'éteignit pour recouvrer l'usage de ses deux mains.

Ses yeux s'habituant à l'obscurité, il vit que la rivière dégageait une lueur phosphorescente. Celle-ci nimbait le couloir d'une lumière étouffée, comme si des milliers de petites lucioles nageaient dans cette eau tiède, éclairant le sillon d'une traînée d'émeraude.

La voix de Gervaise gagna en netteté.

— Ne bougez pas ! Plus ce sera bref, moins ce sera douloureux.

« Qu'est-ce qu'elle fait ? » se demanda Sylvain, en percevant des bruits de métal, des grondements étouffés et des couinements de douleur…

Quel rite Gervaise était-elle en train de célébrer ?

— Prenez patience, mes petits anges, scanda encore Gervaise, il n'y en a plus pour longtemps.

Sur ces mots, Sylvain vit un rai de lumière, sur sa gauche.

— Une porte, chuchota-t-il.

Une porte fermée, mais dont le bois, sous le coup des ans, de l'humidité, avait fini par se gondoler, au point de créer cette meurtrière.

— C'est la dernière fois, je vous le promets, reprit la conservatrice.

Nouveau cliquetis de métal ; nouveau cri bâillonné.

Alors Sylvain se pencha vers l'ouverture.

Subitement, l'eau lui sembla plus glacée que l'océan des pôles.

Tout aussi gelée était la sueur qui lui inonda le visage, le torse, la nuque, les tempes.

Et le professeur se mordit au sang pour ne pas crier d'effroi.

Samedi 18 mai, midi

Toute la journée, j'épie Gervaise Masson.

Quelle ambiance bizarre, dans ce zoo ! Une atmosphère de suspicion poisseuse. À cause du massacre dans la Seine, j'ai l'impression que les flics soupçonnent tout le monde : même les animaux de la ménagerie.

— Mais c'est ridicule, messieurs ! s'offusque la conservatrice, qui va de cage en cage pour montrer aux policiers la solidité des verrous.

Alors elle arrive aux singes blancs.

Je sais qu'ils peuvent faire peur, mais je ne vois pas de raison pour que ces primates au visage si doux puissent avoir commis les carnages de l'île Saint-Louis.

Les flics gardent pourtant leur mine butée, et Masson - raide et lasse - remplit son office.

« Les singes blancs sont des animaux que j'ai moi-même découverts dans les forêts africaines… bla-bla-bla. »

J'ai toujours été fascinée par ces bestioles. En général, seuls m'intéressent les petits animaux, les insectes, certains lézards. Les fauves m'ennuient, les oiseaux me font bâiller et les ours m'agacent.

Mais avec les singes blancs, c'est différent.

Je leur trouve une sorte d'intimité tragique. Leur face lunaire, leur pelage si blanc, leur démarche à la fois lourde et aérienne, toute l'inertie qui pèse sur eux me parle.

Je devrais dire « *nous* parle ».

Car cette fascination est une constante : ces animaux ont toujours réuni les curieux ; du monde entier, les gens viennent voir les singes blancs, comme si leur vision agissait sur notre inconscient, y libérant une sensation de paix, de douceur, de tristesse. Et de nostalgie, surtout. Oui, c'est ça : de la nostalgie.

Les singes blancs sont comme un rêve d'enfance matérialisé puis emprisonné. Peut-on imaginer symbolique plus lourde ? Mais ce symbole parle à tous ceux - enfants et adultes - qui viennent les regarder de la même façon que l'on se ressource à la lecture d'un grand classique, la vision d'une toile de maître, d'un film canonique.

Les singes blancs rassurent comme une balise ; comme rassure la vision d'un phare, à l'horizon de l'océan ; ou d'une montagne, au loin, dans le soleil couchant. Ils sont une zone inatteignable, mais dont la seule idée conforte et apaise.

Est-ce pour cela - pour conserver cette virginité - qu'il est interdit de les photographier ? Même les flics n'en ont pas le droit.

– J'ai une dérogation du ministre ! s'insurge Masson lorsqu'un policier sort son petit numérique.

Moi, je suis figée devant les singes.

Petite, déjà, leur vision me saisissait.

Et là, ce matin, quelque chose me frappe encore plus. Un détail que je ne parviens pas à identifier. Comme ces visages d'amis qui changent du jour au lendemain (une barbe rasée, de nouvelles lunettes) et dont la mutation nous échappe.

Pour ne pas m'éloigner, je mange un hot-dog à la buvette du zoo, arrosé d'un Orangina.

À côté de moi, une famille grignote des chips. Une famille unie. Des parents normaux. Le contraire des miens, en somme.

Mes parents…

Je ne les ai pas entendus partir, au petit jour.

Comme à leur habitude, aucun n'est venu m'embrasser…

Hier, lorsque j'ai expliqué à papa cette histoire de kidnappings (dont l'un a quand même eu lieu dans *leur* immeuble !), il a pris un air ennuyé. Je m'attendais à un « Pauvre enfant ! surtout n'en parle pas à ta mère, ça la bouleverserait ». Mais non. Il a juste bougonné :

– La concierge s'occupe de tout, n'est-ce pas ?

Tu parles d'un engagement ! La souffrance de deux parents qui perdent leur enfant le laisserait-elle réellement froid ? Ou est-ce encore une parade, son inévitable fuite en avant, comme ses perpétuels « voyages de boulot » ? Serait-il pareil si je venais à disparaître ? Au bout de combien de temps maman et lui s'en rendraient-ils compte ? Des semaines, des mois ? D'une certaine manière, en seraient-ils *soulagés ?* La présence d'un enfant rappelle l'absence d'un autre. Mais quand il n'y a plus personne, on passe vraiment à l'étape suivante…

C'est à tout cela que je songe, vissée à mon banc du Jardin des plantes. À dire vrai, mes parents sont le cadet de mes soucis. Maintenant, je veux savoir, comprendre ce qui se cache derrière tout ça. Je suis allée trop loin pour reculer et suis bien décidée à connaître les secrets de Gervaise Masson.

Visiblement, ses bureaux sont dans ce petit bâtiment Directoire, en retrait de la ménagerie. Une bâtisse carrée, aux murs décrépis, qui ressemble à ces pavillons de chasse de l'Ancien Régime.

Je pense que Gervaise y vit. Au bout de trois heures de (longue !) attente, je l'en vois ressortir maquillée, tailleur propre, pour se poster sur le perron. Il est sept heures du soir.

Pendant une demi-heure, elle scrute les allées du Jardin des plantes, regardant sa montre d'un air de plus en plus horripilé.

Le Jardin va fermer. La plupart des flics ont levé le camp, et les derniers badauds sont partis.

Seule Gervaise Masson ne bouge pas. Une statue ! Semblable à celle dont l'ombre s'étire jusqu'à ses pieds : Bernardin de Saint-Pierre.

Lorsqu'elle voit passer un jeune gardien, Gervaise crie :

– Joseph, vous n'avez pas vu Sylvain ?

L'autre répond :

– Non, m'dame Masson. Pas depuis qu'il m'a aidé à nettoyer la cage des singes blancs.

– Bien, bien. Merci…

Visiblement, ce Sylvain est en retard.

À la fin, n'en pouvant plus, la conservatrice hausse les épaules en grommelant puis se dirige vers la sortie. Moi, je la suis à bonne distance.

– Mais qu'est-ce que vous faites là ? s'étonne un autre gardien, à la porte.

Vous ne savez pas que le Jardin est fermé depuis trois quarts d'heure ?

Je joue les écervelées.

– Je me suis endormie sur un banc.

Attendri, l'homme sourit.

– Allez-y, ou je vous enferme avec les bêtes !

Je n'ai aucun mal à retrouver Gervaise Masson : elle est cent mètres devant moi, descendant lentement la rue Geoffroy-Saint-Hilaire.

Dix minutes plus tard – un air de déjà-vu ! – nous voici de retour à *L'Auberge basque*. Tiens, tiens !

Masson entre, je reste dehors.

Et j'attends…

Je me trouve un petit banc, de l'autre côté de la rue Croulebarbe, adossé au square René-Le Gall, celui-là même où j'ai rencontré Amany Otokoré.

« Encore un signe ! » me dis-je tandis qu'un homme jeune, blond, assez grand, entre dans le restaurant.

Assise au fond de la salle, Gervaise se lève et l'accueille d'un œil sévère.

Depuis mon observatoire, je n'entends rien. D'autant qu'un flic a commencé à patrouiller dans la rue. Le soleil s'est couché, une lune timide a jailli des immeubles, et je commence à avoir froid.

Deux heures plus tard, les convives se relèvent et sortent, le visage sombre.

Gervaise paraît soutenir le jeune homme.

— Savoir quoi ? demande celui-ci.

Gervaise répond de façon énigmatique :

— Ce soir, mon Sylvain, je vais t'emmener voir des… tableaux.

Puis ils s'éloignent.

Moi, je les suis.

Gervaise est tendue. À mi-parcours, Sylvain se retourne d'un bloc.

— Tout va bien ? demande Gervaise.

— Oui, oui ; j'avais juste l'impression que quelqu'un nous suivait.

Gervaise hoche du chef.

— J'ai eu aussi ce sentiment… toute la journée. Comme si l'on m'épiait… Mais l'ambiance est tellement lourde, depuis l'affaire des bébés et celle de l'île Saint-Louis.

« Bénis soient les platanes parisiens ! » me dis-je. Un peu plus et ils me voyaient.

Là, Masson m'aurait reconnue.

C'est pourquoi je les laisse prendre un peu de distance.

Qui donc est ce Sylvain ? De quels tableaux parlent-ils ? Et où vont-ils, maintenant ?

Rue Croulebarbe, rue Le Brun, rue des Fossés-Saint-Marcel, rue Geoffroy-Saint-Hilaire…

Allons bon, nous revoilà au Jardin des plantes !

Comment vais-je faire pour entrer, moi ?

Sylvain et Gervaise longent le porche principal, clos, et descendent rue

Cuvier. S'y trouve un autre porche, seulement fermé par une barrière de police rouge et blanche, et une cahute de gardien.

– Bonsoir, Hervé ! dit Gervaise Masson, avant que le veilleur de nuit lève la barrière.

Moi, je dois attendre.

Le gardien a l'air épuisé, et il ne tarde pas à se rendormir.

Voilà dix minutes que les deux autres sont entrés dans le Jardin. Vais-je seulement pouvoir les retrouver ?

« Oui ! » me dis-je après avoir dépassé la cahute du gardien.

Leurs deux ombres discutent, au pied de la grande galerie de l'Évolution.

Ils sont à nouveau en plein débat.

Le temps que je les rejoigne, les voilà entrés dans le musée.

Après un – très bref ! – moment d'hésitation, je les suis.

Je n'ai pas fait tout ça pour m'arrêter en si bon chemin.

Dans la pénombre, l'immense salle de la Grande Galerie n'est que plus fascinante.

Sur leurs socles, dans leurs vitrines, au bout de leurs filins de métal, des centaines d'animaux empaillés singent la vie.

Les lions se préparent à bondir, les aigles à voler, les éléphants à marteler le sol. L'arche de Noé m'accueille d'un grand cri silencieux.

Pourtant, le seul son qui me parvient est celui des pas de Sylvain et de Gervaise.

J'aperçois maintenant leurs silhouettes, précédées d'une lampe torche. Ils sont en train de gravir les escaliers.

Prenant soin de rester aussi silencieuse que possible, je les suis à distance.

Nous parvenons aux combles.

Devant une porte blindée, le jeune homme et la conservatrice poursuivent leurs palabres. Je suis hélas trop loin pour entendre. Gervaise est austère, les poings serrés. Sylvain est pâle, et tourne des yeux avides vers la paroi de métal.

Bientôt Gervaise s'en approche, et l'ouvre.

Sylvain sursaute. Son visage retrouve ses couleurs.

L'autre pièce est sombre, mais Gervaise fait signe à Sylvain d'y entrer.

Pourtant, elle ne l'y suit pas et referme même la porte, actionnant un verrou !

Alors elle presse un interrupteur, à la gauche de la porte, et je manque tomber de mon promontoire.

Malgré l'épaisseur de l'autre porte, j'ai entendu le cri.

Pas un cri : un hurlement !

Comme si Gervaise avait enfermé Sylvain dans une chambre sans air, libérant les gaz.

Ce cri ne dure pas, mais dans la grande nuit du musée, il se répercute à l'infini. Il m'a même semblé percevoir des murmures, en écho, chez les animaux figés.

Combien de temps vais-je devoir rester à épier ? Dix, vingt minutes ? Impassible, Gervaise s'adosse à la vitrine du cœlacanthe, comme si de rien n'était. De temps à autre, des couinements proviennent de l'autre pièce, mais c'est à peine si Gervaise cille.

Au bout d'un certain temps, une sonnerie retentit, comme celle d'un réveil.

Gervaise retire ses lunettes, les range dans son sac à main, se repoudre le nez et se redresse.

Elle tourne l'interrupteur, défait le verrou, ouvre la porte.

Sylvain met longtemps à sortir. De là où je suis, j'ai beau me tordre le cou, impossible de voir ce que cache cette pièce mystérieuse.

Mais ce doit être hallucinant, car ce Sylvain est hagard ! Tout son corps est agité de soubresauts, ses yeux roulent dans leurs orbites, ses mains tremblent, son visage est ravagé de tics. Je crois pourtant lire dans son regard un apaisement sincère, comme s'il venait d'entrevoir le paradis !

Gervaise lui tend une bouteille d'eau, que Sylvain arrache et vide en trois gorgées, au goulot.

Lorsqu'ils ressortent du bâtiment, je les suis de nouveau.

Leur dialogue est incompréhensible.

— Tu ne me réponds pas. D'où viennent ces tableaux ?

Après cette question, Gervaise parle si bas que je ne perçois que des bribes de ses paroles.

Sylvain harcèle Gervaise, et je comprends qui ils sont l'un pour l'autre.

— Ne te fous pas de moi, maman ! Et dis-moi la vérité !

Étrangement, Gervaise perd tous ses moyens.

— Il n'y a pas de vérité ! Il n'y en a jamais eu ! Nous ne sommes rien ! Rien, rien…

Puis, le visage ravagé de contradictions, elle s'éloigne dans la nuit.

Alors il me faut faire très vite.

Suivre Sylvain, qui s'avance dans les profondeurs du Jardin ? Ou épier sa mère, qui est retournée vers le bâtiment de la conservation ?

Que choisir ?

D'un côté : l'état de ce Sylvain m'intrigue. De l'autre : ma piste reste Gervaise.

J'opte pour la conservatrice… et m'en félicite !

Car, bien vite, je la vois ressortir du bâtiment, fraîche et calmée, vêtue d'une blouse blanche, un gros sac à la main, tel un cartable de docteur.

Lorsqu'elle le soulève, le sac émet un bruit métallique.

J'ai juste le temps de me blottir dans l'ombre d'un buisson, car la lune apparaît derrière un nuage.

L'aventure prend un tour inattendu !

Le long de la façade ouest du bâtiment, est creusé un petit escalier qui mène à une porte blanche et basse, au niveau des soupiraux.

Au moment d'y entrer, Gervaise jette un dernier regard autour d'elle, comme une vigie.

Puis elle s'engouffre, omettant de fermer la porte à clé.

Le ventre noué, je la suis…

33.

Plaqué contre cette vieille porte souterraine, bien qu'il fût caché, Sylvain *vivait* ce qu'il voyait : le grand laboratoire médical, aussi blanc que ses cobayes, l'éblouissait comme un jet d'acide ; il ressentait la blessure des cathéters ; il sentait le picotement de ces seringues, la pression de ces tubes ; il éprouvait la morsure des menottes qui enchaînaient les singes blancs à ces grands sièges de dentiste.

— Je souffre presque autant que vous, vous savez ? gémissait Gervaise, qui changeait les goutte-à-goutte en caressant la tête effarée des primates.

La conservatrice marchait autour des trois sièges, situés au centre de la pièce. Muets, les singes blancs la suivaient du regard, frappés d'incompréhension.

Sylvain lisait tant de chagrin dans leurs yeux jaunes. Tant d'humiliation, tant de rage prisonnière. Que pouvaient-elles comprendre, ces pauvres bêtes ? Gervaise les manipulait comme des objets...

Et plus Sylvain regardait leurs visages exsangues, leur absolu désarroi, l'incompréhension de ces figures si douces, si inoffensives, plus il se sentait englouti.

« Ma mère ! Ma propre mère ! »

Pour lui, cette vision était la plus intolérable. Sa conscience ne pouvait admettre de voir Gervaise en tortionnaire. Son regard absent. Cette détresse dans les yeux, alliée à une volonté assassine. Et qu'elle torturât des animaux lui semblait encore plus révoltant.

Toute son enfance, Sylvain avait entendu ses sermons :

« Les animaux sont tellement plus avancés que nous, Sylvain : ils connaissent la sagesse de l'instant immédiat ; le pur plaisir du présent éternel. Tandis que nous, tristes humains, nous sommes esclaves de nos ambitions, de nos cauchemars. Ils sont tes frères, entends-tu ? Respecte-les, Sylvain. Et aime-les ! »

— Aime-les… grogna Sylvain, le front plaqué à la porte.

L'ironie le gifla. Il ressentit une bouffée de rage envers sa mère, bientôt dissipée. Au fond de lui était immuablement tapie une gratitude inconsciente. Dette existentielle qui ressortait toujours à propos, comme on agite un drapeau blanc.

Et même cette nuit, au plus profond des souterrains parisiens, devant cette scène de torture médicale, Sylvain ne pouvait haïr Gervaise. Ils partageaient trop de choses.

— Et puis, elle n'est pas seule coupable… chuchota-t-il en regardant Lubin.

En blouse blanche, adossé à une paillasse d'émail, le gardien était en retrait, comme un élève assiste le médecin légiste pour une première autopsie.

« Ils se ressemblent… » constata Sylvain devant la même expression concentrée des deux humains.

Pourtant, Gervaise semblait de plus en plus hésitante. Son fils la voyait marcher nerveusement autour des trois sièges médicaux, consulter des fiches de soin, vérifier la bonne jonction des tubes, des perfusions.

— Ils ne vont plus tenir longtemps, dit-elle à Lubin.

Le vieux gardien affecta un sourire impuissant.

— Je sais, admit-il en observant à son tour les trois animaux.

Les primates étaient immobiles et haletants sur leurs sièges, tels ces enfants malades qui ont accepté la mort sans pour autant la comprendre.

La conservatrice détourna le regard, comme si la souffrance des animaux lui devenait insupportable.

— Et Sylvain ? demanda Lubin.

Le professeur sursauta.

— Je l'ai conduit devant les tableaux, répondit Gervaise avec une froideur un rien craintive.

— À quelle heure ?

— Après le dîner ; vers onze heures et demie.

Sylvain vit le gardien froncer les sourcils.

— Bizarre. Normalement, il aurait dû venir m'en parler. Il fait toujours ça…

Gervaise se retourna vers les singes blancs. Les gouttes glissaient lentement dans les cathéters, répondant aux larmes de douleur qui coulaient de leurs yeux.

La conservatrice haussa les épaules.

— Quoi qu'il en soit, Sylvain a eu la réaction escomptée.

À genoux dans l'eau suave, le professeur se plaqua davantage contre la porte gondolée.

— Et vous : Gabrielle ? reprit Gervaise.

Sylvain tressaillit de nouveau.

— Elle est venue voir les tableaux la semaine dernière, avoua Lubin d'une voix neutre, le regard fuyant.

Sylvain ne pouvait y croire ! Gabrielle revoyait donc son grand-père ! Elle aussi lui mentait ! Mais pourquoi était-elle venue voir les tableaux ?

Gervaise posa sur l'épaule de Lubin une main amicale. Presque affectueuse.

— C'est parce qu'elle a eu la même réaction que Sylvain que vous ne m'avez rien dit ?

Lubin hocha du chef, non sans blêmir.

Gervaise s'efforça de sourire et conclut :

— Nous ne sommes pas de si mauvais scientifiques…

Le froid, la peur, l'incrédulité, tout statufiait Sylvain dans le lit de cette rivière souterraine.

Nouveau silence. Seul bruit : le halètement des singes.

Prostrés sur leurs sièges, ils suivaient les allées et venues de leurs bourreaux, qui semblaient se perdre dans de sombres pensées.

— S'attacher à eux était un risque, Lubin, plaida Gervaise. Mais nous le savions dès le départ.

— Je sais bien…

Sylvain bouillait.

— Mais, reprit le vieux gardien en désignant les singes blancs, est-ce que les animaux ne vont pas leur suffire ? Faut-il vraiment sacrifier nos *propres* enfants ?

« Nous… sacrifier ? » se dit Sylvain, tandis que le froid du souterrain le transperçait.

Tout devenait fou : Gervaise et Lubin semblaient évoquer des cobayes. Quelle expérience avaient-ils faite sur Gabrielle et lui ?

— Les singes vont nous permettre de donner le change encore quelques jours, pas plus… décréta sa mère.

Lubin tournait sur lui-même, comme un chien guigne sa queue.

— Nous leur avons quand même livré les cinq bébés !

Sylvain chavirait de plus en plus.

— Grave erreur ! grinça Gervaise. Depuis les kidnappings : plus de nouvelles…

— Peut-être qu'ils estiment avoir leur compte ?

— Vous plaisantez ? C'est leur silence qui m'inquiète !

Malgré ce dialogue délirant, Sylvain tentait de rester cohérent. Parlaient-ils de ces bébés kidnappés dans le quartier ?

— Nous n'avons plus d'autre option, assena Gervaise en s'adossant au mur, dans une semi-pénombre : il faut leur livrer au moins un de nos deux enfants.

Son ton pour dire cela !

— Mais… lequel ? demanda Lubin, hésitant.

— Si nous sommes logiques, répondit Gervaise, évitant le regard du vieil homme, il me paraît plus judicieux de commencer par Gabrielle.

À ce nom, le gardien et Sylvain tressaillirent au même instant. Gabrielle était donc *vraiment* en danger…

— C'est trop facile, gronda le premier. Vous défendez votre pré carré !

— Ça suffit ! cria Gervaise en marchant d'un pas sec à travers le laboratoire. Il reste peut-être un espoir pour éviter ce sacrifice : Marcomir.

À ce nom, Lubin leva la tête avec dégoût.

— Vous pensez qu'il serait initié ?

Gervaise haussa les sourcils.

— C'est évident. Il n'a pas été accusé du kidnapping des bébés par hasard…

— Pour être aussitôt disculpé…

— Peu importe : je *dois* le rencontrer.

— Son roman n'est qu'un tissu de délires !

Gervaise fixa Lubin avec hargne.

— Vous savez comme moi que Marcomir n'invente rien…

Lubin avait baissé les yeux.

Sylvain n'entendait plus que la respiration des singes blancs, qui semblait s'être apaisée.

Lorsque la voix de Gervaise ressurgit, ce fut comme un son de cor, au lointain d'une vallée.

— Paris va mourir, Lubin… et tous nous entraîner dans sa chute.

— Et… balbutia le gardien, dans combien de temps ?

Regard tranchant de Masson, qui luttait contre la peur.

— L'agonie commence cette nuit…

34.

Sylvain courait dans la pénombre.

À perdre haleine, à perdre conscience.

Ses pas éclaboussaient l'obscurité. Il courait dans le noir, espérant qu'un obstacle vînt interrompre sa course, le plonger dans le néant, lui faire oublier, tout. Mais non, il suivait la ligne droite du souterrain, dans une obscurité totale, comme on s'empêtre dans un cauchemar.

Malgré la nuit, malgré le noir, la lumière était en lui. Une lumière brûlante. La blancheur éblouissante du laboratoire, des animaux torturés, de ces deux êtres paniqués, qui annonçaient l'agonie de Paris. Et puis les bébés qu'ils auraient livrés… Avant de livrer qui d'autre ? Lui-même ? Les singes blancs ? Gabrielle ?

Folie ! Délire !

Rien n'était un hasard. Jusqu'à sa présence ici. Qui sait si Lubin et Gervaise n'étaient pas conscients qu'il les épiait ? N'était-ce pas pour lui qu'ils avaient monté cette horreur ? Il fallait sortir d'ici. Il fallait courir prévenir Gabrielle qu'un danger la menaçait, que son propre grand-père voulait la sacrifier. À qui ? Pourquoi ? Sylvain n'en savait rien. Mais l'essentiel n'était-il pas de la sauver ? Le jeune homme était fébrile. Le sang lui martelait les tempes.

La pression projetait des éclairs rouges dans son nerf optique.

Bien qu'il s'éloignât du laboratoire, l'odeur de rivière était de plus en plus forte. De nouvelles sensations remontaient, par strates.

Le ton de Gervaise, cette puissance aveuglante, Sylvain croyait ne l'avoir jamais connu. Mais si.

C'était loin, bien loin dans son enfance.

Quelque chose qui plongeait dans ses souvenirs, à mesure qu'il s'enfonçait dans les souterrains. Comme des spéléologues s'enferment dans le noir, pour entamer le plus profond des voyages : en eux-mêmes.

Sylvain n'eut pas le temps de crier.

Ses souvenirs furent décapités d'un bloc.

Tout se passa en une seconde.

Quelque chose le percuta en pleine face et il s'évanouit.

DEUXIÈME PARTIE

LA RIVIÈRE

« Un jour, je sentis que sous le pavé de Paris il y avait la terre. »

Jean FOLLAIN, *Paris*

Dimanche 19 mai, 2 h 04

— Vous êtes réveillé ? fait la voix, dans la nuit du souterrain.

« Une voix d'enfant… » songe Sylvain, qui n'ose pas répondre, chaque mot mourant dans sa gorge.

« Ma tête… » gémit-il en lui-même. Accrue par la totale obscurité, une douleur lancinante lui enserre le crâne. Et puis cette impression de peser des tonnes ! Le professeur tente de lever un bras, une jambe, mais ses vêtements lui collent à la peau, tel un baiser de poulpe.

« La… rivière… » se rappelle-t-il alors, comprenant qu'il est allongé dans le lit même du souterrain, le corps trempé d'une eau tiède et parfumée.

Puis, peu à peu, tout se remet en place. Sylvain recouvre ses esprits… et ses angoisses. Était-ce un rêve ? A-t-il vraiment entendu une voix d'enfant ? N'est-ce pas simplement son cauchemar qui continue ? Est-il à son tour sanglé à une de ces chaises de dentiste, un bandeau sur les yeux ?

Le professeur frémit.

« Maman et Lubin m'ont-ils retiré la vue ? »

Atroce cécité ! Car les images du laboratoire dansent dans l'obscurité. Mais, encore sonné, le professeur mélange tout : souvenirs immédiats, sensations physiques, craintes réelles, peurs inconscientes.

« Que s'est-il passé et où suis-je ? » parvient-il à formuler dans son esprit, tout en dégageant son bras.

Sylvain tire son portable de sa poche, avec un gémissement tant la douleur le transperce.

Évacuant l'idée qu'il puisse s'être brisé un os ou déchiré un muscle, il serre les dents et presse « *on* ».

— Eh là ! ! s'insurge la voix.

La lumière les éblouit.

« Ce n'était donc pas un rêve », comprend Sylvain, plus étonné qu'effrayé. Il se redresse et braque le portable face à lui.

Elle est là…

— Une gamine… dit-il à voix haute, tandis que ses yeux s'habituent à la lueur spectrale et bleue du mobile.

Face à lui, à moins d'un mètre, recroquevillée contre la paroi friable du souterrain, une petite brune en survêtement le regarde en se protégeant le visage des mains. Un visage bien banal, d'ailleurs : un nez en trompette, plutôt ingrat, mais des yeux d'une puissance peu commune : un regard au scalpel. Du sang caillé lui macule le front.

« Elle aussi doit avoir mal au crâne, après notre… rencontre », songe Sylvain, presque hors de propos, façon bien à lui de rester calme. Un calme que la demoiselle ne semble pas avoir besoin de dompter : elle scrute Sylvain sans crainte apparente, avec une pointe de curiosité agacée.

— Vous allez rester comme ça pendant longtemps ? demande-t-elle enfin, passant la langue sur ses lèvres pour s'humecter la bouche.

« Une voix de gamine mais un ton d'adulte, se dit Sylvain. Quel âge a-t-elle ? Et qu'est-ce qu'elle peut bien foutre ici ? »

Malgré ses interrogations, Sylvain reste silencieux, son portable braqué devant lui.

L'instant s'éternise.

Puis, brusquement, la fillette bondit comme un chat. Sylvain n'a pas le temps de crier qu'elle plaque son propre portable sur la figure du professeur.

La fillette ne manifeste pourtant aucune animosité. Toujours cette curiosité naturelle.

— Ah, c'est vous… lâche-t-elle avec un demi-sourire. J'aurais dû m'en douter.

Interdit, Sylvain lit dans le regard de la demoiselle la marque d'une curiosité rassasiée.

— Tu me connais ? finit-il par demander.

La demoiselle ne l'en observe qu'avec plus d'acuité.

— De loin… dit-elle sans ironie.

Doutant de sa propre raison, Sylvain s'apprête à se débattre comme on se dégage d'un gros insecte ; mais d'un jeu de jambe, l'apparition retourne dans la nuit.

— Bon, claironne-t-elle, je suppose que notre « collision » n'a rien d'un hasard ?

Que répondre à cela ? Sylvain balance entre la méfiance et une curiosité croissante. Qui est cette gamine, tombée du ciel dans les catacombes parisiennes ? Quel lien peut-elle avoir avec la scène extravagante dont il vient d'être le témoin ? Qu'est-ce que sa mère et Lubin faisaient aux singes blancs ? Et puis, ce dialogue insensé entre la directrice et son gardien… Que comptent-ils faire à Gabrielle ? La même chose qu'aux singes blancs ? Rien que d'y penser, Sylvain vacille.

« Non, non ! je dois rester concentré ! se raisonne-t-il en fixant l'inconnue. Concentré… et méfiant. Il faut d'abord sortir d'ici… »

— Qui es-tu ? articule péniblement le professeur.

Réplique lapidaire :

— Et vous ?

— Tu viens de dire que tu me connaissais…

Long silence.

— Comment es-tu arrivée ici ? reprend-il.

— Par le même chemin que vous, j'imagine.

— Par la cage ?

— Quelle cage ?

Sylvain ne sait comment répondre. Lui joue-t-elle un jeu ? Qui lui dit qu'elle n'est pas une ennemie ?

Voilà maintenant qu'elle se redresse avec maladresse et déclare :

— Il faut sortir de cet endroit.

« Elle a raison », admet Sylvain, qui se lève sans un mot tandis que l'adolescente marche déjà cinq mètres devant lui, son portable brandi comme un glaive.

Malgré la tension, Sylvain esquisse un sourire.

— Tu es sûre que c'est par là ?

Elle se retourne et Sylvain lit dans ces yeux d'enfant que son assurance a commencé de se fissurer.

— Pas vous ? demande-t-elle, avec une fausse décontraction.

— Je ne suis pas Philibert, répond Sylvain d'une voix ambiguë.

La petite incline une tête de chiot inquiet.

— Philibert ?

— Un portier du Val-de-Grâce, explique le professeur, qui reprend toujours pied lorsqu'il expose sa science. Durant la Révolution, le pauvre homme est descendu dans les carrières et s'est perdu…

— Et alors ? bredouille l'adolescente, après un moment de doute.

— Philibert a été retrouvé, par hasard… onze ans plus tard, continue Sylvain qui recouvre contenance.

— Vivant ?

Sylvain hausse les épaules mais affecte un ton lugubre et hoche la tête de gauche à droite.

— Une pierre tombale fut apposée à l'endroit où gisait son squelette… La tombe existe toujours aujourd'hui. Si nous l'atteignons, nous saurons au moins où nous sommes…

— Parce que vous n'en savez rien ?

— Avance ! grogne Sylvain, qui dépasse la gamine tandis qu'elle galope derrière lui, oubliant toute morgue :

— Attendez-moi !

Dimanche 19 mai, 2 h 25

Le professeur et l'adolescente marchent sans un mot.

L'un et l'autre s'efforcent de mimer le détachement, mais à chaque tournant, chaque bifurcation, ils songent : « Pourquoi là plutôt qu'en face ? »

Car c'est un vrai labyrinthe.

D'abord, il leur faut ramper dans un long boyau de plus en plus étroit. Mais ce réduit n'est rien à côté du puits qu'ils doivent escalader, le dos collé au mur pour ne pas glisser dans le vide.

— Attention à tes pieds !

Lorsque leurs portables éclairent les murailles souterraines, ils y lisent des inscriptions à moitié effacées, dans ce qui doit être du bas latin.

— *Para... sium... divertii ?* déchiffre l'inconnue, qui éprouve le besoin croissant de parler, de meubler ce silence oppressant. Ça veut dire quoi ?

— Ça veut dire qu'on n'est pas encore sortis, répond Sylvain sans ralentir.

Le professeur n'accorde guère d'attention à ces plaques illisibles, sur les murs, semblables à celles des rues... Il est plus soucieux de ces couloirs régulièrement bouchés par des entassements de crânes, d'ossements, murant toute issue.

— On fait demi-tour, annonce Sylvain, au fond d'un macabre cul-de-sac, sans croiser le regard de la fillette.

Pour l'adolescente, la plaisanterie a assez duré. Elle est maintenant dégoûtée devant ces résidus de cadavres. Pourtant, ici, les vivants ne valent guère mieux ! Par moments, des rats surgissent de l'obscurité entre leurs jambes. Elle doit alors se mordre les lèvres pour ne pas crier. Osera-t-elle se l'avouer ? La peur a eu raison de son assurance et lui tord les tripes. Quant à Sylvain, il tente de se concentrer sur ses pas, dans un silence hostile.

Tous deux évacuent surtout la pire des possibilités : la mort de la batterie de leur téléphone. Une fois déchargées, les batteries les abandonneront au noir le plus absolu.

Haletante, l'adolescente finit par s'adosser à la paroi et demande, plaintive :

— Dites, on est où, là ?

— Je ne suis pas sûr… avoue Sylvain. Seule certitude : nous sommes *sous* la rive gauche de la Seine, car les murs sont manifestement en calcaire lutétien.

— Mais où, sous la rive gauche ?

— Va savoir ! Nous pouvons aussi bien être dans les carrières du Val-de-Grâce que dans celles des Capucins, sous l'hôpital Cochin, dans celles de la Grande Chartreuse, celles de l'Odéon, celles de la Tombe-Issoire, celles du cimetière de Montparnasse… D'ordinaire, chaque couloir des carrières souterraines correspond à une rue parisienne, et il est marqué de son équivalent, à la surface. Mais ici, il n'y a rien. Ou alors c'est effacé. À croire qu'on est…

Il s'interrompt, comme s'il craignait d'en dire trop.

— Qu'on est ?

— En dessous…

— En dessous de quoi ?

Sylvain hésite puis se lance :

— La ville de Paris est construite par strates, qui sont autant de niveaux souterrains : de haut en bas, il y a les caves, les égouts, le métro, le RER, les carrières, la nappe phréatique, les métros les plus récents, et d'autres endroits encore plus profonds et… méconnus.

— Et vous pensez qu'on serait là : dans ces endroits méconnus ?

— C'est ce que je me demande depuis le début de notre… *promenade*, avoue Sylvain, qui se rappelle certaines légendes serinées par Lubin : il y a, loin sous Paris, des grottes très profondes. Mais elles sont à plus de cinq cents mètres sous la surface, et il est impossible que nous soyons descendus si bas.

— En tout cas, vous avez l'air de bien connaître l'histoire des sous-sols parisiens.

Sylvain braque son portable sur elle.

— Qu'est-ce qui vous prend ?

« Après tout... » se dit-il en s'asseyant en face d'elle, dans le sol sableux.

Lors, sans plus chercher à biaiser, en s'efforçant de tout remettre en ordre afin d'y voir plus clair, Sylvain attaque :

— Je m'appelle Sylvain Masson et j'enseigne l'histoire de la ville de Paris à la Sorbonne...

Dimanche 19 mai, 3 h 56

— Lorsque j'ai entendu les voix, ajoute enfin Trinité, j'ai paniqué et je me suis mise à courir au hasard des souterrains.

Elle désigne la bosse sur son front et achève :

— C'est comme ça qu'on s'est rentré dedans...

Le récit de la jeune fille laisse Sylvain bouche bée.

Il a patiemment écouté cette histoire (comme elle a entendu la sienne), mais un détail l'a tout de suite intrigué. Et maintenant, vu depuis les profondeurs parisiennes, ce détail lui paraît d'une troublante logique, d'une inquiétante cohérence.

« Ce serait trop fou ! » songe-t-il, avant de demander, non sans réticences :

— Cette silhouette, sur ton film, dans la chambre des bébés, quelle taille faisait-elle ?

Trinité hausse les épaules.

— La mienne, en fait… enfin disons celle d'un enfant…

« Et si c'était ça ? » se demande-t-il, insistant avec circonspection :

— La silhouette avance dans un halo, c'est bien ça ? Comme si l'image avait été brouillée ?

Trinité est surprise par la précision de Sylvain.

— Non, reprend-il. Ce n'est pas possible. Ça ne peut pas être…

— Pas être quoi ?

— Eux…

— Mais *eux* qui ?

Le professeur lève les yeux sur l'adolescente, mais ce n'est pas elle qu'il regarde.

— Les singes blancs…

— Pardon ?

— Tout concorde ! s'emballe-t-il : la taille, l'agilité, la souplesse… Leur disparition, la nuit précise des kidnappings. Les traces phosphorescentes, sur ton mur. L'attitude incompréhensible de ma mère. Cette obsession de ne prévenir personne. Et le retour des singes, tout aussi subit…

Les singes blancs : des kidnappeurs ? Cette hypothèse lui paraît du dernier grotesque. Mais Sylvain ne plaisante pas. C'est pourquoi Trinité tente de comprendre son raisonnement.

— Comment expliquez-vous le flou sur le film ? rétorque-t-elle, dubitative.

Le visage de Sylvain s'éclaire lentement. Sourire et regard brillent d'une même conviction :

— Ce n'est pas le flou, c'est la lumière…

— La lumière ?

— Leur peau ne renvoie pas la lumière : elle l'absorbe.

Trinité ne comprend rien à ce charabia.

— Maman a découvert très tôt cette propriété du pelage des singes blancs, mais elle l'a toujours gardée secrète : on ne peut pas *capturer* leur image.

— Comme des vampires.

— Absolument ! C'est précisément pour ça qu'il est interdit de les photographier ou de les filmer. Sinon, on découvrirait le phénomène et les singes blancs seraient aussitôt réquisitionnés par des scientifiques, par l'armée… Au nom de je ne sais quelle sécurité nationale, ils finiraient disséqués dans un labo du ministère de la Défense !

— Est-ce pire que ce qu'ils ont vécu ce soir ? demande Trinité.

Sylvain pâlit.

— Nous ne savons pas exactement ce qu'ils leur faisaient…

Muselant ses doutes, la surdouée tente de rationaliser, ordonnant faits, idées, indices :

— Ce qu'on sait, c'est que votre mère est au centre de tout.

— Ma mère est *apparemment* un des pivots de l'affaire.

À ces mots, il la revoit dans le labo et grimace amèrement :

— Elle qui s'est toujours dite obsédée par ce sens du devoir que nous avons à l'endroit de la nature ; le respect que nous devons aux choses, aux arbres, aux bêtes…

Sylvain se tait. Son attention s'égare dans l'obscurité.

— Soit, concède Trinité d'un ton sec qui se répercute dans la profondeur des catacombes, le scénario est délirant, mais tout concorde de façon troublante.

Après un instant de réflexion, elle regarde de part et d'autre du couloir et finit par objecter :

— Maintenant, qui me dit que ce n'est pas vous qui me menez en bateau ?

Le professeur ne répond pas et observe la jeune fille, déconcerté.

Étrange créature que cette Trinité Pucci, qui lui a balancé avec tant de morgue ses « 195 » de QI. Un caractère trempé, incisif, où bée, tel un gouffre, un immense manque d'affection. Et puis la façon détachée dont elle lui a parlé de ses caméras, de cet immeuble qu'il connaît fort bien pour l'avoir si souvent longé, en ralliant *L'Auberge basque :* la Reine Blanche…

Quel âge lui aurait-il donné ? Dix ans, pas plus. Elle en a bientôt quatorze, avec le cerveau d'un ordinateur ! À quatorze ans, Gabrielle était presque femme ; des courbes, des atours, des œillades de femme. Tandis que cette fillette…

— Je pourrais t'objecter la même chose, répond finalement Sylvain. Qui me dit que tu n'as pas été envoyée par Lubin et ma mère pour brouiller les pistes, et me semer dans les catacombes ?

Trinité blêmit.

— Vous pourriez croire ça ? bredouille-t-elle.

— Peu importe ce que je crois, tranche Sylvain en se redressant. L'important est de sortir d'ici…

Un écho métallique lui répond.

Par réflexe, Trinité tend alors son portable vers le plafond… et verdit.

— Où sommes-nous ?

Sous leurs yeux, peinte au mur, une longue phrase en caractères gothiques s'étire sur la paroi souterraine : « *Rauchen verboten* ».

— C'est de l'allemand !

De l'allemand, certes. Mais cette inscription n'aurait rien de bien étonnant si l'écriteau n'était enserré d'un aigle à croix gammée !

Dimanche 19 mai, 6 h 30

— Calme-toi, nous ne craignons absolument rien…

Sylvain a beau affecter un ton posé, Trinité ne parvient plus à maîtriser les battements de son cœur, qui dérapent en tachycardie frénétique.

— Le… le… le… bégaye-t-elle, sans cesser de pointer l'écriteau, au mur.

Où se trouve-t-elle ? À quelle époque ? Est-elle projetée dans le passé ? Est-ce l'effet de la claustration ?

— Désolé, fait alors Sylvain en se reculant, mais c'est la seule solution.

— La quoi ?

Pas le temps de finir sa phrase : la gifle la cueille de plein fouet. Un éclair rouge lui passe devant les yeux. Incrédule, elle porte la main à son visage.

— Vous m'avez frappée ?

— Je t'ai dit que j'étais désolé, répète aussitôt Sylvain, mais dans notre situation, rien n'est plus dangereux que la panique !

Pressant sa paume sur sa joue, Trinité doit bien admettre que cette baffe l'a réveillée.

Elle suit maintenant les gestes de Sylvain, qui pointe son propre portable vers les murs. Le tableau est saisissant : assez grande et parfaitement décrépite, la salle est couverte d'inscriptions en gothique, qui sont autant de panneaux d'indications vers les multiples souterrains de tous les côtés : « *Ausgang* », « *Nach Notre-Dame* », « *Zimmer 1* », « *Zimmer 2* », « *Zimmer 3* »…

Mais tous ces panneaux sont dégondés, rouillés, certains presque illisibles.

« Non, songe Trinité, que cette vision parvient à calmer, je ne voyage pas dans le temps… »

Se tournant vers Sylvain, elle lui met son portable sous le nez et constate qu'il esquisse un sourire.

La peur fait aussitôt place à l'irritation.

— On dirait que ça vous amuse…

Sylvain ne répond pas tout de suite. Du bout de sa chaussure trempée d'eau et de boue, il shoote dans une vieille canette de bière, qui va exploser contre la paroi de calcaire. Puis il offre à Trinité un regard plein d'espoir.

— Je crois que je sais où on est…

L'adolescente lève un sourcil, circonspecte.

— Vous dites encore ça pour me calmer ? C'est toujours mieux qu'une baffe, remarquez…

Le professeur sourit de plus belle et scrute la salle.

— Nous sommes *sous* le jardin du Luxembourg.

— Hein ? ! rétorque Trinité, incapable d'imaginer que quelques dizaines de mètres au-dessus de leur tête, se tient l'un des plus célèbres parcs parisiens, avec ses bassins, ses massifs de fleurs, ses arbres centenaires, ses étudiants amoureux, ses vieux professeurs, son palais construit par Marie de Médicis…

— Pendant l'Occupation, reprend Sylvain, les nazis avaient exploité une partie des carrières pour installer un gigantesque bunker, en cas de bombardement allié.

Il balaye autour de lui, avec son téléphone mobile.

— Ils n'ont pas eu le temps de l'utiliser, et l'endroit est resté tel quel…

Sylvain s'avance vers le mur, pour le palper.

— Je n'y étais jamais venu, mais j'en ai toujours entendu parler par Lubin…

— Votre vieux gardien, au zoo ?

Sylvain acquiesce, caressant les murs.

Il se frotte alors les doigts, s'étonnant :

— Ce qui est étrange, c'est que ce soit si humide. On est pourtant loin de la Seine…

— En attendant, grommelle Trinité, on est surtout loin de la surface ! Puisque vous savez où on est, vous savez comment on sort ?

Sylvain n'a pas le temps de répondre car un grondement résonne, venant de la gauche.

— Qu'est-ce que c'est ? frémit Trinité, tandis qu'une épouvantable odeur leur saute au visage.

Un grouillement assourdissant envahit la salle, un courant vivant happe les deux humains aux chevilles.

Sylvain saisit Trinité à bras-le-corps pour la plaquer contre lui et braque son téléphone vers le sol. Le cri de l'adolescente leur perce les tympans :

— Des rats !

Oui : des rats ; une armée de rats. Ils sont des milliers, à cavaler sur le sol du bunker.

Trinité est si épouvantée qu'elle sent à peine le bras de Sylvain se resserrer autour de ses épaules.

— Viens, ordonne-t-il, c'est eux qu'il faut suivre.

— Ah non ! hurle-t-elle à nouveau.

— Tais-toi !

Malgré les myriades de rats qui les déséquilibrent, Sylvain ne doit pas céder à la panique.

« Ils sont précisément notre chance ! » pense-t-il, se rappelant que, comme les hommes, les rats ont un instinct de survie particulièrement développé.

Alors ils les suivent.

Longtemps…

Trinité a fermé les yeux. Préférant jouer les aveugles, l'adolescente se colle à Sylvain et se laisse guider. Elle *entend* le cri assourdissant des animaux, dans ces boyaux de calcaire. Elle hume leur parfum musqué et écœurant. Elle *sent* leur échine se briser sous ses semelles ; elle *sent* les têtes broyées par ses talons. Elle *sent* les coups de griffes, de dents, de ces animaux, qu'elle doit écraser pour avancer. Un cauchemar !

« Sortir ! se persuade-t-elle, son torse collé à la hanche de Sylvain. Je dois sortir d'ici ! »

Puis, tout à coup, une impression d'espace.

— Enfin… fait la voix de Sylvain, qui relâche son étreinte.

Trinité n'ose pas encore rouvrir les yeux. Mais le sentiment d'oppression s'est apaisé… et les rats ont disparu.

— On est où ? demande-t-elle, surprise que sa voix résonne comme en une église.

— Ouvre les yeux et tu verras, rétorque Sylvain, d'un timbre manifestement soulagé.

« *Il a raison…* » songe Trinité, dont l'œil droit s'autorise une percée.

— Oh !

À sa grande surprise, elle découvre une vaste salle voûtée, toute en longueur, qui ressemble à s'y méprendre à…

— Une station de métro !

— Affirmatif, confirme Sylvain, qui n'a plus besoin de la veilleuse du mobile, car de vieux néons projettent ici une lumière d'aquarium.

Trinité reste interdite.

— Mais... il n'y a rien. Ni personne...

En effet : pas de publicité aux murs ; nul banc sur ce quai où ils viennent de déboucher ; pas même un nom à cette station, dont les parois carrelées sont couvertes de fils électriques déchiquetés et d'immenses tags multicolores. Les seuls usagers de cette station sont une fois de plus les rats, toujours eux, qui courent sur les rails, en torrent.

Sans s'émouvoir, Sylvain s'adosse au mur.

— Nous sommes à la station Croix-Rouge...

— Mais ça n'existe pas ! objecte Trinité, qui visualise mentalement son plan de métro.

— Ça n'existe *plus*, corrige le professeur d'histoire de la ville de Paris. Croix-Rouge fait partie des « stations fantômes », comme Haxo à Belleville, Porte Molitor dans le XVIe, Champ-de-Mars près de la tour Eiffel, ou Arsenal près de la Bastille. Des stations abandonnées... puis oubliées.

— Et depuis quand ?

— Croix-Rouge était située entre Sèvres-Babylone et Mabillon, en plein VIe arrondissement. La station était considérée comme trop proche des deux autres. Elle est désaffectée depuis des dizaines d'années. Mais la ligne 10, qui va d'est en ouest, la traverse toujours...

Comme pour illustrer les propos de Sylvain, une rame surgit alors devant leurs yeux avec la puissance d'un cyclone.

Trinité se recule instinctivement vers le mur du quai. Malgré la vitesse, elle a eu le temps de voir l'intérieur des wagons.

« Vide, songe-t-elle, on est dimanche matin… »

Sitôt la rame disparue, ils perçoivent des gémissements… et constatent que des centaines de rats viennent d'être amputés par le train, gigotant sur les rails comme une marée de cadavres.

Trinité en a le cœur aux lèvres.

— C'est dégueulasse…

— C'est pourtant par là qu'il faut qu'on passe… grommelle Sylvain, lui aussi dégoûté, en sautant aussitôt sur les voies.

— Vous plaisantez ? !

Écrasant les rats agonisants, Sylvain désigne une lueur, vers la gauche, de l'autre côté du tunnel.

— Il faut aller jusqu'à la station Mabillon. On n'a pas le choix. Ça ne prendra pas plus de dix minutes…

Deux fois, ils doivent se plaquer aux parois du tunnel, pour laisser passer les rames de métro. Et lorsqu'ils se hissent enfin sur le quai vide de la station Mabillon, Trinité est saisie d'une violente intuition :

« Quelque chose s'est passé pendant notre absence… »

Dimanche 19 mai, 7 h 30

Gravissant quatre à quatre l'escalier du métro Mabillon, Sylvain et Trinité se figent sur la dernière marche, incrédules :

— Je vous dis qu'il s'est passé quelque chose ! insiste la lycéenne.

Le professeur ne répond rien, car le VIe arrondissement n'est manifestement pas dans son état normal.

— Je n'ai jamais vu autant de voitures ici un dimanche matin… admet-il, scrutant une pendule, à l'angle de la rue du Four : sept heures et demie.

Klaxon, bruits de pare-chocs, hurlements des conducteurs, insultes des piétons : le boulevard Saint-Germain n'est qu'un immense embouteillage.

— Et puis ces gens… ajoute Trinité, devant ces trottoirs noirs de monde.

Le VIe arrondissement de Paris, pris de panique, paraît prêt à vaciller.

— Tout le monde est réveillé, reprend-elle en désignant les façades des immeubles.

Depuis leurs fenêtres, des dizaines de riverains scrutent le tableau, interloqués. Certains sont même descendus dans la rue, en pyjama, robe de chambre, pantoufles ou simple nuisette, appelés par la curiosité et l'inquiétude palpable qui flotte dans l'air.

Peinant à s'habituer à la lumière du jour, Sylvain et Trinité restent à l'angle de la rue du Four. L'un et l'autre se voient dans le reflet d'un miroir, en vitrine d'une banque.

— C'est nous, ça ? s'exclame Sylvain.

Est-ce bien lui, cet homme en charpie, le visage noirâtre, bosselé, les genoux croûteux, les mains griffées, les cheveux cendrés de salpêtre ? Quant à la pauvre Trinité, elle n'est plus en survêtement, mais en sac-poubelle.

Brisant leur contemplation, une femme habillée à la diable déboule devant eux en tirant une valise à roulettes. Trébuchant sur un morceau de goudron, elle reprend son équilibre et les dévisage comme s'ils étaient l'illustration vivante du péril qui paraît s'abattre sur la capitale française.

— J'ai toujours su que ça recommencerait ! glapit-elle en s'enfuyant dans la rue du Four, comme la plupart des piétons.

— On se calme, on se calme… marmonne Sylvain, respirant un grand coup pour rassembler ses esprits.

S'adossant au plan de métro qui surplombe l'escalier de la station, il se frotte le visage, car la fatigue menace de lui tomber dessus.

« Ce n'est pas le moment… »

Il est aussitôt bousculé par trois CRS, qui posent une barrière de police à l'entrée de la bouche de métro.

— Circulez, monsieur ! Le métro est interdit !

Sans avoir le temps de réagir, Sylvain et Trinité sont violemment refoulés vers la chaussée, où plus une voiture n'avance. Et lorsqu'ils distinguent les visages des passagers, derrière les pare-brise, les rescapés des catacombes découvrent des conducteurs anxieux, des familles inquiètes, qui manipulent leur autoradio avec une nervosité de fuyards, scrutant çà et là le ciel urbain.

— Il s'est *vraiment* passé quelque chose, répète Sylvain, tandis qu'il s'engage entre les voitures pour gagner l'autre côté du boulevard Saint-Germain, à l'angle de la rue de Buci.

Alors Trinité croit comprendre.

— Les terroristes ! dit-elle, d'une voix stridente.

Sylvain se tourne vers elle, frappé de la même intuition.

— Tu crois ?

— Ils ont recommencé… quand on était dans les catacombes…

Au même instant, l'un et l'autre se rappellent les dernières paroles de Gervaise :

« *Paris va mourir, Lubin... et tous nous entraîner dans sa chute.*

« — *Et... dans combien de temps ?*

« — *L'agonie commence cette nuit...* »

— ... Cette nuit, répète Sylvain, incrédule.

Trinité tente de garder son calme. Avisant un homme débraillé qui avance vers eux, l'œil perdu, elle l'agrippe :

— Monsieur, pourquoi fuyez-vous ?

Le type la fixe avec effroi.

— Comment, vous ne savez pas ?

Puis il disparaît en courant dans l'autre direction.

— Allons tout de même par là ! décrète Trinité, qui happe le bras de Sylvain pour avancer à contre-courant, vers la rue de Buci.

— Mais on est les seuls à aller dans cette direction... objecte-t-il, aussitôt gêné de se montrer couard devant la gamine.

Trinité est tout aussi inquiète, mais sa curiosité reste la plus forte.

— Dans les catacombes aussi on était seuls, et on s'en est sortis.

Ils parviennent péniblement dans l'enchevêtrement de rues du vieux quartier de l'Abbaye. Là où se tenait au Moyen Âge la riche abbaye de Saint-Germain-des-Prés, subsistent encore des ruelles, des passages, des impasses qui sont les marques de l'ancienne structure. Mais ce matin, les étroites rues de l'Échaudé, Jacob, Cardinale, sont un immense parking improvisé. Quelques rares voitures y ont été laissées en plan, bloquant les autres, forcées de faire de même. La tension monte. La plupart des conducteurs s'insultent comme des chiffonniers :

— Mais je dois passer ! Avancez votre bagnole de merde !

— Ce n'est pas moi qui bloque, connard !

Tandis qu'ils arrivent rue de Seine, Sylvain et Trinité voient même deux types se battre sur le trottoir, tels des chiens de rue.

— Les gens sont en train de devenir fous… frémit Trinité.

— Tu ne crois pas si bien dire, ajoute Sylvain en désignant le célèbre café *La Palette*, droit devant eux.

Cette vénérable institution du quartier des Beaux-Arts, chère aux touristes et aux écrivains, n'est plus qu'un tas de verre brisé : profitant de la panique, des pillards en ont fracturé la vitrine et vident toutes les bouteilles en hoquetant d'ivresse.

Pour Sylvain, la chose est de plus en plus évidente :

— Une bombe… frémit-il, sans cesser d'avancer vers le dôme de l'Académie française, au bout de la rue. Ils ont dû lancer une bombe de l'autre côté de la Seine. Au Louvre, au Palais de justice… Quelque chose… d'énorme.

Trinité frissonne.

— Vous croyez ?

Sylvain se tourne vers elle sans répondre, mais elle lit un éclair de certitude dans le regard du jeune professeur.

Elle tente toutefois de rationaliser :

— Il n'y a pourtant aucune odeur de brûlé dans l'air, objecte-t-elle en levant les yeux au ciel. Et pas non plus de colonne de fumée…

Après un moment d'hésitation, elle ajoute :

— Et vous pensez que votre mère aurait un rôle à jouer là-dedans ?

À ces mots, Sylvain fronce le visage et se raidit. Depuis leur errance dans les catacombes, il repousse cette idée. Mais la découverte de cette panique urbaine n'a fait que renforcer ses craintes.

Il a entendu sa phrase sinistre, hier, dans le laboratoire : « Paris va mourir, Lubin… »

Si Gervaise n'est pas responsable, du moins sait-elle des choses.

« Mais pourquoi ma propre mère ? » se demande encore Sylvain, qui se faufile maintenant entre les carrosseries, comme s'il fuyait sa jeune compagne.

Remarquant son trouble, Trinité insiste :

— Alors, vous en pensez quoi ?

À cette question, Sylvain se fige d'un bloc et tourne vers elle un visage dénué de douceur.

— Je n'en sais rien ! Toi comme moi, nous n'en savons strictement rien…

Trinité est frappée par l'agressivité subite du professeur.

— Mais enfin…

— Tais-toi ! !

En Sylvain, tout s'emballe. Il ne sait plus que penser. Il s'en veut d'en avoir tant dit, de s'être mis à nu devant une inconnue.

« Qu'est-ce qui nous arrive ? » se dit-il, marchant en somnambule vers l'Académie française, au milieu des cris et des Klaxon.

Laissée en plan sur le trottoir de la rue de Seine, Trinité met longtemps avant de pouvoir bouger. Ce ne sont pas les mots de Sylvain qui l'ont frappée, mais ses yeux.

« Ce type peut être dangereux… comprend-elle, en songeant à cette lueur bestiale qu'elle a lue, dormante, dans l'iris de Sylvain. Dans les catacombes, il était comme un animal… Et il avance au milieu des gens comme dans une jungle… »

Elle voit en effet Sylvain se noyer à contre-courant dans la foule, repoussant les gens qui l'empêchent d'avancer comme on tranche des lianes.

Après un instant de doute, Trinité court pour le rejoindre.

— Attendez, attendez !

Mais le professeur ne s'arrête pas, longeant le square Gabriel-Pierné, cette petite poche de verdure à l'ombre de l'Institut de France. Trinité lève les yeux vers la haute coupole. Dans la panique ambiante, ce dôme vénérable qui abrite les fers de lance de la pensée artistique, littéraire et scientifique est tellement hors sujet !

Trois enfants escortés de leur mère la tirent de sa contemplation en lui marchant sur les pieds.

« Ce n'est pas le moment de rêvasser… » se dit Trinité, reprenant son chemin au milieu des torses fébriles et des jambes tremblantes.

— Qu'est-ce qu'ils fuient ? chuchote-t-elle, en croisant le regard d'une vieille dame aux yeux rougis, qui houspille un mari à la traîne :

— Dépêche-toi, bon sang : il faut partir !

Le vieillard halète de fatigue, prêt à abandonner.

— À quoi bon ? souffle-t-il.

Mais sa femme lui prend le bras et le tire comme un âne rétif.

— Nous n'avons pas le choix !

Lorsqu'elle parvient enfin à rejoindre Sylvain, le professeur est dans l'encadrement d'un petit passage couvert qui relie la rue de Seine au quai de Conti.

— Vous m'avez quand même attendue, ironise-t-elle.

Mais Sylvain ne lui accorde même pas un regard. Ses yeux sont fixés droit devant lui, vers la Seine, et Trinité ne peut retenir un cri.

Devant eux, ce n'est plus un quai, mais une barrière. Une barrière humaine. Plus une voiture, aucun passant. Les lieux sont baignés d'un grand silence.

Adossée à la margelle du quai, contre les boîtes des bouquinistes, une immense rangée de CRS bouche la vue sur le fleuve.

Malgré les casques de Plexiglas, Trinité et Sylvain voient les visages des policiers en armes.

— Qu'est-ce qu'ils font là ? bredouille Trinité.

— Je ne sais pas, répond Sylvain après un long silence, mais ils ont peur…

Tous deux lisent en effet une crainte corrosive chez ces policiers, comme si chacun était en équilibre sur une mine.

L'un d'eux avise bien vite ce trentenaire et cette adolescente qui les observent depuis l'esplanade pavée de l'Institut.

— Eh là ! Vous ne savez pas que les quais sont zone interdite ?…

Le CRS a hurlé d'une voix tremblante, comme s'il peinait à dire de tels mots.

— Zone interdite ? répètent d'une même voix Sylvain et Trinité.

Se passe alors une chose étrange.

Dix mètres plus loin, sur le quai Malaquais : un murmure.

Puis une brèche dans la colonne de CRS. Quelque chose vient de sauter par-dessus eux, depuis les berges.

Quelque chose qui frétille sur le macadam, asphyxié.

Un poisson…

Et par cette même brèche, comme un rideau entrouvert, Trinité et Sylvain voient.

Ils voient les péniches, à la dérive.

Ils voient le miroir verdâtre, d'où émergent les cimes des peupliers, des platanes.

Ils voient les débris, entraînés par le courant.

— Non, chuchote Sylvain, les jambes en coton, Paris ne brûle pas : *Paris se noie*...

Dimanche 19 mai, 8 h 15

— Une crue de la Seine ! répète Sylvain qui ne parvient pas à concevoir cette idée, songeant évidemment aux célèbres photographies de la plus grosse crue jamais connue à Paris : celle de 1910.

Lorsque le professeur en projette les images, dans le cadre de son cours sur « La Seine, un monstre froid », les étudiants frissonnent d'effroi amusé : ces barques, dans les Tuileries ; ces quais sous l'eau ; ces passerelles, d'un immeuble à l'autre ; ces ponts submergés. Mais à l'époque, cette ambiance vénitienne s'était mise en place sur plusieurs jours...

« Alors qu'aujourd'hui, songe-t-il en posant un dernier regard sur ce torrent noir qui s'engouffre sous les ponts comme une marée montante, le niveau a monté en quelques heures ! »

Devant ce fleuve dont la surface n'est plus qu'à deux mètres de la margelle du quai, Trinité est tout aussi sonnée.

— On dirait un film catastrophe ! ajoute-t-elle en apercevant la coque d'un petit hors-bord, qui flotte à l'envers et se brise sous la voûte d'un pont. Au même instant, trois CRS traversent en courant le quai de Conti et se ruent sur les deux intrus pour les refouler de l'autre côté de l'Institut de France.

— La zone est déclarée interdite par arrêté préfectoral ! dit l'un d'eux, en les poussant sous le petit passage avant d'en boucher l'accès avec une barrière de police.

Les voilà revenus rue de Seine, de l'autre côté de l'Académie française, illusoire paravent de pierre. Autour d'eux des Parisiens perdus, déphasés, arpentent le trottoir comme des chiens sans maître.

Levant les yeux au ciel, la lycéenne découvre une incroyable quantité d'oiseaux qui planent au-dessus du quartier.

Elle ne peut s'empêcher de songer aux images du film d'Hitchcock, et ironise :

— Il y en a qui s'amusent…

— Et d'autres qui paniquent, ajoute Sylvain, désignant une petite troupe qui s'est spontanément créée, dans le square Gabriel-Pierné.

Une trentaine d'individus de tous âges et conditions y sont agglutinés autour d'un clochard.

— Foutez-moi la paix ! grogne le barbu, assailli par tous ces inconnus dans ce qu'il croyait être son pré carré.

Mais la petite foule ne prête aucune attention au SDF, buvant les paroles d'un vieux transistor que le vagabond tient sur ses genoux, comme un trésor de guerre.

— Filez-moi au moins une pièce… grommelle-t-il.

— Ta gueule ! rétorque un ouvrier en bleu de travail, qui augmente le volume de la radio.

« *Si la population parisienne migre vers les hauteurs de la capitale, comme Chaillot, Belleville, Ménil-*

montant, Montmartre, la Butte-aux-Cailles ou la montagne Sainte-Geneviève, la Seine n'a pas encore débordé… »

— Ouf ! fait l'ensemble de l'assistance.

— Ce sont les infos ? demande Trinité en s'approchant.

Une femme se tourne aussitôt vers la lycéenne et pousse un « chut ! » agressif.

— C'est quelle radio ? insiste pourtant Trinité.

Mais Sylvain lui donne une tape sur l'épaule, pour la faire taire. Lui aussi est concentré sur la voix engorgée de ce speaker :

« *Pour l'instant ne sont inondées que certaines caves, mais par mesure de sécurité, les réseaux de transports en commun ont été interrompus* sine die. »

— Ciné quoi ? demande le clochard.

— Mais faites-le taire !

« *La Mairie de Paris a également lancé sur le terrain ses services spéciaux, entraînés pour gérer les mouvements de foule à la suite des attentats de la porte Maillot, l'automne dernier.* »

— Ils sont censés nous aider ? glapit Trinité en scrutant la masse des CRS, qui bloquent maintenant tout le quartier.

L'un d'eux se dégage alors de l'escouade et marche vers le petit square.

— Je suis désolé, messieurs-dames, mais il va aussi falloir partir d'ici, dit-il d'un ton timide.

Mais lorsqu'il remarque la petite radio, le CRS s'approche.

— Vous avez des nouvelles fraîches ? demande-t-il à mi-voix avec espoir, prenant garde que son capitaine ne l'entende pas. Nous, on ne nous dit rien. On sait juste qu'on doit défendre tous les accès à la Seine.

— Si la police en sait aussi peu que nous, c'est rassurant ! souffle Trinité à l'oreille de Sylvain.

Le professeur ne répond pas, toujours concentré sur le transistor, car il vient de reconnaître l'invité au micro.

« *Monsieur Protais Marcomir, vous avez téléphoné à nos studios en déclarant que vous aviez des révélations sur le phénomène qui ébranle notre capitale depuis quelques heures…*

— *Absolument ! Le cataclysme de ce matin n'est que le commencement d'une catastrophe bien plus grave. Ceux qui ont lu mon livre savent très bien ce qui va suivre…*

— *Monsieur Marcomir, pourquoi nous avoir convoqués ?*

— *Parce que je suis là pour vous aider.*

— Nous *aider ?*

— *Moi seul ai eu le courage d'annoncer cette catastrophe ; moi seul ai eu l'audace de la décrire, de l'écrire. On m'a traité de fou, d'écrivain de gare, de gourou pour gogos… autant d'insultes aux fidèles de mon Église, qui ne cessent d'affluer depuis ce matin, en quête de réconfort.*

— *Qu'avez-vous à dire au pays, monsieur Marcomir ?*

— *Qu'il ne s'inquiète pas et qu'il retrouve la confiance… Les politiques vont l'abandonner, le pays va sombrer dans la déroute, dans l'anarchie. Durant les jours à venir, à mesure que va progresser le sinistre, ce ne vont être qu'émeutes, pillages, massacres. Et contre cela rien, vous m'entendez ? Rien ne pourra être fait. Nos gouvernants vont contempler l'étendue de leur impuissance, sur les décombres d'une nation en miettes !*

— Vous... vous parliez de confiance ?

— Oui : car je suis là !

— Vous ?

— Je m'adresse ici à tous les Parisiens, à tous les Français qui m'écoutent. À l'heure où vos élus vous abandonnent, où la police, l'ordre, tout ce qui fait le ciment d'un État solide, retourne au néant... bref, à l'heure de toutes les défaites, l'Église protaisienne est là, pour vous !

— Mais enfin...

— Entrez dans l'espérance ! Rejoignez nos bastions ! Nous seuls avons osé vous prévenir, nous seuls sommes en mesure de redresser le... »

La suite de ce délire paranoïaque est noyée dans un vacarme assourdissant, car la réception se distord et vire au grésillement.

— Qu'est-ce que c'est ? grogne le clochard, qui met le volume au maximum.

Rien ne se passe...

— Laissez-moi faire ! dit l'ouvrier, qui saisit le transistor et le secoue comme une bouteille de Ketchup.

La réception est pourtant morte.

Trinité s'avance au milieu des autres. Elle croit avoir compris. Depuis l'époque où elle s'amusait à bricoler de petits émetteurs, elle connaît ce type de turbulences sonores.

— Ça n'a rien à voir avec les batteries, dit-elle d'un ton inquiet, l'écoute est *volontairement* brouillée...

La foule réplique alors d'une seule voix :

— Par qui ?

En guise de réponse, un lourd vrombissement tombe du ciel, faisant fuir les oiseaux qui volent en rase-mottes comme avant un orage.

— Maman, qu'est-ce que c'est ? couine une petite fille, assise sur le banc à côté du clochard.

Au même instant, le ciel s'assombrit de façon inquiétante.

— Maman, reprend la gamine, regarde le gros nuage…

— Ce n'est pas un nuage, ma chérie, bredouille la mère, en attrapant la petite entre ses bras.

« Paris ne sera plus jamais pareil… » songe Sylvain, les yeux braqués vers le ciel.

Tétanisée, la petite troupe fixe l'énorme structure qui passe au-dessus d'eux.

— Un dirigeable ! s'exclame Trinité, qui n'en revient pas qu'un tel engin puisse voler aussi bas sur Paris.

Comme s'il avait lu dans ses pensées, Sylvain enchaîne :

— Il n'est pas à plus de quarante mètres.

Tous peuvent alors lire l'inscription, en lettres blanches sur la cabine de l'immense ballon : *Mairie de Paris*.

Le plus étonnant, ce sont les hélicoptères. Comme les mouches escortent le bourdon, ils ouvrent la voie au zeppelin, qui avance d'un train de sénateur dans le ciel parisien. Leurs pales fouettent l'air, faisant valser les arbres et formant de petits tourbillons de sable dans le square Pierné.

Assaillis de poussière, Sylvain et Trinité se protègent les yeux. Et lorsqu'une voix métallique jaillit du monstre, tout le quartier sursaute.

« *Chers concitoyens, pas de panique !* »

— La voix du maire, crie Trinité à l'oreille d'un Sylvain assourdi.

Le haut-parleur est si fort qu'elle ne peut rien ajouter.

« *Avec l'accord du président de la République, des ministres de l'Intérieur et de la Défense, les services de la Mairie de Paris mettent tout en œuvre pour que notre belle cité recouvre son calme le plus vite possible…* »

Puis… silence.

— C'est tout ? s'offusque une vieille dame, les tympans douloureux.

Poursuivant sa route, le ballon s'éloigne et répète cet avertissement, en surplombant un quartier voisin.

Maudissant le ciel, la vieille se laisse tomber sur le banc, à côté du clochard qui joue les philosophes :

— À quoi bon s'énerver ? Profitez plutôt de ces vacances obligées…

Toute l'assemblée le fusille du regard, comme s'il avait blasphémé. Puis ils tournent leurs têtes en direction de l'ouest, car le dirigeable a repris son laïus.

— Ce n'est qu'un discours enregistré… remarque Trinité, abattue.

Dans le square, c'est la consternation. Hérissés de valises, de sacs de provisions, les exilés jettent autour d'eux des regards perdus, comme des orphelins sur une île déserte.

Sylvain contemple ce tableau avec une inquiétude teintée de gourmandise. Depuis toujours, il avait tenté d'imaginer à quoi pourrait bien ressembler la fin du monde.

« Et si c'était ça ? » se demande-t-il devant cette foule éberluée. N'est-ce pas une véritable catastrophe qui se présente à lui ? N'est-ce pas une chance inespérée que d'assister à un spectacle aussi insensé, aussi *définitif ?* Paradoxalement, le professeur se sent envahi par une ivresse hors de propos mais délicieusement narcissique. Une joie presque…

— Bon, on fait quoi maintenant ?

Le saisissant au bras, Trinité le tire de cette bouffée délirante.

La petite a raison : que doivent-ils faire, maintenant ? Fuir ? Aller se cacher avec les autres Parisiens ? Mais n'ont-ils pas eux aussi un rôle à jouer ?

Sylvain est traversé d'hésitations. « Est-ce que je ne devrais pas aller voir Gabrielle ? » Mais il prend à son tour Trinité par le bras et marche vers la sortie du square en scrutant le ciel avec hargne :

— Je crois que nous allons avoir une petite explication avec la directrice du Jardin des plantes…

Dimanche 19 mai, 10 heures

— Ah non, m'sieur Sylvain, Mme la conservatrice n'est plus là… répond Joseph, malaxant nerveusement sa casquette de gardien.

— Mais où est-elle ? insiste le professeur, qui découvre un Jardin des plantes en charpie.

Autour d'eux, des dizaines de camions labourent les allées, détruisent les massifs de fleurs, manœuvrent en urgence, sans souci des pelouses, des arbres, des bordures, des écriteaux.

Joseph désigne un poids lourd qui s'éloigne ; en guise de remorque : une cage de fortune où trois ours jettent des regards perdus.

— Votre mère a voulu accompagner le premier convoi, ce matin, à sept heures…

— Où les emmène-t-on ? demande la fillette qui marche depuis dix minutes à leurs côtés.

Le gardien se raidit et fixe Sylvain, ne sachant s'il doit répondre. Mais la petite regarde les deux hommes avec intensité et le jeune professeur, qui avait pourtant demandé à l'adolescente de ne pas intervenir, bredouille embarrassé :

— C'est Trinité : ma… nièce.

— Je ne savais pas que vous aviez une nièce, m'sieur Sylvain.

— La nièce vous a posé une question ! grommelle Trinité : où Gervaise Masson a-t-elle conduit les animaux de la ménagerie ?

Joseph déglutit, comme s'il passait un interrogatoire.

— Dans la vallée de Chevreuse, au sud de Paris… Ensuite, s'il le faut, ils seront transférés…

Voulant faire de l'esprit, il ajoute :

— C'est toujours mieux qu'en 1871 : sous la Commune, les Parisiens ont bouffé toute la ménagerie… Il paraît qu'il y avait du tartare de hyène.

Joseph éclate d'un rire nerveux mais personne ne le suit. L'heure n'est plus à la galéjade.

Autour d'eux, un ballet de gardiens, de policiers en armes, de dompteurs improvisés, pousse des cris en ouvrant une à une chaque cage :

— Faites bien attention aux iguanes !

— Les gorilles sont correctement enchaînés ?

Sylvain ne dit rien. Il regarde ces hommes qui zigzaguent entre les cages en bridant leur inquiétude, pour vérifier une serrure, caresser un pelage, gourmander un gardien.

« C'est vraiment la fin du monde… » songe-t-il, se demandant comment ne pas céder à la panique, dans de telles circonstances ; comment ne pas vouloir fuir, tout abandonner derrière soi, au lieu de rester là, comme ces hommes de devoir, à organiser l'évacuation de quelques bêtes sauvages ?

— Et Lubin ? reprend Trinité.

Joseph scrute de nouveau l'adolescente, étonné qu'elle le connaisse.

— C'est vrai, complète Sylvain, où est Lubin ?

— Il a suivi Mme Masson, ce matin. Ils sont chacun montés dans un camion : elle est partie avec les varans, il a accompagné les pandas…

« Les varans, les pandas… » répète Sylvain, encore plus abasourdi par le spectacle de cette ménagerie qu'il ne l'a été par celui de Paris en plein chaos.

« Tout est vraiment en train de couler ! » se dit-il en apercevant les reflets de la Seine, de l'autre côté du zoo.

Il lui paraît tout à coup grotesque et impossible que sa mère ait pu jouer le moindre rôle dans une telle catastrophe.

— Et les singes blancs ?

Joseph prend une mine soucieuse pour répondre :

— Alors ça, c'est très bizarre : Mme Masson a spécifiquement demandé qu'ils ne soient *pas* déplacés. Ce sont même les seuls animaux à ne pas quitter la ménagerie. Ben tenez : les voilà !

Alliant le geste à la parole, ils parviennent devant la cage des singes blancs, dernière masure habitée de ce village désert.

Voyant les animaux, Sylvain tressaille. Son malaise remonte en même temps que les images de la veille…

« Ils sont tous là… » remarque-t-il. Cinq malheureux primates, aux allures si inoffensives, derrière les vieilles barres de métal. « Comment imaginer qu'ils aient pu kidnapper des nourrissons ?… »

Il repère vite les trois victimes d'hier soir : en retrait, au fond de la cage, cachées par un vieux pneu crevé, toutes trois lèchent leurs plaies.

Adossés à leur cage, deux vigiles épuisés mangent compulsivement un sandwich. Avisant Joseph, l'un d'eux demande :

— La vieille est revenue ?

Au mot « vieille », Joseph vire pivoine et fuit le regard de Sylvain. Puis il fait « non » de la tête, balbutiant :

— De toute façon, Mme Masson a été très claire : les singes blancs ne bougent pas d'ici.

Le premier gardien répond nerveusement :

— Elle est folle : il faut tous les évacuer…

Son vis-à-vis – même uniforme, même tête de tueur – réplique :

— Tu as entendu Marcomir, à la radio ?

— Tout le monde l'a entendu !

— Ma femme a lu son bouquin, elle dit que ça commence exactement comme… ce matin.

— C'est vrai, chuchote Trinité à l'oreille de Sylvain, quel est le vrai rôle de Marcomir, dans tout ça ?

— Je ne sais pas… je ne sais plus… avoue Sylvain, à mi-voix, car la fatigue plane à nouveau sur sa lucidité épuisée.

Soudain : un hurlement.

— ATTENTION !

Joseph se jette sur Sylvain et Trinité, les pousse en arrière, de l'autre côté de l'allée, contre l'enclos vide des chevaux de Przevalsky.

Un peu plus et ils étaient écrasés par un camion dont la remorque entraîne cinq félins aux yeux effarés, qui n'ont jamais quitté leur cage.

Le cœur battant la chamade, Joseph pose une main tremblante sur l'épaule du professeur.

— Faut pas rester là, m'sieur Sylvain. Ça devient dangereux.

Scrutant les cages vides, il ajoute :

— Je dirai à votre mère que vous êtes passé…

Le zoo dégage une odeur écœurante, tant les animaux suent de peur.

Trinité s'approche alors de Sylvain.

— Il a raison, on ne peut pas rester là : il faut qu'on se mette au calme pour faire le point…

— Faire le point ? rétorque Sylvain, de plus en plus épuisé.

— Oui : voir comment on peut essayer d'arranger tout ça…

« Elle croit vraiment qu'elle peut sauver le monde, cette gamine ? » se demande Sylvain. L'œil de Trinité brille, déterminé.

— Vous habitez à côté, n'est-ce pas ? On peut aller chez vous ? Vous avez Internet ?

Devant ce flot de questions, Sylvain se sent vaciller.

— Oui…

— Très bien ! clame-t-elle, sans lui laisser le temps de finir.

Le poussant vers la sortie, elle ajoute :

— On n'a plus un instant à perdre. Nous reviendrons voir votre mère plus tard, lorsqu'elle sera rentrée de la vallée de Chevreuse. Nous avons encore une longueur d'avance : elle ne sait pas ce que nous savons…

Leur conciliabule est de nouveau interrompu par un hurlement, dans leur dos.

— Joseph ! Joseph !

Resté en retrait, Joseph se raidit, car, en l'absence de Gervaise et de Lubin, il est hiérarchiquement en charge de la ménagerie.

— Que se passe-t-il ?

Un gardien et trois policiers sont face à lui, pliés en deux, en rang devant une haie de chèvrefeuille. Tentant de reprendre leur souffle, ils halètent, les mains appuyées à mi-cuisse.

— Les cro… les cro… bégayent-ils.

— Les quoi ?

Un des flics s'interpose.

— Les crocodiles, monsieur Joseph ; ceux du vivarium.

Joseph se fige.

— Eh bien ?

— Pour évacuer les eaux sales, leur baquet communique avec les égouts, n'est-ce pas ?

Joseph blêmit.

— Je crois, oui…

— Ils ont brisé la grille. Ils ont disparu…

— Nous aussi, on disparaît, chuchote Trinité, entraînant Sylvain hors de la ménagerie.

Dimanche 19 mai, 11 h 45

Une demi-heure plus tard, l'appartement de Sylvain est un capharnaüm. Son bureau poussiéreux s'est couvert de livres et les documents trouvés sur Internet s'étalent dans toute la pièce, comme s'il venait d'être cambriolé.

Trinité tient à ce qu'ils accumulent le plus de données sur l'eau à Paris.

— C'est quoi ce gros livre bleu, là, dans la bibliothèque contre le frigo ? demande-t-elle sans quitter des yeux le clavier du vieux Mac de Sylvain.

— Un dictionnaire des rues de Paris, répond le professeur, à qui la gamine finit par donner le tournis.

— Sortez-le et posez-le là !

— Mais ça ne sert à rien ! s'insurge Sylvain, prenant conscience qu'il obéit de plus en plus à Trinité. Il faut qu'on se concentre sur ma mère, sur le zoo, sur les kidnappings. Ces inondations n'en sont que la conséquence, un… dommage collatéral. Il faut frapper au cœur !

Trinité secoue frénétiquement la tête, lançant une nouvelle impression de texte sur l'antique Lexmark de Sylvain (« une DCP-330 C, quel matériel médiocre ! »), posée en équilibre entre une table basse et la cheminée lourde de cendres.

— On ne sait pas, répète-t-elle, les yeux vissés à l'écran. On ne sait pas encore…

Sylvain hésite entre tout arrêter, se précipiter chez Gabrielle, ou suivre les intuitions de la lycéenne. Le cerveau de Trinité va si vite !

— Reprenons, dit-elle en tenant la feuille.

Las, Sylvain se laisse tomber dans son vieux canapé. Trinité voit un nuage de poussière s'en échapper.

— Je t'écoute.

— Je ne sais pas si ces chiffres vont nous servir à quelque chose, mais ils peuvent être une piste de… travail, dit Trinité, avant de déclamer, comme une litanie : La Seine parcourt Paris sur 13 km, passant sous trente-cinq ponts, sur une profondeur moyenne de 5 m. Elle a 105 m de large près de Bercy, et seulement 30 à l'île de la Cité. Son seuil d'alerte est de 2,50 m. En 1988, la crue est montée à 5,39 m. En 1982, à 6,18 m. Et pendant les fameuses inondations de 1910, jusqu'à 8,62 m… Mais chaque fois, cela a pris plusieurs jours…

Trinité fronce les sourcils, pianotant de nouveau sur le Mac de Sylvain, dont le ventilateur peine de plus en plus.

— Alors qu'aujourd'hui (elle consulte sa montre), en moins de douze heures, la Seine a atteint… 11 m !

— Sans pluie, sans intempéries, sans orages… ce qui est rigoureusement…

— Impossible !

Trinité et Sylvain se taisent.

L'un et l'autre savent que quelque chose de plus grave est caché derrière cette crue.

Une *volonté criminelle*.

Sylvain objecte :

— Comment des terroristes pourraient-ils faire monter le niveau de la Seine ?…

— En jouant sur les écluses ? hasarde Trinité, qui a ouvert un livre sur *La Seine et son histoire*.

— Ça ne suffit pas !

Trinité retourne à l'ordinateur et glapit :

— Attendez, j'ai trouvé ce qu'ils appellent « l'éphéméride de la crue »…

Sylvain se penche au-dessus d'elle.

— C'est quoi ?

— Le compte à rebours qui va tous nous noyer. Un texte écrit par des internautes qui auraient fait des statistiques…

Alors Trinité lit à voix haute ce planning de cauchemar :

— C'est programmé sur une semaine, frémit-elle.

Premier jour : début de la crue.

Deuxième jour : inondation des quartiers les plus bas et les plus proches de la Seine : le Marais, la plaine de Grenelle.

Troisième jour : l'eau commence à gravir les pentes des collines de Paris : Belleville et Ménilmontant à l'est, Montmartre au nord, Chaillot à l'ouest, Montparnasse et Sainte-Geneviève au sud…

Quatrième jour : de l'île de la Cité dépassent maintenant les tours de Notre-Dame, de la Sainte-Chapelle, et le toit de la Conciergerie. La Sorbonne est au bord d'un lac.

Cinquième jour : l'eau atteint le Trocadéro et le Panthéon.

Sixième jour : On se promène en barque sur la place du Tertre, au pied du Sacré-Cœur de Montmartre.

Septième jour : l'antenne de la tour Eiffel vient d'être immergée…

Trinité est pétrifiée. Ses doigts tremblent.

— Paris ne peut pas tout simplement disparaître, en une semaine, au fond de la mer…

— Comme l'Atlantide, dit Sylvain d'un ton rêveur, imaginant des plongeurs en masques et bonbonnes en train de visiter les couloirs du musée du Louvre, la nef de Notre-Dame, remontant des Champs-Élysées aux arbres aussi mous que de grandes algues, pénétrant dans les appartements comme dans les cabines du *Titanic*.

— Encore planté ! s'énerve Trinité.

Constatant que l'écran de son Mac est figé, Sylvain remarque :

— On a pourtant de la chance d'être connectés. Une partie de Paris n'a plus du tout de courant.

Trinité se lève d'un bloc.

— Venez ! Maintenant il nous faut du *vrai* matériel !

Sans que Sylvain ait eu le temps de réagir, Trinité a rangé les livres dans la bibliothèque, débranché l'ordinateur défectueux, saisi une veste sur le lit du professeur pour la lui tendre.

— Et, s'étonne-t-il, on le trouve où, ce « vrai matériel » ?

Comme si la réponse coulait de source, Trinité ouvre la porte de l'appartement et réplique :

— Chez moi.

Mais tandis qu'elle s'engage dans l'escalier, le portable de Sylvain vibre dans sa poche. La première fois depuis le début de la crue.

« Et si c'était ma mère ? » songe-t-il aussitôt, perdant à cette seule idée une partie de sa détermination.

Il tire le téléphone et, lisant le nom de l'expéditeur, blanchit.

— Un problème ? fait Trinité.

— Attends-moi en bas, j'en ai pour cinq minutes.

— Mais…

La porte lui claque sous le nez, et elle se retrouve seule sur le palier. Elle a beau plaquer son oreille à la porte, elle ne parvient pas à entendre ce que dit Sylvain. Le professeur a couru à l'autre bout de l'appartement, ouvrant sa fenêtre pour se pencher vers les arènes et répondre au téléphone.

— Gabrielle ?

Dimanche 19 mai, midi

— Vous donnez toujours vos interviews depuis votre lit, monsieur Marcomir ?

Le gourou hésite puis avoue :

— C'est comme ça que ça se passe, ici !

La vieille journaliste frissonne devant le regard glacial de Marcomir, luisant sous ses verres bleu électrique.

— Et vos gorilles, reprend-elle, ils vont rester là ?

Le gourou esquisse un sourire puis se recale entre ses oreillers multicolores. Le *water bed* est secoué d'une houle qui atteint la journaliste, assise de l'autre côté du lit, Dictaphone en main.

— Bon, assène Marcomir en claquant des doigts, sortez, je veux rester seul avec madame… madame ?

— Schmidt, répond la journaliste, tandis que cinq sbires au crâne rasé quittent la pièce sans un mot, aussi raides que des mannequins.

Une fois seuls, Marcomir dissèque son invité avec méfiance : la soixantaine rêche et acide.

— Je vous écoute…

La journaliste attaque :

— Je voudrais faire un portrait de vous en dernière page du journal, pour l'édition de mardi.

— Si *Le Figaro* paraît encore… coupe Marcomir, sans ironie, jetant un regard avide par la fenêtre.

Dans le ciel, des nuées d'oiseaux planent comme une menace.

— Que voulez-vous savoir, au juste ?

— J'ai déjà l'architecture de mon papier, mais j'aimerais que vous éclaircissiez une ou deux zones d'ombre dans votre biographie.

La journaliste voit le gourou perdre son assurance. Le sourire se fige, le regard se durcit, mais il reste avenant.

— Je vous écoute…

La journaliste avale sa salive puis attaque :

— Vos parents vous ont-ils appelé Jean-Michel en hommage à votre grand-père paternel, Jean-Michel Fabrice, lui aussi vigneron à Rabastens ?

Marcomir en reste bouche bée. Il jette des regards de part et d'autre de la pièce, comme s'il s'enfonçait dans de la vase et guignait un point d'appui, une racine. La journaliste renchérit :

— Lorsque vous avez quitté la maison de vos parents, à trente-deux ans, aviez-vous été chassé pour avoir frappé votre mère, qui a passé huit mois à l'hôpital ?

Marcomir devient écarlate.

— Mais…

— Arrivé à Paris, avez-vous *effectivement* rencontré Claude Brien, chiffonnier aux puces de Vanves, qui vous a introduit dans un réseau de prostitution masculine, lequel vous a permis de survivre pendant six ans ?

— Arrêtez !

Le gourou perd tous ses moyens. Terrifié que ses sbires entendent ces paroles sacrilèges, il se retient de crier… et d'étrangler cette houri assise sur son propre lit. Mais l'autre continue :

— Lorsque vos activités vous ont amené à rencontrer le duc de Labarre, pouviez-vous imaginer qu'il se prendrait de passion pour vous, au point de vous léguer sa fortune, parmi laquelle le lieu dit du « village floral » dans le XIIIe arrondissement de Paris ? Imaginiez-vous qu'il mourrait providentiellement quelques semaines après vous avoir couché sur son testament ?

Le maître de l'Église protaisienne en a le souffle coupé.

— C'est… c'est… c'est de la calomnie !

La journaliste, impassible, ajoute d'un ton venimeux :

— Vous savez comme moi que je n'invente rien.

Ce disant, elle tend un dossier : « *Protais Marcomir, informations confidentielles, ministère de l'Intérieur* », que le gourou saisit en tremblant.

— Calomnie… calomnie… répète-t-il en tournant chaque page, avant de les déchirer une par une.

— Ce n'est qu'un duplicata, *monsieur Fabrice*.

À ce nom, Marcomir sursaute de dégoût. Ses yeux dardent des éclairs. Ses mains le démangent. Dieu qu'il étranglerait bien cette vieille peau !

— Vous comptez publier ça quand ?

La journaliste laisse son regard caresser les murs nus de cette grande pièce mansardée. Puis elle sourit doucement

— Vous aurez compris que je ne suis pas journaliste, monsieur Fabrice.

Marcomir retrouve un brin de confiance et aboie :

— Que voulez-vous ?

— Je vous l'ai dit : des détails.

Le gourou considère avec effroi les charpies du dossier qui virevoltent dans sa chambre.

— Quels *détails ?* Pas besoin de *détails*. Tout est juste. Vos « amis » sont très bien renseignés…

— Si ce n'est que ce dossier s'arrête il y a un an… avant votre « triomphe littéraire »…

L'homme frémit de nouveau.

— C'est *SOS Paris !* qui vous intéresse ?

— Je veux tout savoir.

Les mains de Marcomir se tordent entre elles avant de malaxer l'édredon de satin bleu. L'autre ne dit plus un mot, aussi tendue que lui : tout se joue maintenant.

— Ça a commencé il y a treize mois, attaque Marcomir d'une voix sourde, le regard fuyant. Mon Église avait de gros problèmes avec le fisc…

Un soulagement traverse le regard bleu du gourou, comme s'il avait *effectivement* besoin de se vider.

— Les impôts me réclamaient des sommes délirantes. J'ai pensé mettre la clé sous la porte. C'est alors qu'il est apparu…

— Qui ?

— Je ne sais pas. Un type. Un inconnu… Comme vous, il est venu me voir ici. Comme vous, il a exigé que je le reçoive seul. Lorsque vous avez demandé ça, j'ai bien cru que c'était lui qui vous envoyait…

— Et donc ?

— Ça a été très rapide. Il m'a passé dix copies d'un manuscrit et une liste de dix éditeurs. « Vous verrez, m'a-t-il dit, ils vont se battre pour vous publier ; et vous ferez monter les enchères. Alors après ça, les impôts… »

— Et ça a marché…

Marcomir retrouve sa bonne mine autosatisfaite.

— Un raz-de-marée ! Le livre devait correspondre à la sensibilité ambiante : un million d'exemplaires vendus en France ; quatre-vingts pays qui achètent les droits ; des producteurs de cinéma qui se battent pour le mettre en image… Mais pour ça…

Nouveau regard par la fenêtre : les oiseaux s'abattent sur des silhouettes qui campent à même les toits des immeubles voisins, fuyant la crue.

— Pour ça, complète la journaliste, la réalité vous a devancé.

Marcomir a une moue ambiguë.

— Disons qu'elle m'a répondu. Et c'est là que j'ai commencé à avoir peur. Dès le premier attentat, à la porte Maillot, l'automne dernier…

— Au moins vous avouez votre peur…

Le gourou s'emballe :

— Parce que ça n'est pas effrayant, de décrire par le menu une catastrophe annoncée ? Parce que ce n'est pas angoissant, d'avoir publié cette espèce de prophétie, jusque dans ses détails les plus précis : les bébés, les carnages, et maintenant la crue ! Vous croyez que ça ne me terrifie pas ?

— C'est d'autant plus terrifiant que vous n'en êtes pas l'auteur…

Marcomir baisse la garde.

— Il a bien fallu donner le change. Je suis bon pour jouer les prophètes. Cette apocalypse m'a fait gagner des millions…

La journaliste ricane tristement.

— Et l'autre ? Le *véritable* auteur ?

Le gourou arbore une mine désolée.

— Disparu, envolé. Je ne l'ai jamais revu.

— Vous pourriez me le décrire ?

Marcomir hausse les épaules, impuissant.

— Il portait des lunettes de soleil, un bonnet. Il masquait sa voix en chuchotant. Ça pourrait être n'importe qui… C'est ça que vous vouliez savoir ? Vous cherchiez des informations sur ce type ?

Elle ne répond pas.

— Ce sont les « Services » qui vous envoient ? insiste le gourou. Ils manquent d'infos et vous êtes leur appât ?

— Les Services n'ont rien à voir là-dedans…

— Mais qui êtes-vous ?

— Ça ne vous regarde pas, dit-elle en quittant la pièce en un éclair.

Après un moment de doute, le gourou presse un Interphone :

— Gilles, suis la bonne femme qui vient de sortir de ma chambre. Je veux tout savoir d'elle. Mais sois discret, hein ?

À cet instant, Gervaise Masson quitte la cité florale.

Lubin l'attend au coin de la rue des Glycines.

— Alors ? dit-il en surgissant entre deux voitures.

Gervaise avoue, irritée :

— Presque rien…

— Qui a été son informateur ?

— Un *veilleur*, comme pour moi.

— Et qui a écrit ce texte ?

— Marcomir n'en sait rien, je vous dis !

— Et vous le croyez ?

— Quand ce genre d'escroc dit la vérité, ça se voit tout de suite !

— Dans ce cas-là… on fait quoi ?

Autour d'eux, Paris sonne le glas de ses dernières heures.

Épuisée, Gervaise lève les yeux et répond tristement :

— On s'enfuit le plus loin possible…

Dimanche 19 mai, 12 h 25

— Tu entends les cloches ?

Dans chaque quartier, toutes les églises de Paris se sont mises à sonner, se mêlant aux sirènes des pompiers, des voitures de police.

— Ça veut dire que la Seine a commencé à déborder… explique Sylvain, regardant au loin les nuées de mouettes qui s'élancent des toits de zinc.

« C'est là tout ce que je trouve à lui dire ? rage-t-il, assis sur le rebord de sa fenêtre, chez lui, rue Monge. Depuis le début de cette conversation, on s'évite, on se tourne autour ! »

D'un ton neutre, Gabrielle se lance elle aussi dans de nouvelles considérations sur la catastrophe :

— Les actualités parlent de requins dans la Seine, d'animaux préhistoriques au bois de Boulogne, de loups rôdant dans les quartiers privés d'électricité. Et sur France 2, ils annoncent que des bandes de pillards seraient en ce moment même en train de quitter leurs banlieues, sur des radeaux de fortune, avec des moteurs de tondeuses, de tronçonneuses, pour attaquer les quartiers les plus riches, comme des pirates.

— Paris bascule dans le cauchemar, conclut Sylvain d'un ton sinistre.

Alors la voix de Gabrielle se fait plus sincère :

— Tu as peur, mon Sylvain ?

Le professeur resserre le combiné du téléphone. Vont-ils parvenir à se parler ?

— Je ne sais pas… Je m'inquiète pour toi, surtout…

Sylvain voudrait *tout* raconter à Gabrielle : ses angoisses, ses soupçons. Il voudrait lui avouer sa découverte des souterrains. Il voudrait la mettre en garde, la protéger. Lui dire qu'il a revu les tableaux… N'était-il pas question d'elle, cette nuit, dans le laboratoire ? Lubin et Gervaise ne parlaient-ils pas de la sacrifier ?

Prenant son élan, il parvient à murmurer :

— Tu… tu n'as pas vu Lubin, récemment ?

À cette question, Gabrielle se referme comme un coffre.

— Tu sais bien que je ne lui ai pas parlé depuis douze ans…

« Est-ce qu'elle me mentirait ? » s'interroge Sylvain, qui songe aux tableaux et revient à la charge :

— Il ne t'a pas fait passer des… tests ?

— De quoi me parles-tu, Sylvain ?

— Je… je… balbutie Sylvain.

Mais il ne trouve rien à ajouter : à nouveau, les mots meurent en couche, à l'orée de sa gorge.

Gabrielle brise le silence :

— Sylvain… il faut que je te dise quelque chose…

— Dis-moi…

— Je vis dans l'une des zones les plus hautes de Paris, tu sais ?

— Tu m'offres l'hospitalité ? complète Sylvain avec une ironie un peu morose. Et ton mari ?

— Il est en déplacement, à Lyon. Avec la crue de la Seine, toutes les voies d'accès de Paris sont bloquées… Ça peut durer très longtemps…

Sylvain ne peut retenir les battements de son cœur. Ainsi, il pourrait retrouver *sa Gabrielle ?* Ce tableau d'apocalypse deviendrait la plus douce des romances ?

Mais hélas…

— Non.

Sylvain a répondu sans réfléchir ; une fois de plus, il a laissé parler cet instinct qui a si souvent décidé, ces derniers jours.

— Tu es sûr ?

La voix de Gabrielle. Ce ton d'ange blessé.

C'est trop tard…

Sylvain peine à apaiser son cœur. Ses yeux s'embuent, sa voix vibre.

— L'autre soir, nous avons fait notre dernière fugue.

— Je sais, Sylvain… Mais je croyais… Je m'étais dit…

Pauvre Gabrielle, maintenant plus désemparée que lui.

— Bon… ajoute-t-elle dans un sanglot, dans ce cas-là, je vais vraiment descendre…

— De quoi parles-tu ? Descendre où ?

— Peu importe, mon ange… Tu vas prendre soin de toi, n'est-ce pas ?

— Bien sûr…

— Tu me le promets ?

— Moi je ne t'ai jamais menti, Gabrielle…

À cet aveu, la jeune femme est envahie de chagrin. Sylvain l'entend respirer profondément avant qu'elle ne raccroche, sans ajouter un mot.

Sylvain reste longtemps immobile, en apesanteur, assis sur le rebord de sa fenêtre. Son corps ne bouge plus, mais il ne peut apaiser son esprit :

« Et si je la rappelais ? pense-t-il. Et si j'abandonnais tout : ces recherches absurdes, cette surdouée, cette fausse famille, cette ville en déroute, pour rejoindre la seule personne qui ait jamais compté dans ma vie ? »

Il est alors tiré de la torpeur par la sonnerie de son portable.

« Elle me rappelle ! »

Il décroche dans un éclair d'espoir :

— Gabrielle ?

— Non, c'est Trinité. Qu'est-ce que vous faites ? Voilà une demi-heure que je vous attends !

— J'arrive, dit tristement Sylvain, d'un ton résigné, en fermant la fenêtre sur ses souvenirs.

— Je vous préviens, dans la rue, ça vire au cauchemar.

Dimanche 19 mai, 12 h 50

— Bienvenue dans la fin du monde ! grimace Trinité, tandis que Sylvain la rejoint en titubant devant la porte de son immeuble.

— C'est hallucinant ! jure le professeur qui pose un pied timide sur le trottoir de la rue Monge. En quelques heures, tout est allé si vite…

Devant eux, sous un soleil de plus en plus chaud, de petits tas humains s'étirent, au gré des rues. Affalés devant les boulangeries fermées, les restaurants aux rideaux baissés, les cafés aux vitres brisées, ces inconnus sont autant de monticules effrayés, tremblants et honteux.

— On se croirait sur un *boat people*, frissonne Trinité, en scrutant l'angle de la rue des Arènes.

Sylvain ne peut s'empêcher de penser à Gabrielle : « Et je la laisse seule face à ça… »

— Pendant que vous étiez au téléphone, j'ai un peu parlé autour de moi, explique l'adolescente. Pour l'instant, seuls le Marais et les plaines de Paris pataugent dans l'eau… Mais la panique a été la plus forte.

Sylvain est tétanisé.

La lycéenne le prend par le bras et l'entraîne dans la foule.

— En une demi-journée, les habitants du centre se sont tous jetés sur les hauteurs de Paris. Ils pensent que la Seine va les engloutir comme un tsunami.

Les voilà bientôt dépassant la place Monge…

« Ce n'est plus une place, mais la cour des Miracles ! » songe Sylvain, devant le spectacle de cette humanité entassée comme en un camp.

— Foutez-nous la paix ! entendent Trinité et Sylvain, tandis qu'ils arrivent près des buildings de l'université de Censier, en enjambant des corps et des bagages. La rue est à tout le monde !

— Peut-être, mais faut pas rester là… objecte un CRS, totalement submergé par cette marée humaine.

— Si vous nous virez, il faudra virer les autres, rétorque un type, assis sur une énorme valise à roulettes, posée contre un panneau de sens interdit, en désignant les trottoirs aussi bondés que des quais de métro un jour de grève.

— C'est extravagant…

Sylvain pense encore à Gabrielle, mais se force à rationaliser : « Elle est au vingt-deuxième étage, sur l'une des plus hautes zones de Paris… »

— Il faut aller dans les abris, monsieur, insiste le CRS.

— Mais ils sont déjà pleins, vos abris ! Je me suis renseigné : il n'y a plus un lit de camp dans tout le sud de Paris. Plus une couverture ! C'est bien pour ça qu'on reste ici !

Des rues surpeuplées, une chaussée chaotique, des gens perdus, des policiers dépassés, des voitures abandonnées, des déchets partout, et puis ces dirigeables escortés d'hélicoptères qui continuent à sillonner le ciel parisien : c'est dans ce climat d'apocalypse que Sylvain et Trinité parviennent à la Reine Blanche.

Dimanche 19 mai, 13 h 30

— Je suis branchée sur un réseau électrique indépendant, qui sera parmi les derniers à flancher quand tout Paris sera dans le noir, claironne Trinité en se juchant sur un haut siège de cuir prune, qui tourne sur lui-même.

Sylvain reste interdit devant tant d'assurance. Il ne peut associer l'image de cette jeune adolescente à cette quinzaine d'écrans de régie télévisée.

« Qu'est-ce que des parents ont à se reprocher pour offrir à leur fille la panoplie du parfait petit voyeur ? »

Sylvain est d'autant plus mal à l'aise qu'il règne ici un calme oppressant. Regardant par l'unique fenêtre, il ne perçoit que la boule verte et touffue du marronnier de la cour : seul lien avec le monde extérieur.

— Paris peut s'effondrer, la France disparaître, on n'en saurait rien, murmure-t-il, en se laissant lui aussi tomber sur un siège de cuir, frappé d'un nouveau coup de fatigue.

Trinité, en revanche, frétille en tous sens. À genoux devant un fax, posé sous les ordinateurs, elle en tire une feuille imprimée qu'elle lit d'un air navré.

— Un message ? demande Sylvain.

Après un instant de doute, elle lui tend la feuille presque à contrecœur.

— Vous vouliez savoir qui sont mes parents ?

Sylvain prend et lit.

« Ma chérie,

Nous venons d'arriver à Sydney, où il fait très beau.

Le personnel de l'hôtel nous a dit qu'il y avait une crue de la Seine et on a aussitôt vu des images sur CNN. C'est pourquoi nous te demandons de faire bien attention à toi. Papa vient de réapprovisionner ton compte en banque. Nous serons à la maison dans dix jours. D'ici là, on te fait confiance et on t'embrasse.

Maman. »

Décontenancé, Sylvain rend la feuille à Trinité.

— Tes parents ne sont pas du genre à s'inquiéter, apparemment ?

Trinité hausse les épaules avec une moue humiliée.

— Ça fait des années que j'ai appris à faire sans eux…

D'un geste brusque, elle froisse le fax, l'envoyant avec mépris dans une corbeille spéciale, qui le réduit en lamelles. Un instant, elle fixe l'engin avec une rage cannibale, puis saisit une grosse télécommande à molette.

— Faisons plutôt le bilan des dernières vingt-quatre heures à la Reine Blanche.

Ahuri, Sylvain voit aussitôt s'allumer un à un les écrans, comme autant de hublots. En accéléré, sans son, tel un film muet des premiers âges, il découvre alors la vie intime des onze appartements de l'immeuble.

Au départ gêné, Sylvain se laisse vite prendre par le spectacle. Rien n'est plus fascinant que la banalité des autres, quand ils se pensent seuls.

D'autant que l'enthousiasme de Trinité est contagieux. En un instant, elle perd sa mine d'orpheline et retrouve une sorte de passion sèche, assez brutale, qui a surgi sitôt les écrans allumés. C'est même d'une voix gourmande qu'elle présente chaque locataire à Sylvain, comme si le professeur venait d'entrer dans un salon pour saluer les invités :

— De gauche à droite : M. Huairveux, Mlle Garnier, Yvan et Bernard, Jean et Nadia Chauvier…

— Attends, attends… l'interrompt Sylvain, qui s'égare devant l'éventail… Les Chauvier, reprend-il en se penchant vers l'écran n° 3, ce sont ceux dont le bébé a été kidnappé ?

Mais Trinité ne lui répond pas et écarte les doigts dans sa direction, pour demander le silencc.

— Ce film a été pris, hier vers six heures de l'après-midi, à l'heure où j'espionnais votre mère au Jardin des plantes, marmonne-t-elle, comme si elle faisait un calcul mental.

Jean et Nadia sont dans leur salon.

Sylvain voit entrer trois hommes en veste et imperméable.

— Qui est-ce ? demande-t-il.

— Les flics qui bossent sur l'enquête, commente Trinité, devant ces silhouettes visiblement dépassées par les événements. Et ça c'est le commissaire Parasia, ajoute-t-elle en désignant le plus âgé du groupe, qui ausculte la pièce avec lassitude.

« …Vous savez sans doute que Protais Marcomir est blanchi. Tout porte à croire qu'il s'est laissé faire par souci d'autopromotion, et qu'il n'a rien à voir avec l'enlèvement des enfants…

— Qu'est-ce qu'on en a à foutre, de ce tordu ? glapit Jean, en se levant pour se mettre devant Parasia. C'est notre gamin qu'on veut ! »

Surpris de se découvrir plus petit que son vis-à-vis, le commissaire grommelle :

« Je ne vous cacherai pas qu'avec les récents événements, la quasi-totalité des services de police est… »

Il ne peut finir sa phrase.

Un gémissement monte de la gorge de Nadia, à leur percer les tympans.

Une douleur immense.

La jeune femme se roule en boule sur le canapé. Même son époux ne sait comment la calmer. Il s'assied près d'elle, la prend dans ses bras, mais elle se débat comme si le simple fait de la toucher lui brûlait la peau.

« FOUTEZ-MOI LE CAMP ! FOUTEZ-MOI TOUS LE CAMP ! »

Le cri de Nadia est si aigu, si violent, que les baffles en grésillent.

Ne sachant comment réagir, Jean s'avance vers les policiers.

« Messieurs, je crois qu'il vaut mieux que vous nous laissiez…

— Dès que nous avons du nouveau, nous vous prévenons, monsieur Chauvier.

— Bien entendu, bien entendu… »

Lorsqu'il ferme la porte derrière les flics, Jean s'effondre contre le mur. Sa tête oscille de droite à gauche, compulsivement.

Ses lèvres ânonnent :

« Je n'en peux plus, je n'en peux plus… »

Alors Nadia désigne Sylvain et Trinité.

« Tu es là, Trinité ? Tu nous vois ?… »

Dans un mouvement de dépit, elle se recroqueville sur elle-même.

« Si tu as vu quelque chose, aide-nous ! »

Dimanche 19 mai, 13 h 55

Trinité et Sylvain restent longtemps sans pouvoir bouger. Comme si tout – la pièce, les écrans, les sièges, leurs propres corps – était englué dans la poix.

L'un et l'autre ont été frappés par la douleur de Nadia.

D'un geste rageur, Trinité éteint tous les autres écrans et se tourne vers Sylvain en déclarant, résolue :

— Au boulot !

Encore sonné, le professeur la voit tirer d'un placard un chevalet, où elle place un grand bloc de papier blanc de un mètre carré.

— Posons-nous la seule question centrale de toute cette affaire : quel est le lien entre les bébés, les singes, la crue, la Société des amis des carrières, votre mère, le livre de Protais Marcomir et vos fameux tableaux ?...

L'œil vif, Trinité s'adosse au mur et suit le fil de sa pensée :

— Vous êtes d'ailleurs resté très flou, sur ces peintures... Comme si vous n'arriviez pas à en parler...

— C'est presque impossible *d'évoquer* les tableaux, dit-il sur le ton d'un aveu, tandis que des couleurs et des sons viennent naturellement à son esprit.

— Je croyais que vous les voyiez depuis votre enfance...

Sourire impuissant de Sylvain.

— Face au tableau, l'œil est accessoire ; ce sont les autres sens qui sont décuplés...

Trinité est de plus en plus dubitative.

— Vous voulez dire : l'ouïe, l'odorat, le toucher... le goût ?

— Absolument.

Combien de fois Sylvain a-t-il vu le regard circonspect de Gabrielle ; combien de fois lui a-t-elle dit : « Parfois j'en viens à croire que ces tableaux n'existent pas. Que nous les avons inventés, simplement pour nous y cacher, loin du monde... »

— Désolé, s'excuse Sylvain, en frottant son visage fébrile. Mais parler des tableaux, c'est tenter de mettre des mots sur...

Trinité s'efforce de garder son calme. Elle sent que Sylvain est sincère. Il faut insister, mais doucement.

— Mettre des mots sur quoi ?

— Les tableaux ont une vie propre, corrige-t-il. Ils représentent des endroits *uniques*.

— Décrivez-les-moi : y a-t-il des personnages ? Des animaux ? Des figures religieuses ? Historiques ?

Sylvain tourne la tête de gauche à droite.

— Peu importe. L'essentiel, c'est que tout cela est *vivant*.

— C'est absurde…

Le regard de Sylvain flamboie.

— Bien sûr que c'est absurde ! Mais c'est ça qui est si beau, si… *réel*. Ces tableaux nous conduisent ailleurs. Ils sont la vie même. Un concentré de ce que pourrait être le monde…

Devant ce charabia, Trinité se renfrogne. Ses doigts restent agrippés au marqueur, et elle se surprend à fuir le regard du professeur.

« Et si c'était lui, le cinglé ? Et s'il avait tout inventé ? »

Ridicule ! Si Trinité doute de Sylvain, elle doute de tout.

— Essayons autre chose, dit-elle en tirant de son bureau un plan de Paris, qu'elle déplie et punaise au grand bloc. Reprenons et commençons par le commencement…

Lors, avec application, elle trace des croix au marqueur rouge.

Sylvain est sonné. Parler des tableaux le plonge toujours dans un doux désarroi.

— Qu'est-ce que tu fais ? demande-t-il.

— Je pointe les lieux des kidnappings…

Consultant une petite liste, Trinité répète à voix basse, comme pour elle-même : « rue Nicolas-Houël, château de la Reine Blanche, rue Corvisart, rue des Cordelières, rue du Docteur-Lucas-Championnière. »

À ce moment, Sylvain a une intuition.

« Ces lieux, ce trajet… »

Quelque chose monte de très loin en lui.

— Attends… chuchote-t-il.

Trinité se retourne, le visage plein d'un espoir enfantin.

— Vous avez une idée ?

Sylvain ne répond pas. À mesure que Trinité dresse la liste des « lieux du crime », quelque chose se met en place dans sa tête ; il ne sait pas encore quoi au juste.

C'est pourquoi il cherche, fouille dans sa mémoire.

« C'est ici, sous mes yeux ! Il suffit que je regarde du bon côté… »

À ce moment, Trinité marque la dernière croix, au sud de Paris, près du parc Kellermann, et un bruit se fait dans son dos. Mais elle sursaute car Sylvain est là, contre elle, face au plan de Paris.

Le regard noir, le professeur lui prend sèchement son marqueur.

— Tu permets ?

D'un geste sûr, il trace alors un grand trait sur le plan.

— Vous faites quoi, là ?

Mais elle a compris : il vient de réunir les cinq lieux de kidnappings.

Le sud de Paris est maintenant barré d'une sinueuse frontière, qui file du Jardin des plantes à la porte d'Italie.

Les yeux de Sylvain brillent.

La lycéenne sent son cœur battre. Pourtant, elle ne comprend toujours pas.

Le professeur se rue alors sur l'ordinateur de Trinité, dont il martèle le clavier avec un regard lourd de certitudes.

Mais quand une image apparaît sur l'écran, l'adolescente ne peut retenir un cri :

— Mais c'est quoi ?

— Un plan de Paris, à la fin du XIXe siècle…

Sylvain a recouvré tous ses esprits. N'était cette lumière bestiale, dans l'iris.

Commençant à comprendre, Trinité s'approche.

Instinctivement, elle pose ses doigts sur l'écran d'ordinateur. Son index suit le parcours de cette rivière, qui entre dans Paris au sud, à la poterne des Peupliers, *rue du Docteur-Lucas-Championnière ;* puis remonte au nord, arrosant le XIIIe et le Ve arrondissement en passant sous la *rue Corvisart*, la *rue des Cordelières*, le *château de la Reine Blanche ;* avant de se jeter dans la Seine, en suivant la courbe de la *rue Nicolas-Houël…*

— La Bièvre, dit Sylvain, le kidnappeur a suivi exactement son trajet.

— Mais je croyais qu'elle n'existait plus… objecte Trinité, qui se perd entre l'ancien et le nouveau plan de Paris.

— Maintenant, ce n'est plus qu'un conduit d'égout drainé dans les carrières, mais son trajet est sans doute encore le même.

— Et il passe sous les cinq immeubles des cinq bébés…

— Absolument ! confirme Sylvain. Si on y redescendait, on pourrait sans doute refaire leur trajet…

— … et remonter jusqu'aux enfants ?

— Qui sait ? Mais surtout…

Sans s'émouvoir, d'un geste toujours aussi sûr, il retire le plan de Paris pour dégager une feuille immaculée. Puis, il trace le parcours de la Bièvre sur la page blanche.

Alors Trinité frémit et marmonne d'une voix incrédule :

— Est-ce qu'on aurait trouvé un lien ?

Sylvain est tout aussi dubitatif. Pourtant, comment ne pas identifier ce tracé, cette ligne sinueuse, verticale, en forme de serpent ? Trinité le reconnaît tout autant : elle l'a vu au revers des douze convives, avant-hier soir, à *L'Auberge basque*.

— Le symbole de la SAC ! s'exclame-t-elle. Qu'est-ce que ça voudrait dire ?

— Que nous allons devoir retourner dans les catacombes…

À cette idée, Trinité sent ses jambes fléchir.

— Mais on va encore se perdre !

— Pas si on suit le trajet de la rivière…

— Il faut déjà la retrouver !

— Un des bébés vivait ici, dit Sylvain en désignant la fenêtre, derrière laquelle le marronnier vibre doucement sous la brise de mai. Le trajet de la rivière passe donc forcément sous ton immeuble.

L'idée de redescendre au pays des rats donne à Trinité la nausée. Elle lance alors avec lâcheté :

— Vous savez bien que j'ai voulu aller dans les caves, et que mon père a fermé la trappe avec un cadenas…

Un instant Sylvain se rembrunit et Trinité croit avoir gain de cause. Mais le professeur plonge une main dans sa poche de veste pour en tirer un gros trousseau de clés, dont il exhibe à Trinité la plus petite.

— Qu'est-ce que c'est ? bredouille la lycéenne, qui voit le regard de Sylvain flamboyer de nouveau.

— Il y a longtemps, maman et Lubin m'avaient fait faire un rossignol, en cas de problème dans les cages en leur absence...

— Un passe-partout ? comprend Trinité, qui se voit déjà condamnée à redescendre « en carrière ». Mais qui nous dit qu'il va marcher sur le cadenas ?

— Personne, répond Sylvain, singulièrement confiant, mais on va essayer tout de suite...

Dimanche 19 mai, 14 h 20

— Ça marche ! triomphe Sylvain, qui sent le cliquetis du cadenas entre son pouce et son index.

Trinité ne dit rien, la gorge nouée. Debout, en retrait, elle regarde Sylvain soulever la lourde plaque de métal pour dégager la trappe où, voilà deux jours, elle voulut s'enfoncer.

« Est-ce que ce n'est pas mon père qui avait raison ? Est-ce qu'il ne m'a pas empêchée de me perdre à jamais dans le sous-sol de Paris ? » se demande-t-elle, tandis qu'elle voit Sylvain se pencher sur le puits pour en respirer l'air, comme on hume une fleur.

— C'est la bonne odeur, confirme-t-il, courbé sur l'entrée du souterrain. La même que celle du couloir des singes blancs : un parfum d'eau claire et de forêt.

Résignée, Trinité s'assied dans l'herbe pour chausser ses bottes de caoutchouc. Tandis que son pied gauche s'enfonce dans la gangue de plastique avec un bruit de ventouse, elle regarde autour d'elle.

« La Reine Blanche est une vraie oasis… » songe-t-elle, constatant combien la ceinture d'arbres les protège du monde extérieur. Derrière ce rideau de feuilles et d'écorces : le monde en déroute, les réfugiés, les citadins perdus, le nouveau Paris… Sylvain s'accorde lui aussi un moment de contemplation avant la descente. Enfilant les bottes du père de Trinité (trois pointures de trop – 47 ! – l'homme doit être un colosse), il observe la façade de la Reine Blanche avec une acuité de chirurgien, comme si ce bâtiment était le premier symptôme d'une tumeur qu'il s'apprête à soigner.

Il ressent une exaltation nouvelle. La découverte des similitudes entre le trajet des singes, le parcours de la Bièvre et le symbole de la SAC donne à son rôle sens et ampleur. Non, il n'est pas là par hasard. Non, il n'a pas rencontré Trinité de façon fortuite. Quelle que soit la responsabilité de sa mère et de Lubin, il entend démêler cet écheveau.

— Tu es prête ? demande-t-il en tournant autour de la bouche d'ombre, comme un alpiniste hésite encore entre l'ubac et l'adret.

Trinité jette un dernier regard vers la Reine Blanche : elle aperçoit Nadia derrière une fenêtre du second étage. Le front appuyé à la fenêtre, elle scrute le vide, un couffin de vêtements vissé à sa poitrine, serrant son enfant perdu. Des larmes coulent doucement sur son visage. Cette vision renforce la détermination de l'adolescente.

— On est partis ! clame-t-elle d'un ton décidé.

Alors Sylvain s'engage dans le puits.

Dimanche 19 mai, 14 h 35

La descente est infinie. Les mains vissées aux barreaux poisseux, Trinité les agrippe un à un, avec une lenteur reptilienne. Bientôt la bouche de lumière, au-dessus d'elle, n'est plus qu'une lueur pâle, estompée par la nuit du puits.

— Ça… ça fait quelle profondeur ? finit-elle par demander à Sylvain.

— Environ vingt mètres, répond la voix, loin en dessous, dans un écho de vieille cave. Tout comme les souterrains où l'on s'est rencontrés cette nuit, à vrai dire…

« Oui, mais hier, c'était avant les rats, avant le bunker nazi, avant le métro… avant la crue. »

Trinité a beau mettre des noms sur ses angoisses, ça ne l'apaise guère. Elle regarde en dessous d'elle, et ne distingue même pas ses bottes.

— Bon, tu viens ? s'impatiente Sylvain, encore loin sous ses pieds.

— Oui, oui, frémit la lycéenne.

Alors elle accélère, quitte à trébucher et perdre l'équilibre. Puis, tout à coup : une vive sensation de froid.

— Attention, c'est glacé ! prévient Sylvain, juste à côté d'elle.

« *Ça y est…* » songe Trinité, avec l'impression que ses orteils, ses chevilles, ses mollets, sont enfermés dans une banquise.

Au moins, elle est en bas ! Dans un noir presque complet.

Instinctivement, elle relève les yeux vers le haut du puits : la lumière du jour paraît désormais aussi lointaine qu'une lune par nuit de brouillard.

Se souvenant alors qu'elle a autour du crâne une lampe frontale (vestige du matériel de randonnée de son père), elle l'allume de ses doigts gourds.

— Attention ! fait Sylvain, qui se protège les yeux.

Au fond, il serait bien resté dans le noir. Tout y est doux et détaché, abandonné dans la nuit calme et souterraine.

Mais Trinité, rassérénée par la lumière, tourne maintenant la tête de part et d'autre du couloir voûté, comme un égout, qui se perd dans l'obscurité en drainant cette mystérieuse rivière souterraine.

— Est-ce le même cours d'eau que celui qui passe sous la cabane de Lubin ? demande-t-elle.

Sylvain puise dans le creux de sa paume et boit avec un rictus concentré.

— Tout porte à le croire… dit-il à mi-voix, après un silence.

— Et vous croyez vraiment que nous serions en train de marcher dans la Bièvre ?

À cette idée, Sylvain se raidit. Sa rigueur de professeur refait surface.

— La Bièvre a disparu il y a un siècle, objecte-t-il avec une agressivité hors de propos, comme si envisager la survivance de la Bièvre ôtait toute poésie au souvenir de cette rivière. Elle court encore en banlieue, mais depuis les années 1900, elle n'entre plus à Paris.

— *Officiellement*… remarque Trinité, en pataugeant dans le conduit. Mais alors ça, c'est quoi ?

Sylvain reste buté, concluant d'un ton sans appel :

— Des égouts, un affleurement de la nappe phréatique, des infiltrations, peu importe : l'essentiel est de reproduire le trajet des singes.

Étonnée du changement d'attitude du professeur, Trinité scrute l'étroit goulet et demande :

— Vous vous repérez ?

— Je pense, répond Sylvain, pourtant hésitant, avant d'obliquer vers la gauche.

Trinité ne parle plus. Elle s'efforce également de ne pas trop réfléchir. Les images de l'autre nuit, dans les catacombes, lui remontent à nouveau en mémoire.

« Non : ne pense pas aux rats. »

Pourtant, au moindre son – eau qui goutte, froissement des corps, écho du métro, au-dessus d'eux –, elle frissonne.

— Calme-toi, l'apaise Sylvain, il n'y a rien de plus sûr que le sous-sol parisien. On est vingt mètres sous terre : personne ne vient jamais ici…

— Vous en êtes certain ?

« Parce que je viens d'entendre un bruit… » manque-t-elle d'ajouter. Mais elle ne dit rien, décidée à ne pas alerter Sylvain au moindre soupçon.

« Sans doute encore une illusion sonore. »

Pourtant, deux minutes plus tard, le bruit recommence.

— Vous avez entendu ? chuchote-t-elle, incapable de masquer ses craintes.

— Oui, répond Sylvain d'un ton parfaitement calme, sans même cesser d'avancer dans cette eau qui lui monte maintenant aux genoux (pour Trinité : aux cuisses). Ne t'inquiète pas : ce n'est que l'écho de nos pas dans les couloirs parallèles.

« Un écho ? songe-t-elle, pas rassurée pour un sou. J'aurais plutôt dit un grondement ; un souffle étrange, suivi d'un claquement sec. »

Un claquement qui vient de se reproduire !

Un claquement qui se rapproche maintenant, avec un bruit de corps pataugeant dans l'eau souterraine !

— Et là ? bredouille la lycéenne, vous allez me dire que c'est l'écho ?

Sylvain ne répond pas et fait signe à Trinité de ne plus bouger.

C'est la gamine qui a raison : dans l'obscurité, il vient de voir luire deux petites veilleuses. À quelques mètres d'eux, *au niveau de l'eau.*

La terreur les enrobe alors comme un édredon de suie.

— Recule ! dit-il d'une voix blanche, en marchant très lentement en sens inverse, bandant ses muscles pour ne pas trembler, car il croit comprendre.

— Mais… c'est quoi ?! demande Trinité, qui sent monter la panique.

— Tais-toi et recule ! Ce n'est rien !

Trop tard : elle aussi vient de voir les deux yeux et vient surtout d'entendre le clapotis de l'énorme langue, le clappement de la mâchoire.

Dans une sueur froide, elle se rappelle la panique, ce matin, au zoo. Le visage effaré des gardiens. « Les crocodiles se sont échappés du vivarium ! »

— Au secours ! hurle-t-elle, prise de panique, commençant à courir droit devant elle, n'entendant même plus Sylvain qui crie :

— Non ! Ne fais pas ça ! Surtout pas !

« Je suis en plein cauchemar ! songe-t-elle avec terreur. Perdue sous Paris à la merci des caïmans ! »

Elle fuit toujours droit devant elle, sans entendre les pas de Sylvain, qui la rejoint ; sans sentir sa main qui lui happe la taille et l'appuie contre lui ; sans voir l'ombre, gigantesque, puante, gluante, qui les dépasse tandis que Sylvain projette la lycéenne sur le côté.

Alors c'est le silence.

Le professeur et la lycéenne restent ainsi un bon quart d'heure, haletants, sans parler.

Leur cœur hurle dans leurs oreilles.

Enfin, indiquant le puits au-dessus d'eux, Sylvain chuchote :

— Je pense qu'on va remonter…

Dimanche 19 mai, 15 h 15

— Mais c'est absurde ! grogne Trinité, qui a retrouvé l'air libre, ses esprits, et la pelouse de la Reine Blanche.

— Parce que c'est toi qui veux retourner là-dessous ? s'étonne Sylvain, en refermant la plaque avec son rossignol. Toi qui tremblais de trouille il y a encore cinq minutes ? À raison, d'ailleurs…

Il oublie que plus que la peur, Trinité déteste rebrousser chemin.

— Papa a un fusil à pompe, plaide-t-elle. On pourrait…

— Tu ne sais pas ce que tu dis ! aboie le professeur en se penchant vers elle d'un ton menaçant. Tu as déjà porté un fusil à pompe ? Tu nous imagines, dans le noir, tirant au moindre bruit suspect ?…

Encore frissonnant, il ajoute :

— Crois-moi si tu veux, mais ce n'est pas la première fois qu'il y a des crocodiles sous Paris : en 1434, on en a tué un dont on a conservé le pied dans le trésor de la Sainte-Chapelle, comme étant celui d'un griffon !

Trinité hausse les épaules, butée, et marmonne comme une enfant punie :

— Elle ne nous sert à rien, toute votre science ! On fait quoi, maintenant ?

Sylvain emplit les poumons de cet air de plus en plus moite et végétal.

— Ce qu'on fait ? répond-il, flegmatique, la même chose, mais d'en haut.

— Comprends pas… grommelle Trinité, qui tire ses bottes pour remettre ses Converse.

— Si cette rivière est bien la Bièvre, dit-il précautionneusement, on doit pouvoir en suivre le cours depuis la surface.

— Mais ça ne sert à rien : les singes sont passés par en dessous…

— N'oublie jamais que la ville souterraine est un double de la ville réelle.

Trinité fait une grimace résignée et concède mollement :

— Si vous le dites, *professeur*…

Au même instant, tous deux aperçoivent une ombre, dans la rue. Sur le mur d'en face, un individu trace une grande inscription avec une bombe de peinture : « Parisiens, gardez l'espoir : Marcomir veille ! »

Dimanche 19 mai, 15 h 25

— Le Paris des choses se réveille ! feule un inconnu, tandis que Sylvain et Trinité arrivent dans la rue Croulebarbe.

Perdu dans son délire, cet homme chauve au visage poupin ânonne sa terreur d'une voix fluette, au milieu du trottoir, les genoux vissés au corps, les jambes enserrées dans ses bras.

Autour de lui, une dizaine de personnes écoutent les centuries de ce Nostradamus improvisé, qui décrit par le menu les sept plaies de Paris.

— Regardez, reprend-il, aux balcons des immeubles, les fleurs sont plus belles que jamais. Comme si chaque plante, chaque tige, chaque corolle, se gonflait d'un air nouveau…

— C'est vrai, dit une vieille dame qui manipule frénétiquement une poêle à frire : en quelques heures, l'orchidée de mon salon a grandi de cinquante centimètres… J'ai eu tellement peur que je me suis enfuie dans la rue.

— Et moi, enchaîne un père de famille désœuvré, dont la femme et les trois enfants sont emmurés derrière une pile de valises, j'ai cru que notre vieux chat de quatorze ans allait nous bouffer comme un tigre !

À cela le prophète fait une grimace entendue et marmonne, les yeux roulant dans leurs orbites :

— C'est le réveil de la ville seconde : la ville animale…

— Ces pauvres gens disent n'importe quoi, grogne Sylvain, en poussant une Trinité de plus en plus impressionnée vers l'entrée du square René-Le Gall. Ne va pas les croire : c'est de la pure hallucination collective. Il suffit que quelqu'un ouvre les vannes et tout le monde s'engouffre dans le délire.

« Mais qui délire, ici ? » se demande alors la lycéenne en contemplant le jardin, devant eux.

Dans ce même square, quelques jours plus tôt, elle rencontrait Amany Otokoré, la mère d'un des bébés. C'était encore un joli jardin public un peu triste, en forme de sourire, enchâssé au pied du Mobilier national. Aujourd'hui, il est plein de réfugiés, figés dans la peur et l'incompréhension, embusqués derrière leurs bagages tels les soldats de la drôle de guerre.

— Le *Paris des choses, la ville animale*… chuchote-t-elle, frissonnant à la seule idée du crocodile, dans les souterrains. Comment tout cela est-il possible ?

— C'est vrai que la nature a changé, concède Sylvain devant cette verdure dévorante.

Ici, la moindre feuille se gonfle de sève, la moindre branche vibre de vie.

— Est-ce que ça peut s'arrêter ? souffle Trinité.

Sylvain radiographie le square, cherchant ce qu'il cache.

— Comment savoir ?… admet-il en s'affalant sur le seul banc libre (tous les autres sont jalousement gardés par les réfugiés, comme autant de places fortes).

Il n'ose se l'avouer, mais cette débauche de sève n'est pas sans lui donner quelques bouffées d'ivresse, accrues par la fatigue.

« Depuis combien de temps n'ai-je pas dormi ? se demande-t-il en s'allongeant sur le banc de bois verni. Trente-six ? Quarante heures ? »

Et déjà il ferme les yeux, se laissant bercer par l'odeur des peupliers, prêt à s'abstraire du monde.

— Vous n'allez pas me laisser en plan ! le secoue Trinité, qui lui déplace les jambes pour s'asseoir au bout du banc.

La bouche pâteuse – il jurerait s'être endormi, ne fût-ce qu'une minute, et avoir commencé à rêver –, Sylvain se remet en position assise et se frotte le visage.

— Moi aussi je crève de sommeil, avoue l'adolescente en bâillant, mais si on dort, on se laisse bouffer.

« *Et alors ?* » songe Sylvain, qui se sent tout à coup prêt à lâcher prise pourvu qu'on lui accorde le droit de fermer les yeux une petite heure.

— Mon apocalypse pour une sieste… ironise-t-il, constatant qu'autour de lui, personne ne dort.

Ces centaines de gens, en tenues épaisses malgré la chaleur – pour ne pas surcharger les valises, beaucoup ont mis plusieurs couches de vêtements –, regardent Paris avec un mélange de tristesse, de colère et de résignation.

« Comme les bêtes d'un zoo. »

— Bon, crie Trinité, histoire de rester éveillée : parlez-moi de la Bièvre, *professeur*…

Sylvain prend une profonde inspiration et se force à ouvrir grands les yeux.

— Le miracle de la Bièvre, commence-t-il, en suivant le vol d'une mouette qui court à la cime des peupliers du square, c'est qu'elle n'est qu'un souvenir…

— Un souvenir ?

— Le symbole du Paris perdu, l'image d'un monde enfoui à jamais sous la ville moderne.

— Mais la Bièvre a existé…

Sylvain opine.

— Elle a même eu un rôle primordial jusqu'au XIXe siècle. C'est dans cette rivière que les peaussiers, les mégissiers, les tanneurs, les tapissiers, les blanchisseurs, vidaient leurs eaux sales…

— Un égout, quoi.

— C'est hélas ce qu'elle a fini par devenir. Huysmans parlait d'un « fumier qui bouge ». Et c'est bien pour ça qu'elle a été définitivement recouverte entre 1877 et 1912.

Trinité connaissait bien sûr l'existence de la Bièvre, mais elle avait toujours eu du mal à imaginer une autre rivière traversant Paris.

— C'était pourtant une bien jolie rivière, reprend Sylvain d'un ton lointain, comme s'il l'avait sous les yeux. On dit que le mot Bièvre vient du celte *befar*, qui signifie « castor », car ces animaux abondaient dans les forêts de l'ancienne Gaule. On pense même qu'à l'origine, à la préhistoire, la Bièvre était la rivière principale du futur Bassin parisien, et la Seine un simple ruisseau de forêt.

— Que s'est-il passé ?

Sylvain désigne la cohue qui les entoure.

— Une crue, encore et toujours.

— Comment ça ?

— La Bièvre a débordé, s'est engouffrée dans le cours de la Seine, et n'a jamais retrouvé son lit d'origine. Et la Bièvre est devenue cette petite rivière née à Saint-Cyr, près de Versailles, que la grande ville a fini par dévorer…

— Et son plan est à ce point lisible dans la géographie des rues parisiennes ?

— Ne serait-ce qu'autour de chez toi, à la Reine Blanche, les rues Berbier-du-Mets et Croulebarbe étaient des sentiers qui longeaient la rivière…

Trinité se tourne vers la rue Croulebarbe, dans son dos, et peine à s'y figurer un petit chemin fleurant la noisette.

— À l'origine, reprend Sylvain en posant son pied sur un banc, ce jardin n'était pas un square… mais une île. La seule île de la Bièvre dans Paris.

— Une île ?

— On l'appelait « l'île aux singes », reprend Sylvain, parce que les ouvriers de la manufacture des Gobelins qui en constituaient toute la population étaient célèbres pour leur saleté.

Le jeune homme en désigne la partie nord, du côté de la Reine Blanche.

— Là, c'était le bief des Gobelins…

Puis il indique la partie sud, du côté d'une boulangerie à la vitrine éventrée.

— Là, le bief Croulebarbe, où se trouvait un fameux moulin…

— Et les biefs étaient ?…

— Le nom des parties de la Bièvre à ciel ouvert dans Paris.

Trinité a commencé de prendre des notes dans un petit calepin rouge. Son esprit se met en branle :

— Tout porte d'ailleurs à croire que le lieu de chaque kidnapping est précisément celui de ces… biefs !

Non loin d'eux, une famille se chamaille sur trois boîtes de thon, tandis qu'une dizaine de mouettes planent au-dessus, poussant des cris perçants.

Sylvain ajoute d'un ton macabre :

— Comme si la rivière elle-même était venue réclamer son tribut…

— C'est délirant !

— Je sais. Maintenant, il s'agit de comprendre pourquoi les kidnappings ont suivi le parcours de la Bièvre…

Trinité se raidit.

— À cause de la SAC, non ?

Sylvain ne répond pas. Cette hypothèse le plonge dans des abîmes de perplexité. Seules ses pommettes vibrent, sous le vent tiède de cette journée de printemps.

Derrière eux, le plus petit des enfants braille : une mouette vient de lui voler ses miettes de thon.

Sylvain tourne alors lentement sa tête vers Trinité. Elle croit voir un de ces impénétrables bouddhas, au seuil d'un temple asiate.

— Si la SAC est en cause, je crois savoir où nous pouvons trouver la réponse.

— Où ça ?

— Ici… fait Sylvain en désignant le restaurant de l'autre côté du square : *L'Auberge basque*.

Dimanche 19 mai, 16 heures

— Qu'est-ce que vous foutez là ? !

Sylvain et Trinité sont directement montés dans la salle des dîners de la SAC. Dans cette pièce nue, aux murs couverts de sombres boiseries passées, l'homme les regarde avec une expression de terreur : ses yeux flamboient, son visage est ravagé de tics, ses cheveux sont hirsutes, ses gestes paniqués, compulsifs et tremblotants.

« Un rat... » se dit Trinité.

Yves Darrigrand est méconnaissable : suant d'angoisse, il installe le couvert de cette grande table ovale, avec la même allégresse qu'un larron montant au Golgotha.

Ayant reconnu les intrus, son visage recouvre un peu de son calme.

— Ah... c'est vous... Je ne savais pas que vous vous connaissiez, tous les deux...

Avec la peur, son accent béarnais est décuplé.

Visiblement, l'homme a besoin de parler. Pliant les serviettes mauves pour les glisser sous les couteaux d'argent, il se met à ahaner :

— Je... je ne sais pas pourquoi je fais ça...

Un instant, il relève son visage vers Sylvain.

— Votre mère est forte, vous savez ? Très forte !

Le professeur peine à admettre que le bon colosse qui enchante ses papilles depuis plus de trente ans soit cette silhouette paniquée qui passe maintenant de l'autre côté de la table, vers la fenêtre aux carreaux troubles, pour en ajuster les salières.

— Qu'est-ce qu'a fait ma mère ? demande Sylvain, les dents serrées, comme s'il s'apprêtait à avoir mal.

— Je voulais fermer, reprend le chef d'une voix tremblante. Maintenant c'est trop tard... Les routes sont bloquées... Les aéroports fermés... Et le dernier train pour Pau est parti ce matin... Dire que j'avais réussi à acheter un billet, au marché noir ! Mille cinq cents euros, vous vous rendez compte ?

Yves tire de sa poche un billet de la SNCF, pour le déchirer compulsivement.

— Je n'ai même pas eu le temps de le revendre... se lamente-t-il en fourrant les morceaux de papier dans la poche ventrale de son tablier.

Ses doigts crispés manipulent maintenant les verres à liqueur avec une précision hasardeuse.

Sylvain et Trinité n'osent pas l'interrompre.

— Je suis coincé... gémit-il. Et tout ça pour qui ? Tout ça pour elle et ses foutus dîners ! Tout ça parce que...

Le reste de la phrase se finit en grommellement.

Sylvain a le sentiment de voir quelque gardien de musée devenu fou à force de briquer les mêmes vitrines.

— Vous parliez d'un dîner ? insiste Trinité.

Yves serre les dents.

— Si encore c'était un dîner ! Je n'ai plus rien à leur servir, moi... Mais elle m'a eu par les sentiments, comme d'habitude, la mère Masson... Tout ça pour qu'ils s'enferment ici, sans que j'aie le droit de rentrer... Ça fait des années que ça dure, ces conneries !... La SAC ! La SAC ! Je n'ai jamais rien compris. Une femme et onze hommes, en cravates, avec leur saloperie d'insigne...

Nouveau grognement.

Aux aguets, Sylvain se retient d'intervenir.

Yves prend des bouteilles d'irouléguy sur une desserte (seul meuble de la pièce hormis tables et chaises) et commence à les déboucher avec rage.

— Ça, pour ce qui est du vin : il en reste... Et puis elle l'exige chambré, la mère Masson !... Toujours ! Alors je les débouche pour ce soir.

La respiration de Sylvain se bloque.

— La SAC se réunit ce soir ?

— C'est ce que je me tue à vous dire ! explose le cuisinier, manquant verser la bouteille sur la nappe blanche. Votre mère est même venue spécialement me voir ce matin…

« Alors qu'elle était censée évacuer les animaux dans la vallée de Chevreuse… » songe Sylvain, guère surpris.

Visage exténué du chef cuistot, qui revit la scène minute par minute.

— Je venais de finir ma valise, et j'avais même pu joindre ma femme, sur son portable. Elle en pleurait de joie…

— Et pourquoi n'êtes-vous pas parti ?

Yves scrute la lycéenne avec effarement, avant de prendre Sylvain à témoin.

— Elle ne comprend pas, n'est-ce pas ? Elle *ne peut pas* comprendre ? !

Sylvain tente de rester impassible. Il n'a aucune idée de ce que veut dire le chef et ne sait comment réagir.

— Ne pas comprendre quoi ? rétorque Trinité.

Yves Darrigrand jette sa serviette sur le parquet et s'approche de la fenêtre. Dehors, le square René-Le Gall est d'un vert presque écœurant. Pendant un instant, le chef fixe la cime des arbres, doucement balancée par le vent, comme s'il ne remarquait pas les centaines de personnes amassées dans le square. Puis il se retourne et s'appuie au dossier d'une des douze chaises, tel un capitaine de navire qui reste rivé au bastingage à l'heure du naufrage.

— Ne pas comprendre que je suis tenu ! Que, sans eux, je ne serais rien. Juste un petit cuistot de province.

— C'est-à-dire ? insiste Trinité.

— C'est *eux* qui sont venus me chercher. C'est *eux* qui m'ont mis ici. C'est *eux* qui font tourner ma boutique !

— Mais *eux :* qui ? fait à son tour Sylvain.

Regard exténué vers ses deux « examinateurs ».

— *Eux* : les douze, Masson et les autres ; cette putain de SAC !... Je suis coincé, je vous dis. Coincé !

Yves tire la chaise pour s'y affaler, faisant hurler le parquet.

— Ce matin, j'ai d'abord refusé. J'ai dit que j'avais un train, que je devais partir. Masson est restée calme. Et puis elle m'a dit que quitter Paris risquait d'être dangereux pour moi. « Bien plus dangereux que la crue de la Seine... » qu'elle a même dit ! Vous auriez vu cette lumière, dans ses yeux. Quelque chose de si dur, de si violent. Et alors elle m'a rappelé que ma femme et mes deux filles vivaient à Pau... *et qu'elle savait très bien où...*

Sylvain peine à admettre un tel récit, tout comme, depuis quelques jours, il refuse d'affronter la vraie personnalité de Gervaise Masson.

— Vous voulez dire que ma mère vous a menacé ?

À ce mot, le chef rougit violemment et ses mains redoublent de tremblement. Il prend conscience de *qui* est en face de lui.

— Enfin, non, bredouille-t-il. J'exagère toujours un peu, vous savez bien... Ce que je veux dire c'est que... enfin... Mame Masson a toujours été si généreuse... Elle a toujours été là quand ça n'allait pas... vous comprenez bien que c'était impossible de... de...

— De lui *désobéir* ? cingle Trinité, choquée par l'attitude du cuisinier.

Après un moment d'hésitation, le chef baisse les yeux et murmure :

— Oui, de lui désobéir…

Dimanche 19 mai, 18 h 37

— On aurait dû rester cachés dans le restaurant ! grogne Trinité.

— Yves n'aurait jamais accepté. Et puis le square René-Le Gall est en face de l'auberge.

— Mouais… maugrée la lycéenne, qui tente de museler son agacement en comptant les arbres de l'allée centrale. Vous croyez qu'ici aussi, ça va se retrouver sous l'eau ?

— Tout le centre est déjà sous l'eau… fait alors une voix derrière eux.

Sylvain et Trinité se retournent. Adossé au tronc d'un platane, un homme au teint verdâtre manipule un morceau de caoutchouc rouge. Ses vêtements fripés et ses cheveux gras laissent imaginer qu'il est plus d'une fois tombé à l'eau.

— Tenez, dit-il sans les regarder, en leur tendant la pièce de caoutchouc, c'est tout ce qui reste du canot…

— Le canot ? interroge Sylvain, qui s'approche et s'accroupit devant l'inconnu.

Celui-ci affecte cette grimace des vieillards qui ressassent pour la millième fois un souvenir.

— J'habite rue d'Arcole, dans l'île de la Cité, à deux pas de Notre-Dame, explique-t-il à mi-voix. C'est le centre même de Paris et, vers quatorze heures, il a fallu évacuer les immeubles, parce que l'eau allait atteindre les premiers étages…

L'homme s'assombrit.

— Et alors ?

— Alors les premiers canots sont apparus…

— Ceux des pompiers ?

L'homme s'arrête de parler, la voix embuée. Sylvain et Trinité le voient haleter, la respiration perdue, puis reprendre :

— Nous aussi, on a cru que c'étaient des pompiers, en voyant les treize bateaux arriver de la rive droite…

— Mais c'était qui ? fait Trinité.

— Qu'est-ce que j'en sais ? Des inconnus. Des gens comme vous et moi, sans doute. Ils étaient près de cinq cents, entassés sur les canots, hurlant de rire sous le soleil ! En une seconde, ils ont déboulé vers nous. Je n'arrive pas à effacer la vision de cette vieille femme que l'un d'eux a tirée vers lui, avec une gaffe ! Elle est tombée dans l'eau sans un cri, et s'est laissée couler. À quoi bon lutter ? Elle avait compris que toute résistance était inutile… qu'il valait mieux se laisser pousser par-dessus bord…

Sylvain reste dubitatif. « Peut-être qu'il délire… » se dit le professeur. L'expression de l'inconnu écarte pourtant toute possibilité de mensonge.

— Ils étaient armés ? demande Trinité, fascinée.

L'homme hoche la tête.

— Des bâtons, des crics, des tiges de métal. Tout ce qu'ils ont pu glaner au gré des rues et des appartements pillés l'un après l'autre… J'en ai même vu un qui avait dégoté une petite valise de seringues et les distribuait à ses complices…

— Des pirates ! balbutie Trinité, qui peine à se figurer une scène d'abordage au pied de la cathédrale Notre-Dame.

— Et vous ? demande Sylvain.

Nouvelle moue lasse.

— Oh moi… Je me suis laissé couler, en retenant ma respiration ; puis j'ai nagé jusqu'à Notre-Dame. Je me suis appuyé sur des débris flottants, et c'est là que j'ai trouvé ce morceau de canot. Ensuite j'ai gagné la rive gauche, moins inondée. Et puis j'ai suivi ceux qui ralliaient le sud ; et me voilà…

Après un nouveau hoquet, l'homme se cache dans ses bras.

Sylvain et Trinité prennent alors conscience qu'une vingtaine de réfugiés les entourent. L'œil luisant, la bouche tremblante, le front vibrant, tous ont besoin de parler, de témoigner.

— Moi, j'arrive de la rue Vieille-du-Temple…

— Moi, j'étais avenue Montaigne…

— À Bercy, l'eau monte jusque…

C'est la ruée, nul ne parvient à finir sa phrase et les réfugiés sont prêts à en venir aux mains.

Sylvain est happé par ce spectacle d'une humanité réduite à sa plus simple expression : le besoin de survie.

— Vous voyez, conclut le rescapé de la rue d'Arcole à l'intention de Sylvain et de Trinité, en désignant le ciel. Et nous n'en sommes qu'au premier soir…

— Le soir ? ! sursaute Trinité.

— *L'Auberge basque !* glapit Sylvain.

Dimanche 19 mai, 22 h 05

— Ce sont eux… dit Sylvain, apercevant une petite assemblée devant la vitrine de *L'Auberge basque*, tandis qu'il s'engage sur le trottoir en prenant bien soin de rester discret.

Chaque pas l'approchant du restaurant lui permet d'identifier un nouveau membre de la SAC.

« Le ministre de l'Intérieur, le professeur Blanckaert, le docteur Vitot, le recteur de la Sorbonne, récite-t-il intérieurement, en suivant l'ombre des immeubles, jamais je ne les avais vus réunis… »

— Ils sont comme nous : ils viennent d'arriver, souffle Trinité.

Sylvain fait alors « non » de la tête, voyant l'un d'eux endosser nerveusement son imperméable puis traverser la rue sans se retourner.

— Au contraire : ils s'en vont…

S'arrêtant sous l'alcôve d'un porche, à quelques mètres du restaurant, il complète :

— Quelque chose a même dû mal se passer… Regarde-les : on dirait qu'ils s'enfuient.

— Mais… de quoi ont-ils si peur ? chuchote la lycéenne.

— Ce dont ils ont peur ? fait Sylvain d'un ton brusquement glacial, ils ont peur *d'elle*.

La silhouette de Gervaise vient de sortir du restaurant, la mine éplorée.

— Frères, plaide la conservatrice, en tentant de les rattraper. Vous venez juste d'arriver, soyez raisonnables…

— Vous osez parler de « raison » ? ! s'insurge le recteur de la Sorbonne, lequel marche à reculons vers la chaussée.

— Réfléchissez, Benoît, implore-t-elle. Nous nous servons d'eux depuis tant d'années. Leur révolte est dans l'ordre des choses…

— De qui parle-t-elle ? chuchote Trinité d'une voix imperceptible.

Sylvain ne répond pas, concentré sur l'attitude du recteur de la Sorbonne, lequel explose d'indignation :

— L'ordre des choses ? ! Vous délirez, Gervaise ! Comment voulez-vous que nous… (il regarde autour de lui, remarquant qu'il est désormais seul avec la conservatrice : tous les autres membres de la SAC ont détalé)… que j'accorde le moindre crédit à ces délires ! Vous perdez la tête et vous voulez nous entraîner dans votre chute !

Gervaise se mord la langue pour dompter sa colère :

— Mais Paris est en train de couler ! rage-t-elle, offrant un regard navré à la triste rue Croulebarbe : ses voitures abandonnées, ses poubelles éventrées, ses réfugiés innombrables, qui ne prêtent d'ailleurs aucune attention à ce qu'ils doivent prendre pour une rixe de vieillards.

— Vous croyez que je suis aveugle ? se scandalise le recteur. Je sais bien que nous coulons ! Mais quel rapport avec votre histoire de fous ? Pour nous réunir tous, ce soir, vous avez fait pression de façon honteuse ! C'est du chantage ! Si ce n'était pas l'anarchie, le ministre aurait dû vous mettre aux arrêts !

Sylvain et Trinité voient alors le visage de Masson se refermer et retrouver son œil de squale.

— Ces… *gens* ont décidé de rayer Paris de la carte… reprend-elle d'un ton posé, sans plus s'émouvoir.

Trinité donnerait beaucoup pour s'approcher et saisir plus que des bribes de ce dialogue.

— Des millions de personnes vont périr, poursuit la conservatrice, glaciale. D'abord noyées, puis ce sera la faim, les épidémies, avant que les pouvoirs publics ne soient obligés de contenir les épidémies en installant des camps…

Sylvain, Trinité et le recteur ne peuvent se retenir de frissonner. Dans la bouche de Gervaise, cette apocalypse paraît redoutablement réelle.

Sylvain saisit instinctivement les épaules de Trinité, comme une rampe.

— L'équilibre politique, moral, religieux du pays va être changé à jamais, continue la conservatrice. Et cela peut signer l'acte de décès de toute la France… voire de l'Europe entière. Et si des fanatiques profitent du chaos pour prendre le pouvoir, alors nous courrons à l'abîme…

La conservatrice s'interrompt et fixe le recteur, comme si elle achevait une démonstration imparable.

— Et c'est *précisément* ce qu'ils recherchent ! conclut-elle. La vengeance ultime de Paris ! Ils veulent être la chiquenaude qui appellera la destruction finale…

Long silence.

Le recteur lui-même semble frappé par ce discours.

Sylvain et Trinité ne savent plus quoi penser.

Dans les yeux de Gervaise passe un éclair de victoire : en aurait-elle convaincu au moins un ?

Mais le vieil homme hoche tristement la tête et lui offre un regard navré.

— Folle ! Gervaise, vous êtes folle…

— Pardon ? ! rugit la conservatrice, qui se dresse sur ses talons, tel un coq courroucé.

— Nos frères ont raison, reprend le recteur, en reculant avec précaution, comme on s'éloigne d'une bête sauvage. Vous n'êtes plus en mesure de présider la SAC. Dès cette minute, je vous destitue de votre fonction.

Gervaise s'apprête à répondre mais le vieil universitaire détale aussi vite qu'un garenne.

La conservatrice reste silencieuse. Sylvain et Trinité la voient figée dans son mouvement. Tous deux échangent alors un bref clin d'œil d'embusqués avant l'assaut.

« On y va ! » se disent-ils, sans pour autant parler.

Mais leur élan est stoppé par la silhouette d'Yves Darrigrand, qui sort du restaurant comme un taureau jaillit du toril, et considère Gervaise avec un visage épouvanté.

— J'ai entendu *tout* ce que vous leur avez dit ! hurle-t-il, d'une voix que la peur rend aiguë.

Gervaise lui fait instinctivement signe de se taire et répond à voix basse, s'efforçant de retrouver un ton amical :

— Vous nous avez espionnés, Yves ?

Le chef ne l'écoute pas et barrit, avec de grands gestes paniqués :

— C'est monstrueux ! C'est impossible !

Voyant que rien ne peut calmer le cuisinier, la conservatrice lui administre une gifle cinglante.

— Taisez-vous !

Sylvain et Trinité sursautent tandis que Darrigrand porte avec incrédulité la main à son visage grenat.

— Vous… vous m'avez frappé…

— Il le fallait bien ! se défend Gervaise, le regard fuyant.

Le chef en reste abasourdi. Voilà qu'il prend maintenant un ton suppliant :

— J'avais confiance en vous, mame Masson ! C'est même pour vous que je suis resté à Paris !

À cette remarque, Gervaise se renfrogne.

— N'en faites pas trop, Yves. Vous êtes resté pour protéger votre femme et vos filles : et vous avez eu raison.

Darrigrand n'en est que plus effaré. Tout son monde s'écroule. Mais il retrouve lui aussi un ton incisif :

— C'étaient donc bien des menaces…

Instinctivement, Trinité saisit le bras de Sylvain. Tous deux s'approchent de la vitrine et des deux ombres.

— Pendant toutes ces années, je vous ai fait confiance… reprend Yves, d'une voix de plus en plus agressive, en repoussant maintenant Gervaise à l'intérieur du restaurant.

La conservatrice quitte leur champ de vision, mais Sylvain et Trinité l'entendent s'épouvanter :

— Yves ! Vous êtes fou ? ! Rangez ça !

— Ah, on fait moins la fière, mame la conservatrice !

— Rangez ça, je vous dis ! Vous ne savez pas ce que vous faites !

— *Un fusil de chasse !* murmure Sylvain avec effroi.

Mais tout s'emballe : Gervaise se jette sur le chef, tous deux poussent des hurlements.

Puis, une détonation retentit.

Longtemps, le son résonne dans les oreilles de Sylvain et Trinité.

Ils entendent alors un corps s'abattre dans un râle, et le cri de Sylvain est instinctif :

— Maman !

Au même instant, Gervaise jaillit du restaurant comme une bête traquée, le fusil en main.

Sylvain et Trinité se projettent en arrière mais Gervaise, hallucinée, ne les remarque même pas. Saisissant un gros objet de métal qui traîne sur la chaussée, elle prend son élan et le lance contre la vitrine, qui se brise dans un vacarme de fin du monde.

Une alarme se déclenche aussitôt, attirant les réfugiés déjà alertés par le coup de feu.

— Venez ! hurle Gervaise, à l'intention d'une bande de vingt molosses chargés de sacs à dos, qui jaillit du square Le Gall, les yeux enflammés. C'est un vrai garde-manger là-dedans !

Et tandis que les pillards se jettent dans le restaurant, Gervaise s'éloigne d'un pas saccadé.

N'en pouvant plus, Sylvain se précipite à la suite de la conservatrice en criant :

— Maman !

Elle s'arrête, se retourne et dit d'une voix funèbre :

— Te voilà enfin…

Dimanche 19 mai, 22 h 50

Gervaise observe son fils avec un œil las. Sylvain est face à sa mère, ne sachant comment attaquer son réquisitoire. Restée en retrait, Trinité observe ce couple étrange et figé ; elle remarque surtout que la conservatrice n'a pas lâché son fusil, qu'elle tient comme une béquille.

— Maman, maintenant il va falloir m'expliquer, finit par ânonner Sylvain, que le son de sa propre voix surprend.

Sa mère semble étonnée de cette question.

— T'expliquer quoi, bonhomme ?

Sylvain est, quant à lui, si frappé par cette réponse qu'il peine à enchaîner, comme si sa mère avait brisé son élan.

— Pourquoi m'as-tu emmené voir les tableaux ? Que faisais-tu avec les singes, dans ce laboratoire souterrain ? Qu'as-tu avoué aux membres de la SAC, ce soir ? Pourquoi as-tu tué Yves Darrigrand ?… Qu'est-ce qui se passe, bordel ? !

L'interrogatoire se finit dans un cri.

Gervaise n'a pas bronché. Trinité, en revanche, s'est approchée des duellistes. Aucun ne lui accorde un regard et Sylvain tente de se maîtriser, malgré l'incompréhensible inertie de sa mère.

— Qui est derrière cette catastrophe, maman ? reprend pourtant Sylvain, en serrant les dents de rage, tandis que ses yeux suivent le vol d'une mouette.

— Les Arcadiens… murmure alors Gervaise. Ils sont à l'origine de tout.

Trinité jaillit entre la mère et le fils.

— Qui ? dit-elle.

Pas de réponse. La lycéenne constate alors que Gervaise n'est en rien impassible. Son visage dégouline de sueur et ses lèvres, luisantes et mouchetées de salive, répètent étrangement :

— Les Arcadiens, les Arcadiens.

Sylvain est désemparé.

— De quoi parles-tu ? Qui sont ces « Arcadiens » ?

— Crois-moi, Sylvain, c'est quelque chose que tu n'as pas envie de savoir, répond Gervaise, qui se recule et redresse lentement son fusil… Je n'ai fait que leur obéir, reprend-elle. Je n'ai jamais voulu ça. *Nous* n'avons jamais voulu ça.

— Mais obéir à qui ?

Gervaise se racornit. Ses yeux disparaissent sous ses paupières. Sa bouche se fait minuscule. Puis elle murmure, imperceptiblement :

— Ils ne doivent pas toucher à lui. Surtout pas.

Saisissant la main de Trinité, elle ajoute d'un ton ému :

— Dis-leur de ne pas lui faire de mal…

— Ne pas faire de mal à qui, madame ?

Plantant ses yeux dans ceux de son fils, Gervaise chuchote :

— À mon Sylvain…

À ce mot, le professeur se raidit. Il vient de sentir une pression contre son ventre… et se rend compte que sa mère le pointe avec son fusil. Trinité pousse un cri d'effroi et bondit en arrière.

— Mais maman…

— Va-t'en ! dit-elle d'un ton glacial. Pars le plus loin possible, je t'en conjure.

Dans les yeux de Gervaise, pas une ombre d'ironie. Jamais Sylvain ne l'a vue si sincère, si *honnête*.

— Comment ça « partir » ?

— Fuyez Paris, répète-t-elle sans baisser son arme, ses yeux allant de Sylvain à Trinité. Allez aussi loin que vous le pouvez et ne vous retournez pas : tout va disparaître…

— Maman, tu dois nous dire…

De nouveau, le fusil s'enfonce dans son ventre.

— Je te dis de partir, tu comprends ça ? ! grogne-t-elle. Tu ne comprends pas que je te sauve la vie, *une fois de plus* ?

Elle a commencé à reculer, sans cesser de les viser.

— C'est Gabrielle qui est descendue, pas toi… Elle a choisi de se sacrifier, alors profite de cette chance et disparais…

— Gabrielle ! Que lui est-il arrivé ? Descendue où ? !

Comme pour mettre fin aux aveux, Gervaise tire un coup en l'air. La détonation résonne dans tout le quartier et les gens se précipitent à leurs fenêtres. Puis Gervaise rabaisse son arme vers Sylvain et Trinité.

— J'ai encore deux cartouches… Si je ne vous vois pas fuir dans moins de cinq secondes, elles sont pour vous…

Dimanche 19 mai, 23 h 45

— Mais si votre mère nous tire *vraiment* dessus ?

— Je ne te force pas à venir avec moi, mais je dois savoir !

Sylvain et Trinité remontent lentement la rue Geoffroy-Saint-Hilaire. Une demi-heure s'est passée depuis l'affrontement avec Gervaise. D'abord sonné par la violence de sa mère, Sylvain a recouvré ses esprits et compte bien reprendre cette discussion interrompue.

— Qui nous dit qu'elle est rentrée au Jardin des plantes ? objecte encore Trinité.

— Rien, mais on va vite le savoir, répond Sylvain tandis qu'ils arrivent au pied du Muséum d'histoire naturelle.

Depuis la rue, pas un bruit. Les gardiens ont définitivement déserté leur poste, et aucun flic ne patrouille plus dans les rues, en partie inondées.

— On va entrer par la rue Cuvier, de l'autre côté, dit Sylvain. C'est la seule manière.

Rapidement, tous deux rallient « l'entrée Cuvier » et Sylvain sort son passe-partout.

— On va retrouver ma mère à l'intérieur… dit-il en poussant la vieille porte de bois écaillé.

Dans le jardin flotte cette même lourdeur végétale. La nuit est épaisse et palpable. Sylvain et Trinité traversent les allées hautes et arrivent près du bâtiment de la conservation.

— Plus de lumière, chuchote le professeur.

— Vous croyez qu'elle est couchée ?

— Ça m'étonnerait, allons plus loin.

— Elle est dans les souterrains ?

Sylvain ne répond pas à cette question. Poussant Trinité dans la pénombre d'un cèdre, il constate :

— Nous ne sommes pas seuls…

— Qui est… commence Trinité, mais Sylvain lui plaque sa main sur la bouche.

Les autres sont là, sur ce gazon, à quelques mètres d'eux !

Face au bâtiment de la conservation, une quinzaine d'ombres sont allongées autour d'un feu de braises, au centre de la pelouse. Ils ont visiblement fait bombance, car des carcasses de poulets sont encore plantées sur des pics, tandis que des rogatons de viandes, d'os ou de fruits, maculent le tableau.

Trinité se dégage de Sylvain et remarque :

— Ce ne sont que des réfugiés qui ont dû passer par-dessus le mur…

Sylvain pose un œil inquiet sur ces silhouettes, allongées dans l'herbe. Toutes ronflent, entourées de bouteilles vides.

— On dirait des types qui se seraient soûlés sur la plage, fait Sylvain, constatant que l'eau arrive maintenant à cinquante mètres du bâtiment de la conservation. Ces fuyards ressemblent en effet aux hippies de Goa, en pleine nuit d'acides.

Lorsqu'ils passent devant eux, aucun ne se réveille. Tout juste l'un d'eux gémit-il dans son sommeil, d'une voix inerte :

— *Non... pas le bain...*

L'étrangeté de la phrase lui glace le sang.

— Où est votre mère ? chuchote-t-elle.

Sylvain lui prend la main, faisant signe de le suivre en direction des grandes serres.

Leurs pieds s'enfoncent dans une terre humide, comme ces langues de sable moite qui marquent la limite entre la plage et la mer.

Ils débouchent vite au sommet de l'escalier dominant l'allée principale du Jardin et menant à la grande galerie de l'Évolution.

Trinité est à nouveau soufflée.

— Hallucinant !

Sous leurs yeux, les trois quarts du parc sont immergés. Presque au sec, adossés à la serre, Sylvain et Trinité contemplent la vision fascinante de ce grand jardin inondé, comme on scrute la mer depuis une falaise, au clair de lune.

L'eau arrive à vingt mètres de la façade et lèche la grande pelouse avec la lenteur sereine d'une marée montante.

Mais leur attention est attirée par une vision encore plus troublante.

Allant et venant de la grande galerie, en lisière de l'eau, des silhouettes courent dans la nuit, portant de lourds objets en chuchotant. Trinité plisse les yeux et s'exclame :

— Ce sont des animaux empaillés.

Elle distingue même sous la lune les cadavres naturalisés d'un varan, d'un loup, d'un cœlacanthe, volés à la grande galerie de l'Évolution, qui traversent la nuit comme des fantômes.

— Des voleurs sont en train de piller le Muséum, constate Sylvain.

— Ce n'est pas possible, fait Trinité, en le suivant dans l'escalier à pas furtifs. Paris est en train de couler et des types volent des animaux naturalisés ?

— Bientôt tout sera monnaie d'échange, rétorque Sylvain, qui l'attend au bas du grand escalier.

La dernière marche étant sous l'eau, il leur faut pénétrer dans ce flot glacial.

— Ce n'est quand même pas votre mère qui a organisé le pillage de son propre musée ?

— Pour le savoir, il faut aller voir, réplique le fils Masson, qui prend Trinité par la main et la conduit en pataugeant vers l'extrémité nord de la Grande Galerie.

— Si on s'approche trop près, ils vont nous voir, fait Trinité, qui sent encore le baiser de l'eau enserrer ses chevilles.

Sylvain fait « non » de la tête et objecte :

— Ils sont trop concentrés.

Le manège des pillards semble régulier et organisé : un à un, ils sortent les animaux du musée, puis vont les déposer hors des murs du Jardin – au sec, sans doute – et reviennent.

— Mais qu'est-ce qu'ils peuvent en faire ? insiste Trinité, qui voit maintenant trois d'entre eux porter un grand tigre, cloué à un socle de bois.

— Attention ! crie l'un d'eux.

Mais l'autre trébuche et l'animal se retrouve flottant dans l'eau, tête en bas.

— Faites gaffe ! hurle un complice, cent mètres derrière, portant sur son dos un bébé ours blanc.

Malgré son effroi, Trinité est gagnée par l'extravagante poésie de ce tableau.

— L'arche de Noé…

— Et regarde-moi ce crocodile ! reprend le pillard en chef, qui désigne un cadavre de saurien échoué sur la grève. Qui est-ce qui lui a retiré son socle ?

Réponse en chœur :

— Quel crocodile ? On n'a pas pris de crocodile…

Alors les pillards se mettent à hurler : sous leurs yeux, la bête vient de bouger.

— Putain, il est vivant !

Abandonnant pandas et loups-cerviers, les pillards refluent en tremblant… et tombent nez à nez avec Sylvain et Trinité.

— C'est qui ces deux-là ? fait un des voleurs, en braquant sa lampe torche.

Un autre sort son pistolet et le pointe sur les intrus.

— Qu'est-ce que vous foutez là ?

— J'allais vous demander la même chose… répond Sylvain, qui s'efforce à la froideur.

— Et en plus il se moque de nous ? reprend l'homme au pistolet, en donnant une bourrade dans l'épaule de Sylvain.

— On devrait peut-être les emmener dedans, non ? suggère l'autre.

— Tu as raison, c'est au maître de décider.

— Le maître ? fait Trinité, tandis qu'ils sont poussés dans la grande galerie de l'Évolution.

Une voix familière résonne alors sous la grande verrière.

— Tiens donc, des visiteurs ?

Sylvain et Trinité poussent un même cri :

— Marcomir !

Lundi 20 mai, 2 h 45

Marcomir les regarde avec cette cruauté quiète des caïmans.

— Vous êtes son fils, n'est-ce pas ? demande-t-il à Sylvain.

Appuyé à un lion empaillé, le gourou sourit au professeur puis se retourne.

— Madame Masson, je crois qu'on est venu vous… « sauver ».

À ces mots, un murmure de douleur provient du fond de la salle principale de la Grande Galerie.

— Montrez-lui ! ordonne Marcomir, dont les acolytes allument un à un leurs torches électriques.

— Qu'est-ce que vous avez fait à ma mère ? ! s'écrie Sylvain, en se précipitant au fond de la salle.

« Ou ce qu'il en reste… » corrige mentalement Trinité, effarée par la vision de cette femme, saucissonnée avec des filins de métal pris aux animaux empaillés, le visage tuméfié et bâillonné, les yeux rougis et cernés, le regard perdu.

Et puis ce hurlement…

Malgré un bâillon enfoncé jusqu'à la gorge, Gervaise Masson pousse des cris de rage et de douleur.

Les cordes de métal lui cisaillent les poignets, les chevilles, le torse. Elles l'arriment à un haut pilier, entre une hyène et un lycaon.

— Maman… dit Sylvain, paralysé.

Identifiant son fils, Gervaise gémit de plus belle.

— Faites-la taire… supplie Marcomir d'un ton agacé, sans quitter sa vigie, à l'entrée de la Galerie.

Obéissant, un pillard envoie son poing dans le ventre de la conservatrice.

Le visage de Gervaise vire écarlate, ses yeux pleurent de douleur et d'étonnement, sa bouche mord le bâillon et elle manque étouffer, car son nez se charge, l'empêchant de respirer.

Devant ces hoquets, Marcomir ricane à mi-voix :

— Vous vouliez me faire chanter, madame la conservatrice…

Sylvain est au bord de l'explosion. Il ne voit qu'une chose : la douleur de Gervaise. Tous les mystères s'estompent devant une réalité simple et atroce : on torture sa propre mère sous ses yeux !

— Salaud ! hurle-t-il en s'élançant vers Marcomir.

Mais il est aussitôt freiné par cinq sbires qui le ceinturent et lui passent un bâillon.

En moins d'une minute, voilà Sylvain ficelé à la gauche de Gervaise, au même pylône.

Dans la précipitation, tous semblent avoir oublié Trinité.

L'adolescente recule alors doucement dans l'obscurité, le cerveau à cent à l'heure. Que faire ? Où aller ? Chercher des secours ? Mais auprès de qui ? La police ? Les pompiers ? Et s'ils sont tous déjà morts ?

— Maître, la petite !

— Ne la laissez pas s'enfuir !

Trop tard, Trinité !

Au lieu de se sauver, elle a trop pensé. La voilà bientôt elle aussi momifiée par une armure de filins, un morceau de vieille chemise enfoncé de force dans la bouche.

— Parfait, ricane Marcomir, maintenant on va pouvoir parler…

Lundi 20 mai, 2 h 55

— Vous ne pensiez quand même pas que j'allais vous laisser filer comme ça, avec tout ce que vous prétendiez savoir sur moi…

Marcomir parle à mi-voix. Ils sont pourtant seuls, dans cette partie de la Grande Galerie, le gourou ayant demandé à ses fidèles de reprendre leur trafic.

Gervaise, Sylvain et Trinité enragent sous leur bâillon. Le professeur et la lycéenne ne comprennent pas de quoi parle le gourou.

Avec ses airs de félin qui hypnotise sa proie avant de la déguster, Marcomir semble savourer une victoire.

— Votre fils est-il au courant de vos manigances, madame la conservatrice ?

Il s'immobilise devant Sylvain et tire un grand couteau de chasse au manche en pied de chevreuil.

Sylvain frémit. La pointe vient lui caresser les joues, le nez, les paupières, s'attardant aux lèvres, soulevant le bâillon, jouant avec les lobes, les cheveux dégoulinant de sueur.

— J'ai assisté à plusieurs de vos cours à la Sorbonne, professeur Masson. Et j'ai même lu votre livre sur Paris : passionnant…

Sylvain est de plus en plus fébrile. Au fond de son corps, quelque chose d'inconnu a commencé à monter.

Douloureux et agréable à la fois. Comme une ébullition. Des salves d'une puissance nouvelle, qui recharge peu à peu chacun de ses muscles, tout en engourdissant son esprit.

— Sous le vernis universitaire… poursuit le gourou en laissant sa lame descendre le long du corps de Sylvain, jusqu'au sexe. Sous le vernis universitaire, nous racontons les mêmes histoires, vous et moi…

Sylvain bande un à un ses muscles, mais Marcomir se détourne et passe à Trinité.

— Ce que je ne m'explique pas, c'est le rôle de cette gamine…

La lycéenne est une éponge de terreur. Elle ne parvient même plus à penser. Son attention est entièrement tournée vers ce couteau qui vient de se poser sur son cou, et joue avec sa chaîne de baptême.

— Mais en ces temps d'apocalypse, une victime de plus ou de moins, on ne va pas chipoter.

Au mot « victime », Trinité se sent fondre contre le pylône, oubliant la présence de Sylvain et de sa mère, de chaque côté d'elle.

C'est pourtant vers Gervaise que Marcomir se tourne enfin, le sourire flamboyant.

— Ah… madame la conservatrice… je ne vous serai jamais assez reconnaissant de m'avoir cédé vos « petites bêtes »…

Il se retourne vers ses manœuvres, qui continuent à sortir les animaux de la salle.

— Le temps que le fleuve ait fini d'inonder Paris, ces animaux décoreront mes futures églises. D'autres musées sont en ce moment même aux mains de mes fidèles… Le Louvre, Orsay, Guimet : mon Église va avoir de quoi survivre pendant quelque temps, j'espère.

Il ricane avec une tendresse incongrue, puis son visage se durcit.

— Vous vous doutez bien que je me moque de votre « dossier », dorénavant. Mais je déteste qu'on me fasse chanter…

Retrouvant toute sa hargne, il se colle à Gervaise et presse le plat de sa lame sur le front de la conservatrice.

— Tu croyais vraiment que j'allais te laisser filer comme ça ?

Sylvain tente de se concentrer. Contre toute attente, il se sent de plus en plus fort et maître de lui. Comme une bombe à retardement.

Marcomir se plaque à nouveau contre Gervaise.

— Je crois que c'est vraiment la fin, madame la conservatrice…

Malgré son bâillon, Gervaise pousse un hurlement.

Sylvain et Trinité ont entendu la lame percer le tissu.

— Du beurre, dit doucement Marcomir, qui retire son couteau et l'essuie avec un chiffon bientôt écarlate.

Déférents, les sbires s'approchent.

— Le maître fait un sacrifice, susurre l'un d'eux.

— Il faut bien nourrir *l'Esprit*…

Ils sont à présent trente, entourant le pylône.

Le visage de Gervaise est verdâtre ; l'œil vitreux, elle halète sous son bâillon, le corps de plus en plus mou.

À sa droite, Trinité pleure en silence, fermant compulsivement les yeux.

« C'est un cauchemar… Je vais me réveiller… »

Quant à Sylvain…

— Maître, il en manque un !

— C'est… c'est pas possible… balbutie le gourou, qui avise les filins brisés au pied du pylône. Il n'y a pas dix secondes, il était…

Alors, un cri.

Un grondement sourd, qui se déploie en hurlement. *Ça* vient d'au-dessus.

— C'est quoi ? ! beugle un pillard.

Tous les hommes se sont figés et scrutent le plafond de la Grande Galerie.

— Un oiseau, peut-être ?

— Ou un animal du zoo ?

— Mais non, ils l'ont totalement évacué !

Nouveau cri, encore plus aigu.

Ces hommes sont aussi fébriles que des chevaliers médiévaux qui abdiquent tout courage devant le surnaturel.

Seule Gervaise, terrassée de douleur, le ventre en sang, reste vissée à son pylône.

Trinité a pourtant moins peur.

Dans ce cri, elle a senti quelque chose de sécurisant, de presque *familier*.

L'un des fidèles a couru allumer les néons de la Grande Galerie, conférant à la scène une dimension onirique. Des teintes roses, violettes, orangées, parme. D'abord éblouie, Trinité distingue peu à peu les pillards, dont les visages naissent de la nuit. Des figures banales, des traits sans cicatrices, sans blessures de guerre, où se mêlent l'agressivité et la peur.

Car le cri vient de reprendre, encore plus acide, encore plus assourdissant.

Alors l'un d'eux lève à nouveau les yeux vers le plafond de la Grande Galerie et pâlit.

— Là… là… regardez !

Personne n'a le temps de réagir.

Depuis les poutrelles, quelque chose se jette sur eux. Quelque chose d'invisible. Quelque chose dont les mouvements sont si coordonnés, si vifs, qu'ils en deviennent imperceptibles.

Une brise qui mord ; un vent qui tranche ; une bourrasque qui décapite.

En un instant, trois corps sont précipités dans le vide, s'écrasant sur les pylônes en un bruit mou.

Un des pillards tente de partir en courant, mais il n'a plus qu'une jambe !

Deux autres se ruent vers l'extérieur, sentant alors une main écraser leurs visages contre les dalles.

Enfin, ceux qui parviennent à s'échapper de la Grande Galerie sont frappés d'une telle épouvante qu'ils se noient dans la Seine, incapables de calmer leur respiration, de retrouver l'usage de leurs membres. Seul Marcomir disparaît dans la nuit, arrachant son sari. Trinité le voit s'enfoncer dans l'obscurité, nu et perdu, bientôt poursuivi par les crocodiles.

Et lorsque Sylvain, d'un geste souple, retombe sur ses pattes devant la malheureuse Gervaise, il croit lui aussi défaillir.

Tout s'est passé si vite, avec une violence si crue, qu'il glisse en arrière et s'évanouit.

Lundi 20 mai, 3 h 30

« Ça y est, il revient à lui… songe Trinité. Enfin ! »

Sylvain a atrocement mal au crâne. Au-dessus de lui, les deux visages le scrutent avec avidité, comme des médecins dans une salle de réanimation. Il n'est pourtant pas à l'hôpital.

Allongé sur les dalles de la Grande Galerie, au pied du pylône, il distingue la lycéenne et Gervaise. Sa mère paraît avoir recouvré sa lucidité, malgré une plaie qui lui ensanglante le ventre.

— Que s'est-il passé ? balbutie Sylvain, sentant que chaque syllabe plante une épine dans sa cervelle.

Toujours bâillonnées, ni Gervaise ni Trinité ne peuvent répondre.

Du regard, il cherche Marcomir, sans encore comprendre.

En s'appuyant sur ses coudes, Sylvain parvient à se redresser. Alors il s'écrie :

— Mais qui a fait ça ?

Trinité et Gervaise fuient son regard.

Dans l'air souffle ce parfum de mousse, d'algue et de marais qui est la nouvelle fragrance de Paris. S'y mêle un âcre parfum de boucherie et de sang frais.

Les corps sont si calmes. La plupart gisent au gré de la Grande Galerie, coincés entre les socles des derniers animaux empaillés laissés par les pillards, face contre terre, certains éventrés, les tripes coulant au sol comme des paquets de linge sale ; l'un d'eux est même empalé sur les défenses d'un éléphant, le pieu d'ivoire lui forçant les reins pour ressortir au niveau du sternum. Halluciné, Sylvain aperçoit alors l'extérieur de la Grande Galerie, éclairé par la lune. D'autres cadavres sont là, déjà entamés par les mouettes, qui les ont traînés sur la grève pour s'en repaître plus facilement et planter leurs becs dans les organes les plus meubles. Plus loin, une jambe tranchée net a roulé sous un banc. Une famille de rats tourne autour, ne sachant comment l'attaquer.

Alors Sylvain se rappelle…

Des images fugitives, des cris stridents, des hurlements. Et une exquise sensation de liberté, de corps épanoui, de bonheur immédiat.

La vie en elle-même : cruelle et absolue.

Il serait incapable de décrire ce qui s'est passé, puisqu'il n'a pas pensé. Son corps se souvient, non son esprit. Ses muscles, ses sens, sa peau, ses membres, possèdent une mémoire instinctive, soufflant à Sylvain qu'il a fait ce qu'il fallait.

Si bien que le jeune professeur en Sorbonne contemple ces corps suppliciés sans effroi, ni culpabilité. Juste le simple étonnement de se sentir capable d'un tel effort.

Surtout, ces sensations, ces images subliminales, se mêlent au souvenir des tableaux.

« Mais combien de temps il va rester là ? » fulmine Trinité, qui tape du pied sur les dalles et hurle sous son bâillon, pour briser cette contemplation morbide.

Tiré de sa torpeur, Sylvain retouche terre et se rue sur l'adolescente pour la dénouer en hoquetant :

— Vite, il faut que tu m'aides pour maman… On va la coucher…

Trinité étire ses lèvres engourdies.

— Il faudrait peut-être l'emmener à l'hôpital.

— Trop… tard… halète la conservatrice, à qui Sylvain vient de retirer le bâillon.

Gervaise a tenu le temps qu'elle pouvait, mais maintenant que son fils la délivre, son corps se disloque ainsi qu'un rôti dont on ôte la ficelle, chutant en arrière.

— Retiens-la ! crie Sylvain, surpris de voir sa mère tomber comme une statue de marbre.

Trinité étouffe un cri en rattrapant comme elle peut la conservatrice, qui s'étale pourtant sur le sol en hurlant de douleur.

— Maman !

Le sang ne cesse maintenant de couler de sa plaie béante.

Sylvain sent monter la panique. Que faire ? Bander la plaie ? Appeler les secours ?

Mais, rassemblant ses dernières forces, Gervaise happe le bras de son fils et ahane : « Trop tard, Sylvain… »

Là, sous ses yeux, sa mère est en train de mourir. Une fois encore, il oublie tous ses griefs, ses questions sans réponses.

En retenant ses sanglots, il prend doucement sa tête sur ses genoux.

— Maman, gémit-il en posant sa main sur son front, qu'est-ce qui nous est arrivé ?

Gervaise esquisse un sourire.

— Mon petit faune, tu étais si… parfait…

Sylvain sent ses yeux s'emplir de larmes. Sa mère va partir, il va la perdre à jamais, il est seul. Seul, face à ce monde en déroute.

Il remarque à peine Trinité, qui s'est agenouillée près de lui, et se penche doucement vers Gervaise en chuchotant :

— Où les singes blancs ont-ils emmené les bébés ?

Sylvain voudrait faire taire Trinité, mais c'est elle qui a raison. Il le sait. Et Gervaise aussi, qui tourne vers Trinité sa face crayeuse et murmure…

— Qu'est-ce qu'elle a dit ? marmonne Trinité.

Sylvain caresse le visage de sa mère et lui murmure à l'oreille :

— Maman, essaye de parler plus fort, une dernière fois. Où sont les bébés ? Nous devons les sauver…

— En… en dessous… articule péniblement Gervaise.

Trinité se tend comme un gymnaste.

— En dessous de quoi ?

Gervaise est prise de convulsions. Son visage se contracte, ses dents s'entrechoquent, elle se raidit, puis reprend sa respiration.

— En dessous de quoi, maman ? fait Sylvain qui retient ses larmes.

La voix de Gervaise est presque imperceptible.

— En… Arcadie…

— Mais quelle Arcadie, maman ? Essaye de me dire !

— En… Arcadie… avec… Gabrielle…

Sylvain tressaille.

— Gabrielle ? Mais où est-elle ?

Dans sa panique, il vient de secouer sa mère, dont la tête bascule en arrière dans un claquement sec.

Son œil se fige. Un filet de sang s'échappe de ses lèvres.

Puis, blotti dans les bras de son fils, le corps de Gervaise devient aussi lourd que ses secrets.

Lundi 20 mai, 4 h 15

Voilà un long moment que Sylvain est impassible, l'œil vide, figé dans la torpeur.

« En quelques heures, son monde a chaviré, pense Trinité, qui n'ose briser le silence. Il vient de perdre sa mère, après avoir massacré froidement une vingtaine d'inconnus. »

Si l'adolescente ne sait que penser, elle se refuse à toute explication. Mais les questions la harcèlent autant que ces bourrasques glaciales qui traversent le nouveau Paris.

« Pourquoi cette immobilité de cire ? Pourquoi fixe-t-il la lune avec défi ? Quel instinct s'est réveillé en lui ? »

Ils ont quitté la Grande Galerie et sont assis sur le sol sableux, à quelques mètres de l'eau.

Non loin, les crocodiles sommeillent, enlisés dans la roseraie.

Au gré de cette marée montante flottent çà et là des débris que Trinité se refuse à identifier.

— Ça va ? demande-t-elle à Sylvain, voyant la tristesse se poser sur son visage.

Sans répondre, le professeur se retourne vers l'adolescente. Il n'arrive pas à respirer. Ses gestes lui paraissent juste mous, ralentis, comme ceux d'un rêve de grosse chaleur.

Un mot surgit alors du magma d'incertitudes. Un nom.

— Gabrielle.

Trinité frémit devant la voix de Sylvain, anormalement caverneuse.

Hésitant à briser le silence, elle finit par se lancer :

— À votre avis, qu'est-ce que ça voulait dire ? Et toujours cette histoire d'Arcadie…

Sylvain secoue la tête, sans répondre, l'œil vague.

Puis il sort son portable, qu'il avait éteint depuis la veille.

— Avec tout ce qui arrive, remarque Trinité, ça m'étonnerait qu'il y ait le moindre réseau.

— Si, si : ça capte…

Sylvain fronce les sourcils et pianote sur le clavier.

Chez Gabrielle : personne. Au même instant, une vibration lui signale qu'il a reçu un message.

— Un message de Gabrielle…

La voix de son amie d'enfance lui plante un nouveau stylet dans le cœur.

« Sylvain, mon ange, mon petit ange, nous sommes dimanche… »

— Hier, dit Sylvain pour lui-même.

« Je… je… je pars loin… trop loin pour que tu me retrouves… mais c'est le seul moyen de te sauver… il n'y a pas d'autre choix… »

Grésillements.

« Mais dis-toi bien que si je le fais, c'est parce que tu as toujours été le seul… Mon ange gardien… ma lumière… »

Nouveaux grésillements.

Puis, sur un ton hésitant, réprimant un sanglot, Gabrielle ajoute :

« Je descends en Arcadie… Il n'y a que Lubin qui pourra… »

Une tonalité coupe la voix de Gabrielle.

Lundi 20 mai, 4 h 35

— Lubin.

Sylvain n'a plus d'autre mot à la bouche, comme ces robots détraqués, réduits à leurs fonctions les plus primaires.

Les deux syllabes sortent de ses lèvres humides.

Trinité voit son regard fixe, presque inexpressif, qui scrute devant lui sans plus ciller. Sylvain paraît même avoir oublié la présence de la surdouée à ses côtés. Il avance maintenant sans la moindre hésitation, le visage dénué de sentiment.

« À quoi pense-t-il ? » se demande Trinité, qui n'ose pourtant pas parler et se contente de talonner le professeur dans les allées de plus en plus inondées du Jardin des plantes.

Les voilà bientôt près du mur est, donnant sur la rue Buffon. L'eau couvre Trinité jusqu'à la taille. Elle grelotte. Sans compter ce vent, glacial pour une nuit de printemps, qu'on croirait descendu des pôles.

Mais Sylvain ne s'en émeut pas, incroyablement agile.

— Lubin… répète-t-il sans hargne.

Trinité a bien compris que le message de Gabrielle a déclenché quelque chose dans son esprit, et qu'ils se dirigent maintenant vers le logis du vieux gardien. Mais Sylvain reste si calme…

« Comment fait-il ? » s'interroge Trinité, de plus en plus gelée, face à un Sylvain qui évolue dans l'eau sans mouvements brusques, alors qu'il y a quelques minutes, devant le cadavre de sa mère, il sombrait dans un désespoir béant.

« Et moi, comment réagirais-je à la mort de mes parents ? »

Ses parents… Ont-ils seulement idée de ce qui se passe à Paris ? Peuvent-ils imaginer que leur fille met sa vie en péril, et s'enfonce dans une réalité parallèle ? Peuvent-ils imaginer qu'ils risquent de perdre un deuxième enfant ?

« Mais peut-être la planète entière est-elle en train de périr sous les eaux… » songe alors Trinité, que cette idée rassure : elle s'y sent moins seule. Et si le monde entier était comme elle, en cet instant précis : se faisant engloutir par une eau polaire ?

« Peut-être Sydney, Canberra, Melbourne, ne sont-ils plus que de vastes baies maritimes. Au moins, il y aurait une justice ! »

Mais non… Fidèles à leur insouciance, les parents de Trinité sont sûrement dans quelque bar d'hôtel, sirotant un daïquiri et un mojito. Pour Antoine, ils seraient revenus. Mais Trinité saura se débrouiller toute seule.

« Et la petite, avec ces inondations ?

— Tout va bien se passer. Elle est si maligne, notre petit génie des bois. »

Une fois de plus, c'est si facile, si injuste !

Et malgré leur lâcheté, ils lui manquent terriblement…

Trinité ne s'était même jamais imaginée éprouver un tel besoin de voir ses parents, de les serrer, de les étreindre ; de s'enfouir dans les seins de sa mère, dans les bras de son père. Et ce, malgré leur irresponsabilité, leur maladresse, leur manque de tendresse, l'injustice de leurs sentiments. Ce n'est pas d'eux qu'elle a besoin, mais de leur présence *physique*, corporelle. Un besoin instinctif, à l'image de Sylvain, qui lui aussi obéit à son corps, à son flair.

Toujours devant Trinité, il avance dans l'eau avec aisance. Comme si le liquide n'avait aucun poids.

Sylvain ne paraît même pas voir ces silhouettes qui les observent – réfugiés ? pillards ? – juchées sur les bancs, les murets, craignant l'eau comme la peste.

— Tu as vu, il y a deux types qui coupent par la rivière !

— On dirait plutôt un mec et un enfant…

— T'as raison, c'est une gamine…

— Regarde, maintenant ils escaladent le mur.

Sylvain et Trinité n'ont pourtant d'autre choix que d'escalader. Plus le temps de remonter vers la zone sèche, du côté de l'entrée et des portails. Quant à passer par-devant, place Valhubert – le « côté Seine » –, il n'y faut pas songer. L'eau atteint bien cinq mètres de profondeur et les requins, murènes, orques et autres monstruosités aquatiques ont sans doute envahi les zones immergées…

Lorsqu'ils se retrouvent au sommet du mur d'enceinte du Jardin, l'étroite rue Buffon, en dessous d'eux, n'est plus qu'une rivière…

Trinité se pétrifie.

« Non… là, ça devient impossible… »

Percevant un grand plouf, elle tressaille et manque tomber.

— Saute, dit Sylvain, sous elle, *dans la rue*, de l'eau jusqu'au torse.

— Je… je… je ne peux pas… bredouille-t-elle, prise d'un vertige irrépressible.

De jour, encore, elle verrait. Mais la lune ne perce pas cette eau plus noire que de l'encre.

— Saute, bon Dieu ! s'énerve Sylvain.

Que faire ?

« L'eau amortira ma chute, tente-t-elle de se raisonner. Ce n'est qu'un mauvais moment à passer… »

Mais elle se ressaisit aussitôt, songeant : « En espérant ne pas s'empaler sur un panneau, ou s'enfoncer dans un pare-brise. »

Prenant son courage à deux mains, elle finit par chasser les visions qui la narguent.

Et hop ! La voilà qui saute.

L'eau l'engloutit de sa grande salive suave, dont elle émerge en soufflant.

Sylvain est déjà loin devant, nageant jusqu'au portillon de l'annexe du Jardin des plantes.

Ici aussi, tout est inondé.

Trinité a de l'eau jusqu'aux épaules. Elle s'habitue pourtant à la température, étonnée de trouver l'eau plutôt tiède.

« C'est mon corps qui se refroidit, comprend-elle, un nœud dans le ventre. Dans dix minutes je ne sentirai plus mes membres, puis tout s'engourdira, comme un alpiniste dans une tempête de neige… »

— C'est par là, dit Sylvain en désignant une cahute, en contrebas.

Tous deux découvrent alors un phénomène unique : la cabane de Lubin est construite dans une cuvette, mais le haut de son terrain est ceinturé d'un vieux muret assez élevé qui n'a pas encore été submergé.

— C'est comme un polder… chuchote Sylvain en se hissant sur le muret.

Il aide Trinité à monter, afin qu'elle contemple la vision saisissante de cet îlot sec, *creusé* dans les eaux.

Puis ils sautent dans l'enceinte, tandis que Sylvain marmonne pour lui-même :

— Bienvenue au jardin de Klingsor…

— Pardon ? demande Trinité, dont les vêtements chargés d'eau sont aussi lourds qu'un scaphandre.

Sylvain se retourne, index aux lèvres.

— Maintenant, on ne parle plus, ordonne-t-il, avançant à pas de loup vers la cabane.

« Incroyable ! » songe Trinité.

Malgré ses vêtements qui lui collent au corps, le froid humide qui pénètre chaque pore de sa peau, l'adolescente est envoûtée par l'endroit. C'est moins la cabane – une bête maison de bois, au milieu d'un terrain vague anarchiquement envahi d'herbes folles, d'orties, d'arbustes et de fougères – que sa situation même. La maison est à ce point encerclée par l'eau montante, qu'on s'y croirait dans un sous-marin à ciel ouvert, ou au pied d'un de ces barrages de montagne qu'une fissure peut transformer en déluge.

Et tous deux l'ont bien compris : d'ici peu, le niveau atteindra la limite du muret, et la cuvette se remplira comme un lavabo. C'en sera fini du polder de Lubin… s'il est encore ici.

Atteignant l'unique fenêtre, Sylvain se rejette aussitôt en arrière, contre le mur. Au même instant la lune sort d'un nuage, éclairant l'intérieur de la cabane.

Lubin est là.

Assis sur son vieux fauteuil, il tourne le dos à la fenêtre.

À travers les vitres sales et noires, Sylvain remarque la bougie qui brûle sur la table, devant le vieux gardien.

Le professeur se tourne vers Trinité pour faire « oui » de la tête, puis, d'un grand coup sec, il ouvre la porte.

Lundi 20 mai, 5 heures

Lubin n'a pas bougé.

Avec une raideur cireuse, il reste figé sur son siège, face à la bougie, tournant le dos à ses visiteurs.

Cette immobilité décontenance Sylvain.

— Je suis venu parler… dit-il d'une voix forcée.

Pas de réaction.

Le professeur s'attendait à un « Approche, Sylvain ».

Mais non : le silence ; un grand silence étouffé.

« Un silence sous-marin », songe Trinité, emboîtant le pas tremblant du professeur pour entrer dans la cabane du gardien.

— Lubin ?… bredouille Sylvain.

— Entre… répond enfin Lubin d'une voix désincarnée, sans pour autant se retourner.

La flamme de la bougie vacille, projetant l'ombre du gardien sur les murs noircis, sur la vieille bibliothèque, sur les gravures sans cadres, sur ce puits, au centre de la pièce, et sur l'antique cheminée, où luisent encore des braises.

— Viens près du feu…

« Du chaud ! » songe alors Trinité, qui oublie Sylvain et Lubin pour se ruer vers l'âtre, le corps transi de froid. Elle est si gelée qu'elle se jetterait volontiers dans la cheminée.

« Si je ne sèche pas un peu, je vais crever sur place ! » se dit l'adolescente, remuant avec agilité les braises au moyen d'un tison, avant d'ajouter une bûche posée en retrait de l'âtre.

Aussitôt le feu repart.

Trinité croit revivre ; la chaleur des flammes lui fouette les sens et elle se laisse un instant bercer.

C'est à ce moment qu'elle se retourne et découvre le visage de Lubin, qui la fixe d'un regard blanc.

« Un visage d'écorce », se dit la lycéenne, trop frigorifiée pour avoir peur. Sylvain, en revanche, est intimidé. À croire qu'il rechigne à approcher.

« Hésite-t-il à affronter le regard de Lubin ? s'étonne Trinité. Veut-il rester dans l'ombre ? Pour quitter la Grande Galerie et rallier cette cahute, il était encore sous adrénaline. Mais maintenant que tout retombe, les images remontent : le carnage au musée, la mort de sa mère, le message de Gabrielle… »

Trinité voit juste : Sylvain voudrait s'enfuir, *s'enfouir*. Ne jamais avoir existé. Un effacement radical.

Il finit pourtant par approcher du vieux gardien, toujours immobile face à la bougie. Alors le professeur découvre le visage terreux de son mentor.

— C'est fini, tu sais ? murmure le vieux gardien, sans bouger.

Au fond de lui, Sylvain sent pointer la culpabilité.

— Lubin… fait-il, devant ce visage familier, aussi creusé qu'un champ de bombes.

Le gardien s'efforce de sourire ; ce n'est qu'une grimace.

Sylvain et Trinité voient alors le vieillard quitter sa chaise pour s'affaler en gémissant de douleur sur le lit, avant de tendre le bras vers le professeur.

— Prends… bonhomme… prends ma main…

Son ton devient suppliant.

— Prends-la une dernière fois…

Fébrilement, Sylvain s'approche et se met face à Lubin, genoux contre genoux, serrant aussitôt ses mains dans les siennes.

— Lubin… dit-il, peinant à contenir son émotion.

Trinité est de plus en plus mal à l'aise.

« Je ne devrais pas voir ça : c'est une affaire de famille. »

Pourtant, le vieux gardien se tourne douloureusement vers elle, tentant même de lui sourire.

— Venez… vous aussi…

Du menton, il désigne une chaise, de l'autre côté de la pièce.

Le regard du mentor est devenu puissant et féroce.

La situation est inédite : Trinité s'attendait à tout sauf à cette ambiance de confessionnal. Ces trois êtres assis face à face. La présence de ce vieil homme, fiévreux, dont les yeux bouillonnent de vie. Cette seule bougie, qui donne à leur entretien la lueur onirique d'un tableau de La Tour.

« Et puis l'eau : partout ! »

Une eau qui menace maintenant de briser le muret, transformant cette masure en Atlantide.

— On ne peut pas rester ici… intervient soudain Sylvain, dans un éclair de bon sens.

Lubin balaye la remarque d'un geste méprisant.

— Trop tard, répond-il avec douceur. J'ai trop de choses à dire…

Il fixe Sylvain et Trinité.

— À *vous* dire.

Son visage dégage maintenant un sentiment de volonté brute.

— Qu'est-ce qui s'est passé ? demande Sylvain.

Lubin a une moue ironique.

— Ils nous ont eus… articule-t-il dans un souffle épuisé. Ils… ils ne nous font plus confiance… Je crois que c'est vraiment la fin…

— Quelle fin ? enchaîne Trinité d'une voix hésitante.

— *La fin de tout*, mademoiselle…

— De tout *quoi* ?

Le gardien tourne son visage vers la fenêtre de sa cabane.

— Nous, vous, Paris, le reste. Tout va disparaître… Nous aurions dû les écouter, depuis toutes ces années… Personne n'a voulu les prendre au sérieux… Pas même Gervaise… Pas même moi…

— Mais qui ? font en chœur Sylvain et Trinité.

Le regard rêveur, Lubin répond à mi-voix, tel un fredon :

— Les Arcadiens…

La lycéenne trépigne :

— Qui sont ces Arcadiens ? Des terroristes, c'est ça ?

Lubin ne répond pas tout de suite. Son regard s'adoucit. Avec une expression élégiaque et presque impudique, il contemple un paysage imaginaire.

— *C'est une si longue histoire…*

Histoire de l'Arcadie – 1

— Jusqu'à la fin de l'ère glaciaire, le site de Paris n'était qu'une forêt, hostile et marécageuse, qui couvrait la majeure partie du nord de l'Europe. Une sylve infinie, étendue de la Bretagne à l'Oural…

En quelques mots, la voix de Lubin retrouve un ton posé. Sylvain se croit même replongé en enfance, lorsque le vieux gardien lui racontait les légendes et mystères de Paris, assis au coin du feu, dans cette cabane hors du temps.

— À l'époque, continue Lubin, la Seine était un fleuve aussi large que l'Amazone. Elle traversait ces immenses étendues boisées et se ramifiait en d'innombrables ruisselets.

« Un seul chemin existait au centre de cet enfer de bois et de glace. Une route qui descendait d'une colline et parvenait à la Seine. Les mammouths l'empruntaient pour venir boire l'eau du fleuve, piétinant les ronces, les fougères, les arbres morts. Plus tard, ce chemin que les Romains appelèrent le *Cardo maximus* fut emprunté par tous les habitants de Paris, et il existe toujours aujourd'hui…

— La rue Saint-Jacques, dit Sylvain à mi-voix.

Trinité est elle aussi envoûtée par la voix de Lubin. Elle en oublierait presque la masure, l'eau montante, ses vêtements trempés, car le vieil homme possède ce pouvoir ancestral des conteurs.

— Est-ce par la future rue Saint-Jacques qu'arrivèrent les Arcadiens, à la fin de l'ère glaciaire ? reprend le gardien, d'un ton habité. Nul ne le saura jamais. Mais leurs archives attestent leur présence depuis près de dix mille ans. D'où venaient-ils ? Quelle fut leur route ? Quelle était leur terre mère ? Autant de questions qui restent sans réponses mais tout porte à croire que les Arcadiens sont aussi vieux que la Terre elle-même…

Assise sur son coin de paillasse, Trinité bouillonne de questions. Mais elle se maîtrise pour laisser Lubin poursuivre son récit.

« Il est à bout de forces… Je ne peux pas l'interrompre. »

— L'histoire officielle nous enseigne que les premiers Parisiens installèrent un campement, près de l'actuelle zone de Bercy, il y a bientôt six mille ans. Faux ! Archifaux ! Longtemps avant, les Arcadiens avaient élu domicile dans une petite boucle de la Bièvre, près de l'actuelle église Saint-Médard, dans ce qui deviendrait plus tard le village de Saint-Marcel…

— À deux pas du futur château de la Reine Blanche… ne peut s'empêcher de chuchoter Trinité.

Sans prendre ombrage de cette interruption, Lubin cligne des yeux en signe d'assentiment et continue :

— Les Arcadiens étaient une civilisation mégalithique. Semblables à leurs « cousins » de Bretagne, d'Angleterre, d'Irlande, ils truffèrent la région de tombes spectaculaires, généralement constituées de ces hautes pierres taillées qu'on appellerait des « menhirs ». Toute la zone fut même bientôt couverte de ces « pierres levées », qui subsistèrent parfois jusqu'au Moyen Âge : le Pet-au-Diable de la rue Lobau, près de l'Hôtel de Ville ; le Pierre-au-Lard de l'église

Saint-Merri ; la Pierre-au-Lait de la tour Saint-Jacques ; jusqu'au célèbre Gros Caillou, dans la plaine de Grenelle… Tous ces monuments étaient des sépultures arcadiennes, où le peuple originel de Paris inhumait ses morts…

Trinité tente de se figurer Paris en forêt, percée de clairières au centre desquelles s'alignaient des menhirs, comme dans les bois bretons.

Sylvain s'efforce pour sa part de rester concentré, d'oublier les massacres, les morts, et d'associer les révélations de Lubin à ses propres connaissances. Bien sûr qu'il connaît les menhirs parisiens ; bien sûr qu'il a entendu parler du Pet-au-Diable, de la Pierre-au-Lard…

« Mais une population primitive, antérieure à toutes les autres… » songe-t-il. Le vieux gardien a toujours eu soin d'enjoliver l'Histoire, comme un croque-mort excelle à maquiller un cadavre.

« Aujourd'hui, il n'a pourtant pas l'air de mentir… » croit comprendre Sylvain, devant le regard paniqué du vieil homme. Le corps secoué de soubresauts nerveux, Lubin poursuit son récit :

— Durant des millénaires, les Arcadiens vécurent seuls, en parfaite harmonie avec la nature. Ils possédaient des rudiments d'agriculture, ils cultivaient le blé, ils élevaient des porcs, des vaches et des poules, ils chassaient le gibier que leur offrait la forêt, ils cueillaient les baies, les châtaignes, les glands… C'était une vie simple, dans le respect et la vénération de la nature. Si leur culte était encore archaïque, les Arcadiens n'admettaient pas l'existence d'un dieu unique et inconnaissable, mais possédaient un panthéon très… écologique. Ils vénéraient les trois divinités qui se déployaient sous leurs yeux : le *soleil*, la *forêt* et la *rivière*. Chacun de ces dieux possédait son nom, ses règles, ses rites. Et lorsque arrivait un nouveau-né, il fallait le consacrer à l'un de ces trois dieux. Sinon, l'enfant risquait de mourir dans d'atroces souffrances, avant de disparaître dans les limbes éternels. Mais aucune famille ne se serait hasardée à laisser son nouveau-né sans « baptême », car la religion était l'axe central de cette civilisation naissante.

Sylvain et Trinité voient alors Lubin se dresser à demi et faire dans l'air de curieux gestes incantatoires.

— Le jour de ses quinze ans – même s'ils ne comptaient pas en années, mais en *lunes* et en *saisons* –, qu'il fût mâle ou femelle, l'adolescent arcadien devait passer un mois en tête à tête avec sa divinité tutélaire, pour lui demander la permission de devenir adulte.

« Ainsi les *solaires* devaient-ils rester seuls dans une clairière, à deux jours de marche du village. Les *forestiers* avaient pour mission de grimper au faîte d'un arbre, et d'y passer un mois de méditation. Quant aux enfants de la *rivière*, ils partaient à la dérive, en bateau, sur la Bièvre puis sur la Seine, et ne devaient pas remonter le courant avant plusieurs semaines…

« Il arrivait que certains d'entre eux ne survivent pas à ce rite de passage. D'aucuns mouraient d'insolation ; d'autres tombaient des arbres ou s'empalaient aux branches ; quant aux "marins d'eau douce" qui ne parvenaient pas à faire marche arrière, ils étaient aspirés vers la Manche qui, à l'époque, était une mer redoutable et redoutée…

Lubin s'interrompt. Il déglutit compulsivement, grimaçant de fatigue. Son visage est inondé de sueur et il claque des dents.

— Ça va ? bredouille Sylvain.

Nouveau geste de dédain.

— Laisse-moi finir !

Sylvain baisse les yeux. Lubin reprend :

— Tout aurait pu basculer à l'arrivée des Celtes, environ cinq siècles avant notre ère. Voilà plusieurs millénaires que les Arcadiens, peuple vernaculaire, méfiant et peureux, vivaient en parfaite harmonie. Et soudainement, des hordes nouvelles chevauchaient dans *leur* forêt, se baignaient dans *leur* rivière, se doraient aux rayons de *leur* soleil.

« Mais les Arcadiens étaient intelligents et tolérants. Plutôt que la guerre, ils préférèrent une paix des braves, et offrirent aux Celtes d'occuper les rives de la Seine, trop heureux de garder pour eux les bords de Bièvre.

« Les Celtes n'y virent aucune malice, et furent même surpris que les Arcadiens leur accordassent de s'installer dans la zone la plus poissonneuse, la plus stratégique, alors qu'ils vivaient retranchés dans ce réduit de la Bièvre. Mais l'arrangement leur convenait et les deux peuplades vécurent en parfaite entente pendant près de cinq nouveaux siècles…

— Jusqu'à l'arrivée des Romains, intervient Sylvain, qui a parlé instinctivement.

Acquiesçant, Lubin jette un coup d'œil par la fenêtre de la cabane : il fait encore nuit.

— Parfaitement, Sylvain : les Romains ! Pour l'Arcadie, ce fut le commencement de la fin. Si la cohabitation avec les Celtes s'était passée sans accrocs, les invasions romaines furent fatales aux Arcadiens. Car les légions de César voulaient tout : la région, ses richesses, ses peuplades. Pas question de laisser chaque ethnie vivre à son rythme : le monde devait devenir romain… ou périr.

Lubin se renverse, fixant les poutres de la cabane d'un œil rêveur.

— Les batailles furent sanglantes… et atroces. Trahis par les Celtes, qui se vendirent aux Romains, les Arcadiens résistèrent pendant près d'un demi-siècle, faisant preuve d'une ingéniosité prodigieuse pour défendre leur monde, leur race, leurs dieux…

« Il n'était pas un jour que la forêt ne fût éclaboussée de sang ; il n'était pas un mois qu'un incendie ne ravageât une sépulture, un campement avancé.

Les yeux brillants, Lubin tape du poing sur le vieux lit, faisant gémir le sommier.

— Cinquante ans de combat, que l'histoire romaine et le révisionnisme de Jules César se sont bien gardés de recenser, car une poignée d'hommes ont tenu tête aux légions. Un demi-siècle !

— De – 52 à l'an 0, murmure Sylvain, dont le visage s'illumine. Ce fameux blanc dans l'histoire de Paris…

— Eh oui, bonhomme, seules les archives de l'Arcadie en parlent. Mais elles sont si loin, maintenant ; si loin…

— Où ? interrompt Trinité, passionnée par le récit de Lubin.

Le gardien tourne vers l'adolescente un visage envoûté.

— Vaincus et affaiblis, la poignée d'Arcadiens qui n'avaient pas été exterminés par la coalition romano-celtique – les futurs Gallo-Romains – décidèrent de disparaître.

— Disparaître ? s'étonne Trinité. Vous voulez dire : mourir ?

Lubin secoue la tête de gauche à droite.

— Disparaître de la surface du monde.

Trinité ouvre des yeux ronds.

— En cherchant des lieux de sépulture, durant des milliers d'années, les Arcadiens avaient découvert un incroyable réseau de cavernes souterraines qui court sous toute la surface du Bassin parisien. Plusieurs fois, au cours de la longue et douce histoire de leur peuple, lors d'hivers trop rudes, ou de trop fortes chaleurs, ils s'y étaient réfugiés. Mais là, ils décidèrent de s'y... engloutir.

— Engloutir ?

— Un matin, à leur grande surprise, les Romains réussirent à forcer les frêles mais astucieuses murailles de la zone arcadienne ; ils parvinrent à pénétrer dans leurs maisons de torchis, aux toits de chaume... mais leur effarement n'en fut que plus grand. Rien : il n'y avait rien. Pas âme qui vive ! Les Arcadiens avaient tout bonnement disparu.

Lubin vit son récit, minute après minute.

— Succédant à la surprise vint la peur :

« — *C'est de la magie...* frémit un chef celte devant ce grand village silencieux. *Nous allons être maudits !*

« — *On raconte que les Arcadiens ont le pouvoir de se rendre invisibles, et de venir nous tuer dans notre sommeil*, ajouta un centurion, prêt à fuir en courant.

« — *Superstitions !* tonna un officier romain, *ils ne peuvent pas s'être volatilisés ! Ils sont forcément cachés ! Dix mille sesterces romaines à qui trouvera leur repaire. Et cinq mille par tête d'Arcadien que nous pourrons apporter sur un plateau, au palais de l'empereur Tibère !*

« À l'idée de cette récompense, les guerriers recouvrèrent leur courage et commencèrent une immense battue, dans l'épaisse forêt parisienne. Il n'était pas un chêne qui ne fût fouillé ; pas un noisetier qui ne fût secoué ; pas un hêtre qui ne fût transpercé. Cerfs et sangliers n'avaient jamais vu tant de fureur, dans la forêt. Jamais ils n'avaient entendu tant de cris de rage et d'impuissance.

« — *Ce n'est pas possible !*

« — *Ils ne peuvent pas avoir disparu !*

« Buissons, fougères, sous-bois, ronces, clairières, tout fut passé au peigne fin… en vain.

« Et tandis que les futurs habitants de Lutèce les pourchassaient inutilement, cinq cents mètres plus bas, les Arcadiens organisaient leur nouvelle vie…

— Cinq cents mètres plus bas ? répète Trinité, incrédule.

Lubin lui sourit avec douceur ; ce même apaisement qu'il a eu, plus tôt, en évoquant pour la première fois l'Arcadie. Comme si cette idée calmait ses craintes.

— À un demi-kilomètre sous Paris, bien loin sous le métro, les égouts, les carrières, les catacombes, la nappe phréatique, ont toujours existé d'immenses étendues de terre et d'eau. Comme dans le roman de Jules Verne *Voyage au centre de la Terre*, ces cavernes sont si hautes qu'on n'en voit pas le plafond. Et les lacs si profonds qu'on dirait la mer. Ce n'est pourtant que de l'eau douce, plus pure qu'une source de montagne, et tiède… si tiède…

— C'est là que plongent les puits artésiens, n'est-ce pas ? réplique Trinité.

Lubin acquiesce.

— C'est même la plus grosse réserve d'eau douce d'Europe, et personne n'a jamais pu la quantifier…

— Sauf les Arcadiens, ajoute Sylvain.

Nouveau petit sourire de Lubin.

— À mon avis, Sylvain, lorsqu'ils s'y installèrent, les Arcadiens avaient autre chose à faire qu'évaluer le volume de leurs réserves d'eau potable. Il leur fallait vivre, renaître. Lors, ils s'organisèrent…

Lubin se racle la gorge, scrutant à nouveau la fenêtre comme on consulte sa montre.

— Depuis toujours, le peuple arcadien avait été divisé en deux races. Ces deux ethnies avaient même pour règle de ne jamais se mélanger, le métissage étant chez eux péché suprême. D'un côté vous aviez les sombres, bruns, au teint mat, qui étaient les seigneurs de la race. Ils étaient la caste des guerriers, et ce sont eux qui dirigèrent les colossaux travaux que demanda l'installation souterraine de ce peuple affaibli.

— Et qui en furent les… ouvriers ? demande Trinité, étonnée de cette hiérarchie dans un peuple apparemment si harmonieux.

— L'autre race : les clairs.

— Les clairs, répète Sylvain, intrigué.

— Pendant des dizaines d'années – dès le début des invasions romaines, à vrai dire –, les clairs plongèrent sous terre pour mettre en place ce monde de repli, tandis que les sombres guerroyaient en surface, avec pour mission de toujours garder secrète l'entrée de la nouvelle Arcadie.

— Mais… mais comment les… clairs voyaient-ils, sous terre ?

Lubin arbore toujours un sourire mystérieux.

— C'est là l'un des plus grands trésors du peuple des Arcadiens. Depuis des siècles, ils avaient découvert un fluide naturel, à base de plante, d'eau et de résine, qui dégageait une puissante lumière. Ils s'en servaient au début pour en enduire les menhirs, les sépultures. Si bien que Celtes et Romains, à leur arrivée, crurent la forêt hantée et rechignèrent à s'y aventurer.

Trinité comprend :

— Et ils ont emporté ce fluide en dessous, pour en enduire les murs ?

Lubin étouffe un nouveau spasme de fatigue.

— Pas exactement. Bien sûr, au début, il fallut en effet couvrir de fluide les couloirs qui menaient à la nouvelle Arcadie. Ce qui prit des années. Des années que les clairs passèrent dans un noir presque complet, y perdant pour certains la vue, et y développant une ouïe et un odorat prodigieux.

« En revanche, ils constatèrent qu'une fois diffusé dans le lac, le fluide s'y développait, comme une matière vivante. Ils remarquèrent surtout qu'en quelques mois, le plafond des cavernes commença à refléter la surface de l'eau à la façon dont… la mer reflète le soleil.

Trinité peine à suivre.

— C'est-à-dire ?

— Aucun scientifique au courant de ce mystère n'a jamais pu l'expliquer, mais malgré l'absence de vraie lumière solaire, le reflet du fluide sur le plafond permit de mettre en place une *vie végétale*…

Trinité retrouve le fil de la narration.

— C'est-à-dire qu'ils ont pu faire pousser des plantes, des légumes ?…

— Des arbres ! reprend Lubin. Des arbres qui poussaient à une vitesse accrue, comme si l'air clos de la nouvelle Arcadie accélérait tous les développements naturels. En plantant les glands, les châtaignes, les fleurs des arbres que les sombres collectaient pour eux à la surface, entre deux combats, les clairs purent bientôt reproduire, cinq cents mètres sous terre, une forêt aussi vaste, profonde et fourmillante que celle du Bassin parisien.

Sylvain reste perplexe :

— Mais c'est impossible ! Il n'y a pas de saisons, sous terre. Les arbres ne peuvent rester verts.

— Il n'y a pas de saisons, mais ces lacs souterrains sont en contact avec les sources de la surface. Si bien que, toujours par écho, les saisons terrestres s'y répercutent.

Trinité peine à admettre cette folie.

— Mais… mais c'est délirant !

Lançant le menton vers la fenêtre, Lubin ironise :

— Plus délirant que ça ?

Dans un rayon de lune, tous trois constatent que, dehors, l'eau a commencé de ruisseler par-dessus le muret.

Sylvain et Trinité sont alors pris de panique. La lycéenne se redresse pour bondir à la fenêtre, mais Lubin saisit leurs poignets.

— Je n'ai pas fini !… Ensuite vous pourrez fuir… Mais laissez-moi vous raconter, car après moi, vous serez les derniers…

Sylvain et Trinité se consultent du regard… ne lisant en l'autre que la peur et l'incompréhension.

Fuir ? Rester ? Croire ? Douter ? Qu'importe : Lubin a déjà repris.

— Sylvain, est-ce que tu as compris ?…

— Compris quoi ?

— Ces ouvriers de race claire…

— Eh bien ?

— Ne fais pas l'enfant, tu sais parfaitement où je veux en venir.

Sylvain fait « non » de la tête. Il a pourtant compris ; mais comment l'accepter ?

— Qui te rappellent-ils ? insiste le gardien.

— Les… les singes blancs, balbutie le professeur.

Lubin semble guetter la moindre réaction de Sylvain.

— Ce ne sont pas des singes… ce sont des hommes.

Histoire de l'Arcadie – 2

— Des hommes ?

— Oui, Sylvain. Des êtres aussi humains que nous trois. Des hommes qui ont parlé, pensé, réfléchi sur le monde, inventé une langue…

Sylvain est bouleversé. Les singes blancs : des hommes ? Il s'est toujours demandé pourquoi leurs yeux étaient si évocateurs, leurs expressions si humaines. Et cette douceur, ces gestes posés, lorsqu'ils mangent, lorsqu'ils regardent les touristes, cette tristesse devant les moqueries des enfants, *comme s'ils les comprenaient*.

« C'est tellement évident. »

Sylvain tente de se raccrocher à ce qui lui reste de raison. Mais tout s'enlise dans un rêve aussi fragile que ce muret qui, dehors, menace de s'effondrer.

Le professeur pose un œil égaré sur ce qui est maintenant une petite cascade d'eau, dégringolant dans le Jardin vers la cabane du gardien. Cette vision le tire de la torpeur.

— Si les singes blancs sont des hommes, quel rapport ont-ils avec ma mère ?

— Et quel lien entre les Arcadiens et cette crue ? rebondit Trinité.

— Et Gabrielle, renchérit Sylvain, où est-elle ? Que lui est-il arrivé ? Est-ce là qu'elle est « descendue » ?

— Laissez-moi finir ! tranche Lubin. C'est une histoire complexe, l'histoire d'une civilisation bien plus ancienne, bien plus sage que la nôtre… Car dès qu'ils furent installés, clairs et sombres instaurèrent une autarcie de plusieurs siècles.

Lubin arbore un sourire admiratif et passionné.

« Toute sa vie a été consacrée à ces gens… » songe Trinité, devant l'expression enivrée du gardien.

— Un véritable monde parallèle a vu le jour dans les profondeurs de la Terre. Un univers calme et serein, sans ennemis, sans menace, que les Arcadiens mirent méticuleusement en place. Les années passant, ils en vinrent à oublier qu'un autre monde existait – barbare, vénal, sanglant et médiocre – cinq cents mètres au-dessus de leur ciel. Désormais, l'ancienne Arcadie ne peuplait plus que le rêve des anciens et des sages, à tel point que les plus jeunes la prenaient pour un mythe ; une invention de leurs parents et grands-parents, évoquée comme un croquemitaine.

« L'ancienne Arcadie, les Romains, les Celtes étaient devenus des contes à dormir debout. Car nul autre qu'eux ne vivait dans ce monde idyllique de l'Arcadie souterraine. L'univers tout entier était circonscrit à cette forêt infinie, ce lac sinueux, parsemé d'îlots de verdure. Un monde à la lumière éternelle, où les sous-bois tenaient lieu de nuit, le lac de pluie, une Arcadie telle que l'avaient rêvée les anciens penseurs de la Grèce.

Lubin a l'œil rêveur, mais sa bouche est sèche et sa langue brûle.

— J'ai… soif…

Sylvain se rue sur le petit puits pour en tirer de l'eau. L'odeur de sève le prend à la gorge. Elle n'a jamais été aussi forte. Il voit luire des lucioles, mais ce ne sont que les reflets de la cabane.

Il emplit le gobelet de métal et le tend à Lubin.

— Merci…

Tandis que le gardien étanche sa soif, Trinité remarque :

— Vous parlez d'un monde parfait… Ça veut dire que les Arcadiens avaient fini par abandonner leur société à deux races ?

Lubin la scrute avec étonnement.

— Pourquoi ? Au contraire, cette société était parfaitement harmonieuse. Les clairs travaillaient la terre ; les sombres chassaient, guerroyaient et défendaient l'Arcadie. Les clairs étaient doux et dociles, les sombres agressifs et autoritaires. Mais il n'y avait presque jamais de conflit entre les deux races. Chacune respectait l'autre, chacune avait ses lieux de plaisirs, ses amusements, ses traditions. Il y avait juste un savant équilibre des tâches, des obligations, des lois. C'est pour cela qu'aussi bien les clairs que les sombres étaient opposés au métissage.

— Et pourquoi ?

— Cela aurait détruit l'équilibre arcadien… et renversé celui de toute cette civilisation.

— Un peuple de maîtres et d'esclaves, c'est bien ça ? insiste Trinité, décidément butée.

— Ne me fais pas rire, glousse Lubin. Il n'était pas question de maîtres ni d'esclaves. Les sombres avaient toujours été plus vifs, plus intelligents. Les clairs plus lents, plus obéissants. Nul ne serait allé mettre en péril cette règle séculaire, qui fut la clé de leur civilisation pendant des millénaires. La clé de l'âge d'or…

Sylvain lève le doigt, comme un élève en classe.

— Et y a-t-il eu des mélanges ?

— Oui… il y a eu des… accouplements contre nature. Mais les enfants qui en naissaient étaient tués dès la naissance, et leurs parents stérilisés.

Trinité frémit. En une seconde, le gardien a perdu toute sa douceur.

L'adolescente a même du mal à soutenir son regard et détourne les yeux. Elle constate alors que, dehors, l'eau ne cesse de couler du muret. Elle remarque même une petite flaque, qui s'approche d'eux, depuis la porte de la cabane, comme la fuite d'eau d'une salle de bains.

« C'est en train d'entrer ici ! Il faut faire vite ! »

Son esprit bondit, car elle doit d'abord savoir.

— Mais si l'Arcadie était close et protégée, pourquoi garder une caste de guerriers ?

Lubin retrouve son expression calme de narrateur.

— *Officiellement*, l'Arcadie était un monde fermé, sans contact avec l'extérieur ; officiellement, les sombres avaient bouché toute route conduisant à la surface ; officiellement, l'autre monde n'avait jamais existé…

— Mais officieusement ?

— Officieusement, continue Lubin, en se mordant la lèvre inférieure, une caste très fermée s'était mise en place parmi la race sombre.

— Une caste ?

— Dès leur installation sous terre, un prêtre arcadien décida de garder secrète une route vers l'air libre. À sa mort, il en légua le secret à un autre sombre, qui fit de même lorsqu'il mourut…

— Mais… dans quel but ?

— À la surface, Lutèce puis Paris se développèrent. Le petit village sylvestre devint un port, une cité, une ville, une capitale. La forêt fut déboisée. On trouvait là-haut des maisons, des échoppes, des palais, des théâtres, des temples, des églises, des cimetières… C'en était fini des huttes de bois, de torchis et de chaume. Pour construire leurs habitations, les nouveaux habitants avaient besoin de cette pierre blanche qu'on appelle « le calcaire ». Une pierre qu'on trouvait…

— … sous Paris, comprend Sylvain. Dans les carrières !

Au tour de Trinité d'ajouter :

— Les Arcadiens avaient peur qu'en creusant sous leur ville, les Parisiens ne découvrent le chemin qui les mènerait dans l'autre monde…

Lubin paraît satisfait.

— Dès les premiers temps de l'Arcadie souterraine, les membres de cette caste secrète appelés « veilleurs » montèrent régulièrement, pour vérifier qu'ils restaient en sécurité. Ces sombres n'étaient plus des guerriers, mais des espions…

« Au début, ils se contentèrent de rôder dans la nouvelle Lutèce, se mêlant aux habitants. Ne parlant pas la même langue, ils jouaient les muets, les étrangers. Et c'était pour eux une vraie frustration que de contempler tant de nouveautés avec l'interdiction d'en parler au peuple d'en bas. Ils auraient tellement voulu raconter à leurs frères arcadiens les jeux du cirque, les maisons sur les îles de Sequana, l'immense forum, le long de l'ancienne voie aux mammouths…

« Puis ce furent les débuts de la chrétienté, la chute de l'Empire romain, les invasions barbares, les nouveaux dieux, de plus en plus de gens, de moins en moins d'arbres…

« Qu'il était dur, pour ces Arcadiens, de garder le secret sur les choses fabuleuses qu'ils voyaient là-haut. Parfois, la vie en Arcadie leur semblait si morne ; la douceur arcadienne leur faisait par contraste l'effet d'un baiser triste, comme un couple qui ne s'aime plus et reste par confort, par sécurité, par habitude.

« Alors que là-haut…

« Là-haut, leur instinct de guerriers était réveillé ; là-haut, il se passait des choses. Là-haut : tout vivait !

« Mais les veilleurs étaient trop sages pour se laisser engluer dans leurs passions. Toujours ils redescendaient au calme douillet de l'Arcadie, respirant la douce brise souterraine, au bord du lac infini, sous les suaves ramées de leur éternelle forêt.

Lubin devient lyrique. Après un nouveau regard vers la porte – il y a maintenant une petite mare, de l'autre côté de la pièce –, Trinité demande :

— Les veilleurs se contentaient vraiment de jeter un coup d'œil en haut, puis de redescendre ?

— Au début, oui. Puis il y a eu ce problème des carrières, des mines de pierres. Ils ont alors dû se mêler aux ouvriers, aux carriers. Lorsque ceux-ci s'approchaient trop près des chemins de l'Arcadie, ils convainquaient les maîtres d'œuvre que la direction était dangereuse, ou, s'il le fallait, provoquaient eux-mêmes un éboulement. Et parfois, ça ne suffisait pas…

— C'est-à-dire ?

— Certains carriers restaient décidés à creuser dans une direction, sans se soucier des risques ou des ordres des ingénieurs…

— Et alors ?

— Alors les veilleurs devaient détourner leur attention…

— Par quel moyen ?

— Ils disposaient pour cela de toute l'ingéniosité de leur race. Parfois ils apparaissaient, comme des fantômes, dans ce Paris superstitieux des premiers âges. On parlait de vampires, qui sortaient des carrières pour hanter les rues de la cité, ou du fameux « diable de Vauvert ». Grâce à cela, pendant des années, les Parisiens refusaient de descendre aux carrières et les Arcadiens retrouvaient leur tranquillité.

« Durant le Moyen Âge, lors de la construction de Notre-Dame, ils manquèrent pourtant de peu d'être découverts. L'un des veilleurs se grima alors en monstre et vint hanter le clocher de la neuve cathédrale, le deuxième dimanche après Pâques, faisant sonner le bourdon. Sans le savoir, il venait de créer la légende de Quasimodo…

— Et cela suffisait ? demande Trinité.

Lubin remarque à son tour l'eau qui a envahi la pièce. Elle gagne maintenant les pieds du lit où il est affalé, léchant le bout de ses vieilles bottines.

— Si ce n'était pas suffisant, il leur restait *l'eau*…

— L'eau ? répète Sylvain.

— En apprivoisant le lac souterrain, dans la nouvelle Arcadie, ses habitants avaient compris comment en réguler le flux à l'aide d'un système d'écluses et de grottes latérales, qui jouait les vases communicants. Par écho, ils savaient également agir sur les rivières de surface.

Lubin laisse passer un blanc, comme un comédien jauge son effet.

— Des rivières dont ils pouvaient à loisir augmenter le débit…

Sylvain et Trinité tressaillent.

— Une crue ! glapissent-ils d'une même voix.

C'était donc ça ! Cette eau mystérieuse, surgie de nulle part, en ce printemps sec et ensoleillé. Rien à voir avec les écluses de la Seine et de la Marne : elle venait bien de la terre, des profondeurs parisiennes. S'engouffrant dans des couloirs secrets, pour grossir les nappes phréatiques, les égouts, les rivières… et déferler dans Paris !

— Oui, mes enfants, confirme Lubin, dès cette époque, les Arcadiens savaient provoquer des crues.

— Et… ils le faisaient souvent ? demande Trinité.

— Non. C'était leur ultime moyen de défense. Car il leur fallait alors puiser dans le lac arcadien, lequel devait garder un volume plus ou moins intact pour maintenir l'équilibre du fluide lumineux qui était la respiration même de l'Arcadie.

— Mais ils l'ont quand même fait ?

— Plusieurs fois. La plus ancienne est restée fameuse. C'était en 1579. Le 8 avril. Les Arcadiens furent obligés de provoquer une immense crue de la Bièvre, qui fit plus de trente morts, et dévasta le quartier.

— Le « déluge de Saint-Marcel », complète Sylvain, qui connaît par cœur cet épisode tragique de l'histoire de Paris…

— Et la crue de 1910 ? demande Trinité.

— Les Arcadiens, une fois de plus ! confirme Lubin. C'était en plein pendant les travaux du métro, et les ingénieurs de Fulgence Bienvenüe, le génial concepteur du chemin de fer souterrain, menaçaient de percer une voie énorme à travers la route arcadienne…

Haletant, Lubin s'interrompt. Tous trois ont entendu frapper à la porte.

« Ce n'est pas un visiteur… c'est l'eau ! » comprend alors Trinité, car la crue ne cesse maintenant de cogner la vieille paroi de bois. « La cuvette continue de se remplir… »

Par la fenêtre, le muret ressemble désormais à une cascade. Le sol de la cabane se couvre d'un demi-centimètre d'eau.

— Et… ça ? balbutie Sylvain, en désignant cette marée montante.

Sourire impuissant de Lubin.

— Toujours eux, bonhomme. Mais j'y viens…

« Parce qu'il croit qu'on a le temps ? » songe Trinité en laissant ses pieds patauger dans la mare. Dans la cheminée, le feu mollit, comme si l'humidité de l'air tendait à l'éteindre.

— Ce que vous devez maintenant savoir, c'est que la découverte de l'Arcadie n'était pas le seul péril qui menaçait ce peuple des profondeurs.

Lubin scrute ses auditeurs, la mine acide.

— Ils devaient affronter un danger bien plus épineux : leur *fluide* tendait à se tarir.

— Le fluide qu'ils avaient apporté de la surface pour enduire les murs ? dit Trinité. Je croyais qu'il s'était développé de lui-même, dans l'eau ?

— Pendant un millénaire et demi, oui. Mais, peu à peu, son pouvoir commença à fléchir. Leur eau devint moins claire, leur ciel moins lumineux, leurs arbres moins verts. Tout tendait à s'affadir, comme une photo jaunie ou un tissu trop longtemps exposé au soleil. Le phénomène s'était accéléré depuis qu'ils s'étaient vus contraints de provoquer des crues, comme le déluge de Saint-Marcel ; bref : les Arcadiens comprirent bientôt qu'il fallait *régénérer* ce fluide…

— Et comment ?

— Ce fut là un changement radical dans l'équilibre arcadien. Nous étions au début de la Renaissance, et les veilleurs durent avouer leur existence au reste des Arcadiens… Ces derniers furent terrifiés, et entrèrent dans une grande colère. On frôla même la guerre civile.

Le vieillard affecte une expression courroucée.

« – *Comment,* s'insurgèrent les sombres, *vous vous êtes nommés veilleurs et nous avez tenus à l'écart de vos découvertes, depuis presque mille cinq cents ans ?*

« — *C'était pour votre sécurité,* se défendirent les veilleurs. *Nous voulions éviter de nouveaux combats ; agir dans le secret, dans le silence…*

« Quant aux clairs, plus pâles que jamais, ils se contentèrent d'écouter, terrifiés, ces révélations.

« Après de nombreux et houleux débats, les Arcadiens en arrivèrent à une résolution : tous les dix ans, un membre de la race guerrière infiltrerait le peuple parisien et y vivrait. C'en serait fini pour lui de l'Arcadie et de ses merveilles, mais il connaîtrait les secrets de la surface…

Ses mots sortent de plus en plus difficilement. Sylvain et Trinité ont compris qu'ils touchent au cœur de son récit. L'eau couvre maintenant leurs chaussures. Dehors, elle atteint le niveau des fenêtres. Combien de temps seront-ils en sécurité ici, avant que la porte ne cède, que les vitres ne se brisent, et qu'ils soient noyés dans leur propre geôle ?

— Une fois de plus, reprend Lubin, ils s'organisèrent… Le plus important était de garder un contact avec la source de ce fluide si vital aux Arcadiens ; un fluide qui coulait encore dans les ruelles de leur ancien village ; un fluide issu d'une rivière nommée…

Trinité et Sylvain enchaînent d'une même voix :

— La Bièvre…

Histoire de l'Arcadie – 3

— Oui, mes enfants : la Bièvre… telle était leur vraie matrice, la source véritable de leurs bienfaits. À l'époque où ils vivaient à la surface, les Arcadiens avaient bâti leur village au bord de cette charmante rivière, qui serpentait parmi les arbres de la forêt. Très vite, ils en avaient tiré ce fluide mystérieux et vital, dont eux seuls avaient le secret. Mais depuis qu'ils vivaient cachés, croyant inépuisables leurs ressources, la Bièvre avait bien changé, là-haut. Bordée de maisons, elle arrosait le quartier des tanneurs, des mégissiers, des tapissiers, des peaussiers, des blanchisseurs. Sans avoir forcément conscience des vertus magiques de cette rivière, tous les artisans avaient compris qu'en y trempant leurs peaux, leurs tissus, ces derniers gagnaient en solidité, en qualité. Elle n'était pourtant plus belle à voir, cette pauvre Bièvre ! On y jetait ses ordures ; adultes et enfants y pissaient ; des moutons de savon la maculaient avant de se mêler aux eaux de la Seine. Mais malgré tout, la Bièvre avait conservé son « pouvoir »… C'est pourquoi les Arcadiens mirent en place « l'opération Gobelins »…

— La quoi ? fait Trinité.

— Depuis quelques années, la fameuse manufacture de tissus avait vu le jour sur les bords de Bièvre. Dans tout le royaume de France, on prétendait que l'eau de la rivière conférait à ces tapisseries une dimension hypnotique. À l'aube du XVIIe siècle, une poignée d'Arcadiens choisis par leurs pairs devinrent donc ouvriers dans cette industrie florissante.

— Des tapissiers ? s'étonne Sylvain.

— Les meilleurs du monde !

Lubin se tourne vers Trinité, cynique.

— Ce furent les clairs qui accomplirent ce miracle. Travailleurs et obéissants, une poignée d'entre eux furent choisis par les sombres pour être les envoyés de l'Arcadie sur les bords de Bièvre. Leur véritable mission était de remplir en secret des bonbonnes d'eau de la rivière, que les sombres venaient chercher la nuit, afin de les déverser dans le lac arcadien pour le régénérer.

Trinité reste perplexe.

— Et ils se mêlèrent sans problèmes aux autres ouvriers ? Même s'ils ne parlaient pas la même langue ?

— Ce fut un lent processus : un des sombres infiltrés depuis plusieurs années intrigua auprès des dirigeants de la manufacture. Il présenta les clairs comme les rescapés de quelque peuplade nordique, dont la spécialité était le travail du tissu. D'abord circonspects, les chefs des Gobelins durent se rendre à l'évidence : ces ouvriers si pâles, si lents, si myopes, à la langue si étrange, étaient des génies de l'artisanat.

« Les dirigeants de la manufacture furent enchantés de cette main-d'œuvre peu coûteuse. Les clairs ne demandaient pas à être payés, juste une terre pour habiter. C'est pourquoi, sur les conseils du sombre infiltré, on leur offrit de s'installer dans cette île du centre de la Bièvre, près du moulin de Croulebarbe, à l'emplacement de l'actuel square René-Le Gall.

Ahurie, Trinité assemble peu à peu les pièces du puzzle.

— En quelques mois, continue Lubin, les clairs firent partie du paysage parisien. Les habitants du quartier des Gobelins voyaient ces êtres bizarres, à la vue basse, souvent chauves, entrer et sortir de la manufacture sans un mot. Et leur démarche presque animale excita les moqueries ; à tel point que l'île où ils vivaient fut rebaptisée « l'île aux singes »...

— *Les singes blancs*, dit doucement Trinité, qui ne peut admettre que ces animaux, vus des années durant derrière une cage de ménagerie... soient des hommes.

L'eau monte désormais jusqu'à mi-mollet.

« Dans vingt minutes, l'eau sera *dans* la cheminée... » estime l'adolescente qui, malgré le feu, ne s'est jamais réchauffée.

— Il faut arrêter ça ! crie-t-elle. À force de vous écouter, on va tous vraiment mourir noyés !

Lubin la fusille du regard.

— Tais-toi : s'il y a un moyen d'arrêter cette catastrophe, tu ne le trouveras que si tu sais l'ensemble de l'histoire...

— Mais enfin...

— Laisse-le finir ! l'interrompt Sylvain, qui semble décidé à écouter jusqu'au bout le récit du vieux gardien, dût-il s'y engloutir.

— Il y eut une autre révolution dans la mentalité arcadienne, reprend le gardien : au XVIIe siècle, toujours, devant le risque d'être découverts, les Arcadiens décidèrent de mettre certains humains dans la confidence.

Silence. Bruit de l'eau contre la porte. Ils ont tous vu la paroi se gondoler.

— En Arcadie, ce fut bien entendu le lieu d'une nouvelle bataille rangée. Les conservateurs étaient offusqués :

« – *Nous avons déjà envoyé des espions et des ouvriers. Nous dévoiler signerait la mort de l'Arcadie.*

« Leurs détracteurs rétorquaient :

« – *Les humains sont de plus en plus aventureux. Ils creusent la terre. Ils fabriquent des armes avec le feu. Si les plus dangereux d'entre eux nous trouvent, ce sera en effet la fin de notre monde. Alors que si nous choisissons parmi eux les plus sages, les plus ouverts, et si nous parvenons à les convaincre, notre protection est assurée pour longtemps...*

« Ils y parvinrent...

« À cette époque, en Europe, voyait le jour une nouvelle caste de penseurs : les scientifiques. La culture, la raison, le savoir, étaient des notions en pleine expansion, et les Arcadiens parièrent dessus.

« En quelques années, des esprits ouverts, choisis avec un soin méticuleux, furent initiés au grand secret de l'Arcadie. Les plus chanceux d'entre eux y furent même conduits, les yeux bandés, pour certifier aux autres que ces envoyés d'un autre monde n'avaient rien de fieffés imposteurs. Au contraire, le voyage en Arcadie était la récompense suprême, pour qui aurait bien servi les desseins des peuples d'en dessous. On leur promettait même le droit de s'y installer, leur faisant croire – unique mensonge – qu'on y connaissait la vie éternelle... Ainsi s'établit un équilibre de plusieurs siècles : par un silence protecteur et complaisant, les savants parisiens servaient les intérêts de l'Arcadie ; par la maîtrise de leur fluide au mystérieux pouvoir, les Arcadiens aidaient les savants dans leurs recherches. Au premier rang de ces savants : Buffon, maître d'œuvre du Jardin du Roi.

Lubin retrouve son œil rêveur.

Trinité est de plus en plus fébrile.

« Est-ce qu'on a surtout encore le temps d'écouter ces folies, quand l'eau monte maintenant à vingt centimètres ? Lubin semble connaître la clé de ces mystères, mais est-ce suffisant pour rester là, à la merci de l'eau ? »

La curiosité est pourtant la plus forte.

— Le XIXe siècle fut une période faste et douce pour l'Arcadie. De grandes serres avaient été créées au Jardin des plantes, pour que les Arcadiens pussent secrètement venir à la surface trouver une température proche de celle de leur pays.

« Sans jamais se dévoiler, des sages arcadiens s'infiltrèrent parmi les ingénieurs qui allaient bouleverser le nouveau Paris, au milieu du siècle, sous l'égide du baron Haussmann. Ainsi, sans les conseils avisés d'un de ses ouvriers, les égouts mis en place par Eugène Belgrand n'auraient jamais été aussi efficaces. De même, à partir de Charles-Axel Guillaumot, qui fut aussi patron de la manufacture des Gobelins, tous les inspecteurs généraux des Carrières furent choisis parmi les Arcadiens infiltrés, car eux seuls savaient comment bloquer les accès à leur monde, notamment en bouchant une partie des couloirs avec les ossements de ce qui allait devenir les catacombes parisiennes…

« Depuis, hormis la dangereuse période de 1910 où ils furent contraints de provoquer une crue, les Arcadiens présidèrent aux destinées du métro et de toutes les activités souterraines de Paris.

— Et la Bièvre ? objecte Sylvain. Comment ont-ils fait, lorsqu'elle fut définitivement enterrée… et mêlée aux égouts, dès la ville d'Antony, au sud de Paris…

Sourire malin de Lubin.

— Tu penses bien que les Arcadiens étaient trop astucieux pour se faire avoir ainsi. Ils furent même les premiers à délibérément polluer la Bièvre, afin que son cours fût peu à peu dissimulé, puis effacé de la surface parisienne. C'était pour eux une occasion inespérée ! La disparition de ce « fumier qui bouge », si cher à Huysmans, leur permit de dévier son cours en amont de Paris, et de créer une canalisation qui alimenterait directement leur lac souterrain, le régénérant à jamais !

Trinité perd pied.

— Mais alors, les Arcadiens n'avaient même plus besoin de rester à la surface ?

— Les clairs, non. C'est d'ailleurs à ce moment que les Gobelins périclitèrent définitivement. Un matin, les simiesques ouvriers avaient disparu, et les Parisiens n'en entendirent plus jamais parler. Ils s'en étaient retournés en Arcadie…

Sylvain tique : dans ce récit, il y a quelque chose qui cloche.

— Mais si tout s'était arrangé, que s'est-il passé depuis un siècle, pour en arriver à… ça !

Il désigne l'eau qui atteint la moitié des fenêtres, tel le hublot d'un sous-marin s'apprêtant à plonger.

À cette question, Lubin perd ses couleurs.

Son ton se fait hésitant. Chaque mot lui coûte de douloureux efforts.

— Le… le vrai problème a commencé… au début des années 1970.

Trinité trépigne de tout comprendre.

— Quel « problème » ? Expliquez-nous vite !

— Au début des années 1970, intervient Sylvain, c'est-à-dire quand maman a été nommée à la tête du Muséum d'histoire naturelle…

— C'est précisément pour régler ce « problème » que Gervaise a été… choisie par les Arcadiens…

Histoire de l'Arcadie – 4

Les fenêtres ont commencé à vibrer. La pression de l'eau est de plus en plus forte. Dans la porte, sur le mur, de petites fentes sont nées par lesquelles jaillissent maintenant d'inquiétantes fontaines, semblables à celles d'un tonneau qui fuit.

Les chevilles de Sylvain trempent dans l'eau, mais il s'en moque. Les assises mêmes de sa conscience sont en train de vaciller.

— Comment ça : *choisie ?*

Au lieu de répondre à son disciple, Lubin se tourne vers Trinité, avec une grande tristesse.

— Tu avais raison, jeune fille ; leur refus de la mixité allait devenir une grave erreur…

Nouveau regard rêveur.

— À l'époque, Gervaise Masson venait de passer brillamment son diplôme de génétique comparée. C'était un soir de printemps ; un peu comme aujourd'hui… Elle habitait déjà le Ve arrondissement, dans l'appartement que tu occupes désormais, Sylvain. L'air était doux. Le quartier avait encore gardé les marques des pantalonnades de Mai 68.

« Alors qu'elle allait traverser la rue Monge, une main l'arrêta.

« — *Gervaise Masson ?*

« Le type avait un visage auquel on ne pouvait donner d'âge. L'allure était jeune, le cheveu noir, le teint mat, mais il avait dans les traits, dans le regard, quelque chose qui remontait à l'aube des temps.

« — *Est-ce qu'on peut parler cinq minutes ?* lui demanda-t-il, en prenant fermement son bras pour l'entraîner dans le square des Arènes de Lutèce.

« Gervaise aurait pu se dégager, l'envoyer paître, mais cette lueur dans ses yeux suffit pour la convaincre.

« — *Alors pas plus d'un quart d'heure*... dit-elle à l'inconnu, tandis qu'il s'asseyait contre une des marches des arènes, posant sur le jardin une expression d'intime familiarité.

« — *Très bien*... concéda-t-il.

« Cinq heures plus tard, ils étaient encore ensemble. Le veilleur lui avait tout expliqué : l'histoire de son peuple, les deux races de l'Arcadie, le fluide de la Bièvre, le Jardin des plantes, Buffon...

« — *Je joue le tout pour le tout, en vous racontant ça, vous savez ?* lui avoua-t-il à la fin de son récit.

« Gervaise aurait en effet pu le prendre pour un fou, et partir en haussant les épaules ; pire : elle aurait pu vouloir vérifier par elle-même la véracité de ces délires. Ta mère avait déjà des contacts dans la presse ; quelle aurait été l'attitude des médias devant le mythe d'une Terre secrète, sous Paris ? Nous étions en pleine vague New Age : le succès eût été retentissant. Mais telles n'étaient pas ses intentions...

« — *En Arcadie*, reprit le veilleur, *les anciens m'ont défendu de venir vous voir... Et c'est contre leur volonté que je vous ai tout avoué ; mais vous êtes notre dernier espoir...*

« Alors il lui expliqua tout...

Ce jeu de piste torture Trinité.

— Tout quoi ?

— L'Arcadie était au bord de l'implosion. Depuis plusieurs années, cette civilisation millénaire partait à la dérive. À force de se reproduire sans se mélanger, les deux races avaient fini par dégénérer. Comme frappés de stérilité, les sombres faisaient de moins en moins d'enfants. Quant aux clairs, ils retournaient à l'état sauvage. Instinctifs, à la fois violents et indolents, ils redescendaient peu à peu au stade du singe, parfaitement incontrôlables. Si les plus anciens travaillaient encore aux champs, les jeunes vivaient dans la forêt, parfois dans les arbres, refusant de se mêler aux populations des villages. Parfois, pour s'amuser, ils attaquaient les maisons, la nuit, lors d'odieuses bacchanales.

« — *Jusqu'à présent*, lui dit le veilleur, *les clairs n'ont pas encore levé la main sur nous. Mais cela ne saurait tarder. Ce n'est plus qu'une question d'années... peut-être de mois...*

« Gervaise m'a toujours parlé de la peur dans le regard de ce veilleur. La certitude tragique que son monde courait à sa perte...

« — *C'est pourquoi j'ai besoin de vous...* lui dit-il, en saisissant sa main, près de la broyer.

« Dans le square, il faisait nuit. Les vigiles avaient fermé les arènes, sans même les remarquer. Comme s'ils étaient devenus invisibles.

« — *Vous êtes la généticienne la plus prometteuse de votre génération*, plaida-t-il. *L'Arcadie vous a choisie... Il faut nous aider à nous* régénérer. *Il nous faut un souffle nouveau, et vous êtes la seule à pouvoir nous l'insuffler !*

« Sans même réfléchir, Gervaise accepta. Cette décision relevait de l'évidence. Sa vie entière risquait d'être changée par une discussion de quelques heures, mais tout autour d'elle – l'air, le ciel, les oiseaux, le vent dans les arbres, les silhouettes aux fenêtres, ces vieilles arènes – lui soufflait qu'il fallait accepter, coûte que coûte…

— Quelle était sa… mission ? demande Sylvain, bouleversé que sa mère n'ait jamais daigné s'ouvrir à lui.

— Sa mission ? Travailler sur les deux races. Réveiller la fertilité des sombres et l'humanité des clairs.

« — *Nous devons retrouver cette pureté originelle qui a fait durer notre peuple pendant plus de dix millénaires.*

« Dix millénaires. Un peuple aussi ancien que les premiers feux de l'Égypte ; aussi vieux que l'humanité elle-même. Et c'est à Gervaise qu'on demandait de le sauver.

Dans un rictus douloureux, Lubin se tourne vers Trinité.

— Gervaise a failli rétorquer, comme toi, qu'ils n'avaient qu'à mélanger les races. Mais elle avait compris que cette ségrégation était précisément le ciment de l'Arcadie. Maintenant que les races avaient entamé leur dégénérescence, il était trop tard pour tenter un croisement. Avec le temps s'était développée une incompatibilité chromosomique entre les deux races. C'eût été croiser un cheval et une biche : cela n'aboutit à rien.

« Alors Gervaise eut un doute… Brusquement, tout lui sembla trop fou, trop effarant. N'était-elle pas en face de quelque vagabond à la langue virtuose, qui venait de lui faire un brillant canular ?

« — *Vous ne me croyez plus, c'est ça ?* dit le veilleur, avec un sourire gêné, s'attendant à cette incrédulité.

« C'est pourquoi il la conduisit en Arcadie…

Sylvain est fasciné. Le récit de Lubin l'enveloppe, lui faisant oublier cette eau qui lui monte aux genoux.

Trinité s'est quant à elle juchée sur une table plus haute, près de la cheminée. Elle a de plus en plus froid, comme si l'eau pénétrait directement ses poumons.

D'une main tremblante, Lubin agrippe le bras de Sylvain.

— Sylvain, tout ce que tu as vu des tableaux n'est rien ! Ils ne donnent qu'une idée affaiblie, banale, presque vulgaire de l'Arcadie… Moi aussi, j'y suis descendu.

Les yeux de Lubin sont devenus étincelants. Son ton a retrouvé sa fougue. Il ne parvient pourtant pas à décrire ce lieu mythique, à en évoquer les merveilles, sinon au moyen de métaphores.

— L'Arcadie est un poème en mouvement : la perfection en acte. Chaque matière y est plus dense, chaque couleur plus crue ; surtout : tout y est absolument *naturel* ! Un monde sans tache, sans laideur, d'une pureté totale… Le temps n'y a pas de prise ; c'est un présent permanent, un monde *dans* le temps.

À l'évocation de ce souvenir, Lubin est à mi-chemin entre l'apoplexie et l'orgasme.

— Du moins, telle était l'Arcadie lorsque je l'ai vue, il y a plusieurs décennies. Et les quelques heures que Gervaise a pu passer là-bas, les visages qu'elle a croisés, les arbres qu'elle a touchés, les fleurs qu'elle a humées… tout l'a convaincue.

« Allait-elle mettre en péril sa carrière, sa réputation, sa vie ?… Elle s'en moquait ! L'Arcadie était le plus beau secret de l'humanité : et c'est à elle qu'incombait la lourde tâche de le sauver !…

« Elle n'avait d'ailleurs pas à s'inquiéter concernant sa carrière : cette rencontre d'une nuit, dans les Arènes de Lutèce, fut la chance de sa vie.

Lubin se recroqueville sur lui-même, comme s'il rechignait à avouer un secret.

— Le veilleur lui expliqua alors son plan, que Gervaise suivit à la lettre.

— C'est-à-dire ?

— Il fallut tout d'abord monter cette fausse expédition africaine, dont Gervaise revint six mois plus tard, avec trois couples de ceux que la presse, enthousiaste et intriguée, a aussitôt baptisés les « singes blancs ». Ainsi des membres de la race claire étaient-ils de nouveau « en surface », sous une identité d'emprunt, comme lorsqu'ils travaillèrent aux Gobelins.

« Au même moment, Gervaise fut nommée à la tête du Muséum d'histoire naturelle, dont la ménagerie venait d'accueillir… les singes blancs. Tout étant en place, elle n'avait plus qu'à travailler.

« Avec pour acolyte votre serviteur, le seul membre du personnel à avoir été mis dans le secret, nous commençâmes à "œuvrer" *sur* les singes blancs. Chaque semaine, le jour de fermeture, Gervaise et moi nous enfermions dans les labos du Jardin des plantes, pour étudier ces membres de la race claire, faire des prélèvements génétiques, des tests, des expériences.

« Nous étions chaque fois rejoints par des membres de la race sombre, qui arrivaient tout droit de l'Arcadie pour nous confier des échantillons de leur propre sang, de leur propre sperme. Rendre leur humanité aux clairs, rendre leur fertilité aux sombres : tel était notre objectif de chaque instant.

« En parallèle, Gervaise créa la SAC, un club de passionnés des sous-sols parisiens qui rassemblait avant tout des hommes d'influence et se réunissait une fois par mois, dans ce qui deviendrait *L'Auberge basque*. Aucun d'eux, hormis Gervaise, n'était au courant de la réalité arcadienne. Mais cela lui permettait de piloter à couvert les destinées du sous-sol parisien et d'éviter que des fouineurs n'aillent y créer une nouvelle ligne de chemin de fer souterrain…

Haletant, Lubin reprend sa respiration.

— Notre première découverte fut la réaction des habitants de l'Arcadie sur une pellicule photographique. Nul ne peut les figer, car ils sont toujours flous. C'est là un des nombreux miracles du fluide arcadien, qui a de tous temps baigné la peau des clairs et des sombres. Et c'est pour cela qu'on a toujours interdit de photographier ou de filmer les singes blancs…

Lubin s'interrompt de nouveau, le souffle court.

Douloureusement, il regarde autour de lui, semblant découvrir l'immense baquet dans lequel ils se trouvent tous trois.

L'eau monte à cinquante centimètres. Elle a commencé à pénétrer la cheminée, léchant les braises qui en fument de douleur. Au mur, les fontaines se sont multipliées. Livres, couverts de plastique, canettes vides, crayons, flottent au gré de la pièce.

Dehors, des objets charriés par l'eau viennent frapper la porte, usant des vagues comme d'un bélier. D'autres cognent les vitres, qui jusqu'à présent résistent…

« Mais pour combien de temps, encore ? » frémit Trinité, trempée jusqu'aux os et grelottante.

Malgré ce tableau désolant, Lubin reprend :

— Pourtant, après des expériences infinies, l'aide des scientifiques les plus compétents, la dégénérescence des deux races arcadiennes semblait irréversible.

La porte a repris son hurlement métallique.

Lubin fixe la fenêtre, près de se briser. Puis il se tourne vers Sylvain.

— Alors nous avons pensé à toi…

— À moi ? frémit Sylvain. Mais je n'étais pas encore né…

— *Précisément*, répond Lubin. Crois-tu que c'est un hasard, si tu es passionné par les mystères de Paris ? Crois-tu que c'est un hasard si tu es si sensible aux tableaux, qui bien entendu représentent les paysages arcadiens ?

Il s'interrompt pour sourire à Sylvain.

— Ta mère était prête à tout pour réussir, tu sais ? lui dit-il en levant une main pour lui caresser la joue.

Sylvain se crispe mais ne bouge pas, comme on se fige à l'assaut d'un serpent.

— Gervaise n'a jamais pu supporter les échecs. Fût-elle obligée de donner son propre sang… la chair de sa chair…

La main de Lubin se serre sur la nuque de Sylvain. Leurs regards se croisent. Sylvain s'y brûle les yeux.

— Son propre fils !

Sylvain tressaille et se rejette en arrière.

— Qu'est-ce que tu veux dire ?

Lubin esquisse un petit sourire.

Sylvain savait-il qu'il fallait en arriver là ?

— Explique-toi !

Trinité sursaute car ce cri n'a rien d'humain. Elle ne prête même plus attention à cette masure, que la pression aquatique est en train de broyer.

— Sylvain, tu es fils de Gervaise Masson et d'un singe blanc…

Histoire de l'Arcadie – 5

Sylvain est abasourdi. Sa bouche s'ouvre sur du vide. Un par un, ses membres se mettent à trembler, chacun à son rythme, secousses en escouades.

— Vous ? Le croisement d'un être humain et d'un singe blanc ? profère Trinité, qui dévisage Sylvain comme on contemple un animal de foire.

L'adolescente a beau refuser d'admettre une telle folie, le sérieux de Lubin et l'effarement de Sylvain plaident le contraire.

Sans plus chercher à masquer son émotion, le gardien s'explique :

— Consciente qu'elle ne parviendrait pas à régénérer la race sombre par la race claire, désormais incompatibles, Gervaise envisagea – en secret – de créer une nouvelle race pour l'Arcadie, en mêlant un clair et une humaine. Quelqu'un qui fût à la fois d'en haut et d'en bas ; du sang neuf et du sang antique… Elle ne pouvait bien sûr pas le faire avec un sombre, qui aurait refusé. Les clairs, en revanche…

Le visage de Sylvain vire au masque de pierre. Ses mains se plantent dans le lit, déchirant la vieille couverture.

— Mais… comment a-t-elle fait ? demande Trinité, laquelle devine la réponse mais veut l'entendre formuler.

À cette question, Sylvain fait une grimace épouvantée. Imagine-t-il sa mère en train de…

« Non ! Je ne dois pas penser à ça ! Surtout pas ! »

— À ton avis ? répond Lubin, sans ironie. Gervaise a fait comme tout être de chair et de sang.

— Vous voulez dire qu'elle a *couché* avec un singe ?

« Taisez-vous ! » supplie Sylvain, dans sa tête, sans parvenir à parler.

— Avec un *homme*, corrige Lubin gravement. À l'époque, les clairs étaient encore presque des hommes ; sans compter que..

Lubin ne peut finir sa phrase, car Sylvain vient de hurler. Un cri rauque et profond. Un cri de souffrance et de colère.

Le gardien tourne vers le professeur un visage de compassion sèche. Ce n'est pourtant plus le moment de s'apitoyer.

— Tout s'explique, gémit Lubin, en posant une main timide sur l'épaule de Sylvain, qui se recule avec dégoût. Ton attachement instinctif pour les singes blancs. Cette douceur que *tous* les animaux ont pour toi. Cette complicité tacite dès que tu approches des cages du zoo ; dès que tu y pénètres…

Lentement, comme s'il craignait une vision insoutenable, Sylvain baisse les yeux. L'eau atteint maintenant ses cuisses. Mais le monde peut bien s'engloutir.

« Une bête ! formulent ses lèvres, sans un mot. Je suis une bête… »

— Vous êtes du même sang et tu l'as toujours su, reprend le vieux gardien, en levant des yeux rêveurs vers le plafond de sa cahute. Tu possèdes en toi la « sève d'en bas ». Dans ton sang coule l'essence des arbres, des feuilles et du lac de l'Arcadie. Ce fluide mystérieux qui leur a permis de survivre aussi profondément, de faire naître la lumière parmi les ténèbres ; ce fluide qui a sauvé une civilisation entière, pendant des millénaires..

— Le fluide de la Bièvre, ajoute Trinité, qui ne ressent plus guère la froideur de l'eau.

Pour l'instant, l'adolescente ne cherche pas à comprendre, à déceler quelque logique à ce fatras. Elle veut simplement admettre, *accepter* ces faits, si délirants soient-ils. La voix de Lubin adopte alors un ton sinistre, où surnage une cruauté acide.

— Mais tu n'es pas le seul… *produit* de ce croisement.

Sylvain s'immobilise.

Lubin rumine puis reprend, engorgé :

— Je me suis moi-même astreint à cette expérience. Et de cet accouplement est née une fille…

« Bien entendu ! » songe Sylvain, dont le visage s'empourpre.

— Gabrielle ?

Lubin cligne des yeux avant de poursuivre, d'un ton moins assuré mais plus glaçant :

— Gervaise est parvenue à masquer sa grossesse en prétextant un voyage d'études de plusieurs mois, en Afrique. Elle a également inventé cette fable d'un mari et d'un premier enfant morts tragiquement, pour éviter toute question sur la paternité de son fils. Moi, j'avais pour mission de dissimuler l'état de ma « partenaire » et me débrouiller pour qu'elle ne survive pas à l'accouchement.

La froideur de Lubin épouvante Trinité.

« Ce type est peut-être le plus dingue de tous ! » songe-t-elle, en cherchant instinctivement à capter le regard de Sylvain, comme un naufragé guigne une voile, à l'horizon.

De plus en plus raide, l'œil de plus en plus rond, le professeur est pourtant décidé à *tout* entendre, quelle que soit l'issue de cette « confession ».

— C'est moi qui ai choisi les deux prénoms, confie Lubin. Gabrielle était celui de ma grand-mère, Sylvain celui de mon parrain.

— Gabrielle… répète Sylvain, car ce nom seul l'empêche de chavirer.

— Officiellement, Gabrielle était la fille unique de ma fille unique…

— … qui te l'a laissée sur les bras quand elle n'avait que quelques mois, complète Sylvain. Je sais tout ça…

Lubin acquiesce.

— Au début, Gervaise et moi avons voulu vous élever séparément. Puis il nous a semblé plus simple, plus crédible, que vous viviez sous le même toit, dans le bâtiment de la conservation. Je n'allais pas faire grandir une enfant dans cette crapaudière…

Constatant que sa masure est en eau, Lubin considère la pièce, autour de lui. La maison elle-même gémit à ce récit. Les murs vibrent, les gonds hurlent.

— L'essentiel, pour Gervaise et moi, était de vous avoir sous nos yeux. Et c'est ainsi que vous avez grandi : dans l'enceinte « magique » du Jardin des plantes. Comme des animaux en semi-liberté.

Sylvain se contracte, débordant de questions, qui toutes l'effrayent. Quelle nouvelle horreur peut-il encore apprendre ?

« Il faut pourtant savoir ! »

Son menton tremble et ses lèvres peinent toujours à former des mots. Pourtant il se lance :

— Mais… mais puisque nous étions destinés à renouveler le sang des Arcadiens, pourquoi ne pas nous avoir tout de suite livrés à eux, au lieu de nous élever comme vos vrais enfants ?

Avec nostalgie, Lubin se renverse en arrière sur son lit. La couverture trempée émet un bruit d'éponge.

— Ah, Sylvain, mon Sylvain ! Si seulement les choses avaient été si simples…

Trinité lit dans les yeux du gardien une émotion galopante.

— Tout d'abord, Gervaise et moi voulions êtres sûrs que vous surviviez à votre… *conception.*

Sylvain repousse à nouveau l'image ignoble de sa mère, enlacée au corps d'un singe.

— Ensuite, tout le monde s'est habitué à vous, ici : les gardiens, le personnel du musée, les gens du quartier, les visiteurs… Quand vous étiez petits, ceux qui vous voyaient habiter le Jardin des plantes comme un gigantesque terrain de jeu vous surnommaient…

— Adam et Ève.

— Ou Paul et Virginie, ajoute Lubin avec un sourire nostalgique.

Mais Trinité brise ce ravissement.

— Ce n'est pas le regard des autres qui allait vous freiner dans votre projet, quand même !

Lubin s'étire en gémissant. Son visage a gagné en pâleur. Dans la cheminée, le feu n'est plus qu'un lit de braises humides.

— Non, nous avons aussi eu beaucoup de chance.

Trinité ne comprend pas.

— Peu après la naissance de Sylvain et Gabrielle, la mairie de Paris a engagé une vaste campagne de travaux souterrains, que même Gervaise et la SAC n'ont pas réussi à endiguer.

— Des travaux ?

— Ceux du RER, essentiellement.

— Eh bien ?

— Sans en avoir conscience, les ouvriers ont définitivement bouché les accès menant à l'Arcadie…

Trinité reste perplexe.

— Et les Arcadiens sont restés cloîtrés en dessous ? Sans chercher à sortir ? Même les travaux finis ?

— Rien…

— Comment ça rien ?

— Gervaise et moi nous attendions à les voir ressurgir à n'importe quel moment. Nous nous apprêtions à leur rendre compte de nos expériences, de l'évolution des singes blancs, car bien sûr ils ne savaient rien de votre existence, à Gabrielle et à toi.

— Et ils ne sont jamais venus…

Les yeux de Lubin, soudain immenses, lui mangent le visage.

— Jamais.

Trinité contemple cette cabane, cette eau assassine, ce monde en déroute.

— Mais alors, tout ça ?…

— Au cours des années, nous avions fini par presque oublier l'existence de ce continent englouti. Sans nouvelles d'eux, la SAC est devenue un simple club d'amis des carrières ; les singes blancs, de simples attractions de zoo ; et Sylvain et Gabrielle, de simples enfants…

Lubin tend sa main vers Sylvain, qui la saisit et la serre tout en fuyant son regard.

— *Nos* enfants, oui : nos *vrais* enfants ! Après tout, nous étions pour moitié leurs parents biologiques. À leur contact, Gervaise et moi avons découvert un sens de la responsabilité que nous ne connaissions pas, égarés dans nos vertiges scientifiques. Subitement, nous comprenions l'horreur absolue que peut signifier la perte d'un enfant…

La tête de Sylvain bourdonne, son cœur s'emballe, mais il écoute.

— Il y a huit mois, reprend Lubin, ils ont réapparu.

— Qui ?

— Les Arcadiens.

— Comment ?

— Pendant plus de trente ans, ils ont creusé un nouvel accès vers la surface.

— Et où ont-ils apparu ?

— Très simplement : l'un d'eux a abordé Gervaise, devant la cage des singes blancs. Il s'est approché d'elle et a dit : « *Vous nous aviez oubliés, madame la conservatrice ?* »

— Que voulait-il ?

Lubin se frotte le visage.

— Savoir où en étaient nos *recherches*…

— Et alors ? demande Sylvain.

Lubin se mord la lèvre, fronçant du nez.

— Alors ta mère a eu la pire des réactions… Au lieu de jouer cartes sur table, elle a paniqué et fait mine de ne pas connaître ce type.

— Après l'avoir laissé raconter son histoire ? !

— Lorsqu'il a eu fini son récit, elle l'a fixé et a dit avec la fermeté que tu lui connais : « *Monsieur, je ne sais pas qui vous êtes, mais vous dérangez mes visiteurs et je vais vous demander de quitter cette ménagerie…* » Et puis elle a ordonné à Joseph et Hervé de l'escorter jusqu'à la porte de la rue Linné.

— Et… comment a-t-il réagi ?

— Froidement. Il a dit : « *Puisque vous voulez jouer à ce petit jeu, madame la conservatrice, je vous donne rendez-vous dans vingt-quatre heures…* »

— Et… vingt-quatre heures plus tard ?

— La porte Maillot a explosé…

Plus personne ne parle. La cabane est maintenant une piscine.

— Le surlendemain, Gervaise a trouvé une note, scotchée à la cage des singes blancs : « *La mémoire vous revient-elle, madame Masson ?* »

— Et… vous avez fait quoi ? demande Trinité.

— Nous nous sommes… *organisés.*

— C'est-à-dire ?

— Gervaise a dû obtenir des données par la SAC, dont aucun membre ne connaît bien sûr les implications réelles. Tout juste réussit-elle à les mettre en garde contre le danger que pouvaient constituer les carrières sous Paris, en cas de nouvelle attaque terroriste.

— Une cible de rêve, fait Trinité.

Rejetant sa tête en arrière, Lubin regarde le plafond de sa cahute. *Un plafond qui bientôt sera sous l'eau !*

— Pour renforcer la pression, les Arcadiens ont alors sorti leur nouvelle botte : Protais Marcomir…

À ce nom, Sylvain se dresse.

— Marcomir, dit-il avec haine, en revoyant la scène dans la grande galerie de l'Évolution, quelques heures plus tôt ; le cadavre de sa mère…

Le professeur prend alors conscience qu'il n'a rien dit à Lubin de la mort de sa mère ! Mais, au point où ils en sont, à quoi bon l'interrompre ?

— Une marionnette des Arcadiens, pérore le gardien. Un porte-flingue ! En jouant sur les psychoses, en décrivant par le menu une apocalypse parisienne, *SOS Paris !* instaurait un climat de tension et de suspicion permanentes. Ce faisant, les Arcadiens espéraient sans doute resserrer l'écrou. Par la menace, les veilleurs entendaient nous donner le coup de fouet ultime qui réveillerait notre génie scientifique et nous pousserait à trouver la solution pour que leur race recouvre sa pureté originelle…

Lubin est alors pris d'un haut-le-cœur et se contracte d'un bloc.

— Ça va ? crie Sylvain en lui serrant un bras.

Lubin acquiesce du regard et reprend :

— Il a fallu ressusciter les expériences, remettre les labos en fonction, sous le Muséum, et y conduire les singes blancs. Mais ceux-ci n'étaient que les enfants, ou petits-enfants, des animaux d'origine… À la longue, ce sont devenus de véritables singes. Nous avons pourtant essayé, jusqu'à la semaine dernière, au mépris de leur douleur, de leur incompréhension… mais il n'y avait rien à en tirer…

— Alors ?

Lubin peine à regarder Sylvain en face.

— Alors, nous avons pensé à *vous*…

— Nous ?

— Gabrielle et toi.

Sylvain déglutit nerveusement. Sa respiration vire à la saccade.

— Après tout, vous étiez tous deux à moitié arcadiens. Peut-être qu'en vous… *livrant* à eux, les habitants de l'Arcadie cesseraient leur carnage…

Sylvain ouvre des yeux épouvantés.

— Vous vouliez nous livrer ? ! Nous sacrifier ? ! Vos propres enfants !

— Quelle autre option avions-nous ?…

« *Traître !* » songe Trinité, qui constate que ce récit tourne au règlement de comptes familial et se sent de plus en plus exclue.

Lubin ne s'émeut pas, concentré sur son récit.

— Il fallait d'abord être sûrs que vous fussiez bien du sang arcadien. Et pour le savoir, nous avions un test parfait…

— Lequel ?

— Les tableaux…

Sylvain est abattu par la logique qui se met en place sous ses yeux.

— Oui, mon Sylvain. Ces tableaux qui ont été peints par Buffon lors de son unique séjour en Arcadie ; ces tableaux qui furent réalisés avec le fluide même du lac arcadien, le fluide de la Bièvre, qui agit comme un philtre chimique sur les habitants des terres souterraines. Des tableaux qu'ils croient pouvoir pénétrer… *habiter*…

— Les tableaux… fait le professeur, que Trinité voit blanchir à vue d'œil.

— Des tableaux que nous nous étions toujours interdit de vous montrer, comme Gervaise et moi voulions oublier la réalité de vos origines ; des tableaux que Gervaise t'a dévoilés, voilà quelques jours, après que je l'ai fait pour Gabrielle, une semaine plus tôt…

— Parce que tu as vraiment revu Gabrielle ?

— Une seule fois, la semaine dernière. Il le fallait bien ! J'ai toujours su où elle vivait, mais je me suis toujours défendu de la contacter… C'est pourtant devenu nécessaire, car elle *devait* voir les tableaux.

Lubin s'approche de Sylvain. Leurs souffles se mêlent.

— Crois-tu sincèrement que ta réaction et celle de Gabrielle nous ont fait plaisir ? Imagines-tu le dilemme qui s'est imposé à nous ? Il fallait sacrifier nos enfants… ou Paris ! Alors j'ai eu une idée…

— Une idée, frémit Trinité devant la cruauté qui vient de jaillir dans le regard de Lubin.

— J'ai pensé aux bébés.

La lycéenne est aux aguets.

— Attends, objecte Sylvain, qui peine à suivre : les bébés ont été enlevés avant que j'aille voir les tableaux avec maman.

— C'est parce que j'avais déjà fait le test des tableaux avec Gabrielle et qu'il est clairement apparu que notre expérience avait réussi. Nous devions savoir si, avec le temps, votre « part arcadienne » était encore… présente.

— Et les bébés ? ! bondit Trinité.

— Une idée à moi : réunir quelques nourrissons qui seraient nés sur le parcours exact de la Bièvre, dans l'immeuble même où ils habitaient. Les émanations de la rivière pouvaient peut-être avoir atteint leur tout jeune organisme, comme on s'imprègne d'une odeur, d'un parfum…

— Mais c'est absurde ! s'insurge Trinité.

— C'était ça ou bien livrer nos propres enfants ! aboie Lubin. Et ce n'est pas si absurde que ça, car la Bièvre passe vraiment sous les cinq immeubles, qu'on pouvait tous rallier par là…

Lubin désigne le puits, au centre de la pièce, maintenant sous l'eau.

— J'ai à peine eu à dresser les singes blancs. Ils ont rempli leur mission de façon instinctive, comme s'ils comprenaient inconsciemment sa nécessité ; comme si le résidu humain qui persiste encore dans leur cervelle leur soufflait qu'ils ne pouvaient pas se défiler…

Nouveau silence.

— Et alors ?

— Alors, les Arcadiens ont pris les bébés et les ont emportés, persuadés qu'ils étaient des rejetons de la race claire, nés en captivité à la ménagerie…

Le visage de Lubin s'assombrit.

— Mais ils ont presque aussitôt découvert la supercherie, d'autant que la presse s'est tout de suite faite l'écho des kidnappings… Mauvais calcul !

— Quelle a été la réaction des Arcadiens ?

Le gardien se recroqueville sur lui-même, comme s'il s'apprêtait à recevoir des coups.

— Ils sont entrés dans une fureur monstre. « *Vous avez essayé de nous tromper ! Vous nous avez à nouveau trahis !* » Et c'est là que le carnage a vraiment commencé ; puis la crue…

Lubin est à bout de forces. L'eau leur monte maintenant à la ceinture.

Nul ne sait comment enchaîner.

— Et puis… gémit Lubin, et puis Gabrielle est revenue…

— Quand ? ! glapit Sylvain.

— Il y a deux jours… Après lui avoir montré les tableaux, je lui avais expliqué son… *rôle* dans cette histoire ; il lui a fallu une semaine pour méditer, pour comprendre que tout était lié ; c'est pourquoi elle est apparue ici, avant-hier soir, sur le seuil même de cette porte…

— Mais pourquoi ?

— Pour descendre en Arcadie, Sylvain ! Pour se sacrifier. Pour arrêter le massacre. Pour sauver Paris… et pour que tu n'aies pas à le faire.

— Moi ? !

— Oui, rugit Lubin d'un ton tragique, par amour pour toi ! Comme son départ il y a douze ans. À l'époque, elle craignait que votre passion d'enfance ne te détruise, t'empêche de devenir un homme… Mais à quoi bon, aujourd'hui ?

Trinité et Sylvain suivent le regard de Lubin. Tournant leur visage vers la fenêtre, ils sentent le sang geler dans leurs veines…

L'eau couvre la maison à mi-hauteur. S'ils veulent s'enfuir, il faut le faire maintenant !

— Tout est foutu, gémit Lubin. Et c'est là l'œuvre des Arcadiens eux-mêmes, remontés des profondeurs pour mener leur dernière bataille…

Le vieil homme continue.

— C'est la guerre ultime de leur race ! La vengeance du vieux Paris ! La revanche des peuples souterrains, après deux millénaires de retraite !

Autour d'eux, l'eau atteint le plateau de la table.

— C'est l'apocalypse, mes enfants ; la parousie ! Le jugement dernier ! Nous vivons les heures ultimes de la Ville Lumière ! Rien ne sert de résister : nous allons mourir ! TOUS ! C'est la fin, LA FIN !

Lubin devient fébrile. La salive lui inonde la bouche, coulant sur son menton avant de goutter dans l'immense piscine intérieure où ils sont désormais plongés.

— La mort ! La mort de tout !

Il ne peut finir sa phrase, interrompue par une plainte atroce.

La porte : c'est elle qui crie ! Elle gémit, comme si on faisait hurler ses gonds. Une pièce de caoutchouc qui se gondole !

— Elle va exploser ! Elle va exploser ! s'égosille Trinité, en courant se plaquer contre le mur, de l'autre côté de la pièce.

Lubin tonne :

— Paris va s'affaisser sur lui-même ! La ville entière va s'enfoncer dans une immense crevasse !

Sylvain pousse un cri.

Dehors, la pression est trop forte : les vitres de la fenêtre ont commencé de se fissurer, se couvrant d'une terrifiantc toile d'araignée !

Alors, le déluge s'abat.

Une première vitre explose, entraînant les autres.

En quelques secondes, l'eau déferle dans la cabane, dévastant tout sur son passage. La porte cède presque aussitôt, dans une nouvelle cataracte.

— Attention ! hurle Sylvain, qui part à la renverse.

Tous trois sont précipités contre le mur du fond, plaqués par une pression gigantesque. Cette vague a la force d'un ouragan ! Trinité a juste le temps de saisir la main de Sylvain, puis ils sont submergés.

Lubin bouge à peine. Coincé au fond de la pièce, il lui reste quelques centimètres d'air libre, sous le plafond, où Sylvain et Trinité sont remontés.

Ils sont comme des naufragés prisonniers d'une grotte sous-marine, que la marée montante est en train de remplir.

— S... Sylvain, ahane encore le vieux gardien, le haut de son crâne cognant le plafond.

Le professeur croit perdre la raison.

— Il faut descendre, Sylvain... Tu peux encore rejoindre Gabrielle... Je peux te montrer le chemin...

— Comment ? Comment ? trépigne Trinité, en s'accrochant au vieil homme qui se débat dans l'eau glacée.

Au même instant, le pied de Lubin se coince dans l'embrasure d'une grosse armoire, qui bascule au fond de l'eau.

— Lubin ! hurle Sylvain, tandis que sous ses yeux le gardien coule à pic au fond de la cabane, entraîné par l'armoire qui se disloque sous la pression.

Sylvain a juste le temps de crier un nouveau « Lubin ! » avant que Trinité ne lui happe le bras, et l'entraîne sous l'eau sans le lâcher, nageant vers la porte de la masure avec une rage désespérée.

Lundi 20 mai, 7 h 40

Retrouvant l'air libre, Trinité croit renaître. Ses poumons se dilatent, comme s'ils s'emplissaient d'oxygène pour la première fois.

La pointe de ses pieds repose sur le haut du muret et sa tête seule dépasse de l'eau.

Ils sont dehors. Autour d'eux : la mer ! Une vaste étendue aquatique, où se mire le soleil levant. L'ensemble des bâtiments de l'annexe du Muséum baigne dans cette eau désormais tiède et suave. Devant eux, la cuvette de Lubin est totalement immergée. Étrange tableau que cette maison au fond des eaux, que les rayons du soleil éclairent comme le repaire d'une sirène.

Trinité voit alors des meubles, des objets, remonter doucement à la surface.

« Mais pas son cadavre… » se dit-elle, songeant au corps de Lubin, à jamais victime de ses secrets et de ses folies.

Dévasté, ahuri, Sylvain peine à reprendre sa respiration, car il a bu la tasse.

« Et lui, qui est-il vraiment ? »

Trinité ne l'a pas lâché. Poids mort, il s'est laissé tirer. Elle a même dû le hisser hors de l'eau pour qu'il ne se laisse pas couler, comme le gardien…

— Lubin… balbutie-t-il, totalement perdu. Ils l'ont tué…

Trinité ne sait quoi lui dire. Tout juste s'efforce-t-elle de le maintenir en équilibre sur le muret.

Sylvain fixe la cabane engloutie, au fond des eaux, avec la tristesse d'un adieu au monde. Tant de choses disparaissent au même instant, avalées par le déluge. Tant de souvenirs, tant de sensations, tant de joies viennent d'être balayés en quelques jours…

Gervaise, Lubin : les deux pôles de son enfance, ses deux maîtres à penser.

Sylvain est dévasté…

« Et puis Gabrielle ? Que penser ? Que croire ? »

Le professeur est traversé de sentiments contraires : la joie acide de la savoir célibataire ; la déception devant son mensonge ; l'effroi face à son sacrifice ; enfin le ressentiment contre Gervaise et Lubin, qui l'ont laissée partir…

— Mais ils sont tous deux morts, maintenant…

— Pardon ?

Sylvain a parlé pour lui-même. Le souffle court, il lève le visage et tente de s'offrir aux rayons du jeune soleil.

Il fait jour et Paris n'a jamais été plus lumineux. Partout, dans les rues, les places, les boulevards, les venelles, l'eau reflète les lumières du matin, qui dansent sur les façades avec une grâce de naïades. Comme des éclats diamantins, ce friselis permanent mue la capitale en un port de plaisance. Sur certains vieux immeubles, atlantes et cariatides semblent doués de parole. Leurs yeux clignent, suivant le fil de l'eau sans pour autant bouger. Aux clochers des églises, les gargouilles prennent vie. Statues de saints, prophètes, apôtres… toutes ces figures bibliques naissent au contact de l'eau.

Trinité en est fascinée.

— Ça ressemble à ça, le jugement dernier ? demande-t-elle.

— Le nôtre, en tout cas, répond Sylvain avec résignation, avant de se tourner vers la lycéenne.

Quelle flamme, dans ses yeux, soudain !

— Tu veux toujours sauver ces bébés, n'est-ce pas ?

— S'ils sont encore en vie, oui… répond la lycéenne. Et vous ? Vous voulez toujours retrouver Gabrielle ?

Sylvain cligne des yeux.

« Si elle est encore en vie », songe-t-il, sans oser le dire.

— Elle n'a pas à se sacrifier pour moi, ni pour personne… même pour Paris.

Tous deux se tournent vers l'horizon.

De l'autre côté du Jardin des plantes, la rive droite n'est plus qu'une mer. En jaillissent encore la cime du ministère de l'Économie et le beffroi de la gare de Lyon. Sinon : l'océan. Plus près d'eux, rive gauche, la gare d'Austerlitz affleure par à-coups, tel un banc de récif, surplombé de peu par le dôme de la Salpêtrière.

— Alors on fait quoi ? balbutie Trinité.

Sylvain agrippe la main de l'adolescente et ses yeux prennent une teinte fauve.

Puis, avant de plonger sous l'eau, il grogne d'une voix féline :

— *On redescend !*

TROISIÈME PARTIE

LA FORÊT

« *L'enfance, c'est la clé rouillée que cachent les buis, celle qui forcerait toutes les serrures.* »

André HARDELLET

Je ne pensais pas pouvoir retenir si longtemps ma respiration.

L'eau poisseuse, collante, freine mes mouvements. Des objets frôlent ma tête, mes membres, mais je tente de m'en abstraire. Les yeux mi-clos, attaqués par cette eau où se mêlent les ordures de la ville, je fixe la silhouette de Sylvain, aussi souple qu'un dauphin. Avec une ondulation parfaite, il regagne la cabane de Lubin et s'y introduit par la fenêtre.

À peine ai-je le temps de le suivre qu'il nage déjà vers le puits… et s'y engouffre.

Mes poumons menacent d'exploser, mais rebrousser chemin reviendrait à me noyer.

Cognant du talon contre le coin du lit, je prends mon élan et rejoins la bouche d'ombre, sans même me rendre compte que je heurte le corps inerte de Lubin, flottant à mi-chemin entre le sol et la surface.

Comme en un goulot de bouteille, le courant m'aspire dans le puits et je me crois perdue. Réflexe ultime : je crie de terreur et ma bouche s'emplit d'eau. Au même instant, une main me happe et je me retrouve dans un couloir latéral.

— Ça va ?

Je mets plusieurs secondes avant de prendre conscience que je respire.

Je ne suis plus sous l'eau, je ne me noie plus, et je pars d'une violente quinte de toux, expulsant toute l'eau que je viens de boire.

Le dos collé à la paroi de ce boyau horizontal, je vois l'eau dévaler devant moi, au ras de l'ouverture, jusqu'au fond du puits, comme une cachette derrière une cascade. L'eau tombe trop vite pour s'engouffrer dans notre couloir, à mi-chemin entre la surface et le fond des carrières, mais le niveau ne va pas tarder à monter et nous risquons de nouveau la noyade.

— Et… et maintenant on va où ? dis-je entre deux quintes.

— C'est à eux qu'il faut le demander… me répond Sylvain, blême mais confiant.

Une à une, les torches s'allument.

Cinq flammes brandies dans la nuit souterraine ; dix yeux incendiaires, que nulle crue ne peut apaiser.

Les singes blancs nous attendaient.

Sans chercher à m'expliquer leur présence, je vois les cinq primates du zoo. Comment sont-ils apparus ? Sont-ils des fantômes surgis de nos imaginations ? Peu importe, ces silhouettes blanches sont notre sésame.

Ils nous font signe de les suivre et s'enfoncent dans le souterrain.

— Où allons-nous ?

— Là où ils nous conduisent… réplique Sylvain d'un ton glacial, sans se retourner.

Les singes blancs semblent parfaitement le savoir. Nulle hésitation dans leur route ; chacun de leurs gestes témoigne d'une grâce immatérielle. Qu'ils soulèvent une liane, repoussent une fougère, entrouvrent une porte, passent un torrent à gué, ils le font avec un naturel que rien ne peut fléchir.

Rapidement, les froids et sombres goulets souterrains se chargent de verdure. Ce sont d'abord des algues, collées aux parois ; puis, plus nous nous éloignons de la zone inondée, paraissent des mousses, des bruyères, des fougères. Bientôt, à la lueur des torches, Sylvain et moi avançons dans une jungle tropicale dont l'épaisseur et l'obscurité nous empêchent de distinguer les parois de calcaire. Autour de nous règne la végétation dans sa sauvagerie naturelle. Finies les catacombes ! Il faut maintenant arracher des branches, se faufiler entre des bambous, des troncs, des roseaux. Le sol s'est couvert d'humus, où les pieds s'enfoncent avec un bruit de succion. Au détour d'un arbre, je crois apercevoir la mine surprise d'un gibbon, qui disparaît aussitôt dans la verdure, jetant un cri d'orfraie. Plus loin, à moitié enterré dans les racines d'un arbuste, un iguane assoupi ouvre un œil à mon passage et me souffle au visage son haleine. Illusion due à la lumière mouvante des torches ? Peut-être… Mais mon imagination seule me sauve de la panique.

« Rien ne prouve que je suis ici. Tout cela est peut-être un rêve… Jusqu'à présent, il ne m'est rien arrivé… »

Pourtant, comment douter de ce miracle végétal ? Comment douter de ces mousses, collant à mes semelles ? De ces phasmes, brindilles animales qui me tombent dans les cheveux puis s'envolent dans un vrombissement terrifiant ?

— Avancer ! Je dois avancer… dis-je à voix haute, sans provoquer aucune réaction chez mes compagnons de route.

Car les singes blancs ne se retournent presque jamais – sinon pour nous tendre une poigne solide, lors d'un passage périlleux – et Sylvain ne m'offre plus un regard.

À mesure que nous nous enfonçons dans la jungle des souterrains, le professeur gagne lui aussi en agilité. Son instinct animal refait surface, et il se meut dans ce décor hostile avec la même facilité que nos guides.

« Après tout, il est l'un d'eux », me dis-je, tandis que nous finissons par atteindre une sorte de clairière moussue, au centre de laquelle est posée une grande plaque de métal. Sans le moindre effort, un des singes blancs soulève la paroi d'acier, libérant une nuée de chauves-souris qui se précipitent hors du gouffre.

— Mais, qu'est-ce que ?…

Instinctivement, je me protège visage et cheveux, car les chauves-souris volent en tous sens. Quelques-unes se cognent aux troncs des arbres pour s'effondrer sur la mousse, assommées.

Ce n'est pourtant pas le moment d'avoir peur.

Béante, la trappe s'ouvre au centre de la clairière, soufflant dans l'air saturé d'humidité et de chaleur une fraîcheur de cave gothique. Les singes s'y engouffrent sans un mot, sans un regard pour Sylvain et moi ; il faut cependant les suivre dans ce petit escalier en colimaçon.

Malgré ma détermination, j'hésite à descendre. Ne suis-je pas en train de pénétrer dans ma propre tombe ? Une tombe aveugle, où je vais mourir dans le noir absolu ? Car les singes blancs éteignent leurs torches avant de descendre.

Mais en regardant s'enfoncer Sylvain et les primates, je me rends compte qu'il n'est plus besoin de lumière.

« Ils seront mes torches », me dis-je, la peur au ventre, en posant mon pied sur la première marche.

En effet, les singes blancs exhalent une phosphorescence, leur peau nimbée d'éclat lunaire. Et le cœur de cette lumière, son point le plus éclatant, est la poitrine même de Sylvain.

Je songe à nouveau aux révélations de Lubin, en dévalant l'escalier pour ne pas me laisser distancer.

Sylvain et les singes descendent au pas de charge, comme des enfants.

Il y a entre eux une complicité muette. Est-ce la commune brillance de leur peau ? Cette même expression de douceur immobile dans le visage, dans les gestes ? Je ne saurais dire. Mais plus ils s'enfoncent, plus Sylvain paraît le jouet d'un véritable mimétisme. À chaque pas, il *ressemble* un peu plus aux singes blancs ; par l'aisance des gestes, la coordination des mouvements. Non qu'ils aient le même visage, les mêmes traits. C'est autre chose : Sylvain et les singes blancs ne sont pas de la même famille, mais de la même *espèce*.

Arrivant au bas de l'escalier, nous atteignons un immense réseau de souterrains, sans commune mesure avec les carrières et les catacombes.

Ici, les voûtes s'élèvent à une vingtaine de mètres au-dessus d'un sol dallé à la façon des *viae* romaines. Les voies sont larges, s'entrecroisant à l'infini, dans un grand silence étouffé.

Je vois aux murs des graffitis dans des alphabets inconnus, des graphies obscures, se référant à des civilisations dont nul n'aurait soupçonné l'existence.

« Je plonge dans le passé, me dis-je avec une jubilation nerveuse, je m'enfonce dans l'Histoire… »

Au détour d'un couloir, d'un pilier, des squelettes sont affaissés contre les murs. Certains portent encore des armures, des boucliers. D'autres sont recroquevillés les uns contre les autres, enchevêtrements de ronces osseuses.

Quand se sont-ils perdus ? Il y a mille ans ? Dix mille ans ?

Il me faut surtout chasser l'idée la plus effrayante : et si les singes blancs nous avaient conduits ici dans le seul but de nous y abandonner ? Ainsi, la clé de l'Arcadie serait à jamais perdue dans les méandres de son propre labyrinthe.

— Où sommes-nous ? finis-je par murmurer.

Alors Sylvain se retourne vers moi.

— Je ne le sais pas encore, dit-il d'une voix étouffée.

Son corps semble trembler d'impatience. Son visage luit dans la pénombre. Il ne m'accorde pas plus d'attention et se contente d'ajouter :

— On va très vite le savoir…

Alors le vent me gifle le visage et la lumière arcadienne blesse mes yeux engourdis.

*

Le cratère débouche au sommet d'une haute colline de roche. Éblouis, nous gagnons un parapet naturel en marbre rose, moucheté de lichens. Cette pierre lisse et douce rappelle la texture du galet. On la dirait polie par ce vent tiède mais puissant qui joue avec la mèche de Sylvain, le pelage des singes blancs, et mes propres cheveux. Quel panorama ! Nous venons de quitter une nuit de salpêtre, de poussière, de toiles d'araignées, de murs suintants, de stalactites, de sols poisseux et hostiles, pour être projetés ici ! Derrière moi, la grotte est une bouche d'ombre qui vient de nous cracher à la lumière. Mon cœur trouve un nouveau rythme, s'accommode à la pression du monde souterrain. Tout d'abord, mes sens engourdis ne distinguent que des formes hasardeuses, des masses de couleurs. La vision d'un myope sans lunettes. Puis, peu à peu, mes yeux se font à cette lueur inconnue, mon nez s'habitue à ces parfums subtils, qui semblent constituer l'air sans pour autant s'y mêler, telles les couches successives d'une même fragrance : bruyère, écorce, mousse, vase, pierre chaude et sous-bois.

Je peux enfin regarder autour de moi..

À nos pieds, descendant la colline, un petit chemin serpente jusqu'à l'immensité verte. Une rigole sinueuse, où ont été creusées des marches rudimentaires. Des milliers de marches qui mènent au bas de la montagne, après des circonvolutions, contournant des concrétions de roche, des pitons abrupts, des crevasses.

Aussitôt, les singes blancs s'y engagent, sans se retourner.

— Et vous allez où, comme ça ? dis-je de façon bien prosaïque comme si les animaux pouvaient me répondre.

Aucun ne daigne m'accorder la moindre attention et les voilà bientôt suivis par Sylvain, qui a conservé son allure inexpressive, mais dont les mouvements ont encore gagné en souplesse, en aisance. Je le vois sauter de roche en roche, sur ce sentier escarpé, avec l'adresse d'un enfant courant sur une plage. Bien sûr, je devrais emboîter son pas, mais je suis incapable de bouger.

Cette vue me saisit : ici, tout est plus large, plus profond, plus… *plein*. La forêt s'étire à l'infini. Çà et là, elle se mêle au lac, sans savoir qui, de l'eau ou de l'arbre, a le plus beau rôle. Suis-je en train de surplomber un immense réseau d'îles, ou n'est-ce pas plutôt une forêt creusée d'une myriade d'étangs ? Impossible à dire. Mais le spectacle de ces flaques luisantes, qui crèvent la verdure en taches de lumière, est d'une poésie envoûtante. Chaque étendue aquatique reflète la douce lueur de l'Arcadie. Une lueur apaisante, sans soleil, sans nuages, rappelant la lumière figée d'une aube d'été, ou l'éternel crépuscule d'un soir de Saint-Jean. Tout comme l'air, chaque couleur est tranchée, se mêlant à la symphonie chromatique sans s'y fondre. Le vert profond des ramées, le bleu pâle des étangs, le rose tendre du ciel, lequel semble aussi palpable que le firmament d'une peinture. Et puis ces ruines, ces bâtiments rongés de lierre, ces tours ébauchées, carcasses de maisons, châteaux effondrés, tous mangés d'herbes folles, qui jaillissent de la forêt. Ils confèrent au tableau une dimension incroyablement nostalgique. De loin, on jurerait que ces édifices croulants ont été construits à dessein, pour chanter l'empire de la sève sur la pierre, du végétal sur l'artifice. Un grand hymne à la nature, triomphale, absolue, dévorante.

Cette beauté me coupe le souffle. Tous mes sens sont happés par cette vision. Je voudrais, d'un coup d'aile, m'envoler et planer sur ce monde pour le restant de mes jours ; avec la douce certitude que rien n'y changera jamais. Le réconfort de la permanence, l'apaisement de l'éternité.

Pourtant, malgré la perfection asphyxiante de cette vision, quelque chose me choque.

Entendant alors les pas de Sylvain et des singes s'éloigner, je comprends. L'éclat des cailloux, qui roulent en cascade sur le chemin abrupt, révèle l'élément le plus paradoxal de l'Arcadie : son silence.

Ici, pas un son. Nul chant d'oiseau, aucun craquement de bois. Pas l'ombre d'un bruit, pas le plus petit écho. Tout est étouffé dans un caisson sous vide. Le vent même est muet. Dans la forêt, les branches bougent. Sur la montagne, les buissons, les grappes de mousse, valsent sous la brise. Mais leurs danses sont assourdies. Un ballet sans musique.

Et ce silence défigure l'absolue pureté du lieu, la rend morbide.

Le seul son que je perçois est, au loin, le clapotis de l'eau sur les rives des milliers d'étangs. Il ressemble au cliquetis de salive d'une armée de bouches assoiffées. Un chœur presque malsain, comme si la forêt dissimulait des gourmands en escouades, friands de chair tendre et de sang frais. Pourtant, rien ne semble moins habité que ce monde sous cloche. La seule vie qu'on y trouve est une vie de feuille et d'écorce, d'herbe et de bruyère. Un monde vierge de toute souillure.

« Le paradis ? » me dis-je, de plus en plus inquiète, en m'engageant enfin sur le sentier menant à la forêt.

*

L'arrivée dans les bois confirme mes craintes. Sont-ce pourtant bien des craintes ? Car rien ici n'est inquiétant. Au contraire, cette sylve infinie dégage un calme et une douceur prodigieux. L'absence de tout son me rappelle toutefois la vision de ces miroirs un rien déformants, dont on ne peut définir l'exacte distorsion et qui poussent à douter de notre perception.

Je mets du temps à descendre. Mes talons rechignent à attaquer les marches hasardeuses du sentier de montagne. Je m'attends toujours que l'une d'elles se dérobe brutalement, ouvrant une trappe qui me plongerait dans une chute sans fin. C'est bien sûr irrationnel, mais qu'est-ce qui est rationnel, ici ? J'ai beau m'en défendre, chaque pas me rapproche de l'issue de ma quête, et cette idée me terrifie. Que vais-je découvrir ? Qui se cache derrière ce monde idéal, sous la troublante unité de cette forêt de conte de fées ? Depuis le début de cette aventure, je me suis habituée à marcher à l'aveugle dans un monde chaotique. Et voilà qu'un chemin de verdure me conduit sans encombre vers la résolution de tous ces mystères. N'est-ce pas trop facile ? Quelque piège ultime ? Surtout, je me suis prise à aimer cette vie parallèle dans laquelle je me suis coulée depuis la nuit des kidnappings. Qu'ils sont loin, mes parents, Muguette, le lycée, mes ordinateurs, mes caméras… D'une certaine manière, moi, la petite voyeuse de la Reine Blanche, j'ai découvert *la* réalité qui me plaît : une poche de folie où je trouve mes marques, une terre mère où j'ai enfin des repères. À bien y regarder, je suis par avance nostalgique de cette aventure, comme si la beauté étouffante qui m'entourait, ses airs de paradis perdu, avait contaminé ma propre sensibilité. Comme si je devenais moi-même un éden en fuite.

Sylvain et les singes blancs m'attendent au pied de la colline, sans un mot, tournés de l'autre côté, scrutant l'orée d'un chemin qui s'enfonce dans la forêt entre des troncs immenses.

Je n'ai jamais vu des arbres aussi hauts.

Sans aucun élément de comparaison, il est difficile de déterminer la taille de ces mastodontes de bois, mais chacun dépasse les cent mètres. Quant aux troncs, il faudrait dix colosses, main dans la main, pour en faire le tour.

Voilà pourquoi la descente me paraît si longue. De là-haut, la forêt semble proche. Mais à mesure que je descends, les bois s'éloignent, collant l'horizon.

— Tout est démesuré… dis-je en me tordant le cou pour voir la cime des arbres.

Il n'y a ici que des chênes et des hêtres. Aucune feuille morte ne jonche ce sol si lisse, à croire que l'herbe en est tondue. Même les buissons de fougère, les bosquets de bruyère, semblent entretenus. Qui serait allé tailler des sous-bois aussi vastes qu'un pays ?

Autre détail troublant : si le ciel est loin, bien loin au-dessus des arbres, cette forêt n'a rien de sombre. Les troncs eux-mêmes reflètent la douceur du ciel sans soleil, avec le même éclat spectral que celui des singes blancs et de Sylvain.

Le visage du professeur s'est encore durci. Tandis qu'ils s'engagent tous dans la forêt, je peine à le reconnaître et me hasarde encore à un « Tout va bien, vous êtes sûr ? ». Les traits accentués, les muscles saillants, les gestes toujours aussi souples, il est en pleine métamorphose. Il n'a quasiment pas ouvert la bouche depuis le départ de la grande serre. Quand sommes-nous partis ? Tout me semble si loin. J'en viens presque à douter de l'existence de l'autre monde, là-haut : le mien. Paris inondé, ces carnages, ce pays au bord de la destruction. Comment deux univers aussi dissemblables peuvent-ils coexister à cinq cents mètres de distance ? Cette proximité est vertigineuse !

« Cinq cents mètres, calculé-je mentalement, en suivant Sylvain et les singes entre les troncs et les fougères, c'est moins de deux fois la tour Eiffel ; c'est la moitié des Champs-Élysées… »

Comparaisons triviales, certes ; mais l'existence de cette oasis, où tout respire la paix, la douceur, la permanence, n'est-elle pas un vrai scandale ? Sous une France courant à sa perte, comment un tel paradis peut-il exister ?

« Et comment a-t-on pu le cacher aussi longtemps ? »

Cette seule idée me met en colère. Mais tant de sentiments me traversent depuis le début de cette odyssée souterraine. Le silence et le mutisme de mes compagnons de route m'a forcée à me renfermer en moi-même, à tout recomposer. Tant de folie s'est abattue sur moi, depuis une semaine.

Et maintenant que mes pieds s'enfoncent dans une herbe délicate, dans une mousse subtile ; maintenant que mes mains effleurent des troncs robustes mais fins ; maintenant que mes doigts jouent avec l'extrémité des fougères ; maintenant que je longe des lagons sylvestres, serpentant de clairière en ramée, de bosquet en futaie, une même interrogation me hante, obsédante, paralysante, aveuglante : « Pourquoi moi ? »

Nous arrivons alors à la grande clairière.

Une clairière ? Disons plutôt une large prairie en demi-cercle, ouvrant sur le lac.

Pour la première fois, l'horizon n'est pas bouché par la forêt. On se croirait au bord de la mer. Une mer d'huile, plate et paisible. De loin en loin, de verts îlots touffus jaillissent de l'eau sans violence, posés à la surface.

Nouvelle gifle pour moi.

Sitôt en Arcadie, j'ai reconnu l'esprit des tableaux, tels que Sylvain est parvenu à me les décrire. Mais ce ne sont que des similitudes ébauchées, des détails diffus, des ressemblances imparfaites.

Alors que là…

Ici, tout doit être en place, comme la présence de cette tour en ruine, à l'orée des arbres : un minaret de marbre gris, qu'enserre un escalier en colimaçon extérieur. À son sommet – moins haut que les arbres –, un gros buisson de bruyère étouffe une statue d'archange.

« Mais ce n'est que le décor », me dis-je, gagnée par un effroi qui monte en moi sans violence, à la façon d'un supplice asiatique. « Les habitants aussi, sont là… »

Mes yeux *les* ont vus, mais ma conscience fait barrage. Si bien que je me suis d'abord attachée à contempler la vue, les îles, la douce rive, cette fameuse tour en ruine, l'alignement parfait des arbres, en lisière de clairière. Tout en moi refuse d'admettre ce qui est là ; *ceux qui sont là*.

Ils regardent Sylvain, avec un sourire accueillant, comme reparaît le fils prodigue.

Je sens monter la nausée. Je voudrais crier, hurler à Sylvain de ne pas s'avancer, de rester là ; je voudrais me jeter sur lui, le traîner par les cheveux hors de ce monde impossible, mais c'est trop tard.

Les singes blancs sont là, immobiles, placides statues de sel aux regards incendiaires. Nos cinq guides se sont joints à eux, et ils sont maintenant une bonne quinzaine, assis en cercle pour ce « bivouac ». Chacun darde vers Sylvain ses yeux jaunes et flamboyants.

Alors je vois les autres.

Les deux autres…

— Non, ce n'est pas possible ! Pas eux !

Assis au centre du cercle, au milieu des quinze primates, ils sourient également à Sylvain.

— Enfin vous voilà, disent-ils avec douceur.

Sylvain reste impassible. D'un pas mécanique, il s'avance vers eux. Visiblement, il ne les connaît pas. *Alors que moi…*

Moi, je tente de dérouiller mes membres, pris dans la glue.

Comment est-ce possible ?

— Eh oui, Trinité !

Hilare et satisfait, mon père se redresse, marche vers moi et me serre dans ses bras.

*

— Enfin vous voilà, enfin vous êtes arrivés… dit papa en me relâchant.

Ces paroles résonnent dans la grande clairière. Elles se cognent au tronc pour revenir, avec la brise tiède, et ricocher sur le lac, face à nous.

Je ne puis y croire !

Papa se recule et me prend par les épaules.

— Je suis fier de toi, tu sais ?

Malgré la folie de cette scène, Sylvain paraît apaisé.

Il nous regarde, papa et moi, avec une familiarité instinctive, comme si tout lui semblait désormais normal ; *dans l'ordre des choses*.

Assis à ses pieds, les primates lèvent vers lui leurs faces blafardes, les paupières lourdes d'émotion.

En retrait, ma mère ne dit rien mais tourne vers moi un visage inondé de bienveillance que je ne lui connaissais pas. Elle est assise sur un petit banc de pierre moussue et considère la scène avec une douceur d'ange gardien, traversée par le vent et la lumière. Jamais je ne l'ai vue aussi apaisée.

— Maman ? Papa ?... dis-je d'une voix tremblante. Qu... qu'est-ce que vous faites ici ?

Maintenant ma tête a commencé de bouillir ; mes mains tremblent.

Face à moi, mon père me scrute.

— Je... je suis en train de rêver... balbutié-je, en regardant cette forêt noueuse, ce lac infini, la silhouette des singes blancs, attentifs et calmes ; et le doux sourire de ma mère.

— Bien sûr que tu rêves, Trinité !

À ces mots, papa tape dans ses mains, ajoutant, l'œil rusé :

— Tu sais comme moi que *tout* est rêve...

— Hein ? !

Mon cri de surprise tire Sylvain de son apathie. Lui aussi a vu disparaître des éléments, des détails, tel un mirage qui se dissipe.

— Qu'est-ce qui s'est passé ? ahane-t-il, scrutant la clairière, les troncs, le lac.

Papa s'approche de Sylvain et lui effleure le front du revers de l'index.

— Tu mésestimes les tiroirs secrets de ton imagination, Sylvain Masson…

Autour de nous, quelque chose s'est encore passé. J'observe chaque détail, chaque angle de cette vue malgré tout idyllique, incapable de dire ce qui est semblable, ce qui a changé ; tout paraît pourtant différent.

— Qui a dit que l'imagination n'était pas un muscle créateur ? reprend mon père. Un muscle *générateur d'images* ?

Il désigne la clairière, autour de nous, où tout me semble plus lumineux, plus profond. Les arbres ont pris un contour plus marqué, le lac une brillance plus vive. Chaque odeur est décuplée. Jusqu'au silence même de cet éden souterrain, qui paraît jouer de ses propres échos et rend les rares sons palpables et colorés.

« *Oui, c'est ça : colorés* … » me dis-je, sans chercher à masquer mon émerveillement. Pourtant, tout est exactement pareil.

— Vous voyez, reprend papa avec satisfaction, rien n'a changé, *sinon votre regard*. C'est là notre force…

— Le regard, répète Sylvain sans presque bouger les lèvres.

Comme lui, je dévore des yeux cette fascinante parenthèse ; ce sentiment qu'on vient de m'offrir des lunettes enchantées. Ce n'est pas que je vois *plus :* je vois *mieux*. Je vois *tout*.

Si je voulais, je pourrais voir au travers des choses : distinguer la sève sous l'écorce, les algues sous l'eau, la chair sous la peau, puis les os, la moelle, les cellules. Une vision à pic, au microscope, qui distingue tant les parties que le tout, sans segmenter.

— C'est… fascinant, avoue Sylvain, en tournant sur lui-même.

À ses pieds, les singes blancs ont retrouvé leur expression douce et calme. Ils regardent Sylvain avec complicité, pour lui dire : « Tu es des nôtres, maintenant… »

Je suis la seule à tenter de garder mes distances devant ces enchantements.

— Il y a un truc, forcément !

— Bien entendu, qu'il y a un truc, répond papa. L'œil même est un « truc ». La perception est une astuce de la nature, tu ne crois pas ? Comme tes caméras qui reproduisent des vies que tu crois réelles : tout est truc, car rien n'existe. Et une hallucination n'est jamais aussi belle que quand elle est collective !

— Je ne comprends pas…

— Tout est question de suggestion, d'entraînement…

— Mais d'entraînement à quoi ?

— À l'apocalypse, Trinité, dit-il d'un ton assez froid. Prends ta mère, par exemple : depuis huit mois, avec son récit catastrophe, elle a préparé les consciences.

Où mon père veut-il en venir ?

— Quel récit catastrophe ?

— Depuis des années, Hyacinthe rêvait de publier un roman. Sous la signature de Protais Marcomir, *SOS Paris !* est un chef-d'œuvre au succès colossal…

— HEIN ? ! !

— Un chef-d'œuvre… *terminal*, ajoute mon père.

Ahurie, je me tourne vers maman, immobile sur son banc.

Elle rougit et baisse les yeux.

Comment croire que maman est l'auteur de *SOS Paris !* ? Impossible ! Elle n'a jamais pu écrire plus de dix pages. Pourtant – est-ce le charme magique de mon père ? L'envoûtement de la claustration souterraine ? – je commence à *admettre* tout cela…

— Marcomir a été enchanté de se retrouver sous le feu des projecteurs, peu farouche à l'idée de jouer la marionnette.

Avec le même ton explicatif, il poursuit :

— Autres marionnettes : les poseurs de bombes. Ils n'avaient rien de terroristes, ces petits factieux que nous avons su piloter en leur procurant le bon matériel pour qu'ils provoquent le carnage au moment précis où nous l'entendions…

De façon glaciale, il ajoute :

— En un éclair, plus de porte Maillot !

Papa qui pilote les attentats de l'automne ? Maman qui écrit *SOS Paris !* ? Des parents que je retrouve cinq cents mètres sous terre, dans un monde inconnu ? Non, ça ne peut pas être eux ! Ce sont d'autres gens. Des gens que je ne connais pas et qui ont pris leur apparence pour me tromper !

La voix de papa est pourtant reconnaissable entre toutes. Une voix qui continue :

— Quant à moi, je n'avais plus qu'à donner le coup final qui allait faire *naître* les images. Des images qui sont nées de l'eau, comme une réalité nouvelle est jaillie de cette crue bien réelle…

Papa se tourne alors vers Sylvain, qui ne parvient pas à parler tant il est frappé de stupeur.

— À votre avis, Sylvain, quel était le secret des tableaux de Buffon ?

D'un geste large, tournant sur lui-même, il désigne la clairière avec la morgue de Prospero.

Aussitôt, je suis assourdie, aveuglée, écrasée. Une grande gifle de sensations me prend en embuscade.

Tout est décuplé : les odeurs, les lumières, les sons. Il me semble entendre pousser les feuilles et croître la mousse. Les arbres se mettent à gémir sous le vent. Leurs racines fouaillent la terre. Jusqu'aux pierres de la ruine, hilares sous les chatouilles du lierre.

Tout cela vit, vibrionne, étouffant de sève et de puissance.

Sylvain aussi a le souffle coupé. Il trouve pourtant la force de demander :

— Comment faites-vous ?

Papa a un petit sourire satisfait.

— Je suis un simple enchanteur : *je donne à voir…*

Nouveau geste global. Nouvelle vague de sensations, de sons, de couleurs…

Sylvain est aussi bouche bée que moi.

Impassibles, les singes blancs restent accroupis au sol, attendant eux aussi un signe du « maître » pour prendre vie.

La bouche sèche, Sylvain demande encore :

— Mais… pourquoi êtes-vous ici ?

J'enchaîne aussitôt avec la plus importante des questions.

— Et… qui es-tu ?

Brusquement, mon père semble vieillir d'un coup.

Alors il raconte…

*

— Nous sommes les derniers… commence papa, d'une voix usée.

À ces mots, les quinze singes blancs se recroquevillent sur eux-mêmes, comme si l'on s'apprêtait à les battre.

— Les derniers ? dis-je. Les derniers quoi ?

Papa a les yeux ronds et fixes, perdus dans le vide. Il dodeline de la tête puis dit à voix très basse, telle une prière de moine :

— Ta mère, toi, moi… Les trois derniers…

Sylvain et moi fixons avec effroi mon père, qui nous prend chacun par la main et nous entraîne vers la rive.

— Ah, si vous aviez connu l'Arcadie, dit-il en marchant jusqu'au bord de l'eau.

Dans son costume de lin blanc, papa a les pieds nus. Ses orteils trempent bientôt dans le lac.

— Nous étions des milliers, ici, en parfaite harmonie.

Son timbre se voile.

— Et puis tout s'est gâché… Irrémédiablement…

Papa fixe l'horizon doux et calme.

— Comment aurais-je pu imaginer ça ?

— Mais les derniers quoi ? ! demande Sylvain, dans ce qui semble être un sursaut de lucidité tant il se laisse hypnotiser par l'Arcadie.

Mon père se frotte le visage et s'étire les lèvres avant de répondre :

— Les derniers hommes…

Je le regarde, incrédule.

Serrant les dents, papa s'accroupit au bord du lac, laissant toujours ses pieds effleurer l'eau.

— Hyacinthe, Trinité et moi, sommes les derniers représentants de la race sombre.

Malgré l'effroi que provoque cette révélation, je tente de tout remettre en place.

— Tu veux dire la race dominante de l'Arcadie ?

Papa acquiesce.

Là, c'est trop : je refuse d'y croire !

— Ça signifie que tu n'es jamais né à Marseille ? Que tu n'es pas marchand d'acier ? Que tu n'as pas…

— Ça, c'était ma vie *officielle :* ma vie de veilleur.

Papa tourne la tête pour contempler le paysage.

— Mais c'est ici que je suis né ; pas loin de cette clairière, il y a bientôt soixante-trois années…

Je m'apprête à l'interrompre mais il me fait un geste sec, me signifiant de ne plus dire un mot. Puis il se tourne de nouveau vers l'horizon. La lueur rose se pose sur son visage avec une douceur d'oiseau de paradis. Il semble flotter ; et ses mots mêmes – effarants, délirants – se muent en une mélodie secrète, diffuse, qui nous enveloppe.

— Ma famille a toujours fait partie des aristocrates de l'Arcadie. Si la race claire n'a jamais connu de hiérarchie (il désigna les singes blancs, dans son dos, blottis les uns contre les autres), la race sombre n'a cessé d'être bouleversée par des luttes de pouvoir.

« Durant deux mille ans, ma famille, ou disons ma "tribu", a de nombreuses fois occupé la place suprême, ce qui n'était pas un rôle facile. Comme tout souverain, il fallait arbitrer les conflits, adopter la neutralité, gérer les manques, parfois légiférer, opter pour la clémence ou la dureté.

Un petit sourire nostalgique ourle ses lèvres.

— Lorsque je suis né, l'Arcadie était encore le paradis de ma race. Certes, nous étions de moins en moins nombreux, mais les équilibres étaient en place. La race sombre était clémente, la race claire docile, quant aux humains, là-haut, ils avaient besoin de nous tout en nous protégeant.

« Mon enfance fut celle de tous ceux de la race sombre : des souvenirs magiques et enchanteurs. Une féerie d'arbres, de senteurs, de calme et d'espièglerie.

Il se tourne doucement vers Sylvain.

— Très proche de celle que tu as connue au Jardin des plantes, Sylvain…

Sylvain ne répond rien. Figé, il écoute la confession de cet inconnu qui sait tout de lui.

— Mais cette enfance n'eut qu'un temps, reprend papa d'une voix blessée. Bientôt, une terrible maladie, apparue telle une malédiction, s'abattit sur les gens de ma race.

Le visage de mon père pâlit.

— Ça commençait par des fièvres, des rhumatismes. Puis, rapidement, le corps se délitait, partait en lambeaux, et la pauvre victime mourait dans d'atroces souffrances, deux semaines après l'apparition des premiers symptômes.

Papa semble chercher des inscriptions, sur l'herbe ; des reliefs de son enfance, de son paradis perdu.

— Combien de cadavres décharnés ai-je enterrés, ici ? Combien de corps ai-je transportés, avec mes parents, mes frères, avant qu'eux-mêmes ne soient contaminés ? Combien de…

Ses yeux s'embuent.

— Combien de fois ai-je vu la terre recouvrir ceux qui furent mes amis, ma famille ; c'est-à-dire la tienne, Trinité. Tes ancêtres…

Nouveau silence.

Je suis de plus en plus bouleversée par l'attitude de papa. L'éminence grise de cette apocalypse semble tout à coup si triste.

— Le jour de mes vingt ans, nous n'étions plus que cent rescapés de la race sombre. Deux ans plus tard, nous étions cinquante. Lorsque j'ai fêté mon vingt-cinquième anniversaire, dix-huit visages m'entouraient... Notre race allait disparaître, vous comprenez ?

J'objecte :

— Et les enfants ? Vous ne faisiez plus d'enfants ?

Papa affecte une mine désolée.

— Si seulement... Mais non : la malédiction qui nous détruisait était totale. Des centaines d'innocents mouraient et les survivants devenaient stériles...

— Mais pourquoi ?

Papa ne peut masquer un rire dédaigneux.

— Va demander à la nature pourquoi elle a fait disparaître les dinosaures ? Va lui demander ce que sont devenues ces milliers d'espèces qui, au cours de l'évolution, se sont tout bonnement envolées... Je crois simplement que nous avions... fait notre temps...

— Et... et moi ?

Papa hausse les épaules.

— Un miracle, ma Trinité. Un accident. Une divine surprise, venue au monde sur le tard, hors des frontières de l'Arcadie. Hélas, aussi intelligente sois-tu, tu n'es pas suffisante pour relancer la race ! Car le deuxième enfant que nous avons eu est mort en quelques mois... comme tous les autres nourrissons de la race sombre.

Je comprends alors qu'en portant le deuil d'Antoine, ils portent le deuil de l'Arcadie...

Tentant lui aussi de se raccrocher au récit pour ne pas sombrer, Sylvain désigne les singes blancs.

— Et eux ?

Papa affecte un air presque coupable.

— Ça c'est un autre problème. Bien qu'ayant toujours été moins nombreux que la race claire, nous avions toujours su les canaliser. D'un naturel obéissant, travailleur et craintif, les clairs restaient au service des sombres. N'allez pas croire qu'ils étaient nos esclaves. Mais la nature avait fait d'eux des serviteurs, alors que nous étions les commandants.

L'ambiguïté de cette explication me crispe.

— Tu veux dire que l'ordre naturel justifie tout ? Qu'ils étaient génétiquement inférieurs ? !

Mon père tente de se justifier :

— L'Arcadie est une société très ancienne, Trinité. Pendant des milliers d'années, elle a fonctionné sur cet équilibre. Et il aura fallu cette… *maladie*, pour que…

Mais déjà il s'interrompt, gagné par l'épuisement.

— En découvrant notre affaiblissement, reprend-il d'une voix étouffée, *ils* ont changé. Oh, pas tous ! À vrai dire, la majorité d'entre eux nous aimaient, comme des enfants aiment leurs parents. Mais il a suffi de quelques esprits forts pour que l'équilibre arcadien vole en éclats.

À nouveau, malgré la douceur de l'air, la pureté de la lumière, des images de carnage passent devant les yeux de mon père.

— Nous ne cessions d'enterrer des cadavres. Une partie des clairs s'était cachée dans la forêt. Ils voulaient « retrouver leur liberté », disaient-ils. Ce qui signifiait vivre dans les arbres, comme des animaux, comme des…

— … *singes*, complété-je, en contemplant les silhouettes blanches.

Papa opine.

— Ils décrétèrent qu'ils étaient les vrais maîtres de l'Arcadie. Que sans eux, sans leur travail, ce paradis n'aurait jamais pu voir le jour ; que la race sombre les avait toujours exploités. Alors que jusque-là, nous avions pu vivre en marge de tous les conflits de la surface, voilà que la révolte grondait en Arcadie. Une révolte imbécile, inutile… et fatale !

Papa laisse passer un temps, afin de recouvrer son calme. Le visage luisant, il reprend :

— Après avoir étouffé cette révolte – ce qui nous poussa à éradiquer la majeure partie de la race claire –, il fallut s'organiser…

— C'est-à-dire ?

— Nos deux races partaient à vau-l'eau, il fallait donc les… *régénérer* – mon père se tourne vers Sylvain. C'est là que j'ai fait appel à ta mère.

— Que vous aviez repérée dès l'université, dit-il en se souvenant du récit de Lubin.

— Ses compétences en biologie génétique et son esprit iconoclaste nous ont semblé parfaits. Il nous a suffi de prendre contact avec elle et lui exposer notre plan… elle s'est tout de suite jetée dans le projet à corps perdu !

— Le projet… répète Sylvain d'une voix blanche.

Papa se rembrunit :

— Mais presque aussitôt, la maudite construction du RER a coupé tous les ponts avec l'Arcadie ; en tant que chef des veilleurs, je suis resté coincé à la surface, avec Hyacinthe. Mais il me fallait surveiller à couvert les travaux de Gervaise. C'est pourquoi nous nous sommes installés à la Reine Blanche ; cette Reine Blanche où tu as vécu, ma Trinité, avec toute l'ironie d'un miracle inutile pour une race en bout de sève… Et une partie des « voyages de travail » que nous faisions n'était que le prétexte à d'infinies explorations, pour retrouver le chemin de l'Arcadie.

Abasourdie, je glapis :

— Pendant toutes ces années ? !

Papa cligne des yeux.

— Il y a bientôt un an, nous avons miraculeusement réussi à ouvrir la voie ; mais à quel prix ?

Il désigne la clairière, autour de nous.

— Voilà ce qui restait de l'Arcadie : quelques primates abâtardis, et plus un seul membre de la race sombre. Coupés des veilleurs, nos derniers semblables durent être décimés par les clairs, qui eux-mêmes ne surent comment survivre ! Additionnée aux animaux de la ménagerie, la poignée de singes que tu vois là sont les derniers habitants de l'Arcadie !

Chaque mot semble une souffrance.

— Et dire que Gervaise Masson avait promis de nous aider ! Dire qu'elle s'était engagée, sur son honneur, sur son âme, à sauver l'Arcadie…

— Mais elle l'a fait ! s'insurge Sylvain, comme si mon père le souffletait.

Se cognant la poitrine, il ajoute : elle m'a fait : *moi !*

— Trahison… maugrée papa. Nous lui avions demandé de sauver nos races, elle a voulu les abâtardir.

Mon père toise Sylvain avec dépit.

— Moi, au moins, j'ai été capable d'engendrer un être supérieur, fût-elle la dernière représentante de son espèce.

À ces mots, je ressens une violente envie de vomir. Car Sylvain tourne vers moi un regard halluciné, dans lequel je lis un mélange de haine, de jalousie rentrée… et de respect !

— Un échec, ajoute papa d'un rire sinistre, un lamentable échec. Et Gervaise croyait vous envoyer en monnaie d'échange ? Quelle dérision !

Sylvain est hagard, mais il réagit pourtant :

— *Vous ?* Qui « nous » ?

Alors une chose étrange se passe : un des singes blancs se lève, quitte le cercle et vient s'agenouiller près de Sylvain, avant de le prendre dans ses bras.

Ce n'est pas un singe, mais une femme ; une femme vêtue d'une simple tunique blanche. Une femme jeune et belle. Une femme qui ressemble à s'y méprendre à Sylvain. Ce même regard brumeux.

— Gabrielle, chuchote-t-il, sans parvenir à sourire.

— Pourquoi es-tu descendu ? dit-elle en lui caressant le visage du revers de la main.

Tout à coup, c'est comme si nous n'étions plus là ; comme s'ils étaient seuls au monde.

— Je n'avais pas le choix…

Gabrielle a un sourire nostalgique.

— Si, justement : je t'ai laissé le choix. C'est pour cela que je suis venue en Arcadie. Pour te laisser la possibilité de rester là-haut… Parce que je…

Elle ne peut pas finir sa phrase.

Sylvain la prend dans ses bras et colle son front au sien.

— Qu'est-ce qui s'est passé, Gabrielle ? Qu'est-ce que t'a dit Lubin ? Qu'est-ce qu'ils nous ont *vraiment* fait ?

— Ils nous ont créés, mon ange. Et je l'ai compris depuis bien longtemps…

— C'est pour ça que tu es partie, il y a douze ans ?

— C'est aussi pour ça que je suis *restée*… J'aurais pu aller au bout du monde, ça n'aurait servi à rien.

Je ne pouvais pas t'abandonner. Si quelqu'un devait se sacrifier, ce devait être moi. Je t'aime trop pour…

De nouveau Gabrielle s'interrompt, le souffle coupé. Je sens une boule monter dans ma gorge tandis que Sylvain reprend :

— Mais alors tu savais ? Depuis toujours ?

Gabrielle opine.

— Il y a douze ans, mon grand-père m'a tout avoué, en me faisant jurer de ne rien dire. En fait, il a fait ça pour que je prenne vraiment peur et que je me sauve ; il voulait me laisser ma chance… Mais c'est moi qui ai décidé de rester…

— Pour moi ?

— Oui.

— Mais, ton mariage…

— Il fallait bien avoir une vie. Je n'allais pas me cacher et attendre le jour où on… *m'appellerait* pour descendre en Arcadie. Il fallait faire semblant, comme j'ai fait semblant de ne rien savoir. Comme papy a fait semblant devant Gervaise, qui n'a jamais su que je connaissais leur secret.

— Comme tu as fait semblant devant moi…

Gabrielle baisse les yeux.

— Oui… et c'était inutile. Car nous voilà tous les deux ici, maintenant…

Sylvain serre Gabrielle dans ses bras et murmure :

— Au moins nous sommes ensemble.

Je suis fascinée. Tout s'est déroulé avec une telle simplicité ! La scène était même tout à fait naturelle, d'une troublante humanité. Sylvain sanglote tel un petit enfant sur l'épaule de Gabrielle, laquelle lui caresse doucement la nuque, le crâne, en fermant les yeux.

— Tu as raison, dit-elle dans un soupir, nous sommes ensemble.

Papa paraît alors envahi par le dégoût.

— Trop tard pour les retrouvailles, ironise-t-il. Gervaise Masson s'est trompée. Il ne pouvait pas y avoir de croisement, de renouvellement de la race grâce au sang humain. Gabrielle et toi êtes des ratés. Des erreurs de la nature…

Papa fixe Sylvain et Gabrielle avec un désespoir las.

— Vous possédez en vous les deux mondes parallèles. Mais ce sont deux mondes étanches…

— Deux mondes schizophrènes, complète calmement Sylvain, qui se palpe comme s'il découvrait son corps.

Gabrielle ajoute alors, sur un ton de fatalité :

— Comme coexistent Paris et l'Arcadie !

Même moi, je précise :

— Deux mondes qui n'ont jamais pu trouver de terrain d'entente, fût-ce par la génétique…

Sur le visage de papa naît un sourire à la fois triste et doux, tandis qu'il couve du regard la lisière des bois, le lit du lac, la crête des îles. Instinctivement, *craintivement*, Sylvain et Gabrielle se sont rapprochés des singes blancs, s'asseyant dans leur cercle.

Ils sont gagnés par les mêmes mimiques, leurs expressions devenant semblables.

Papa lève maintenant ses yeux vers le ciel, regardant au-delà de cet azur où s'entremêlent le rose et le bleu, dans une douce et tendre clarté.

Le vent a fraîchi. Une brise joue avec la mèche de Sylvain, pourtant lourde de sueur. Cette brise fait doucement valser les hautes herbes de la clairière, en une houle invisible. Cette même brise anime le lierre, sur la tour ; l'édifice semble prendre vie et s'avancer vers nous.

Alors je vois les enfants.

Là-bas, au pied de la tour au lierre, les cinq bébés sont assis dans l'herbe, placidement. À nouveau j'éprouve un sentiment de déjà-vu : comme si les bébés étaient là depuis mon arrivée dans la clairière, masqués par un paravent de ma conscience.

— Trop tard, Trinité… fait la voix de mon père. Je sais que tu aurais voulu les sauver, mais…

Dans mon esprit, tout s'entremêle. Le soulagement de les savoir en vie et la terreur de ce qui les attend.

— Que vas-tu leur faire ? ! dis-je, sans même réussir à attirer l'attention de papa.

Ce dernier reste fixé sur les singes blancs. Maintenant, il leur sourit avec calme.

Sylvain est sans voix, chaviré. Gabrielle est amorphe. Quant aux singes blancs, ils considèrent papa avec une terreur froide.

— C'est la fin… reprend mon père. La fin pour vous, pour nous… La mort… La mort globale.

Je hurle : « Quoi ? ! ! » et l'assemblée des singes blancs tressaille. Seuls Sylvain et Gabrielle restent immobiles, aussi pâles que la mort. Les yeux luisants de détermination, papa avance vers eux, ajoutant d'une voix presque imperceptible :

— C'est la fin des deux mondes. Paris va périr par l'eau avant de s'y engloutir et de s'écraser sur l'Arcadie.

Je vois avec effroi que les bébés s'approchent, rampant dans les hautes herbes tels des soldats embusqués. Mais ce qui me terrifie le plus, c'est le regard de mon père. Et son geste. Sans un mot, il vient de lever les bras au ciel.

— C'est le moment, ajoute-t-il d'une voix funèbre.

Alors tout le monde tressaille, car un craquement d'apocalypse déchire l'Arcadie…

Épilogue

Trinité cesse d'écrire. Sa main tremble. Ses souvenirs s'entrechoquent dans sa tête, comme cette Arcadie en plein séisme qu'elle peine tant à dépeindre. Comment imiter la puissance cataclysmique de cette apocalypse ? Comment la reproduire par les mots ? Comment la rendre crédible, acceptable ?

Cinq ans plus tard, Trinité ne le sait toujours pas. Pendant des mois pourtant on l'a harcelée. Tous voulaient percer le secret de Trinité Pucci : l'héroïne adolescente qui a délivré les cinq bébés, la coqueluche de l'immédiate après-crue, la vedette des premiers temps de la reconstruction… Elle n'a jamais voulu dire ce qui s'est *vraiment* passé, préférant les ellipses ou l'amnésie.

« Je ne sais plus, tout était si flou… »

Et aujourd'hui, cinq ans après la tragédie qui a frappé Paris, Trinité consent enfin à s'ouvrir. La raison de ces aveux tardifs ? Elle ne saurait le dire. La surdouée a grandi et beaucoup d'eau a passé sous les ponts d'une Seine apaisée. Cette confession devait venir naturellement, pour elle seule, comme un accouchement. Une gestation de cinq années.

Décidée à tout mettre sur le papier, comme on se vide, Trinité vient depuis plusieurs après-midi sur ce banc du quai Conti, à l'endroit précis où elle a découvert la crue. Au bon soleil du printemps, elle s'assied puis sort stylo et carnet. Des carnets, elle n'en a pas noirci moins de douze, de sa petite écriture serrée de première de classe. L'ancienne voyeuse de la Reine Blanche est maintenant une brune fine et élancée, sur qui les garçons se retournent dans la rue. Devant ses souvenirs, elle redevient pourtant l'adolescente de treize ans. Cela explique-t-il sa peine à achever son récit ? N'est-ce pas plutôt que toute cette aventure, avec le temps, lui paraît parfaitement *aberrante ?* Et que c'est bien pour cela qu'elle la consigne par écrit ; avant que la raison adulte ne la rattrape et que tout lui semble à jamais invraisemblable, inimaginable ?

Les yeux perdus sur le cours de la Seine, qui coule lentement le long de l'île de la Cité et reflète le dôme de l'Académie française, la jeune femme de dix-neuf ans murmure :

— Comment s'imaginer que tout a été sous l'eau ? C'est à peine croyable…

Serrant ses mains l'une contre l'autre, Trinité constate qu'elles sont froides et moites : comme Paris à l'heure de la crue.

Cette sensation la tire de ses pensées et elle reprend son stylo.

Le cataclysme qui s'abat sur l'Arcadie ressemble à un tremblement de terre. Les secousses sont si fortes que je tombe au sol en hurlant d'effroi. Un grondement rauque résonne dans la forêt arcadienne. Le lac est agité d'une houle anarchique. La grande clairière vibre comme un moteur et il est impossible de tenir debout.

— C'est la fin, dit mon père. Paris va s'effondrer sur nous, car l'Arcadie va mourir.

Lui aussi s'effondre ; tout comme Sylvain, ravagé de désarroi. Je vois alors Gabrielle tenter de le prendre dans ses bras, mais il se débat en gémissant : « Non... »

Je crie : « Papa ! Arrête ça ! » mais c'est une réaction de gamine. Ça ne sert à rien ; il n'y a plus rien à arrêter. Les secousses gagnent en puissance et je ne peux rester debout plus de trois secondes. Chaque fois, un nouveau séisme me fait perdre l'équilibre et le ciel pleut de poussière...

Nous sommes maintenant attaqués par des averses de salpêtre, de débris, de roches, de cailloux, de galets... Entre deux chutes, je me rappelle avec effroi que nous ne sommes pas en plein air et que ce ciel d'artifice masque une haute voûte de roche. Une voûte qui peut s'écraser sur nous...

Tout se télescope dans ma tête. Papa et ses gestes vers le ciel, appelant au séisme ; ces quinze singes, vestiges d'une antique race humaine, spectateurs du sacrifice ; ces bébés, qui rampent vers les singes malgré le tremblement de terre ; ces arbres, qui ploient sous un vent fleurant le soufre et la lave ; cet éden souterrain, qu'un mystérieux cataclysme va détruire ; jusqu'à l'idée même de la mort, qui va et vient dans mon esprit, sans vraiment s'y installer.

Je ne puis m'empêcher d'imaginer ce qui va arriver : un monde en fusion, des arbres éventrés, des pluies de pierres. Je vois déjà les cadavres de Sylvain et Gabrielle, éviscérés. J'imagine ces pauvres bébés, un à un écrasés sous les pierres. Bientôt, les fonda-

tions de la tour Eiffel vont percer notre ciel. Bientôt, des immeubles entiers vont déferler sur nous, chutant par l'immense crevasse qui avalera Paris. Et ces millions de corps en charpie, déchiquetés par la pierre, défigurés par la peur, vont pleuvoir sur l'Arcadie tels les grêlons sanglants du plus atroce cyclone !

Trinité doit s'interrompre car elle a recommencé à trembler. La puissance des souvenirs lui paralyse à nouveau les doigts.

« J'y suis presque », songe-t-elle en relevant les yeux vers la Seine. Devant elle passe un de ces populaires bateaux-mouches ironiquement baptisés « Paris-déluge ». D'une voix gaillarde, le pilote commente aux touristes ces bandes rouges, au faîte des ponts, marquant le plus haut niveau atteint par la crue, cinq ans plus tôt.

— Cinq ans… murmure Trinité, comme pour se persuader de la réalité de ces cinq années.

Il y a cinq ans, Paris a *réellement* failli disparaître. Et si la ville est toujours là, tant de gens sont morts, durant cette fatale semaine de mai qui a changé la vie de millions de personnes. Puis, ça a été la reconstruction, le deuil, les cérémonies, les mémoriaux. Autant de processus pour aller de l'avant ; de souvenirs pour mieux oublier… Mais comment oublier ces morts par centaines de milliers ? Comment oublier ces monuments détruits, ces immeubles ravagés, cette ville envasée ? Comme une cité d'après-guerre, Paris est pourtant revenu de ses cendres. Avec une force, une volonté nouvelles. Il a fallu ce grand « Élan de Solidarité nationale » mis en place par le gouvernement. Jamais le pays ne s'est autant endetté auprès des nations étrangères. Mais comment reconstruire autrement ? Et aujourd'hui, n'étaient les marques rouges et autres lieux de mémoire (la place de la Concorde rebaptisée « place du 20-Mai », jour de la décrue ; l'ancien zoo du Jardin des plantes devenu « Mémorial de la Seine »…), qui pourrait dire que la capitale française a failli couler ?

— C'est presque un miracle, chuchote encore Trinité, en apercevant les tours de Notre-Dame, dont la base a gardé la teinte jaune de la crue.

Ce mot résonne dans sa tête et lui fait regagner son récit. « C'est ça, songe-t-elle : un miracle. »

Alors, sous ces pluies de pierres, dans cette clairière d'apocalypse, sous ce ciel de roche qui menace à chaque instant de s'ouvrir pour nous plonger dans la lave en fusion, il se produit un miracle.

En un instant, tout se fige.

Moi, je crois geler sur place. Les singes regardent la scène avec un effroi sacré. Gabrielle tient dans sa main le poignet de Sylvain. Quant à papa, il pose autour de lui un regard sonné.

— Paris ne s'est pas effondré… Paris a tenu… bredouille-t-il.

Tous nos yeux sont rivés au plafond de l'immense caverne, car le brouillard de poussière commence de se dissiper, telle une dame blanche au petit jour. Il n'y a plus un son, mais un silence assourdissant.

Je sens une main se poser sur ma nuque : c'est maman.

— L'Arcadie ne mourra pas, dit-elle avant de s'agenouiller devant moi.

Elle n'a plus rien de cet être falot que j'ai toujours connu. Elle m'observe avec une confiance nouvelle, contrairement à mon père qui semble aussi égaré qu'un savant perdant le contrôle de sa découverte.

— L'Arcadie doit mourir, s'offusque-t-il. C'est la fin. Nous sommes les derniers…

— Et pourquoi devrait-il en être ainsi ? rétorque doucement maman en me caressant la joue. La Terre a tenu, la roche a survécu ; c'est signe que nous allions trop loin. Fallait-il vraiment tout engloutir avec nous ? C'est nous qui devons nous effacer. Car ce n'est pas nous qui sommes les derniers, mais elle : notre fille…

— Paris devait mourir, insiste papa. Tout comme l'Arcadie…

— Trop tard, objecte maman. La Terre en a voulu autrement.

Alors les dernières secousses s'arrêtent. Le vent s'apaise et une brise légère se met à souffler sur la clairière, époussetant l'herbe de son salpêtre…

Mais le plus fascinant, ce sont les cascades.

L'eau jaillit de partout. Sur les parois des montagnes, de toutes les collines, surgissent des milliers de jets. Certains forment de petits ruisseaux, d'autres se rejoignent, et tous se jettent dans le lac.

En un quart d'heure, une partie des îles disparaît, engloutie par l'eau. Seule notre clairière n'est pas touchée, comme si elle était posée sur les flots.

Je comprends alors qu'en haut, à Paris, la Seine a commencé à redescendre... C'est la décrue.

Ce spectacle est hallucinant. Dans cette eau fantomatique flottent des débris, des journaux, des objets. Tout étant aussitôt avalé par le lac, comme dissous pour retrouver sa pureté originelle.

— C'est fini... murmure Sylvain, d'une voix lointaine, avant d'avouer à Gabrielle : C'est fini, mais je n'ai plus envie de repartir…

— Peut-être que Lubin et Gervaise avaient raison, répond-elle en lui prenant la main. Peut-être étions-nous faits pour revenir ici.

— Là-haut, reprend-il d'une voix apaisée, notre vie n'a plus de sens. Ma mère est morte, Lubin est mort…

Je crois alors voir une larme passer dans ses yeux, mais il retrouve aussitôt son sourire.

— C'est ici mon vrai monde… ajoute-t-il en posant ses paumes à plat sur le sol, comme s'il voulait sentir monter en lui le fluide de l'Arcadie. Notre vrai monde…

Gabrielle lui sourit avec tendresse.

— C'est logique, dis-je doucement, en prenant le petit Pierre sur mes genoux. L'Arcadie est réellement le paradis…

Trinité lève à nouveau les yeux de son carnet. À ce souvenir, ses yeux semblent contempler le paradis. Ses iris caressent les berges de la Seine, où des vendeurs à la sauvette proposent des accordéons de cartes postales. Certaines figurent même la fameuse Trinité Pucci, cette demoiselle qui a sauvé cinq bébés du carnage et a, un temps, fait figure d'héroïne parisienne ; puis elle est devenue adulte et ceux qui ne l'ont pas oubliée ne la reconnaissent plus.

« L'Arcadie était si belle, si parfaite… » songe Trinité, avant de se poser la question qui la hante depuis cinq années : « Pourquoi suis-je remontée à Paris ? »

Combien de fois s'est-elle réveillée, depuis, croyant avoir retrouvé l'Arcadie ? Chaque détail de la ville la renvoie à ce monde englouti qu'elle a décidé de quitter. Entrevoir l'éden vous change à jamais, car on pénètre le monde de la nostalgie : ce qu'on appelle l'âge adulte.

— Je n'avais pas le choix, dit-elle à voix haute en fixant le fleuve, comme si elle devait s'en justifier.

Consciente qu'elle doit finir son récit, Trinité reprend son stylo.

— C'est ici le monde de nos rêves, tu sais ? dit Sylvain à Gabrielle, nous allons enfin vivre dans les tableaux…

Sur ces mots, il se redresse pour s'étirer vers le ciel. On y distingue encore des trous sombres, peu à peu recouverts par la couche bleu-rose.

— La vraie vie... ajoute-t-il en souriant à la cime des arbres.

Puis il serre Gabrielle dans ses bras.

— Nous avons enfin retrouvé notre enfance, et nous ne la quitterons plus.

Aussitôt, les singes accourent. Leurs visages expriment un même apaisement. Ce sentiment d'absolue liberté qu'on ressent au début d'une nouvelle ère.

Sans un mot, ils s'assoient autour de Sylvain et Gabrielle. Celle-ci se love contre le professeur et pose sa tête sur ses genoux.

« Une famille », me dis-je.

Je me rappelle aussitôt la présence des enfants.

— Et eux ? interrogé-je en désignant les bébés, vous ne pouvez pas les garder. Je dois les ramener à leurs parents…

Tout me semble soudain insurmontable. Si jamais je retrouve mon chemin, dans quel état sera Paris ? Combien de semaines, de mois, durera la reconstruction ? Si jamais les nourrissons arrivent à la surface, parviendrai-je à remonter jusqu'à leurs parents ?

Seront-ils encore en vie ? En ce cas, pourquoi ne pas rester ici ? Les petits y semblent si heureux, si épanouis…

« Non, me dis-je pourtant en regardant Sylvain et ses frères, ils sont ici chez eux, dans leur monde. »

Ce peuple ne doit renaître que par et pour lui-même… Les singes blancs ont mérité de rester entre eux, sans mélange. À quoi bon planter la graine de la discorde au moment même où ils retrouvent leur pureté première ?

— Tu dois partir, me dit doucement Sylvain, d'une voix qui n'appelle aucune contradiction.

— Mais par où ?

Sylvain a un petit sourire et me fait signe de me retourner.

— Tu oublies tes parents…

Je les avais en effet presque oubliés, comme on s'efforce d'occulter le souvenir des éclairs quand l'orage est passé.

Papa et maman sont pourtant là : tous deux m'attendent, en lisière de forêt, adossés à un hêtre.

Ce père qui, quelques instants plus tôt, voulait tout détruire, a maintenant perdu sa violence. Papa et maman me regardent avec une affection craintive, comme on découvre que son enfant a grandi, qu'il est un être de chair, de sang et de raison.

Encouragée par ce nouveau regard, je m'avance vers eux.

— Nous allons partir, dis-je. Nous allons remonter là-haut. L'Arcadie ne nous appartient plus…

Ils n'objectent rien. Tout juste mon père, domptant son humiliation, demande-t-il :

— Tu es sûre de ton choix ?

— La race sombre mourra avec moi, papa, loin de l'Arcadie. Mais l'Arcadie doit vivre ; vivre dans le secret, par le secret ; dans le silence et l'harmonie.

— Bien, admet-il, en prenant deux bébés dans ses bras, tandis que maman l'imite docilement.

Sylvain s'avance vers moi et me demande, comme s'il en doutait encore :

— Alors, tu pars ?

Prise d'un frisson incontrôlable, je me jette brusquement dans ses bras et le serre à le briser. D'abord surpris, Sylvain pose sa main sur ma tête, puis y appuie son menton. Enfouie contre son torse, je retiens un sanglot.

— Est-ce que je dois vraiment partir ?

Je sens aussitôt Sylvain se raidir, comme un enfant à qui l'on veut retirer un cadeau qu'on vient de lui faire.

— Pense à ta chance, murmure-t-il dans mon oreille. Tu es la dernière à avoir vu l'Arcadie. Désormais, nous allons devenir une légende, un mythe. Avant d'être oubliés par les mémoires humaines…

Me prenant par les épaules, il désigne la clairière, autour de nous.

— Emplis ta mémoire, Trinité. Gorge-toi d'images, de senteurs, de murmures… Laisse la forêt s'installer dans ton âme ; laisse le lac, les îles, les rivières, toutes ces montagnes secrètes, toutes ces futaies inconnues, pénétrer tes souvenirs…

Il pivote et s'agenouille devant moi, pour que nos visages soient face à face. Alors il répète :

— Car tu es la dernière.

Je hoche la tête, comme s'il venait de me consoler.

— D'accord… d'accord… dis-je en essuyant mon visage du revers de la manche.

— Et maintenant, pars ! ordonne-t-il en se reculant d'un bond animal, pour rejoindre Gabrielle et les autres singes.

Ses semblables le regardent avec ravissement, inondés de lumière.

Je commence à marcher vers mes parents, qui portent les bébés, en silence, mais à chaque pas, je me retourne vers Sylvain. Il faut m'emplir une dernière fois de ces lieux idylliques, de leur indépassable perfection.

Gabrielle et Sylvain retirent leurs vêtements et les jettent aux autres, en éclatant de rire. Les singes les mettent aussitôt en boule, se les lancent puis, hilares, les déchirent.

Ils n'en ont plus besoin…

Sans cesser d'écrire, Trinité vient de se lever d'un pas hésitant pour marcher jusqu'au bord du quai, calant ses pieds à moitié sur le vide. En dessous d'elle : la Seine.

… Sylvain et Gabrielle sont nus et je ne peux plus les distinguer des autres singes…

— J'y suis presque, murmure Trinité, qui respire le parfum âcre du fleuve.

Cette confession l'a vidée. Elle le sait : l'Arcadie la hantera toute sa vie.

… Sauvage et heureuse, la meute s'enfonce dans la forêt en sautant de branche en branche…

D'une voix tremblante, la jeune femme chuchote les derniers mots de son récit, qu'elle écrit debout, maladroitement, face à la rivière, comme on scelle un secret :

… Alors, dans un frisson de plaisir et de pure joie animale, les ombres blanches disparaissent à jamais sous les fougères.

*

« Voilà, c'est fini, songe Trinité, un nœud dans le ventre. Tout a été dit. Et écrit… »

Refermant son calepin, elle le range dans son sac avec l'étrange sentiment d'enfin clore un chapitre de sa vie. Ces carnets iront dormir dans quelque tiroir de la Reine Blanche, où personne n'aura jamais la curiosité de fouiller. Car qui s'intéresserait à de telles fantasmagories ? Même un roman sonnerait faux. Depuis la crue, l'imagination est devenue suspecte. Pour beaucoup, la fiction est un premier pas vers l'abîme : *SOS Paris !* a fait tant de victimes… Afin d'éviter de nouvelles catastrophes, il faut vivre dans le concret ou le tangible. Les rêves sont bien finis.

— Et maintenant ? demande Trinité à la grande ville qui bruisse sous ses yeux.

« Maintenant, poursuit-elle intérieurement, une boule dans la gorge, il va falloir continuer à vivre, comme si rien ne s'était jamais passé… »

Un nouveau bateau-mouche passe alors devant elle, empli de touristes fascinés par les récits de la catastrophe.

Trinité le suit un instant des yeux puis, d'un regard avide, la jeune femme embrasse la Seine, Notre-Dame, la pointe de la Cité, le Louvre, la prodigieuse poésie de cette cité millénaire, et sa vie, sa force même, comprenant que malgré ses folies et ses souffrances, Paris reste la plus belle ville du monde.

FIN

Paris, Buck-Point, Senlis, Caromb, New York, Saint-Paulet, Louxor, Hurghada, Delhi, Jaipur, Alexandria Bay.

Février 2007 – février 2009.

Remerciements

Une nouvelle fois je salue la confiance (inextinguible) de Bernard Fixot ; la pertinacité (inépuisable) de Caroline Lépée ; la précision (douloureuse) d'Éloïse Ghertman ; les encouragements, l'efficacité, le professionnalisme (et les sourires) des éditions XO.

Ce livre n'aurait pas vu le jour sans une solide bibliographie parisienne et buissonnière. Je ne citerai que *Le Guide du Paris mystérieux* des éditions Tchou ; les sommes d'Alfred Fierro et Jacques Hillairet ; enfin le remarquable travail des éditions Parigramme, dont *L'Atlas du Paris souterrain* et *Sur les traces de la Bièvre parisienne* me furent d'un grand secours.

Parmi les fiers piétons de Paris, je me dois de saluer les aînés Follain, Calet, Fargue, Huysmans, Yonnet et Hardellet.

Je remercie également Clémentine Portier-Kaltenbach pour son généreux entregent, ainsi que Gilles Thomas, passionnant docteur ès carrières.

Merci à ma femme et à ma mère, premières lectrices de cette apocalypse. Merci à mon père, traqueur de coquilles.

Composé par Nord Compo
à Villeneuve-d'Ascq (Nord)

Imprimé en Espagne par
LIBERDUPLEX
en octobre 2011

POCKET – 12, avenue d'Italie – 75627 Paris cedex 13

Dépôt légal : novembre 2011
S20020/01